Tharn Type Story

ターン タイプ ストーリー

2

MAME

目次

Contents

人物紹介
Character

ルームメイト以上…？

ターン（Tharn）

音楽学部でドラムを専攻している大学1年生。自分の性的指向に対して否定的なタイプの態度に納得できなかったが徐々に彼に惹かれていく。

タイプ（Type）

スポーツ学部に通う大学1年生。ターンがゲイだと知ると態度が一変し、部屋から追い出そうと画策する。しかし、ターンとの生活も悪くないと思いはじめ…!?

特別な関係

サーン（San）

ターンの兄の友達で、仲の良い先輩。しかしそれ以上の想いもあるようで…？

気になる

プイファーイ（Puifai）

友人の紹介で出会った女の子。飾らない性格でかわいらしく、タイプのことが気になる様子。

友人

ロン（Lhong）

ターンの友人で、同じ音楽学部に所属している。彼の恋愛遍歴をよく知っており、ターンの様子をからかってくることもしばしば。

友人

テクノー（Techno）

タイプとは高校からの友人で、大学でも同じスポーツ学部に所属している。お調子者だがタイプのよき相談相手。

装画
須坂紫那

TharnType Story 2

第二十三章　二人の関係

「ターン、重いんだけど」

「……」

「重いって言ってるだろ。言葉が分からないのか!?」

「分からない」

「この……」

ルームメイトが何に対して怒っているのかターンは分かろうともしなかった。ターンは今……安堵《あんど》で満たされていた。この一週間やってきた行動が無駄にならず、再びゼロから二人の関係を築き直す必要がなくなったことにほっとしていたのだ。


あの晩確かに酒は入っていたが、レストランでキスをしたのはタイプが言っていたようなアルコールのせいというわけではない。だが、アルコールで気が大きくなり、普段なら躊躇《ちゅうちょ》するような大それたことをしたという事実は否定できなかった。酒を飲んだことで……いつものような冷静さを欠いていたのだ。

あの時のタイプの反応はこれまでのものと比べるとまだマシな方だったし、彼に拒絶されることには慣れているはずなのに、アルコールがターンの意識に何かしらの悪影響を与えていたのだろう。いじけて思い悩むあまりに、一瞬……もうタイプのことは諦めよう、という考えが頭を過《よぎ》ったほどだった。

そして翌朝目が覚めても頭の中はその考えが渦巻いていた。アルコールでぼやけていた脳がはっきりして完全に機能するようになると、「向こうから謝ってくることは絶対にないだろうから、結局は自分が折れないといけない」ということにも気付いた。

しかし謝るべきかそれとも何事もなかったかのように振る舞うべきか考えを巡らせている最中、ふとある一つのアイディアが閃《ひらめ》き、ターンは瞬時に今後の作戦プランの変更を考えた。もし自分が怒ったらタイプはどういう反応を見せるだろうか。ターンは自分に問いかけてみる。

儚《はかな》い期待だが、失うものは何もない今、試す価値はありそうだ。

そんな結論に達したターンは、会話もせず黙り込み、怒っているかのように目も合わせず、相手の反応を窺《うかが》ったのだ。

タイプは最初何も気にしていないようなそぶりで、むしろ二人の間に距離ができてせいせいしているようにも見えた。ターンは実家に帰ってみたり、友達の部屋に泊まったりしながら、この関係を今後どうすればいいのか考えあぐね、そして「ゲイ嫌いの奴と仲良くなれただけで最初に望んでいた以上の関係になったのではないか」という結論に達した。

実家から寮に戻った日、ターンは負けを認めて歩み寄ろうとしていた。しかしそこで……予想外のことが起こったのだ。

大きな音とともにテーブルの上にサイダーの缶が置かれ、飲めと怒鳴られた瞬間のターンの鼓動の高鳴りは、タイプには一生分からないだろう。ターンの手は喜びで震えていたが、奴の想いがこもったサイダーに飛びつかないよう必死で堪《こら》えた。このまま怒っているふりを続けて彼を無視しろと脳が指令を出している。一縷《いちる》の望みに賭けて反応を見ることにしたのだ。

ターンは自分がサイダーの缶を毎日集めて取っておいていることに我ながら驚いていた。些細《ささい》なことだが、奴が自分の機嫌を取ろうとしている行為の証しとして……それを見ながら自分自身を励ましていた。

この一週間、気持ちが折れないようにするので精一杯だった。口が悪い仏頂面のタイプを今すぐにでも抱きしめたい衝動に駆《か》られてしまう。彼は格好つけて自分が買ったのではないと言い張っていたが、サイダーの缶を開けて飲むたびにこちらを見てくるのを感じていた。

そんなタイプの様子に……ターンは降参するしかない。今回も負けを認めるしかなかったのだ。

この一週間必死に耐えたことへのご褒美を欲し

がって何が悪い。

バシッ！

「痛っ！　タイプ！」

しかし、タイプを抱きしめたターンの頭を彼は思いっきり殴った。抱きしめるターンは、殴られるためにベッドの側で膝《ひざ》をついていたターンは、殴られた頭に手を持っていって顔をしかめる。背を向けて寝ているタイプの表情を見ると……恥ずかしがっているようだ。

自分からキスしたことを恥ずかしがっている彼にターンは言った。

「お前が謝りに来るのをずっと待ってたん――」

「馬鹿野郎！　謝ったんじゃないって言ってるだろ！」

連日のサイダーと先ほどのキスが謝罪であるということをどうしても受け入れたくないのか、タイプはターンの言葉を遮《さえぎ》るように怒鳴り返し、目を伏せる。

「待てよ、俺が謝ると最初から思ってたのか……？

この野郎‼」

タイプはこぼれんばかりに両目を見開き、ベッドの側に座っているターンを見てきた。ターンは表情から冷たさを消し、以前教わった〝心からの笑み〟をイケメン顔に浮かべながら、片方の眉《まゆ》をピクッと上げる。そのうざい仕草はタイプをさらに苛《いら》つかせた。

「結局、お前は俺のことを気にしてるって分かった」

「は⁉　そんなわけない……」

「黙って実家に帰ったのを怒ってたんじゃないのか？」

「違う……」

「俺が好きだからサイダーを毎日持ってきてくれたんだろ？」

「違うって……」

「俺がしたいって知ってるからキスしてくれたんだよな？」

「……」

懸命に違うと言い張っていたタイプはとうとう黙り込んでしまった。ぎゅっと握りしめた指の関節は白くなり、恥ずかしさからか、それとも怒りからか、耳から蒸気が噴き出そうになっている。その険《けわ》しい目には、ターンを蹴飛ばして部屋から追い出したい気持ちが表れていたが、当のターンは一向に気にする様子はなかった。そして立ち上がってベッドに座ると、安心したように微笑《ほほえ》みながら言った。

「本当のことじゃないか」

「そうだ‼」

突然事実を認めた強情なタイプに、ターンは驚いて彼を見た。タイプの表情から何かを読み取ろうと思いあぐねていると……。

ドンッ！

ガシャン‼

タイプの長い脚が背中を直撃し、ターンは腰を掛けていたベッドから床に転げ落ちた。大きな音をたててテーブルにぶつかり、何が起こったのか分からずに茫然《ぼうぜん》とする。

ガンッ！

「痛っ！」

今度は先ほどの長い脚に胸を踏みつけられ、ターンは痛みに耐えながらランプを遮っている影を見上げた。タイプは恐ろしい笑みを浮かべている。気持ちを試されたことに激怒している彼の目を見て、ターンは怪我をしても仕方ないと思いはじめていた。足蹴《あしげり》から腕で自己防衛することも、逃げることも、脚を掴《つか》んで応戦することもせずただ横になり、前屈《まえかが》みで攻撃を続ける怒り心頭のタイプをただ見上げる。

「お前……俺のこと試したんだな！」

「あの晩、本当に傷ついたんだ」

ターンが短く言い返すと、殺意すら感じるほどの猛攻撃が一瞬怯《ひる》んだ。蹴り飛ばそうとしていたタイプの脚は勢いを失い、彼はヘナヘナとその場に座り込む。そして驚くほど真剣な眼差しでターンを見つめてきた。

「あの晩言ったことは本当だ……俺にとってお前は友達以上の存在なんだ」

この言葉が吉と出るか凶と出るか、ターンは賭けに出た。そして再び攻撃されるかどうか様子を窺う。

「もういいよ。忘れてやるよ。さっきの蹴りは俺の気持ちを試したことの仕返しだ」

するとタイプは自分が優位に立っていることを示すかのようにターンの頬《ほほ》をペシペシと叩《たた》いてきた。しかしその隙をターンが見逃すはずはない。

ドンッ！

ガシャン‼

「くそっ！」

タイプがベッドへ戻ろうとしたちょうどその時、今度はターンがタイプの足首を掴み、力いっぱい引っ張った。タイプは前のめりに倒れそうになったが、ベッドにぶつかることを本能的に避け、ターンに覆い被さるように後ろに倒れる。あまりの痛さにタイプは悲鳴をあげた。

ターンも腹の上にタイプが倒れ込んできた痛みに耐えながら、彼の腰に両腕を回して真剣に聞いた。

「今の俺は……お前にとってなんなんだ？」

ターンは今が攻め時だと感じていた。そうでなければ、このようなチャンスはもう巡ってこない。

「そ……」

いつもであればタイプは迷わず「友達だ」と言い返しただろうが、今日は返す言葉が見つからないようだ。ターンが顔を上げると、そこには先ほど足を引っ張られて転倒したタイプの……今にも逃げ出しそうなほど困惑した横顔があった。

「どうなんだよ」

その沈黙は期待をもたせるものだった。ターンは起き上がり、もう一度タイプをぎゅっと強く抱きしめる。

「お前にとって俺はなんだ？」

ターンは彼の背中に頭を押し当てると、目を閉じて答えを待った。

「お前は……」

答えを待つこの数秒がどんなに辛《つら》い時間か……ターンは伝えてしまいたいほどだった。

どうして「友達だ」という答えが相応しくないと思うんだ？

一方のタイプは、背後から暑苦しいほど抱きしめられながら考えていた。一週間にも亘《わた》って自分の気持ちを試してきた彼の体温が、背中から伝わってくる。振り返って女々《めめ》しいその顔面を肘打《ひじう》ちしてやりたい自分もいたが、もう一方で……抱きしめられても嫌ではない自分がいた。

タイプは今、はっきりと分かった。

ターンは……これまでこちらに合わせて友達という言葉で二人の関係を言い表そうとしてきたが……本気で自分のことを好きなのだ。

こいつはなんで俺みたいな奴が好きなんだ？

決して性格が良いわけではないし、むしろ短所の方が多いことを自覚している。これまでターンに散々嫌がらせをしてきたにも関わらず、奴は好きだ、友達以上だ、といつも言ってくる。おぞましいと感じるべきなのかもしれないが……迷っていた。

大嫌いではない……しかし、それ以上でもない。あいつと寝るのは好きだ。一緒に出かけるのも悪くない。ただ……彼が男だという一点のみが心に引っかかっていた。

男は女と付き合うべきだ。でも……。

「お前は俺がなんて答えると思ってるんだよ。恋人か？」

「いいね」

「ふっ！」

タイプは憐《あわれ》むかのように鼻で笑った。内心ではドキッとしていたが、これ以上考えが迷走する前に早く答えを見つけないといけない。

「お前にとって俺はなんだ？」

何度もしつこく聞いてくるターンの頭を殴りたい衝動に駆られるも、タイプは結論を伝えるために重い口を開いた。

「遊び相手だ！」

「なるほど」

驚いているような声が背後から聞こえ、背中に押し当てられていた頭が離れたのを感じた。タイプは振り返ってターンの目を見ながら、奴の気持ちを慮《おもんぱか》ることなく悪魔のような笑みを浮かべる。しかし、本当は彼に遠慮してあえて友達という言葉は避けたのだ。

「お前の聞き間違いじゃないぞ、言葉通りだ。キスしたり寝たりするのに友達っていうのもおかしいだろ」

以前はキスしたり寝たりする友達だったという矛盾は一旦置いておくとして、ターンとの関係は友達以上のものになっている気がしたタイプの、精一杯に捻《ひね》り出した渾身《こんしん》の答えだった。

ターンはそんな答えにため息をつきながら言った。

「まあ、それでよしとするか」

「お前はいいな、簡単に満足できて」

「俺が遊び相手のままじゃ嫌だって言ったら、恋人になってくれるのか？」

ターンが言い返さないことにほっとしていたタイプは、その言葉に身体を強張らせた。誰もが魅力的だと言う彼の薄茶色の目を見つめたが、本心を見抜かれるような気がして自分から目を逸《そ》らしてしまう。怖くなったのだ。彼の求めに応じるまま、これ以上の関係に進んでいくのが怖かった。

もう充分だ、関係をこれ以上進めるなんて俺には無理だ！

「図々しいぞ！　お前、思ったより欲張りだな！」

褐色の青年はそれだけ言うと、腰に回されていた腕を振りほどき、立ち上がって二歩の距離にあるベッドに戻ろうとした。しかしターンの手がまたしてもタイプの足首を掴んでくる。

「もしまたその手で引っ張って転ばせたら、絶対にお前を部屋から追い出してやるからな」

転倒を恐れて歩きだせないタイプは、まだ床に横になっているターンを睨《にら》んだが、奴は……微笑んでいるだけだ。その微笑みにどんな意味があるのかタイプには見当もつかない。

言い返す代わりにターンが指の先で足首を優しく撫《な》ではじめ、タイプの背筋がゾクゾクした。

「何するんだよ」

腕組みをしながらそう聞いても、ターンは何も答えないいばかりか顔を近づけてくる。その行動にタイプは驚いた。

足首にキスをしようとしているのだ。

温かい舌が足首を舐《な》めると、タイプの身体はびくりと跳ね、驚きと興奮で心臓の鼓動が早まった。舌は足首からふくらはぎ、そして膝にゆっくりと這《は》い上っていく。そして……。

「うぅ」

温かく湿った舌の感触にタイプは喉《のど》を鳴らした。円を描くように執拗《しつよう》に舐められ、膝は唾液《だえき》で濡《ぬ》れている。相手が何を考えているのかさっぱり分からなかったが、その感触は信じられないくらいにタイプの頭を痺《しび》れさせた。

「何しようと思ってるんだよ」

「なんだと思う？」

「めんどくさいな」

タイプはそう言いながら、寝ようと誘ったのにただ横になって一緒に眠ろうとされた時のことを思い出していた。あの時の仕返しをしたかったが、膝から突き上げてくる感触は……そんなくだらない考えが吹き飛ばされるくらい充分なものだった。

ハーフパンツの上から奴の手が脚の付け根を掴んでゆっくりと撫ではじめ、裾《すそ》がめくれ上がる。しかし、タイプは微動だにせず腕を組んだまま〝遊び相手〟が何をするのか眺めていた。

奴の舌先は膝から徐々に這い上がり、ハーフパンツの広がった裾から中に差し込まれた大きな手は、脚の付け根を掴んだ。肌に直接触れられた感覚にタイプは深く息を吸う。舌先が脚の付け根に到着すると、さらに頭が痺れるような感覚に陥った。

そして……ハーフパンツが足首まで下ろされ、タイプは無意識にそれを自ら脱ぎ捨てた。

「横になれよ」

少しは抵抗したかったが、二週間も我慢して欲求不満だ。タイプは大人しくベッドに横たわった。覆い被さってきた〝万里《ばんり》の長城《ちょうじょう》〟の冷たく落ち着き払った顔は……魅力的だった。

「俺と寝たいんだろ？」

「あの晩みたいにただ一緒に眠るだけだったら……お前を天井まで蹴り上げてやるからな！」

あの出来事が今でも癪《しゃく》に障《さわ》り殺伐《さつばつ》とした声で言うと、ターンが腰を屈めて耳元で囁《ささや》く。

「付き合ってるわけじゃない。遊び相手なんだから寝てもいいだろ」

突然話が変わったことにタイプはついていけず、自分の耳を甘噛みしている奴の横顔を見ることしかできなかった。その言葉に鼓動は早まっていたが、ここ最近の運動不足が原因で心臓が弱くなっただけだと思うことにする。

「でも俺は……お前のものだからな」

「えっ」

タイプが何か言おうとする前に、身体の中央にあるモノを掴まれた。

さらに彼の熱い唇《くちびる》に口を塞《ふさ》がれ、タイプは反論することを諦めた。何を企《たくら》んでいるのか分からないが、好きにさせておけばいい。それよりもこの身体の火《ほ》照《て》りをどうにかしてくれと思っていた。

タイプは両手を上げて彼の襟《えり》を掴むと、舌先が口の奥まで届くように顔をぐっと引き寄せた。二人とも相手に負けじと唇を吸い合い、その音だけが部屋中に響いている。欲情を煽《あお》るキスに反応するかのように、タイプの下半身は少しずつ膨《ふく》らんでいった。

「俺のも触って」

身体を離したターンにそう囁かれ、タイプは嫌だと言う隙《すき》も与えられずガシッと手首を掴まれてしまう。そしてズボンの上から奴のモノに手を押し当てられ、驚きで黙り込んだ。

龍みたいに大きくなってるじゃないか！

ズボンに隠されたモノの硬さや熱さに触れ、驚愕《きょうがく》しつつも受け入れたタイプはそこから出して外気に触れさせた。ターンの身体の中央にあるモノは最大限に膨張し、真っ赤な先端は……奴も我慢していたと主張するかのように欲望で満ち溢れている。

羨《うらや》ましいほど大きいな。

初めてまともにルームメイトの熱いモノを目の当たりにしたタイプはそう思わずにはいられなかった。同時に、どうしたらこんなモノを口の中に入れてみようなんて思えるのだろう、でもターンのだったら……そんなに悪くはないだろうとさえ思えた。

タイプは手を優しく上下に動かしながら、同じように手を動かしている相手の表情を鋭い目で見る。彼は満足げに深く……長く……熱く息を吸い込んだ。

本当にセクシーな奴だな！

タイプは心の中でそう呟《つぶや》いた。ターンが欲情を募らせている表情を見たら誰もがそう思うだろう。燃えるような熱い眼差し、荒い息遣い、少し開かれた唇、赤く染まった頬、汗が滴《したた》り流れるこめかみ。

見れば見るほど……欲情を煽る表情だ。

「うぅ！」

ターンの指先がタイプのモノに触れると、下にいるタイプの口から声が漏れた。痛いほどの欲望が、タイプもターンをどれほど欲していたかを物語っている。しかしその時……。

「どこ行くんだよ」

跨《また》がっていたターンが立ち上がると、タイプは不満げにそう聞いた。

「お前を天国へ連れていくためのものを取りに行く」

「馬鹿野郎」

ターンは他ならぬ潤滑ジェルを勉強机の引き出しから取り出し、ベッドに戻ってきた。その間にズボンもシャツもさっと脱ぎ捨て、一糸《いっし》まとわぬ身体がタイプの視界に入った。

これまで抵抗したり逃げ回ったりするのに必死で、彼の身体をじっくりと観察したことがなかった。しかし、遊び相手という新しい関係になったことを告げて気持ちに余裕が生まれたおかげで、初めて観察するチャンスを得た。

ターンはスタイルがいいうえに、色白だ。

筋肉もボディビルダーのように大きすぎることはなく、女性誌のモデルをするのにちょうどいいくらいなのだ。西洋人の血が入っているだけあり、胸筋には産毛が生えているが、それは決して他人に嫌悪感を抱かせるものではない。肌は白く、乳首はタイプのそれよりも薄い色をしている。しかし、奴のモノはタイプのよりも色が濃く、大きさは……自分が傷つくだけなので言及するのはやめよう。

　とにかく、奴がゲイであることを悲しむ女子がたくさんいるのは間違いないだろう。

　こいつは俺のものだ。

　そう考えるとタイプの全身は熱を帯びた。あまりの興奮に舌舐めずりをしながら視線を向けると、彼はベッドの隅に腰を下ろし、今まさにタイプの脚を持ち上げて大きく広げようとしているところだった。そして前屈みになってタイプの身体の中央にあるモノを舐めようとしている――それはまるでアイスクリームを舐めるような様子だった。

「はぁっ……いい！　ターン……お前……すごくいい」

　悔しいが奴のテクニックを認めなければいけない。口の中に優しく包み込まれながら舌や唇で愛撫されると、低いうめき声が漏れてしまう。激しく吸い込まれてタイプは無意識に腰を浮かせ、心臓が胸から飛び出てきそうになった。あまりの気持ちよさに枕《まくら》がくしゃくしゃになるほど掴む。そして……。

　美味《おい》しいのか？

　タイプの頭の中で、その疑問が何度も現れては消えた。ターンが口を使って愛撫《あいぶ》したり吸い込んだりするのを何度も見ているが、奴はいつも嫌そうではなく、むしろ、まるで甘い砂糖菓子を頬張るように舐めている。ひょっとしたら……美味しいのかもしれない。

「うぅ……ターン……あっ……はぁ……くそっ……気持ちいい！」

　堪えきれない快感に、手を頭に持っていき髪を強く掻《か》きむしった。このまま口で愛撫され続けたら我慢できなくなるかもしれないと思った瞬間、奴はゆっくりと身体を離し……笑った。

「美味しい」

　死ね！

タイプの顔は恥ずかしさで爆発しそうなほど熱くなった。しかし考える余裕もなく、潤滑ジェルが背面の狭い入り口に注がれ、指で優しく撫でられる。

「いっ！」

彼の指とぬるついたジェルが奥まで挿《い》れられ、タイプは口を開けたまま身動きできなくなった。さらにキスをしようと屈まれて、タイプは手をバタバタさせて今にも暴れそうになる。

「ターン……やめろ……指を……そんな……はぁ……」

奥にある性感帯を刺激され、タイプは腰をビクつかせた。性感帯を探し当てたターンはさらに刺激を与えてくる。タイプは両目を見開き、声にならない声をあげ、新しいシーツを破れるほど強く握った。

しかしその瞬間、ターンが突然指を抜いた。タイプが見上げると……そこには我慢の限界に達した奴の顔があった。

「ごめん。もうこれ以上我慢できない。お前がセクシーすぎるから」

「嫌だ……うぅ！　ターン……あっ……いい……お前の熱い……はぁ……はぁ……」

タイプは抵抗したが、熱いモノが挿れられて身体を強張らせた。あまりの熱におかしくなりそうだ。中の柔らかい肉壁を熱いモノで擦《こす》られる快楽は、先ほどの指とは全く次元の違うものだった。

タイプの身体は小さく震えはじめた。彼のモノを受け入れるのはもちろん痛みを伴うが、痛み以上の快楽に低い嬌声《きょうせい》が漏れる。すごくいい……あまりの気持ちよさにタイプは自ら求めてしまうほどだった。

「ターン……もっと……速く……もう我慢できない……」

汗で顔中を濡らしているターンはタイプの身体を掴むと、腰をゆっくりと動かし、次第にその速度を上げていった。タイプも両脚を上げて彼の身体に絡め、息を荒げながら身体で与え合う享楽に身を任せる。

ターンとのセックスは最高だ。

「後ろ向けよ」

ターンが身体を離しながらそう囁き、タイプは言われた通りに後ろを向いて四つん這いになった。そして、熱いモノがまた奥まで差し込まれると歯を食いしばった。乳首を手で摘まれ、腰の動きも再び激しくなっていく。

部屋は熱気に包まれ、ベッドの上の二人の身体は熱く激しくぶつかり合った。荒い息遣いはベッドの脚がギシギシと軋《きし》む音と重なり、身体がぶつかり合うたびに鳴るベッドの音が情事の激しさを物語っている。タイプは少し笑いながら言った。

「ベッド……壊れる……かな……はぁ……」

「いい……気になるのか……?」

「別に……もっと、ターン……もっと速く……」

「痛く……あぁ……ないのか……」

「痛く……ない……あぁっあっ……くそっ!」

タイプは枕を口に押し当てた。寮の部屋の壁は薄いため声が漏れないようにしていたのだが、あまりの激しさに我慢できなくなっていた。快楽の大きな波が押し寄せ、タイプは枕に顔全体を押し当て、動きを速めている彼に向かって自分の腰を高々と突き上げる。

「中で……はぁ……出していいか……」

「この、くそっ!」

タイプは何か言い返そうとしたが、その前に到達点に達し、体液をベッドにぶちまけた。奥深くまで何度も激しく突いたターンも、最後の瞬間に引き抜き……タイプの広い背中に体液を出した。

タイプは力尽きたようにベッドに倒れ込んだ。

ターンは息を荒くしてしばらくそのままの体勢だったが、やがて力尽きると同じくタイプの隣に倒れた。

「タイプ」

ターンに呼びかけられる。

「なんだよ?」

「ベッド、壊れなかったな」

彼が冗談を言っているのかどうか分からなかったが、寮の古いベッドがまっぷたつに折れるのではないかと同じように心配していたタイプは顔から笑みが溢れた。そして荒い息のまま声に出して笑った。

もし本当に折れたら、管理人になんと理由を説明すればいいのか分からない。「激しい情事にベッドが耐えられなかった」なんて言ったら、きっと何も言えずにポカンとするだけだろう。

「で、俺とお前はもう友達じゃないんだろ？」

彼がまた聞いてくる。タイプは怒らないどころかおかしそうにこう答えた。

「ああ。ベッドが壊れそうなほど激しく腰を振っておいて、まだそんなこと聞くのかよ」

すると自分のベッドに戻る様子もないターンは黙り込んだ。タイプも追い出そうとはしなかった。

黙って奴と同じベッドで横になっているのも悪くないな。

第二十四章　爆弾のスイッチが押される時

「最近お前ら仲良いな」

「考えすぎだろ」

「いやいや、絶対に考えすぎなんかじゃない。お前らが一緒に朝ご飯食べに来てるのを何回も見てるんだぞ」

慌《あわ》ただしい朝、多くの学生が一日の食事の中で最も大事な朝食を食べずに教室に駆け込んでいる。しかしサッカー以外のことには興味がない男テクノーは、授業に遅刻することも恐れずに学食に顔を出した。そして自分の親友が、数日前には北極の氷のように冷たい顔を引《ひ》き攣《つ》らせていたターンと一緒に朝食を食べているのを見かけ、思わず大声で声をかけた。

考えすぎだと言われたが、そんなことないと断言できる。数日前までタイプはどう考えても不機嫌だった。夕飯に誘っても、一人で食べるからいいと断ってすぐに帰宅していたのだ。あり得ないことではないかもしれないが、親友の誘いを断ってまで一人で夕飯を食べたい理由が見当たらない……。ひょっとしたら誰かと一緒に食べる約束をしているのではないか、テクノーはそう睨んでいた。

その誰かって……ターンなのか？

「おはよう、テクノー」

「おう。お前がタイプと一緒にご飯を食べるなんてどういう風の吹き回しだ？」

不思議に思ったテクノーはターンにも聞いてみた。友達の問題に余計な首は突っ込みたくないが、ターンのことが心配だった。

ここ最近のタイプは、ホルモンバランスが崩れた女子のように情緒不安定だったからだ。機嫌が良かったり悪かったり、それに付き合わされるターンを気の毒に思っていた。

「なんでもないさ。授業に行く前にご飯を食べに寄っただけ」

ターンは微笑を浮かべてそう答えたが、テクノーの疑念は完全には晴れなかった。周囲を見渡して声が届く範囲には誰もいないことを確認すると、タイプに小さな声で尋ねる。

「お前、ゲイ嫌いはもう治ったんだな？」

「……」

　クイッティアオ〔タイ風ラーメン〕のスープをすすっていた相手に鋭い目で睨まれたテクノーは、背筋が凍るような恐怖を感じながらも照れ笑いで続けた。

「答えなくていいよ。お前の問題だもんな」

「大嫌いだよ……ターンのことは嫌いじゃないけど」

「えぇ？」

　テクノーは顔を歪《ゆが》め、突然そう簡単に言い放った親友を見た。ターンも飲んでいた水を手にしたまま固まり、クイッティアオをすすり続ける彼に視線を向ける。タイプは面倒くさそうに言った。

「こいつのこと嫌いだったら、同じ部屋に住めないだろ」

「前は嫌いだったじゃないか。でもそれを我慢して一緒に住んでたじゃないか」

　タイプはすぐに反論した。

「住めるっていうのと我慢して住むっていうのは、意味が違うんだぞ」

「今は、住めるってことなのか？」

　テクノーは自分の耳を疑うように繰り返した。数ヶ月前からしたら、奴の口からそんな言葉が聞けるとは到底思えなかったからだ。すれ違いざまにゲイとぶつかっただけで激情していたあのタイプにどういう心境の変化があったのか、全く理解できない。

「今日はやけにつっかかってくるな」

「ちょっと変だな、と思っただけさ……どうなんだよ、ターン。俺に何か隠し事でもしてないか？」

　タイプからは何も情報を得られないと考えたテクノーは、振り返ってターンに聞いた。ターンの方が口を滑らせる可能性が高いと睨んだのだが、彼は眉毛をピクッと上げ……満面の笑みを見せるだけだった。

こいつの笑顔、何か変だぞ。まるで……喜んでいるみたいじゃないか。

ターンの笑顔に不自然さを感じたテクノーの脳はフル回転を始めた。何か見落としていることはなかったか、目を細めて友達と友達のルームメイトの様子を交互に観察する。しかし脳が観察結果を出す前に、タイプに頭を小突かれた。

「俺がターンに喧嘩をふっかけないだけマシだろ。考えすぎだ」

「だって何かおかしいじゃないか」

他のことだったらテクノーもここまで首を突っ込まないだろう。しかし、この件がこんな簡単に落ち着くとは到底思えないのだ。するとその時、ターンが何も言わずに時計を見て立ち上がった。そして……自分の皿をタイプのクイッティアオが入っていたたお碗の下に置き、もう片方の手で空になったプラスチックのコップ二つを持って、片付けに行った。

「もう行くぞ、遅刻したらいけないからな」

「そうだな、昨日も遅刻したし」

「お前のせいだぞ」

そう言い終わると、ターンはそのまま学食から出ていこうとする。テクノーは口をポカンと開けながらそんな光景を不思議そうに見ていた。

「お前のせいで遅刻したってどういうことだよ⁉」

テクノーの質問に、隠すことは何もないというようにタイプが振り返って答えた。

「あいつの目覚まし時計の音がうるさかったから俺が消したんだよ。で、あいつが寝坊したっていう……ただそれだけだ」

一方のタイプは、親友がこの話を信じるとは思えなかった。なぜなら……タイプが勝手に他人のものに触らないことをよく知っているからだ。

高校生時代、泊まり込みで体育祭の準備をしていた時も、同じように誰かの目覚ましがけたたましい音を出して鳴ったことがあった。その時もタイプは、その携帯電話の持ち主に枕を投げつけて「止めろ」と怒鳴っただけで、絶対に他人のものに勝手に触らない。それなのに……ターンの目覚まし時計を勝手に止めた。

こいつら二人とも、絶対に何か隠し事があるはずだ。バレないようにせいぜい気をつけろよ。

「お前、ゲイと上手くやっていけるようになったのか？」

「さっきも言ったろ。違うよ。俺が上手くやっていけるのはターン一人だけ」

タイプはそう真面目に答えたが、お化けでも見ているかのようなテクノーのまぬけ面に笑いを堪えていた。いくら親友であっても、絶対に真実を打ち明けるわけにはいかない。

ターンが遅刻した本当の理由、それは……。

あの晩の情事の後、二人は同じベッドで眠りについた。外側で寝ていたタイプは、ターンの携帯の目覚ましが鳴ると手を伸ばしてアラームを止め、最新機種が壊れることも気にせずにテーブルに投げつけたのだ。ただそれだけだ。

「知りたいだけさ。俺に隠し事するなよ。最初からずっとお前の味方だったじゃないか……」

「お前ら、サボりか？」

タイプがテクノーに言い返そうとした時、誰かの声が聞こえてきた。振り返ると、大きな身体の元ムエタイ選手、チャンプが学食に入ってくるところだった。遅刻を気にして急いでいる様子はなく、ゆっくりと二人の隣に腰を下ろす。タイプとテクノーはこれまでの話を一旦打ち切った。

「お前もだろ？」

「面倒くさくてさ。まだサボれるくらいにはこれまで出席してたから大丈夫」

チャンプの言葉にテクノーは時計に目を落とす。

「じゃ、俺もサボるとするか。今更行っても教授に怒られるだけだし」

しかしテクノーとは反対に、タイプは立ち上がった。

「俺は出席日数が足りてないからな。また欠席になるんだったら怒られた方がマシだ」

「おい、ちょっと待て。お前ら、今日の夕方時間あるか？　大学の裏にオープンした店で夕飯食おうぜ。

美味《うま》いらしいぞ」

慌てて誘いの言葉をかけたチャンプに、学食から出ていこうとしたタイプは振り返って頷《うなず》いた。確かにここ数日、ルームメイトにつきっきりになりすぎだ。

二人の関係が落ち着いたことで話題も増え、ここ最近はいつもターンとばかりご飯を食べていた。友達という関係にはしっくりせずにイライラしていたが、遊び相手という関係に落ち着いたことにタイプは満足していた。

「分かった、一般教養の授業が終わったら電話する」

タイプはそう言うとテクノーとチャンプを学食に残して一人で授業に向かった。

「ふふ。作戦成功だ」

「作戦？　なんの作戦だよ？」

テクノーが朝食を買いに行こうと立ち上がると、ずんぐりむっくりしたチャンプが満足げに言った。

「友達がタイプに会いたいって言ってるんだ」

「なるほどな。それで？　詳しく教えてくれよ」

探りを入れようとしてテクノーがチャンプの方へ身を乗り出す。彼はいたずらっ子のような笑みを浮かべて言った。

「この前偶然あいつにデパートで会ったんだけど、その時に俺の友達がタイプを気に入ったんだよ。で、友達があいつを紹介しろって言ってきたわけ。あいつを連れてこられたら夕飯奢《おご》ってくれるっていうし。これは楽しくなりそうだな……」

「ちょっと待てよ。お前の友達って男？　女？」

テクノーは急いで聞き返す。

長年タイプの友達をしているテクノーは経験から身をもって知っているのだ……奴が男にモテるということを。

「女の子だよ。男が会いたいってなんだよそれ……あいつはゲイが嫌いなんだろ？　それとも、あいつがゲイなのか……？」

「違う！　殴られたくなかったらそんなこと言うなよ。あいつはストレートだよ。その友達が男か女か知りたかっただけ」

テクノーは慌てて否定したが、ターンと一緒にいた時の彼を思い出し、ストレートという言葉はなぜか小声になっていた。しかし本人がターンとは何もないときっぱり否定している以上、奴を信じようと思っていたのだ。チャンプにつられ、テクノーも笑顔になる。

「いいね、女友達を紹介してあげるのか。最近あいつには良い話なんて全然なかったから、たまには息抜きも必要だしな」

もしもターンがこの会話を聞いていたら……冷たい顔は一瞬で殺人者の顔になっていただろう。


「高校の時の友達、プイファーイとマイだ」

友達二人に連れられたタイプは、大学の裏にあるありふれたレストランに入った。

普段通りで何もおかしな様子はなかったが、その店でご飯を食べていたチャンプの女友達に会うと、チャンプはそそくさと声をかけに行き、最終的には皆で一緒にご飯を食べることになっていた。

かわいいな。

系統が異なる二人の女の子を前に、タイプはそう思った。

プイファーイという名前の女の子は、色白の中華系で、あまり化粧っ気がないのが本人のかわいさをさらに引き立てていた。身体は細かったが、それを誇示してタイトすぎる制服を着ていないことにも好感が持てる。一方のマイという名前の女の子は、彫りが深く、長い髪で、タイトな制服の上からでもスタイルがいいことが一目で分かった。

プイファーイは清楚系《せいそけい》で、マイはギャル系といったところだろう。

「こっちはタイプとテクノーね」

「チャンプと同じ学部なの？」

彫りが深い方の女の子がそう聞くと、男二人は頷き、テクノーが答えた。

「タイプはチャンプと同じ専攻で、俺はスポーツ科学の方なんだ」

「どう違うの？」

「俺とタイプは卒業したら理学士号がもらえるけど、テクノーはリベラルアーツの学士号がもらえるってこと」

今度はチャンプが答えた。

「ということは、みんな理系ってことね」

「そうそう、運動だけしてるわけじゃないんだ」

テクノーがそう答えると、何を専攻しているのかという会話で話が弾み、彼女たちは同じ大学ではなくこの近くの大学に通っているということが分かった。このレストランで偶然こうして出会ったとしても不思議なことではない。

「すごい。私たちチャンプの友達なんだけど、理系じゃないからクラスは別だったの。理系の人ってみんな頭良くてかっこいいな」

テーブルの向こう側にあるエビのナンプラー漬けを狙《ねら》っているとプイファーイに声をかけられ、タイプは顔を上げて笑顔で首を振った。

「理系だからってみんな頭が良いわけじゃないよ。本当に頭が良い奴といえば、ティームだな……理学部の友達なんだ」

そう答えると、彼女は自分の前にあった、タイプの狙っていた皿を彼の前に持っていって微笑みながら言った。

「理系はみんなすごいと思う。私は理系じゃないけど、観察は得意なんだよね……エビのナンプラー漬けが好きなの？」

その問いにタイプは笑った。

「そうなんだ。それもいいけど、シャコもいいよな。特にミソがね」

「そうそう、シャコを食べる人ってあんまりいないけど、私の実家の方でも食べるのよ」

プイファーイの返答を聞いて、タイプはまた笑顔になる。

「親父の大好物なんだ。シャコを漬けたら親父にかなう人はいないね」

タイプは舌鼓《したつづみ》を打ち、シャコの代わりに目の前にある大きなエビにたっぷりと唐辛子入りのタレをつけて、薄切りのニンニクとニガウリを一緒に口に入れた。

「すごい、辛《から》くないの？」

プイファーイがそう聞くと、テクノーが代わりに答えた。

「奴は南部出身だから大丈夫だよ。こいつの母親はカレーを作る時、唐辛子を手に掴めるだけ掴んで大量に入れるらしいぞ」

タイプは手を左右にブンブンと振って否定し、エビを飲み込んでから言った。

「手で掴むんじゃない」

誰もがテクノーが大袈裟に言ったのだと思ったが、南部の青年は続ける。

「素麺《そうめん》を入れる水切りボウルを見たことあるだろ？　あれだよ。あれくらいのボウル一杯の唐辛子をカレーに入れるんだ」

その場にいた全員が、想像しただけで口の中がヒリヒリと痛くなったかのように口々に悲鳴をあげた。

しかしただ一人、興味深そうに聞いていたプイファーイが声をあげた。

「食べてみたいな。そのカレーのレシピを教えてよ」

「そんなの食べたら死んじゃうわよ」

嫌がって首を振りながらそう言うマイに、彼女は明るく笑う。

「いいじゃない。辛いもの食べて汗をかいたら、サウナに行かなくてもダイエットになるわよ」

「一人で勝手に食べてなさいよ！」

マイの突っ込みに、かわいい中華系女子のプイファーイは微笑みながら真剣に言った。

「私、料理が好きなの。タイプの連絡先聞いてもいい？　カレーのレシピも知りたいし。南部料理の魚の腎臓スープも、うちの家族はみんな好きなのに誰も作り方を知らないのよ」

彼女の言葉にタイプは一瞬眉をピクッと動かしたが、携帯を手に取った。メッセージの通知が見え、それが誰からのものなのか分かるも無視をする。そのメッセージは……ターンからだった。

「いいよ、プイファーイの連絡先も教えてよ」

こうして連絡先交換が始まった。


「プイファーイは絶対にお前に気がある。間違いないね」

二人の女の子と別れ、男三人は寮に戻ろうとしていた。実家住まいのテクノーも寮の近くまで一緒についてきている。テクノーが口火を切ると、食事中ずっとプイファーイと会話をしていたタイプが笑顔になった。

「だろうな」

「おい！　テクノー、タイプの顔を見てみろよ。なんだよその自信たっぷりな顔は」

チャンプが楽しそうにからかうと、タイプも笑った。

「俺だって自信たっぷりなことくらいあるさ」

「まぁ、確信もするはずだよな。彼女、途中でお前の隣の席に移動してきただろ。最初は南部料理の話をしていたのに、最後は恋人がいるかどうかっていう話になってたじゃないか。俺には聞こえてたぞ」

テクノーは面白そうに言った。彼がタイプの立場でも、間違いなく彼女は自分に気があると確信できる。マイとは違い、彼女の態度はそのくらいあからさまだった。

「で、お前はどうなんだよ。彼女の印象はどうだった？」

チャンプが友人プイファーイのために探りを入れると、タイプは少し黙り込んで言った。

「かわいいよね」

裏表がなさそうだし、顔もスタイルもいい。誰に紹介しても恥ずかしくない。何か食べたいものはないかずっと気にかけてくれて、気遣いもできるし性格も良い。世話焼きな女の子はやっぱりかわいい。

「ということは、彼女にもチャンスがあるってことだな」

「俺にチャンスがあるかどうかだろ。彼女、顔も悪くないし……本当に彼氏とかいないのか？」

「プイファーイか？　前はいたけど、今はもう別れたよ」

チャンプが自信たっぷりにそう答えると、タイプは心の中でほくそ笑んだ。

かわいい女子が自分に気があるそぶりを見せてきたら、それに乗らない男子はいないのだ。

それなのにこの罪悪感はなんなのだろう。


「夕飯は食べたのか？　メッセージ送ったのに返信もないし。まだだったら、コンビニの弁当が冷蔵庫にあるから食べろよ……豚と唐辛子のバジル炒めだから」

寮の部屋に戻ったタイプは、ベッドの上で横になって教科書を読んでいたターンに笑顔で話しかけられ、少し顔をしかめた。もう少しのところで、このキリキリとした痛みがなんなのか胸に手を当てて確認するところだった。


「なんで俺が好きな弁当が分かったんだよ」

「コンビニ弁当の中で一番辛いものだったから」

ターンはさもそれが当たり前であるかのように答える。女の子と好きな食べ物について話してきたばかりのタイプは思わず聞いた。

「なんで俺が辛いもの好きだって知ってるんだよ」

「お前はいつもクイッティアオにスプーン何杯の唐辛子を入れてるんだ？」

ターンは彼の質問に質問で返した。しばらくの沈黙の後、ターンは言葉を続ける。

「透明のスープが真っ赤になるまで唐辛子を入れるだろ。お前が辛いもの好きだって俺が知らないとでも思ってるのか？」

面白そうにそう言われ、タイプは聞き返した。

「お前は？」

「俺？」

「お前も辛いもの好きか？」

すると教科書を読んでいたターンが視線を上げてニヤリと笑った。

「俺のこと知りたいのか?」

そんなわけないと否定するべきだったが、無意識に頷いてしまったタイプに、ターンは笑顔になった。嬉々として目を輝かせると、それがさらに奴を魅力溢れるイケメンに見せる。その笑顔は誰にでも向ける営業スマイルではなかった。

「食べようと思えば食べられるけど、お前が食べるような辛すぎるのはダメだな。サイダーが好きだけど、血糖値が上がるほど毎日飲んでるわけじゃない。あと目玉焼きも好きだ、半熟のな。ジャムを塗ったトーストも好きだけど、バターを塗ったのは好きじゃない。ちなみに、タイ料理よりも洋食の方が好きだ。中でもスパゲティが一番好きで――」

「辛いの好きかって聞いただけなんだけど」

好きな食べ物の発表を遮るかのように、タイプがうんざりした顔でそう言った。ベッドの上に鞄を投げて洗面道具を手にする彼の様子に、ターンは微笑む。

「夕飯はもう食べたけど、お前の親切心を無駄にしないためにコンビニ弁当は夜食にでもする」

タイプはそう言うと、しかめ面のまま部屋を出ていった。ターンの上機嫌な笑顔に……心が痛んだのだ。

あいつは恋人じゃないんだ。俺が誰と付き合おうが俺の勝手だ。


最近、タイプは携帯を肌身離さず手にしている。

向かいのベッドの上で携帯を弄《いじ》りながら誰かとメッセージを送り合っているようなタイプをチラッと見ながら、ターンは思った。悪事を咎《とが》めようとしているのではない。ただ、これまで携帯に全く興味がなく、いつもどこかに置きっぱなしだった奴の様子がおかしいのだ。これまでは母親が電話をかけてきても気が付かないくらいだったのに、今では……携帯が鳴ったと同時に走って見に行くほどだ。

誰と話してるんだ?

ターンは眉をひそめた。タイプに尋ねたいとは思ったが、少しずつ良くなってきている今の関係を壊すのが怖くて聞けずにいた。一緒に朝食を食べてからそれぞれ授業に行き、授業後、時間が合えば大学の前まで一緒に夕飯を食べに行く日もあれば、別々に友達と食べる日もある。寮の部屋に戻ればこれまで以上に親密な時間を過ごした。

タイプは毎回拒否することもなくターンの欲求に応え、情事の後、狭いベッドで寄り添って寝ることにも何も言わなくなった。

会話も増え、ターンは上にも下にも兄妹がいる真ん中の子で、タイプは一人っ子だということも知った。タイプが何を好きなのか、ターンが何を嫌いなのかということも知り、お互いの理解も深まっていっている。タイプがターンの洋服も一緒に洗濯をするようになるくらいに、二人の関係は良い方向に向かっていた。

ただの友人同士だったら一緒に洗濯まではしない。以前のタイプは、ターンの洋服と一緒に洗濯なんてしたら病原菌が感染《うつ》るといわんばかりに嫌がっていたが、今では自分の洋服とまとめて洗っている。タイプが寮の共用洗濯機まで持っていって洗濯し、ターンがそれを持って帰ってきて干すという役割分担までできていた。

だからこそ、上手くいっている二人の関係を壊すような喧嘩はしたくなかったのだ。

「タイプ」

「ん？」

タイプは携帯の画面から目を離すことなく返事をした。

「来週の金曜日、ボーイ先輩のヘルプに行くんだけど……ジットさんがお前も一緒にどうかって誘ってたぞ」

「あぁ、演奏に行くのか？」

タイプはすぐに携帯を置くと、その話に興味を持ったのか振り向いて聞いた。ターンは頷く。

「そう、いつも通りヘルプに行くんだ。数日後もまた別の店にヘルプに行かないといけないんだけど、その店は遠いから誘わない」

ジットさんに前言われた言葉を思い出してターンの顔から笑みが溢れた。

『あの彫りが深いイケメンも連れてきなさいよ。一緒に飲みたいから』

思いがけないジットさんの申し出に、当時のターンは大声で笑った。タイプが聞いたらきっと一緒に行くと言ってくれると思ったのだ。

「いいね。前にジットさんが言ってたことが大袈裟かどうか実際に見てみたいしな」

「大袈裟?」

「お前が天才だって」

ターンは首を振った。

「それは大袈裟だよ。俺はただ音楽が好きっていうだけ」

ターンがそう言うとタイプは楽しそうに笑って約束した。

「分かった、一緒に行くよ。ところでお前、ジットさんも聞いてたぞ。お前がいつになったら新しいバンドを結成するのかって。先輩のヘルプに行くだけだったら、大したバイト代にはならないだろ?」

ターンは大きくため息をついた。新バンドのメンバーはほぼ集まったものの、ベースだけが見つからない。ベースが上手で一緒にバンドを組みたいと思う奴はただ一人……弟を傷つけられたとターンを罵《のの》った古い友人だけなのだ。

「もう少しだな。でも、店で演奏する前にまずは足並みを揃《そろ》えないと」

ターンはそう答えると念を押した。

「来週の金曜日だからな」

「分かってるよ。絶対行く」

タイプはそう言うと携帯を鞄の中に突っ込み、何か食べに行こうとターンを誘った。そんな普段通りの彼の様子に安心したターンは、携帯でいつも誰とやりとりしているのか聞くのはやはりやめておこうと決めた。

「おう、ターン……」

「おう、テクノーじゃないか。なんでこんなところにいるんだ？」

　午後の授業が終わり、ターンは夕飯の前に軽く腹ごしらえをしようと音楽部の学食に行こうとしていた。親友のロンは新しく出たばかりのゲームをするために走って家に帰ったので音楽練習室にはターン一人が取り残されてしまったが、ちょうどその時、聞き慣れた声に呼び止められた。

「書類を届けろって先輩に言われてさ。この教室はどこにあるんだ？」

　テクノーはそう言って、書類の入った封筒に貼られているメモ書きをターンに見せた。

「連れていってやるよ。水を買うからちょっと待ってて」

　ターンはそう言いながら急いで水を買いに行くと、テクノーの元に戻ってきた。

「で、なんでお前が持っていかないといけないんだ？」

「さあ、俺も分からないんだ。部室でゴロゴロしてたら、突然先輩が無駄にエアコンつけて遊んでるんだったら働けって書類を集めてきて。で、ここに来たってわけ。お前は？　授業は終わったのか？」

　テクノーの言葉に、ターンは微笑んだ。タイプがテクノーのことを好《い》い人すぎると小言を言っているのをいつも聞いていたからだ。彼の心配事はどうやら事実らしい。

　テクノーは全学部、全学年に友達がいる。サッカー部のキャプテンになるためのコネ作りだと言っているが、そのうち全運動部を統括する部長にでも立候補するつもりなのではないかとターンは思っていた。

「授業は終わったけど、これから練習なんだ」

「練習か、面白そうだな。お前がドラムを叩くところ見に行ってもいい？」

「別にいいけど」

　そしてターンは書類を届け終わったテクノーを、予約しておいた個人用の練習ブースに連れていった。

ドラムセットを見たテクノーは歓喜の声をあげ、ガラス窓から隣の練習ブースを覗《のぞ》こうとする。

「かっこいいな。何部屋あるんだ？　ずっと数部屋しかないと思ってたけど、学部全員分の個人ブースがあるのか？」

「百部屋くらいじゃないかな。この建物だけで五十部屋くらい」

「だからか、音楽学部の授業料ってインターナショナルスクールと同じくらい高いっていうもんな」

「ま、同じインターでも、インターフェースデザイン専攻の奴らの学費に比べたら安いらしいけどな」

テクノーは話しながらドラムセットが並べられているブースに入り、ターンは鞄をブースの隅に投げた。テクノーの突拍子もない例えにいつものように笑ってはみたが、確かに、音楽学部の授業料はインターナショナルスクールに通えるほどの金額だ。音楽を専攻したいとなるとまずは学費のことをよく考えないといけない。

「でも学費が高いことで有名じゃないか」

テクノーはそう言いながら壁に寄りかかった。

「あの音楽大学の映画みたいなことしようぜ。俺が曲名を言うから、お前がその曲をドラムで演奏するんだ」

「いいよ」

ターンが了承すると、テクノーのテンションは上がった。

「高嶺の花」

一曲目の問題にターンはすぐに反応し、ドラムとシンバルの音が練習ブースに響く。

「愛のために生まれてきた」

三十秒と演奏しないうちに二曲目の問題がきたが、ターンにとってリズムを一瞬で変えることは全く難しいことではなかった。

「不撓不屈《ふきょうふくつ》」

狭い練習ブースにドラムの音がテンポよく鳴り響くと、テクノーはヒューッと口笛を拭いた。

「もっともっと。野生の虎を呼び覚ませ！」

ターンが負けると思ったら大間違いだ。一瞬のうちに手の位置を変える技に心を奪われたテクノーは、曲名を言うこともできないほど演奏に夢中になっていった。

「くそっ、すごいじゃないか！　お前すごいぞ‼」

テクノーが興奮して叫ぶとターンは笑った。

「同じバンドの曲ばっかりでラッキーだっただけだよ。よく演奏してるバンドだったから」

ターンは謙遜《けんそん》したが、テクノーは今にも飛びつきドラムのスティックを奪わんばかりの勢いで、どうやって演奏するのか聞いてきた。つい先日ギターを練習しているから楽譜をくれと言われたばかりなのだが。

「タイプからお前がこんなに上手いって聞いたことなかったからさ。知ってたらもっと前に聴きに来てたのに。まあ女の子にうつつを抜かしてるような奴のことは放っておいて――」

ガシャーン！

その言葉を聞き、テクノーに渡そうとしていたドラムのスティックがターンの手からシンバルの真上に落ちた。テクノーはまだ自分が何を言ってしまったのか気が付いていない様子で顔を上げた。

「どうした？」

「お前、さっき、タイプが……女の子にうつつを抜かしてる、って言ったか？」

「え？　ん？　そんなこと言ってないよ。違う違う。お前の耳がおかしいんじゃないか？　ドラムの叩きすぎで耳がおかしくなったんだろ」

テクノーはギクッと身体を強張らせて言ったが、その態度は明らかに何かを隠している。ターンは目を光らせて彼の両肩を掴むと険しい声で聞いた。

「詳しく聞かせてくれよ……頼む」

その言葉にテクノーは頭を抱え込みながら自分を殴ってやりたい衝動に耐えていた。

ターンがあいつを好きなことを知っているのに、うっかり口が滑ってしまった。

「テクノー、お願いだ」

自分の知っていることをターンに話す以外に方法はない。

話を聞いたターンは手が痺れるほどぎゅっとスティックを握りしめていた。

第二十五章　遊び相手がヤキモチを焼くな

良い感じだな。

かわいい名前の中華系女子、プイファーイと別れたばかりのタイプは舞い上がっていた。ここ何日も連絡を取り合ううちに、率直に言って彼女のことがかなり気に入っている。彼女もタイプに夢中になっているそぶりを見せていることもあり、二人の関係はとんとん拍子に進んでいった。タイプがメッセージを送ると、彼女もすぐそれに返信し、彼女からメッセージを送ってくることもある。二人とも朝起きてまず携帯をチェックし、最後の日課として寝る直前も携帯をチェックするようになっていた。

タイプは……これが付き合う直前の雰囲気だということを知っていた。

以前、女の子と付き合う前に同じような高揚感を味わったことがあるが、その時はタイプが一方的に彼女を追いかけていた。しかし、今回はお互いが追いかけ合っていて、いつ急展開を迎えてもおかしくない状況だ。今日は、二人の関係性をさらにもう一歩進めようとしたタイプが彼女をご飯に誘い、彼女がそれをOKしたのだ。

そんなわけで、タイプは彼女の通う大学まで迎えに行き、ご飯を食べてきたところだった。タイプは機嫌良く口笛を吹きながら寮の階段を上っていた。

すると通知音が鳴り、タイプは急いで携帯を取り出してメッセージを読んだ。

もう部屋に着いた？

短い内容ではあったが、無事を案じる乙女心にタイプは笑顔になる。

着いたよ

よかった、心配だったから

「おいおい、心配だってさ。大丈夫……誰も……俺に……何も……できないから……送信っと」

タイプは立ち止まってメッセージを送信してから部屋に向かって歩きはじめた。彼女からの返信は期待を裏切らないものだった。


心配したらダメなの？　だったら心配しないもん。えーん

頬を膨らませて拗《す》ねているアザラシのスタンプと一緒にメッセージが送られてきた。あまりのかわいさにタイプの顔から笑みが漏れる。

こうでなくちゃ。女の子と話すのってこういう感じだよな。こういう馬鹿げた無意味なことが可愛らしくてしょうがないんだよな。

タイプはそう思いながら『そうじゃない、ごめん』と返信した。ついでにスタンプも三個連続で送っておく。そうこうしているうちに部屋のドアの前まで到着し、片方の手で携帯を持ち、目は画面に向けたまま、もう片方の手でドアノブを回して部屋に入ろうとした。部屋は真っ暗だったが、タイプは肩を竦《すく》めて照明のスイッチを入れる。

「ははは。ごめんって。ほっぺたが膨らんで金魚みたいだな」

頬を膨らませ、髪の毛を頭の上でまとめている自撮り写真が送られてきたタイプは声に出して笑いながら、かわいいと返信するか、笑えると返信するか考えた。かわいい自撮り写真へのスタンプを必死に探すためにまだドアのところにいたせいで、部屋の中の様子には全く気付いていなかったが……。

「うわっ!!!」

顔を上げたタイプは心臓が止まるほど驚いた。まだ帰ってきていないと思っていたルームメイトがベッドの上で身動きもせず、脚を広げたまま手を膝に置いて座っていたのだ。幽霊が出たかと驚いたタイプは胸がキリキリ痛み、鼓動が早まっていく。

何が起こっているのか分からなかった。

「おい、ターン！　何馬鹿なことしてるんだ。部屋にいるのに電気もつけないで。幽霊だと思ったじゃないか」

タイプはため息をつきながらドアを閉め、携帯を手に持ったままベッドの上に鞄を置く。しかし向かいのベッドにいるターンが、怒りを堪えて白くなるほど強く手を握りしめていることには気が付かなかった。

「お前、どこに行ってきたんだ？」

「友達とご飯」

タイプは素っ気なく答えると、靴下を脱ぎ捨てベッドの上に寝転んだが、携帯を両手でしっかりと握って目を離そうとはしなかった。

「誰？」

「お前には関係ないだろ」

タイプはさらに素っ気なく答えた。プイファーイがつまらないギャグを言ってきたので、『そんなギャグで俺を笑わせるのは無理だ』と返信したかったが、頭の片隅で……どうして今日に限ってターンはしつこく聞いてくるのだろう、と怪訝《けげん》に思っていた。

「女の子なんだろ？」

なんで知ってるんだ⁉

タイプはギクッと固まった。ゆっくりと向かいのベッドの上に視線を向けると、異様な奴の姿が目に入った。

ターンはいつも落ち着き払っている。感情をあまり顔に出さないといった方が正しいかもしれない。ここ最近は笑顔になることも多かったが、今は……その端正な顔を引き攣らせ、鬱屈《うっくつ》を抱えた鋭い目を光らせている。ひそめた二本の眉は一本に繋《つな》がり、奥歯を食いしばる音が聞こえてきそうなほどだ。全身から……尋常じゃない、ということが伝わってきた。

「お前には関係ないだろ」

タイプの同じ発言は爆弾のスイッチを押すかのようだった。ターンは険しい目つきで顔を上げると、低い声で脅《おど》すように詰問する。

「関係ないって、お前が女の子と出かけたことが俺に関係ないのか？」

「なんで大声出すんだよ」

彼が怒り狂っているのを見たタイプは目を伏せて少し苛ついた様子だったが、懸命にその感情を抑えようとした。言葉や眼差しからターンの悔しさが溢れている。

「お前どこに……誰と行ったんだ」

どんなに怒り心頭でも、ターンは追及の手をゆるめなかった。しかし一方でタイプも、プライベートに土足で踏み込まれ、束縛されているようで気分が悪い。眉をひそめベッドから起き上がると、氷のような眼差しで自分を睨んでいるターンのところへ向かい、低い声で言った。

「親でもないのに！」

短い言葉だったが、その言葉は強烈な一撃をターンに喰らわせた。

お前はただのルームメイトじゃないか。俺のことを根掘り葉掘り聞く権利はお前にはない！

「俺が誰とどこに行こうが、お前には関係ないだろ」

「……」

ターンは深く長く息を吸い込んだが、痛いほどぎゅっと握った拳《こぶし》の力をゆるめることはなく、拳の痛みによって正気を保っていた。しかしタイプはそんなことには全くお構いなしだった。

「聞いただけじゃないか。俺に言えないことなのか？」

「お前の聞き方が好きじゃないんだ。その声も態度も。俺のプライベートに踏み込みすぎだ。お前が誰とどこに行ってきたのかなんて、俺は一度も聞いたことないぞ。俺が誰とどこに行ったのか聞く権利はお前には無い‼」

大声でそう言い返され、必死に怒りを押し殺して冷静に振る舞おうとしていたターンの怒りがついに限界に達した。

「隠そうとするのは、女の子と出かけてたからなんだろ‼」

タイプは固まって、怒りを爆発させた相手を見た。

「他に好きな人ができたんだろ⁉」

ターンが大声で叫ぶと、タイプは奥歯を食いしばりながら、恐ろしいほど険しく光る目で怒り狂っている彼の赤い顔を見た。ターンの発した言葉はタイプの怒りの引き金を引いた。しかし頭の中では、もうやめろ、という声が響いている。

奴と喧嘩するな。言い返すな。事を大きくするな。しかし、その小さな頭の中の声は負けず嫌いな性格にかき消された。ターンの態度はそれほど頭にくるものだったのだ。

「俺が誰と付き合おうがお前には関係ないだろ‼」

タイプがターンの肩を強く突き飛ばすと、彼は何歩も後ろによろめいた。そして関係ないと言い張るタイプを恐ろしい顔で睨み、気が短いタイプの逆鱗《げきりん》に触れる言葉を告げた。

「俺はお前の夫だ」

その言葉に、タイプは拳を握りしめて彼の頬を思いっきり殴った。奴の顔が吹っ飛び、タイプは大声で怒鳴りつける。

「お前は俺の夫じゃない‼」

ターンが振り返ると、怒り狂ったタイプの姿が視界に入った。

「そんな目で見るな。よく覚えておけよ。俺らの関係はベッドの中だけだ。お前は遊び相手なんだ。俺が誰と付き合っても、お前にそれを止める権利は無い。そういうもんだろ、馬鹿野郎‼」

タイプは声を荒げながらそう言った。最後の方は叫んでいたといっても過言ではない。そして、もう一度念を押した。

「俺はお前の恋人じゃないんだ‼」

「だからって誰と付き合ってもいいっていうことなのか？」

ターンが嫉妬で怒った声で尋ねると、タイプは断言した。

「そうだ！　俺が誰と付き合おうが、お前には関係ない‼」

ターンが拳をぎゅっと握りしめたのを見逃さなかったタイプは、殴り返されることを予想して身構えた。しかし、彼は手を上げて自分の頬を強く撫でただけだった。最初は真っ赤な顔で目を爛々《らんらん》と輝かせ、奥歯を食いしばっているのがはっきりと分かるほど激怒していた。しかし次第に青白くなり、怒りに満ちていた形相は何事もなかったかのようないつもの表情に戻っていく。そして……失望したようにタイプを見た。

「ということは、俺が他の奴とどこで何をしても問題ないってことなんだな？」

ターンが「他の奴」と口にした時、タイプは胸の奥で何かが引っかかる感じがした。

しかし、負けん気の強さがその感覚を振り払う。

「そうだ、お前が誰と何をしようがお前の勝手だ！」

「……」

ターンはしばらく黙り込んだが、重い口を開き、落ち着いた……冷徹な声で言った。

「お前いつか俺に言ったよな。俺たちみたいなゲイは手当たり次第、誰かれ構わず寝るって。今、お前がしようとしてるのはそういうことじゃないか」

タイプも自分の言葉に覚えがある。ゲイはみんな誰とでも寝ると見下して言ったことがあったが、ターンは違ったのだ。タイプは何か言い返そうとしたが、その後にターンが続けた言葉を聞いて、耳から蒸気が噴き出すほど激怒した。

「お前が……誰とでも寝る奴に成り下がったんじゃないか」

「この野郎‼」

タイプは今にも殴りかかりそうな勢いでターンの襟を掴んだ。しかし、自分を見つめる彼の眼差しや表情に気付き、なんとかその衝動に耐える。

ターンはからかうでも見下すでもなく、ただ……悲しそうにタイプを見つめていたのだ。

「誰と付き合ってもいいと言われても……俺は誰とも付き合わないからな」

ターンは襟を掴んだ手を握ってそう言ったが、怒りに支配されたタイプの鋭い目はターンを睨んだままだった。そして、次の一言がタイプに大きな衝撃を与えた。

「……俺にはお前しかいないから」

「……」

「俺にはお前がいるのに、どうして他の奴と付き合わないといけないんだ。それのどこが間違ってるっていうんだ……」

ターンは少し黙り込んで、襟をぎゅっと掴んだままの彼の手をつねった。痛みを感じたタイプは襟から手を離したが、言葉が喉で詰まったかのように何も言い返すことができない。失意のターンは告げた。

「ヤキモチなんだ」

言い終わった瞬間、ターンは思いきり突き飛ばされてベッドに倒れ込んだ。壁にぶつかった肘が大きな音を出す。タイプは奴に殴りかかるか、ストレス発散に大声で叫ぶか考えていた。

ヤキモチと言われ、タイプはイライラで爆発しそうになっていた。

ターンにヤキモチを焼く権利なんてないだろ。恋人同士でもない、俺が誰と付き合ってもあいつに関係ない。そういう約束だったじゃないか。俺は間違ってない！

タイプは大声で叫んだ。

「そんなくだらないこと言うなら、もういい、やめた、お前とはもう寝ない‼」

ドンドン！

「おい、お前らまた喧嘩してるのか。こっちの部屋まで聞こえてるぞ！　うるさい‼」

隣の部屋から壁を叩く音と先輩の怒鳴り声が聞こえてきた。この部屋だけではなく他の部屋にも先輩の大声が響いているはずだ。ターンとタイプ二人ともが顔を見合わせて黙り込む。

そしてターンが立ち上がると、タイプが喧嘩腰に言った。

「俺はゲイじゃないって言っただろ。女の子が好きなんだ。俺が誰かと付き合うのが嫌なら、俺らの関係もここまでだ‼」

ドンドンドンドン！

「ターン、タイプ、今すぐ出てこい。話がある。お前ら一日に三回は喧嘩してるじゃないか」

今回は壁を叩く音ではなかった。堪忍袋《かんにんぶくろ》の緒《お》が切れた隣の部屋の先輩が玄関のドアを叩いているのだ。タイプはドアをチラッと見ると、携帯をズボンのポケットに入れ、枕と毛布を持ってドアを開けた。

「おい、お前らもう少し静かにしてくれよ。俺は教科書を――」

ドアの前で捲《まく》し立てようとする先輩を横目に、タイプは部屋から出ていく。

「今日はクルイ先輩の部屋で寝かせてもらうから」

それだけ言うと、開けっぱなしだった隣の部屋にさっさと入っていってしまった。驚いた先輩が部屋の中を見ると、そこには歯を食いしばって、怒りを押し殺すように深呼吸をしているターンの姿がいる。

先輩が静かに聞いた。

「一体何があったんだ……？　いや、知らない方がいいこともあるよな」

先輩はターンの表情を見て凍りつくと、独り大声で罵るターンを残して、急いで自分の部屋に戻っていった。


「あの野郎!!!」

ちょうどその時、タイプは先輩の部屋の真ん中に毛布を敷いて枕を投げ置き、横になって目を閉じたところだった。怒りに満ち溢れたその顔を見て、部屋の主は何も聞けず、優しく声をかけただけだった。

「何かトラブルがあるならちゃんと話し合えよ。お前たちあと何ヶ月も一緒に住まないといけないんだぞ」

タイプは何も答えなかった。ズボンの中の携帯にもメッセージがたくさん入ってきていたが、それに応える気分でもなかった。

そしてタイプは一晩中眠れない夜を過ごした。目を閉じて、頭の中を駆け巡るルームメイトの言葉と、失望した眼差しの意味を考えていた。しかし、奴は遊び相手なのだ。何度考えても、自分は何も悪いことはしていないし、自分が他の人と付き合ってもそれは仕方ないことだとしか考えられなかった。

男子は女子と付き合うもんだろ。あいつは俺に本気なのか？　いつかは俺だって彼女ができる時がくるのに、あいつをこのままずっと受け入れるつもりなのか？

早朝五時過ぎ、寮の玄関のドアが開く音が聞こえ、タイプは床から飛び起きた。そして毛布と枕をまとめ、そーっと先輩の部屋を出て自分の部屋に戻るとそこは……もぬけの殻だった。

寮が開館する五時にドアを開けて出ていったのはやはりターンだったのだ。

しかし、タイプは何も感じなかった。普段通りシャワーを浴びて身支度を済ませ、授業に行くこと以外は何も考えないようにしていた。

「タイプ、お前に白状しないといけないことがあるんだ」

隣に座っていたテクノーがおもむろにそう告げた。タイプが振り返ると、サッカー馬鹿が、お皿を割ってしまった罪を母親に告白しようとしている子供のような神妙な顔をしている。

「お前、今日苛ついてるだろ？」

「まあな」

タイプが素っ気なく答えると、テクノーが頭の上で両手をバチンと合わせて謝りながら白状した。

「俺がターンに言ったんだよ。お前とプイファーイのこと……わざとじゃないんだ。昨日音楽学部の建物であいつに会って、お前が女の子といい感じだってうっかり口が滑っちゃったんだ。本当にわざとじゃないんだ。ごめん。お前らまた喧嘩してるんじゃないだろうな。俺が悪いんだ。俺が馬鹿だから、アホだから、まぬけだから……」

自分を責めるテクノーを見て、タイプの怒りは限界に達していた。しかしターンを怒らせたテクノーに対する感情は……ほんの一瞬で消え去った。

「なんでお前が謝るんだよ」

タイプは落ち着き払った声で言った。

「へ？」

テクノーが頭を上げて不思議そうな声を出す。

「別にターンと恋人同士ってわけじゃないんだから俺が誰と付き合おうがあいつには関係ないだろ。あいつに俺を止める権利はないって、分かってないんじゃないか？　俺が浮気をしたみたいに言うなよ」

そうだ、俺が浮気をしたわけでもない。俺は間違ってないぞ。

「でも昨日あいつは激怒してたぞ……」

「だからなんだっていうんだ。あいつが勝手に怒ってるだけだろ!!!」

タイプが怒鳴って言い返すと、何か言おうとしたテクノーは慌てて口をつぐんでため息をついた。

「確かにそうだな。あいつがお前を好きっていうことしか頭になかったけど、別に付き合ってるわけじゃないもんな。お前が誰と付き合ってもあいつには関係ないな。むしろ、お前を吹っ切るいいチャンスだ」

テクノーは中立の立場でそう言った。タイプに彼女ができそうなのであれば、ターンは大人しく身を引くべきだ。しかし、テクノーの言葉にタイプは……傷ついた。

なんで俺は傷ついてるんだ!?

タイプは心の中で叫び声をあげた。テクノーの言葉に何も言い返さずに顔を背けると……お前しかいない、と言ったターンの顔が脳裏に浮かんだ。


「ターンちゃーん!!」

「……」

時を同じくしてもう一方の校舎にも、一睡もせずに早朝から部屋を出てきた男がいた。鼻がぶつかるほどの勢いで友人が後ろから首に飛びついてきたが、彼は身動き一つしなかった。ロンは一瞬固まると、側に座ってきて驚いたように尋ねる。

「おい、どうしたんだよ」

「別に。なんでもない」

「お前、変だぞ。いつも冷静沈着だけど、今日は彫刻みたいに全く動かないじゃないか。誰かに頭をもぎ取られて持っていかれるぞ……って、面白くないか……」

「……」

いつもターンをからかっているロンは黙り込んでしまった。普段なら少し面倒くさそうな顔をして文句を言ってくるのだが、今日のターンは黙り込むだけで何も言わない。ロンは真剣な様子で言った。

「何かあったなら言ってくれよ」

ロンが心配してくれていることは分かったが、今抱えている悩みは誰にも相談できない類《たぐ》いのものだった。タイプが二人の関係を隠したがっているのだ。不本意ではあるが……ターンもそれを受け入れないといけない。

「なんでもないよ。コンサートの生配信を一晩中観てて、ただの寝不足だ」

「またか？」

笑って聞いたロンにターンは頷いた。

「うん、それだけ。お前はどうなんだよ。また遅刻か？」

「だって家を出たら、ポンが電話で今日の授業は休講だって言うからさ。お前が変なんだぞ。俺だったら寮に戻って二度寝だよ。そういえば、今朝はまだ何も食べてないんだ。ご飯買ってくるな……」

ターンがいつもの感じに戻ったことを確認すると、ロンは安心したように席を立った。ちょうどその時……。

ズボンのポケットに入れてあったターンの携帯がピロンと鳴った。手に取って見ると、それは他でもない……タイプからのメッセージだった。

ターンは大きくため息をついてメッセージを開くと、そこにはサイトのリンクが貼られてあった。リンク先を開くかどうかしばらく迷ったが、指先で携帯のスクリーンをタップする。サイト名が表示され、ターンは黙り込んだ。

セフレ関係における十の約束

ターンは少し目を閉じてから、指先でスクリーンをゆっくりと下にスライドさせていった。

心配するのはいいがヤキモチは焼かないこと。

一緒に寝ることはあっても、お互いに干渉しないこと。

必要以上に相手に求めないこと。

どちらも希望すれば、セフレから関係性を変えてもよし。

友達のセフレには手を出さないこと。

相手に恋人ができた場合、文句を言わずに祝福すること。そして、今後の関係については協議すること。

ただのセフレという立場で、必要以上に世話を焼こうとしないこと。

エイズに罹ることを危惧しない限り、人数の制限なく他の人ともセフレになってよし。性別、年齢、立場なども関係ない。

セフレよりもお互いの恋人を優先すること。

セフレは所詮《しょせん》遊び。自分の立場を弁《わきま》えて行動すること。

この関係を浮気とは言わないまでも、恋人にバレたらただちに解消すること。

ターンは黙り込むことしかできなかった。これを送ってきたタイプの意図を察したからだ。携帯がもう一度鳴る。

第六項

たったそれだけのメッセージだったが、読み返さなくても第六項に何が書いてあったか覚えていた。タイプはその項目を読ませたがっていることが最初から分かっていたからだ。

『文句を言わずに祝福すること』

ターンは……その一つもできていない。

もう少しで携帯を鞄にしまうところだったが、その時、携帯がまた鳴った。

もう別れるか？

素っ気ないメッセージにターンは携帯をぎゅっと握りしめた。今、タイプは二つに一つの選択を迫ってきている。これまで通りに過ごしたいなら、ヤキモチを焼くことなく、ただ彼の欲求不満の捌け口にならないといけない。もしそれができないなら……今ここでこの関係を断ち切らないといけない。

どちらの選択をしても、傷つくのはターンだ。

「じゃあな。午後はサボる」

「なんだって？　おい!!!」

ロンがご飯を持って席に戻ってくると、ターンはすぐに席から立ち上がり、バス停まで急いで歩いていった。自分の気持ちなど気にもかけてくれない彼のことで頭がいっぱいだった。

この関係を続けるか……それともここで断ち切るべきか。

いつもは自分の求めているものをきちんと理解しているターンですら、この問いにはすぐに回答を出すことができなかった。

これ以上傷つく前にやめるか、それとも、少しずつ消えていく希望の光を頼りに傷つきながらこのまま進むか。

ターンは人生で初めて決断できない問題にぶつかっていた。

第二十六章　一進一退

タイプがもし今、恐れていることを誰かに打ち明けるとしたら、それは……。

『もう別れるか?』というだけの短いメッセージを送った時、タイプが感じていたのは恐怖だった。

この後ターンから別れると言われて、これまでの関係がただ闇に葬られるかもしれないことを恐れたのではない。タイプが恐れていたのはタイプ自身だ。『別れるか?』とメッセージを送ることに一瞬躊躇した自分に対してだった。

ターンのベッド上でのテクニックにハマったから付き合っているだけだと、これまでいつも自分に言い聞かせてきた。奴は未知の世界があることを教えてくれた。男女間だけでなく、男性同士でも最高の関係を築けるということを経験させてくれたし、人生でこんな経験ができるとは思ってもいなかった。

しかし、ただそれだけのことだ。いずれタイプにも恋人ができれば、彼女が自分の性的欲求を受け入れてくれるだろう。そうなったら、ターンとの関係は終わらせるつもりだった。

そしてその時はもうそこまできていた。しかも、ターンは殴りたくなるほどどうざい態度を見せている。しかし、自分から別れ話を持ちかけたにも関わらず……タイプは迷っていた。タイプもターンとの関係を断ち切りたくないのだ。

あいつは、初めて存在を受け入れることができたゲイだ。

あいつは、初めて良い奴、すごい奴、と思えたゲイだ。

あいつは、初めて世界中のゲイすべてが嫌な奴ではないと教えてくれたゲイだ。

そして誓って言えるのは、あいつが人生で、最初で最後のベッドを共にしたゲイだということだ。

ターンは色々な意味でタイプの初めての人なのだ。一番大切なことは……初めてこんなにも好きだと思えたゲイだということだ。どこに出かけるのも、ご飯を食べるのも一緒だった。しかも、狭いベッドの上で一緒に寝るのを受け入れられるたった一人の存在なのだ。

この関係を終わらせたら後悔するかもしれない。そう思うこともあったが、昨晩のターンの言動はそんな思いを一蹴するものだった。タイプは男のヤキモチなど必要としていない。ターンは越えてはならない一線を越えていた。約束を破り、まるで恋人のように振る舞った彼をどうしても受け入れることができなかった。これまでずっと……あいつは恋人ではない、と思ってきたからだ。

タイプは夕方になって自分の部屋に戻った。彼の答えを聞くために。

ドアノブを回して部屋に入り中を見渡したが、ルームメイトの影も姿も見えない。タイプは思わず大きな安堵のため息をつき、そして……深呼吸をした。

「俺、どうしちゃったんだろう」

タイプは頭を振った。

「どうした、ドアに向かって何をブツブツ言ってるんだ？」

ちょうどその時、部屋にはいなかったターンの声が背後から聞こえた。振り返ると、ハーフパンツを穿《は》いてタオルを肩にかけただけの姿で立っている。濃い色の髪の毛は濡れていて、シャワーに行ってきたばかりなのだろう。タイプは黙ってルームメイトを見つめた。

どういうことだ？

彼の様子を不審に思ったタイプは自問するしかなかった。スッキリとしたシャープな顔には笑顔を湛《たた》え、タイプを見つめる茶色の目には、そこにあるべき怒りやヤキモチなどの感情は見当たらない。穏やかな眼差しはあまりにも普段通りだ。

「いつまでドアの前で通せんぼするつもりだ？」

そう言われ、タイプは無意識に身体を避けて道を譲った。そして、部屋に入ってタオルをかけ、分厚い本やパソコンが置かれたテーブルの前に座った彼を見ていた。

そしてドアを閉めて部屋に入ると、再び鋭い目で彼を見ながら、さらりと聞いた。

「答えを聞こうじゃないか」

ターンが顔を上げ、二人の視線がシンクロする。彼は微笑んだ。

「これが俺の答えだ」

部屋の中を見てみろとでもいうかのようにターンは手の平を上にして両手を広げた。今朝出かけた時からなんの変化もない部屋の様子にタイプは眉をひそめる。どういうことなのか聞こうとしたが、頭のどこかで何かがストップをかけた。

何も変わってないじゃないか。

「お前は本当にこれでいいんだな」

タイプは腕組みをし、確信が持てないまま素っ気なく聞いたが、奴は肩を竦めるだけだった。しかもパソコンの画面を見つめながら教科書を手に取り、課題に取りかかろうとしているように見える。

そして、まるで天気の話でもするかのように平常な、低い声で言った。

「これでいいんだ。お前が言ったんだぞ、シンプルなことだって……」

ターンは再び顔を上げた。

「欲求不満な時にお前と寝る……性欲処理だけの関係さ」

タイプは黙り込み、お前と寝るのは性欲処理のためじゃないとこれまで言っていたターンを見た。以前自分が言っていた言葉が、ブーメランのようにターンからタイプへ発せられたのだ。

そう、ターンと寝るのは性的欲求を満たすためだけだと言ったことがある。しかし、ターンがそれを言葉にすると……タイプは違和感を覚えた。

「シたくなった時はいつでも言えよ……そういう関係の方がシンプルでいいな」

ターンはそれだけ言うと課題に戻った。自分たちの関係をベッドの上だけにとどめようと言いだした張本人のタイプは黙り込み、怒りにも似た感情が湧《わ》き上がってくるのを必死に堪えようとしていた。

ターンに対して怒りを感じていることは明確だったが、奴の何に怒っているのか、奴に何を期待していたのか自分でも分からない。

タイプは、自分でも気付かない心の奥底で、奴が昨晩のように激怒することを望んでいた。昨日みたいに激怒し、文句を言い、一線を越えることを望んでいたのだ。

しかし今、はっきりしているのは……最悪な気分だ、ということだけだった。

「おう、分かってくれればそれでいいんだ」

プライドの高いタイプは本音を隠して素っ気なくそう言った。ベッドに飛び乗り、携帯を取って昨晩からチェックしていないメッセージを開くと、『どうしたの？』『怒ってるの？』『なんで返信がないの？』といったプイファーイからのメッセージで溢れている。タイプはまず、彼女の機嫌を取ることから始めた。

しかし、最初の頃にはあった、胸がくすぐったいような甘酸っぱい喜びの感覚は……もうどうでもよくなっていた。

「……プ……タイプ……」

「……」

「タイプ」

「……」

「ん？　あぁ、プイファーイ、なんだって？」

タイプは自分でもどのくらいの時間ボーっとしていたか分からなかった。柔らかいものが自分の腕にツンと触れた感覚でハッと我に返り、意識が現実世界に戻ってくると、隣に座って世話を焼いてくれている彼女に慌てて視線を向ける。機嫌を取るように声をかけたが……彼女が話す言葉は何一つ頭に入っていなかった。

「タイプ、どうしたの？」

「違うよ……別に何もないよ」

タイプは慌てて否定したが、内心では少し苛ついていた。彼女に対してではない。こんなにかわいい女子とデートをしているというのに、くだらないことで頭がいっぱいな自分に対してだ。

今日は午後の授業が早く終わったので、ポイントを稼ぎたいタイプは彼女の大学まで急いで来た。

電話もかけず、メッセージに返信もせず、しかも彼女からの電話にも出ずに一日中姿をくらませたことへのお詫《わ》びをしないといけなかったのだ。タイプは携帯をどこかに置き忘れて、さっき見つかったばかりなんだと嘘《うそ》をついた。

タイプは何度も謝りながら、この逆境をチャンスに二人の関係性をさらに進めようと、ご飯を奢る約束をした。そして今、プイファーイが住むマンションの近くで彼女と夕飯を食べているというわけだ。

男は全員、生まれながらにしていい加減でお調子者の要素を持ち合わせている。タイプももちろんそうだった。そしてタイプは、同性愛者に対しては最低で酷い奴だが、女の子に対しては優しく紳士的に振る舞うことができるのだ。

「何もないってことはないでしょ……さっき、なんのこと話してたか覚えてる？」

「うんと……寮の裏の野良猫のこと？」

「はずれ！」

「じゃあ、公開されたばかりの恋愛映画？」

「またはずれ」

「チカチカしてる街灯？」

「それも違う」

じゃあなんの話だっていうんだよ！

タイプの当てずっぽうな答えに彼女は少し微笑むと声に出して笑った。

「ココナッツミルクのスイーツのこと」

は？　なんでそんな話をしてたんだ⁉

タイプは心の中で呟いた。そんな話をした記憶が全くない。つまり、彼女が甘い香りのする脂《あぶら》っこいスイーツの問題点を提起する前から心ここに在らずだったということだ。気恥ずかしさから苦笑いをしたタイプに彼女は笑い返した。

「他の女の子のこと考えてたんじゃないの？」

タイプは元カノを思い出して眉をひそめることし

かできなかった。女の子がこんなふうに言ってきたら、それはたとえ笑顔を浮かべていたとしても不機嫌なサインなのだ。

「違うよ、なんでそんなこと思うんだよ」

「だって……聞いただけ」

本当は知りたいくせに。

彼は内心でそう思っていた。女の子は本当にかわいいが、心の中は複雑にできていて思ったことを素直に言えない生き物なのだ。女の子の「聞いただけ」という言葉に答えを出してあげるべきなのか、または、本当に知りたくないということなのか。

「実は、実家の犬のことを考えてたんだ。今朝、死んじゃったって母親から電話がきてさ」

リンチー、ごめんな。縁起でもないこと言って！

心の中で母親の愛犬リンチーに謝ったが、この類いの嘘は……特に女の子には上手いこと通用する。

「本当に⁉　可哀想に。何歳だったの。どうして死んじゃったの？」

「ごめんな。でも、今はまだ奴のこと話す気分じゃないんだ。中学の時からずっと一緒だったから」

ため息をつきながらそう言うと、彼女は頷いた。

きっとタイプの悲しみが伝わったのだろう。実は大嘘なので、この調子だと自分がついた嘘八百を覚えておくのが大変になってしまう。

すると彼女は白い手でタイプの腕を慰めるかのように撫で、タイプにまたとないチャンスが訪れた。

「柔らかい手だね」

女の子と付き合った経験があるタイプは、彼女の手を優しく握ることになんの躊躇もなかった。彼女の方も手を引っ込めず、恥ずかしそうに微笑みながら、自分が一番かわいく見える角度に顔を傾ける。

ターンの手とは全然違う。あいつの手はボートのオールみたいに大きいもんな。

タイプは他の奴のことを考えていた。

「あ、手繋いだ」

「いやいや、触ってみただけだよ」

タイプがとぼけて言うと彼女は笑って頭を振った。

「全然柔らかくないわよ。洗濯もするしお皿も洗うし、もうガサガサ」

これでガサガサだったら、ターンの手は紙ヤスリだな。

危うく口を尖《とが》らせてしまうところだった。目の前にいる美少女に苛ついたのではなく、遊び相手の大きな手に想いを馳《は》せ、奴の手から触りたくなるような柔らかさなんて全く感じられなかったことを思い出したからだ。でもあのゴツゴツした手が洋服の中に入り、肌に直接触れられると……死ぬほど気持ちいいのだ。

なんで俺はまたあいつのことを考えてるんだ⁉

プイファーイとターンを比べてばかりいる自分に気付き、タイプは頭を強く振る。

「ところでタイプ、来週空《あ》いてる？」

「来週？」

タイプは顔を上げ、はにかむように微笑みながらも積極的に話しかけてくる彼女を見た。

「誕生日なの」

「えっ、そうなの？」

「嘘なんてつかないわ。本当に誕生日なの。もう十九歳」

彼女が満面の笑みでそう言うと、タイプは頭をフル回転させて誕生日プレゼントに何を買えばいいか考えた。まだ知り合って一週間しか経っていないので、何を好きなのか、何を買ってあげたら喜んでくれるのか、見当もつかない。

「どこで誕生日パーティーするの？」

タイプがそう聞くと彼女は長いため息をついた。

「それがね、まだどうするか決まってないの。誰も空いてないのよ。実家にも帰れないし、両親も忙しくて会いに来られないし、このままだと誕生日を一人で寂しく過ごさないといけないかもしれないの。だから、もしタイプが一緒にご飯を食べてくれたら嬉しいんだけど」

お膳立てしてくれるってことか？

タイプはニヤリと笑った。誕生日に彼女と二人きりになるということは……チャンスだ。

「友達に見捨てられたってことか、可哀想に」

「ちぇっ、つまりタイプも空いてないってことね」

彼女が手足をバタバタしながら駄々をこねると、そのかわいいそぶりにタイプは爆笑し、慌てて答えた。

「プイファーイの誕生日に空いてないわけないだろ」

「ということは会いに来られるってこと？」

彼女が上目遣いに窺い、タイプは笑顔で答えた。

「もちろん」

彼女の機嫌を取るために約束したが……来週の何曜日かも聞かないまま、別の誰かと既《すで》に他の約束をしていたことなど全く頭になかった。


ターンは二人の関係における約束事を受け入れてくれたが、多くの状況において態度が変わったとタイプは感じていた。そして、今もその変化の一つだった。

「ターン！　待って、痛いっ！」


二人の裸の男は、狭いシングルベッドの上にいた。タイプは仰向けになって両脚を大きく広げ、もう一方のターンはそんなタイプに覆い被さりながら、彼の狭い入り口を拡張するために先ほど挿れたばかりの長い指をもう抜こうとしているところだった。

それも……乱暴に、だ。

痛みを和らげるための潤滑ジェルも氷もない状況で初めて指を挿れられ、タイプはキリキリとした痛みを感じていた。潤滑ジェルを垂らされると痛みはまだマシになったが、ターンは激しく指を出し入れしはじめる。いつもであれば全身を貫く快楽に低く喘《あえ》いでいただろうが、今日は痛みの方が強い。

ターンが指を抜き、奴の大きなモノを挿入しようとすると、タイプは大声を出して抵抗した。腰をずらして逃げようとしても、彼はタイプの腰を強く掴んで逃がそうとしない。目は爛々と輝き、隠しきれない粗暴さが彫りの深い顔から滲《にじ》み出ていた。

「お前のだってこんなになってるじゃないか」

〝こんなに〟がどんな状態かは説明不要だろう。彼の大きな手の平がタイプの身体の中央にある熱いモノに触れると、タイプは奥歯を噛み締めた。ガサガサの奴の手が先端を強く擦ったことで痛みが走ったが、痛みを感じれば感じるほど……より強い刺激を身体が欲するようになっていた。

「ふっ」

タイプは今自分がどんな表情をしているのか分からなかったが、自分に覆い被さっている彼が口角を上げてニヤリと笑ったのが見えると、今ここでやめてやろうかという気にさえなる。しかし、ターンはそんな様子に目敏く気付き、両脚を高く持ち上げて大きく広げた。

「はぁ……いい……いっ！」

タイプは腕を後ろに回して枕をぎゅっと握りしめた。奴の熱いモノが身体の奥まで挿れられると、濃いまつ毛に縁取られた目は見開かれ、挿れられたモノの硬さに堪えきれずに恥ずかしい声が漏れてしまう。タイプは息苦しくなり、懸命に空気を肺に送り込もうとした。

「ちくしょう！　ターン！」

そう叫ぶと、タイプは手を回してターンの肩を掴もうとした。しかし彼はタイプの手を捉えると、動けないように強く掴み、速いリズムで腰を振ってくる。タイプは何が起こっているのか理解できなかった。

「もっと脚広げろよ」

「おい、待てって言ったじゃないか！　はぁ……奥まで……ターン……お前のが……奥に」

タイプは今、彼の熱いモノがどれほど奥まで入ってくるのか分からない。尻と下腹部に熱を感じ、身体中に快感の波が押し寄せていたが、同時にいつもより痛みも感じている。なぜなら……息もさせないほどの速いリズムで腰を打ち付けられていたからだ。

「うぅ！」

ターンの口から自分の口に熱い息が吹き込まれ、タイプは呼吸ができずに危うく咽《む》せるところだった。舌同士が絡みつく音が部屋中に鳴り響き、ベッドもギシギシと壊れそうなほど音をたてている。ターンはタイプの膨らんだ柔らかい乳首を摘まもうと大きな手を這わせ、反応を確かめるために上体を起こした。

「あぁ……ターン……はぁ……俺……いぃ……」

「シーッ、それ以上声を出したら他の部屋の奴らに聞かれるぞ」

屈みながら耳元でそう囁かれ、タイプは必死で声を押し殺し奥歯を食いしばった。奴の顔面を殴り飛ばしてやりたかったが、もうそんな力は残っていない。自分の手をぎゅっと口に押し当て、熱い大蛇のとどまることを知らない猛攻撃を荒い息で受け入れるしかなかった。

「お前……うざいぞ……はぁ……」

「うざい……じゃない……お前が締め付けるから……こんなに」

ターンはそう言うと、言い返される前に両手でタイプの腰を高く持ち上げた。タイプのつま先は天井を向いている。そして腰の動きをさらに加速させ、タイプのモノに手を伸ばすと、手を上下に動かした。

「はぁ……いぃ……うぅ……あっ……はぁ……」

「はぁ……はぁ……はぁ……」

何をしているのか、他の部屋の奴らにバレるほどの大きな声ではなかっただろう。しかし、二人の声は彼らの狭い部屋中に響き、ベッドの脚が床に打ち付けられる音と重なり合っている。お互いが甘い悦楽に酔いしれていた。

そして二人は同時に欲望を放出させた。

その瞬間、ターンは自分のモノを素早く抜き出した。息は荒かったが、これまでのようにタイプの上に倒れ込むことはない。彼はベッドに腰を掛け、愛液でいっぱいになったコンドームを外し、溢れないように口をしばってゴミ箱に投げ捨てる。そしてティッシュに手を伸ばすと、自分のモノを拭きはじめた。

ベッドの上で荒い息遣いのまま力尽きたように目を閉じたタイプの枕元に、ティッシュ箱が投げられる。

「シャワー行ってくる」

ターンはズボンを穿いてタオルを取ると、つい一分ほど前まで抱き合っていたタイプを一人残し、そのまま部屋を出ていった。

これもタイプが感じていた変化の一つだ。

二人の関係について話し合った後、お互いこれまで通り普通に接している。一緒に出かけることが少なくなっただけだ。ただ大事なことは……営みが本当に〝ただの営み〟になってしまったということだった。

性的欲求を解消する身体だけの関係となってしまったのだ。

情事の後、ターンがタイプの身体を拭いてくれることはなくなった。一緒のベッドに横になることも、水を飲ませてくれることもない。事が終わると、彼は起き上がってズボンを穿き、今日のように自分のベッドに戻るだけだ。

「はぁ、はぁ、はぁ、はぁ……疲れた。あいつ、よく起き上がれる力が残ってたな」

タイプは一人そう呟くと、大きくため息をつく。

そして目を開けて誰もいない部屋を見渡し、ティッシュ箱に手を伸ばして自分の身体を拭いた。

これでいいんだ。

その言葉は、自分に言い聞かせるようだった。

携帯の通知音が鳴り、ガサゴソと手探りで取り出すと、プイファーイからのメッセージだった。タイプは眉をひそめ低い声で笑う。

「俺が男と寝た直後だって知ったら、あの子はどんな顔をするかな」

そして掠れた声で言いながら、まるで何もなかったかのようにいつも通り返信をした。そうしているうちにルームメイトは部屋に戻ってきて、自分のベッドに腰を下ろした。

「お前ってすごいな」

突然声をかけられ、携帯を見ていたタイプは彼に視線を向けた。

「何がすごいんだよ」

「ついさっき俺と寝たばっかりでまだズボンも穿いてないっていうのに、もう……いやいや、俺には関係ない」

〝万里の長城〟は最後まで言葉にせず、肩を竦めて自分には関係ないというように落ち着き払った声で言った。メッセージに夢中になっていたタイプは、奴の顔を見ながら笑顔を引き攣らせる。

「ふっ、俺が上手く二股かけてるって言いたいのか？」

「……」

彼は何も言い返さない。

「俺がプイファーイと話してるってお前にバレてるなら、上手くやってるとは言えないんじゃないか？おかしいよな。お前は俺のこと何でも知ってるのに、彼女は何も知らないなんて」

そう、タイプの恋人になろうと一生懸命なプイファーイは、タイプのことを何も知らないのだ。性格も、好きなものも、過去のことも、これまで経験してきたベッドの上でのことも何も。それなのに、ただベッドを共にするだけの遊び相手は、長年の親友テクノーが知らないようなことまで全て知っている。

二人の会話はそこで終わったかのように見えたが、プイファーイから数日後のデートの約束を忘れないようにとメッセージが入ると、タイプは初めて言いようのない感覚を抱いた。

「ターン、今週の金曜日の約束なんだけど……」

「七時開演だから」

間髪入れずに答えられ、タイプは黙り込んでしまった。しかしどちらの約束が自分にとって大切なのか天秤にかけ、低く落ち着いた声で告げる。

「行けなくなった」

「……」

ターンは一言も口にせずに黙ってタイプを見つめるだけだった。タイプは肩を竦め、携帯に向かって頷く。

「プイファーイの誕生日なんだ」

最近、タイプの口からその名前を聞くことが多くなったと思ったターンはゆっくり頷き、大したことないというように笑顔を向けた。

「空いてないならしょうがないな。ジットさんにはお前は用事ができたって言っておくよ」

いつも通りの彼の様子にほっとしてそこで終わればよかったものの、罪悪感に苛《さいな》まれていたタイプは、何を血迷ったのか思わず口走ってしまった。

「今週の金曜日……彼女に付き合ってくれって言うつもりだ」

ターンは黙ってタイプに視線を向け……笑顔になった。

「上手くいくといいな。どうなったか後で教えてくれ」

その落ち着いた様子に、タイプは自分本位なことをしているのではないかという罪悪感がますます強くなっていく。しかし、すぐにその違和感を振り払うと、軽く笑いながら言った。

「なんでわざわざ報告しないといけないんだよ」

タイプの言葉に、ターンは頭を振りながら答えた。

「これからどういうふうにお前に接したらいいのか考えるためさ」


彼は続けた。

「とにかく、誕生日プレゼントを準備するのを忘れるなよ。もし忘れたら告白どころじゃなくなるからな」

そう言うと彼は、ヘッドホンをして重低音の響くロック音楽を聴きだした。一方、もうすぐ彼女ができそうなタイプは肩を竦め、あいつのことなんて気にするな、あいつはただの遊び相手なんだ、彼女の誕生日にどうしたら喜んでもらえるか考える方がずっといいだろうと心の中で呟いた。

一年生で彼女ができるなんて……この調子だと大学生活を満喫できそうだな。

ここ数日何度もそう自分に言い聞かせてきたが、以前のような胸の昂《たかぶ》りは感じられなくなっていた。

第二十七章　関係のターニングポイント

「……ターン……」

「……」

「ターン……」

「……」

「おい、ターン!!!」

ハッ！

「先輩！」

空には暗闇が広がり、バーやレストランが開きはじめている。何時間も前から開店準備をしていたこのレストランバーも例外ではない。バンドの生演奏が楽しげな雰囲気を作り出し、食事をする人やお酒を飲む人でそれぞれ賑わっている。しかしバンドメンバーの中の一人は、飲み物の入ったグラスを片手に座り込み、周囲に目もくれず十五分は微動だにせずにいた。

「どうかしたのか？」

ターンはボーイ先輩と同じく大学のＯＢの先輩たちの方を向いて笑顔を作った。

「なんでもないです。ちょっと考え事をしてただけですよ」

「考え事してただけって。何回も呼んだんだぞ、気が付かなかったのかよ？」

ターンは黙り込むしかなかった。心配をかけたくなかったが、先輩の顔を見てため息をつく。

ボーイ先輩は尊敬する人だ。まだ演奏に自信を持てなかった高校一年生の自分をバンドに誘い、新しい世界を見せてくれた。そして、客の前で演奏するというのがどういうことなのか一年かけてじっくりと教えてくれた。同年代の仲間とバンドを組むようにといって仕事を紹介してくれたり、バーのオーナーたちと繋いでくれたりしたのもこの先輩なのだ。

そのためボーイ先輩は恩人といってもいい。大学卒業後、音楽活動を本業としている今でも後輩であるターンのことを気にかけ、機会があればいつも呼んでくれる。ターンは先輩に申し訳ない気持ちになった。

　全く集中できていなかったからだ。

「今日はどうしたんだ、ターン。舞台にいる時からボーッとしてたぞ」

　店のオーナーであるミドルエイジのコンさんに鋭い目で指摘され、ターンはますます自己嫌悪に陥る。

「すみません、迷惑かけちゃって」

「いやいや、そうじゃない。迷惑なんてかけられてないさ。ボーッとしてるように見えてもいつも通りキレッキレの演奏だったよ。前列に座ってた女の子たちの目はお前に釘付《くぎづ》けだったしな……」

「あなたの目もそんな女の子たちに釘付けだったけどね」

　椅子の背もたれに腰を掛けていたジットさんがそう口を挟むと、彼は愉快そうに笑い、若い嫁の腰に腕を回して上機嫌で言った。

「ターンの代わりに客の反応を観察してただけさ」

「自分で演奏して観察したらいいのに」

　ジットさんが小悪魔のような甘い笑みを浮かべ、コンさんは両手を上げて降参のジェスチャーをした。嫁のことが大好きで頭が上がらないオーナーの様子に、その場にいた全員が爆笑する。

「ちょっと、私が鬼嫁だって誤解されるようなことしないでよ」

「はいはい、俺の嫁は天使みたいに優しいです」

「そうそう、お世辞が上手いわね……ところで、心ここに在らずのそこの君、あの彫りが深い男の子のことと何か関係があるんじゃないの？」

　ジットさんはそう言うと、笑いたくても笑えずにただ微笑を浮かべているターンへ視線を向けた。ゲイであるにも関わらず、抗《あらが》えない魅力で女の子たちを引きつけるドラマー・ターンにバンドメンバー全員の視線が集まる。

「え？　新しい恋人か？」

　ボーイ先輩が振り返って身を乗り出しながら聞いてきたが、恋人という言葉にターンは身体を強張らせることしかできなかった。

「違いますよ、先輩」

「でも好きなんでしょ？　ちゃんと先輩に報告しなさいよ。先輩たちが濃いお酒を作ってあの子を酔わせてあげるから。すごくイケメンなのよ。背が高くてスタイルも良くて陽に焼けてて」

彼女は明るく言ったが、タイプが来られないと知った時は残念そうな顔をしていた。面白おかしく話す楽しそうな様子に、その場にいた全員がこの話に興味を持っているようだ。

「ターンくんどうなんだ？　ボーイは何も聞いてないのか？」

コンさんが親しげにボーイ先輩に声をかけた。二人は先輩がバンドを組む前から知り合いだったと聞いたことがある。先輩は首を振った。

「はい、何も聞いてないです。ターン、誰なんだ？」

「俺がどんなに頑張っても……絶対にこっちを振り向いてくれない人です」

するとその場にいた全員が凍りつき、再び最年少のターンにみんなの視線が集まった。ターンはジュースの入ったグラスを見つめながら、意を決したように顔を上げる。

「先輩、そんな目で見ないでくださいよ。たかが失恋で死ぬわけじゃないんですから」

心配をかけないようにそう言うと、憐れみなのか優しさなのか、みんなの話題は他へ移っていった。そしてコンさんが酒の入ったグラスをターンに渡しながら言った。

「たかが失恋で死ぬわけじゃないが、傷つかないわけでもない。さぁ、酒でも飲もう」

ターンは痛々しく笑顔を作った。

「子供に酒なんて勧めていいんですか？」

「もう子供じゃないだろ。俺はバーのオーナーだぞ。みんなが酒を飲まなかったら店は潰《つぶ》れちまうじゃないか。売り上げに貢献すると思って、まあ、飲め」

コンさんはそう言ってくれたが、ターンはみんなが自分の心配をしているのを痛いほどに感じていた。ボーイ先輩たちは二十三時過ぎに他の仕事が入っているため少し話をするだけだと思っていたのに、いつまでもターンの側に座ってとりとめのない話をしてくれている。ジットさんも自分がタイプの話題を振ったことに負い目を感じているのか、申し訳ないというような笑顔を向けてくれていた。

ターンはみんなに自分は本当に大丈夫だと言いたかったが……本当は全然大丈夫ではなかった。

今日、タイプに彼女ができてしまう。これでターンが恋人になるチャンスは……完全に消える。

今までもただの時間稼ぎだということは分かっていた。タイプに彼女がいない限り、恋人になれるチャンスがあるかもしれないと、それが一縷の望みであっても自分に言い聞かせてきた。これまで好きになった相手はゲイだったし、自分はモテるという自負もあった。だから、ストレートの男を好きになるのがこんなにもハンデを負わされるものだとは思ってもみなかったのだ。それなのに、好きになってしまった……しかも、〝ゲイ嫌い〟のストレートの男を。

最初からチャンスなどなかったのに、ターンが意固地になっていただけなのかもしれない。今日がタイプを諦めなければいけない日になるのかもしれない。今回のことでターンは、もう二度とストレートの男を好きにならないと心に誓っていた。

数ヶ月に及ぶターンとタイプの関係は、今、終焉《しゅうえん》を迎えようとしている。

結局……傷つくのはターン一人だった。

「かわいい、すごくかわいい。タイプ、ありがとう。大事にする」

時を同じくして、タイプは緊張の面持ちでプイファーイに誕生日プレゼントを渡していた。何をあげたらいいのか分からず、頭が爆発しそうなほど悩んだのだ。料理が好きだという以外に彼女のことを何も知らないと気付いたタイプは、料理本を贈ろうとも考えた。しかし、本の角で頭を叩かれたらたまらないと思い返し、結局はぬいぐるみにしたのだった。

しかしぬいぐるみと決めたものの、どんなぬいぐるみにすればいいのかも分からなかった。メッセージのやり取りを読み返している中で、彼女が金魚のように頬を膨らませている写真を送ってきたのを思い出し、深く考えずに金魚のぬいぐるみを渡すことにしたのだ。

彼女がプレゼントの包装を開け、喜びの声をあげながら蛍光オレンジ色の柔らかいぬいぐるみを抱きしめた時、タイプは心の奥底からほっとした。しかも彼女は大事にすると言ってくれた。

「喜んでもらえて嬉しいよ。気に入ってもらえるかどうか心配だったからさ」

「なんでそんな心配なんてするのよ。すごく気に入った」

彼女の言葉にタイプも笑顔になる。

「気に入ったならたまには抱きしめてあげて。それを抱きながら俺のこと思い出してよ」

そう言うと、彼女は頬を少し赤らめながら小声でぬいぐるみに話しかけた。

「なんでタイプを思い出さないといけないんだろうね？　君みたいにかわいいわけじゃないのに」

「かわいくないだって⁉　ぬいぐるみは没収だ」

「もらったものは返さないもん。やーーーだ、返さない‼」

タイプが手を伸ばして掴もうとすると、プイファーイは両腕でぎゅっとぬいぐるみを抱きしめた。その愛らしい姿にタイプは思わず両手でまぬけ面のぬいぐるみを引っ張る。

「あっ、返さないからね、あげないもん」

「かわいくないって言った罰として没収だ」

タイプはからかうのをやめなかった。最初はふざけてぬいぐるみを引っ張っていただけだったが、彼女の細い身体に腕を回すと、金魚の尻尾を力いっぱい引っ張った。

「ははは。もうふざけないから。あっ……」

二人は笑いながらふざけ合っていたが、プイファーイがそのかわいい顔を上げると、眉目秀麗《びもくしゅうれい》なタイプのくっきりとした目とぶつかった。彼女は黙り込み、取り返したぬいぐるみを両腕で抱きしめたまま、白い頬を赤く染める。

小柄な彼女はそのまま呟いた。

「タイプはかわいくないけど、イケメンだよね？」

その言葉にタイプは笑顔になり、自分の腕の中で恥ずかしがっている彼女を見て、決心した。

ちゅっ。

「……」

タイプの温かい唇が花びらのように薄い唇に触れ、プイファーイは驚きで両目を見開いた。しかしタイプの身体を押し退けて逃げることはなく、一目見た時から気になっていた彼の温かい腕に大人しく包まれている。そんな彼女の心をとろけさせるようにタイプが囁いた。

「プイファーイもとってもかわいいよ……ハッピーバースデー」

意識して低く落ち着いたトーンの声で言うと、彼女の頬はさらに赤くなり、細い指でタイプの肩を優しく押しながら呟く。

「このタイミングを狙ってたんでしょ？」

「そうだな。タイプくんは狙ってた」

幼い子供のように自分をニックネームで呼ぶと、彼女は唇を噛み締めた。このまま抱きしめられていたい思いもあったが、タイプの肩を押し退けると、自分の代わりにぬいぐるみを抱かせて小さな声で言った。

「お手洗いに行ってくる。チャラい男の子なんて嫌いだもん」

そう言って、プイファーイは笑っているタイプを置いて慌てて立ち去った。タイプは自信があったのだ……ふざけ合っていたあのタイミングで、今ならキスできると。

二人の大学からほど遠くないところにある雰囲気の良いレストランの店内を眺めながら、タイプはリラックスしていた。最愛の父に電話をかけ、女の子とデートをするからと正直に打ち明けて軍資金をせびった甲斐《かい》があった……口髭を蓄えた父親はすぐに二千バーツを送金してくれた。

これで彼女と付き合えるなら、その価値はある。

タイプは腕の中のぬいぐるみをこねくり回しながらそう思った。しかし彼女のことだけを考えていればよかったのに、いつの間にか脳内の彼女の姿は霞《かす》んでいく。

このレストランの雰囲気、ターンも好きだろうな。

夜になるとランプのような柔らかな黄色の灯《あか》りがともるレストランは、テーブルごとのプライバシーも充分保たれ、生演奏をしているバンドがどの席からもよく見える。大学生にとっては少し高級ではあったが、料理はどれも美味しかった。

あいつも今頃演奏してるのかな。

ルームメイトに思いを馳せることをやめられず、タイプは先月行ったレストランバーを思い出していた。今いるレストランのものよりも一回り小さい演奏ブースが一段高いところにあり、その隅に設置されていたドラムセットで……今頃ターンはきっと客に営業スマイルを振り撒き、ドラムのスティックを振り回しているのだろう。

ファンの女の子たちから何杯もドリンクを奢ってもらってるんだろうな。

タイプは無意識に少し苛ついたが、何もできないことに気付いて大きくため息をつく。苛つく権利なと……自分にはないのだ。

約束を破ったのは俺だ。苛つく権利があるのは俺じゃなくてターンの方だ。

彼のことを考えれば考えるほど、これから告白するプイファーイとの楽しい時間がどんどん色褪《いろあ》せるように感じられた。周囲を眺めていたのに堪えきれず時計に目を向ける。ターンの演奏時間はとっくに終わっているだろうが、天才だと言われる奴の演奏がどれほどのものか観に行きたいとさえ思っていた。

「もう帰らないといけないの？」

「ん？　違う、違う。寮の閉館は十一時だから、まだずっと一緒にいられるよ」

席に戻ってきたプイファーイに声をかけられ、タイプは慌てて首を振って否定すると、これまで通りに笑顔を作った。しかし、その笑顔は……心なしか引き攣っていた。

「大学の学生寮にいるの？　どうして大学の外のマンションを借りないの？」

「父親に強制されたんだ。友達がたくさんできるように一年生の間は寮にいろって」

　タイプは肩を竦めた。寮にいても友達と呼べる奴は数人しかいないうえ、そのうちの一人はゲイだ。

「そうなの？　私だったら寮には住めないな。お化けとか怖いもん。今はマンションを借りて住んでるの。何時に帰ってもいいし、友達も呼んでお泊まり会をしてもいいし、誰にも気を使わなくて済むから気楽でいいわよ」

　彼女に満面の笑顔でそう言われ、タイプはすかさず尋ねる。

「それじゃあ、寮の門限に間に合わなかったら今夜部屋に泊まっていい？」

「何言ってるの！」

　彼女が悲鳴にも似た声を出すと、早まったと感じたタイプは慌てて言い訳をした。

「冗談だよ。まさか本気にした？」

「本気で言ってたじゃない」

　タイプは愉快そうに笑ったが、真剣に言っていた。

　実際のところ、一ヶ月以上、男としか寝ていないタイプは少し焦《あせ》っていた。今からでも相手を女に引き返すことができるかどうか、心の奥底で不安に感じていたのは否めない。そんな絶好のタイミングでプイファーイが現れたのだ。

　自分はまだストレートであることを証明したかった。

　そのチャンスを掴むことに躊躇している余裕はない。というわけでズボンのポケットには……コンドームを忍ばせている。ただ、今晩イケるのではないかという淡い期待は、三十分ほど前の彼女の遠回しな拒否により半ば諦めかけていた。

　しかしプイファーイのマンションの前に到着した時だった。

「部屋に寄ってく？」

　彼女のその言葉にタイプは自分の耳を疑った。

「えーっと、タイプがマンションに引っ越す時の参考になるかなって思って」

彼女がはにかむと、タイプは瞬時に察した。

部屋を見せるだけだったらいつでもいいはずなのに、既に二十二時を回ったこんな夜に見せようとするなんて、それはつまり他のものも見せてくれるということではないか。タイプのような男が断るわけもない。

「いいね。来年ここに引っ越してくるっていうのもアリだな」

タイプはコンドームの入ったズボンのポケットを叩くと、下心を胸に秘め満面の笑みを浮かべた。

チャンスは……思っていたよりもずっと早く訪れた。


「もう十一時だ」

ターンは携帯を取り出し時刻を確認した。もう何十回確認したか分からない。今晩時間を確認するのはこれで最後にしようと思いはじめていた。この時間になってもまだ戻らないということは、今日は部屋には戻らないつもりなのだろう。

「きっと楽しく誕生日会でもやってるんだろうな」

ターンはそう呟くと、携帯の画面を消して枕元に置き、仰向けになって天井を眺めた。

彼女ができたらこの関係を解消するとは言われていない。つまり、これからも密かに続けてはいけるということだ。しかしそれは茨《いばら》の道になるに違いなかった。彼女にバレたら諦めなければいけない。それはターンが浮気相手であることを受け入れなければいけないということだ。

耐えようと思えば耐えられる。自分の彼氏が男と寝ていることを受け入れられる女の子なんてこの世に一人もいないだろう。もし彼女にバレたら、哀れにもタイプはターンの元に戻ってくるはずだ。しかし奴がゲイではないことは最初から分かっているし、万が一彼女と別れたとしても、また新しい女の子を見つけるに違いない。最終的に傷つくのはいつもターンなのだ。

「潮時だな」

ターンは心を決め、胸につかえた重しを吐き出すように大きくため息をついた。二十三時過ぎであることを示す携帯をもう一度手に取ると、ヘッドホンをつけ、世界的に有名なバンドの動画を観はじめる。今のターンには音楽だけが癒《い》やしだった。

ガチャッ。

ちょうどその時、玄関ドアが開いた。しかしターンの視線は携帯の画面に向けられたまま、玄関の方を見ることもなかった。ルームメイトが部屋に入ってくると、香水の匂いがした。女性用の匂いだ。

抱き合ってたんだろうな。

タイプがベッドの側まできたのを感じたが、ターンは振り返って見ようともしなかった。しかし彼はベッドに上がってターンの上に跨がり……突然身体を密着させ、覆い被さるように倒れ込んできた。頭をターンの肩に乗せると、鼻をつくような香水の匂いがする。その両腕を腰に回して強く抱きしめてきたが……ターンの心は動かされなかった。

画面が遮られないよう、自分の身体に覆い被さった奴の重い頭よりも高く携帯を上げる。しかしその時、不意に声が聞こえた。

「ごめん」

ターンは謝罪の真意が分からなかった。他の人と寝てきてごめんなのか、それとも傷つけてごめんなのか……。

一方でタイプはその瞬間、全てを悟った。自分の気持ちにははっきりと気付いたのだ。

「ごめん……ターン。俺が悪かった……」

今のタイプは、いつもと様子が違うターンに臆《おく》することなく、強く抱きしめて謝るしかできなかった。いつもであればターンは抱きしめ返してくれていたが、今日は携帯を見ているだけだ。だが、タイプには告げなければいけないことがあった。

「俺が悪かった」

「はぁ」

ターンは小さくため息をつくだけで、タイプを抱きしめ返すことはない。そして彼は落ち着いた声で聞いた。

「なんで謝るんだよ」

タイプは黙り込むと、ターンの広い肩に頭を埋めたまま、初めて気付いた彼の身体から発する優しい香りを吸い込みながら告げた。

「プイファーイと寝た」

「……」

自己嫌悪に今にも押し潰されそうな声でタイプが言ったが、ターンはなんの反応も見せずにただ彼の下で横たわっているだけだ。

「部屋に来ないかって誘われて行ったんだ。そしたら突然思い出して……気になる女の子といい感じだってお前に言った時から、お前が俺と寝る時いつもコンドームを使ってること」

「うん」

ターンは落ち着いた様子で頷いた。

「なんでだよ」

それは答えを必要としていない質問だった。ターンが何も答えないでいると、全てを悟ったタイプが代わりに口を開いた。

「俺が誰とでも寝る奴に成り下がったからだよな。だからお前は自分を守るために……そう考えたらすごく傷ついたんだ。あり得ないほど傷ついた。なんでこんなに傷つくのか自分でも分からないくらいだ。お前が俺と寝るのにコンドームを使うっていうことは、つまり、勝手にしろって突き放されてたことと同じような気がして。耐えられなかったんだ……」

タイプは力尽きたように告げ、顔を上げずに続けた。

「いい匂いがする女の子の方がいいはずなのに、なんで汗臭い男のことを思い出さないといけないんだ……柔らかい女の子を抱きしめているのに、なんでお前の身体を思い出すんだ……なんでプイファーイとキスしてるのにお前とのキスを思い出すんだ……なんでプイファーイといるのにお前のことを考えなきゃいけないんだ……なんでだよ‼」

そう大声で叫び、顔を上げて携帯とヘッドホンを枕元に置いたターンを見る。

「ターン、なんで俺はお前のことばっかり考えないといけないんだ！」

タイプが苦しそうに自分の胸の内を吐き出すと、ターンは聞いた。

「あの子と寝たのか？」

その言葉にタイプの目は険しくなり、ターンのシャツの襟を両手でぎゅっと掴んだ。部屋まで行って何もしなかったのか、と馬鹿にされた気がして怒りが湧いたのではない。

「できなかったんだ、ちくしょう。分かるか？　できなかったんだ！　女の子とできなくなっちゃったんだ‼」

タイプは自分の下に敷かれて横たわるターンに息を切らしながら大声で叫んだ。そして両手で襟を掴んだまま、もう一度顔をターンの胸に埋める。

「できなかったんだ。もうダメだ。あの子とできなかったんだ……お前じゃないとダメなんだ……お前じゃなきゃ！」

タイプは苦しそうに打ち明けた。かわいくてスタイルもいい女の子を前にしても、全く欲情しなかったのだ。それどころか、きつい香水が鼻につき、身体から放たれる甘ったるいその香りに彼女への興味が薄れていった。頭に浮かんできたのは、今タイプに怒鳴り散らされている奴の失望した顔だった。

「もう誰ともできない身体になっちゃったんだ」

目を閉じたタイプは力なく呟いた。

自分の本当の気持ちを……受け入れなければいけない時がきたのだ。

「ごめん、本当にごめん……許してくれるか？」

ターンはそう繰り返すタイプに向かって長くため息をつくと、大きな手を彼の黒い髪の上に置いた。

「今日は疲れてただけかもしれないし……」

「違う！　疲れてなんかない」

「その女の子をそんなに好きになれなかったのかもしれないし」

「違う！　どんな女の子も好きじゃなくなったんだ」

「じゃ、どんな男でもいいかもしれない――」

その瞬間、タイプは彼のシャツの襟を再び掴み、怒りのこもった眼差しで睨んだ。ゲイになったのだろうと言われるのは我慢できない。

「殺すぞ！　俺は男だ。どんな男にも興味なんてないんだ。考えただけで吐き気がする！」

「じゃあ……」

　ターンは怒るでもなく、真っ赤な顔で怒鳴るタイプを見つめながらその頬に優しく触れた。いつもであれば無下に手を振り払われるはずが、素直な気持ちを認めなければいけない状況に、タイプは泣きそうな表情をしている。

「俺はお前とだけだ。お前一人だ」

　自分はストレートだと主張した瞬間、隠されていた本心が姿を現し、タイプは泣き声で伝えた。そして最低だと罵ったこともあるターンの胸に顔を埋め、同じ言葉を繰り返すしかなかった。

「許してくれ」

「いい子だいい子だ」

　胸の上に顔を埋めているタイプの短髪を、ターンは優しく撫でた。柔らかくて心地好い低い声が優しく響くと、タイプの胸は罪悪感で押し潰されそうになる。

　こんなにも優しくしてくれるターンに酷いことをしてしまった。ターンがこれまでしてくれた行為に気を留めることもなかった。

「お前も知ってるだろ？　俺がお前に怒ったことなんてあるか？」

　肩を力強く抱きしめられ、タイプは身体中から力が抜けていくのを感じた。

　ターンという一人の男を好きだと認めることができるまで、その道のりは平坦ではなかった。身体と心の両方が同時に惹《ひ》かれなければ、本当の気持ちは引き出されなかったかもしれない。

　氷のような固い意志を持つ忍耐強いターン以外に、タイプの気持ちを動かすことができる奴はいなかっただろう。

　彼はタイプの全てを受け入れてくれた……。

　彼はタイプから逃げ出すことはないだろう……。

彼はただの遊び相手ではなくそれ以上だ……。

「これって……お前は俺のものってことだよな?」

　ターンが低い声で囁くと、力尽きたタイプは答えた。

「お前が俺のものなんだよ。最初から言っておくけど、お前をどこにも行かせないからな。俺はお前以外もう誰とも寝られない身体になっちまったんだから」

　その言葉は自己中心的で、愛があるのかないのかはっきりしないものだったかもしれない。しかしプライドの高いタイプが自分の信念を曲げてまで、ターン以外とは誰とも付き合わないと言ってくれたことの意味を、ターンは理解していた。

「俺はずっと前からお前のものさ」

　自分の気持ちを全て打ち明けたタイプはその言葉に顔を上げると、彼のシャープな目を見つめて、囁くように言った。

「ごめん」

　そう言いながらしたキスは、燃えるような激しいものではなく……唇と唇が触れ合うだけの甘いキスだった。

第二十八章　償い

「ごめん」

　ターンはタイプの口からそんな言葉が聞けるとは思っていなかった。今晩、寮に帰ってくるとも思わなかったし、子供のようにぎゅっと自分を抱きしめてごめんと繰り返すなんて思ってもみなかった。繰り返すが、まさか自分にこんな奇跡が起こるとは考えてもいなかった。

　奇跡だ……タイプが俺を選んだ。

　これまで忍耐強く彼を待ち続けてきたターンの心は信じられないほど昂っていた。彼女ができるかもしれないと思っていた時の悲惨な気持ちが、タイプの言葉で霧《きり》が晴れるように跡形もなく消えていく。タイプの身体から伝わる体温で……彼が自分の元へ戻ってきたことを実感した。

　〝戻ってきた〟じゃないな。これで彼が本当に俺のものになったんだ。


　ターンは微笑みを浮かべた。タイプは温かい唇をターンの唇に触れさせながら、下唇を甘噛みし、飼い主に甘えておねだりする子犬のように上唇を舐め回してくる。その様子にターンは再び「かわいい」と思ってしまう。

　視力検査に行くべきかもしれない。だが、勝ち気なタイプのこんなかわいい姿を見られるのならば、どんなに目が悪くても一向に構わないとすら感じていた。

　タイプのような人間が甘えながら謝る姿を誰が想像できるだろうか。気性が荒くて今もまだ自分はストレートだと言い張って、相変わらずゲイを毛嫌いしている。そんな奴が……キスをしてくるのだ。

　ターンはゆっくりとキスや甘噛みをしていたタイプの髪を掴み、引き寄せた。前屈みになったタイプは、口を開いて差し込まれたターンの温かい舌を口内に受け入れる。

　彼の柔らかくて冷たい舌がもたらす喜びに呼応するようにターンも舌先を絡ませると、二人の舌は唾液まみれになった。唇から発せられるキスの音は次第に大きくなっていく。

「ごめん。怒らないで」

タイプはそう囁いたが、それはお願いというよりも命じているかのようだった。彼が顔を近づけてもう一度キスすると、これまで一度もタイプに怒ったことなどないターンはそのキスに心を奪われてしまう。

タイプが身体をゆっくり離し、いつも言いなりになっていたターンは彼の目の奥を覗き込んだ。

何度も触れたいと思った、濃いまつ毛に縁取られたキリッとした目。多くのことを語る眼差し。

暴力的かつ攻撃的で、自分の考えを曲げない自尊心の高さ。そして大切なのは……今まさに燃え上がろうとする秘められた欲望。

「キスで許してもらおうと？」

ターンが片方の眉を上げてそう聞くと、タイプは手を伸ばしてターンの首を掴んだ。

「そうだ、謝ってるじゃないか……」

タイプのような人間が簡単に認めるとは思ってもいなかったが、ターンは何も言い返さなかった。彼の温かい唇がもう一度押し当てられ、これまでよりも激しいキスをされる。

ちゅっ……ちゅくっ……ちゅっ……。

二人はまるで磁石のN極とS極が引かれ合うように唇を重ね、舌先を絡め合い、甘い唾液を交換し合った。一方が攻めると、もう一方はそれを受け入れる。一方が守りに入ると、その隙にもう一方が激しく攻め立てる。広い部屋には二人のキスの音だけが鳴り響いた。

ターンは自分に跨がっている相手のTシャツに手を差し入れ、惚《ほ》れ込んでいる硬い背筋を愛おしそうに撫でた。タイプは気持ちよさそうに喉の奥でうめくだけで何も言わない。

タイプはシャツを脱ぎやすくするために彼から少し身体を離し、脱いだシャツを無造作にベッドの側に投げ捨てた。そして、一秒たりとも離れたくないというように温かい唇をもう一度重ね合った。

二人の息遣いは荒くなり、タイプは少し身体を引いて自分を見つめているターンの瞳を覗き込む。

「キスだけで許してもらおうなんて思ってない」

「というと？」

ターンは眉をピクッと上げて、いつ見ても魅力的なタイプの胸筋に視線を向け、大きな手を腹筋から胸に向かってゆっくりと這わせた。指先で乳首を優しく転がすと、タイプは深く息を吸い込む。

「俺に何してほしいんだ？」

そう聞かれたターンはニヤリと笑い、自分の腹筋の辺りに彼を跨がらせ、両手で尻を掴んで意味ありげに揉《も》みしだきはじめた。シャープな顔を褐色の首筋に埋めると、その味を楽しむかのように舌先で優しく舐める。

「お前を食べたい」

舌先で喉を舐めると、タイプは髪をぐっと掴んだ。ターンは低く掠れた声で言った。

「俺がしたいことはともかく、お前が俺に何をしてくれるか知りたいな」

そう言いながらターンは舌先を乳首まで這わせる。タイプの味を知りたい欲求からはどうやっても逃れられない。熱い舌で強く触れると、その刺激で柔らかい突起は硬さを帯び、ターンは唇を押し当ててそれを強く吸い込んだ。

「あっ……いぃ……」

タイプは声を押し殺さず、舌が触れることによって湧き上がる快楽に満足げに嬌声をあげた。その声に我慢できなくなったのか、ターンはもう片方の乳首に舌を這わせる。

するとタイプがターンの栗色の髪をガシッと掴み、優しく引っ張った。ターンが顔を上げると、彼は屈んでターンの唇を舐めながら、掠れた声で囁くように言った。

「じゃあ、好きなだけ俺のこと食べさせてやる」

そしてターンは思いきり肩を突き飛ばされベッドに倒れ込み、何も言わないまま自分の首筋に顔を埋めようとしているタイプを見つめていた。タイプは舌先を首筋に這わせ、熱い肌に直接触れようと、パジャマにしていたランニングシャツの中に手を入れてくる。

そしてタイプの両手が薄い色をした乳首に触れ、優しく摘まみはじめた。ターンは深く長く呼吸をして、胸筋に埋まっている彼を見た。胸筋の突起をシャツの上から舐められると、ターンの息はさらに荒くなっていく。

女でも男でもみんなここは感じるんだ。

鮮やかな色の舌で胸筋を舐め回し、指でより強い刺激を乳首に与えているタイプの黒い髪の上に手を乗せながらターンは思った。経験がないから、ターンがしてあげたことをぎこちなく真似しているのだと思うと……愛おしくてたまらない。

両手を使ってパジャマのズボンを脱がせようとする愛おしい彼に、ターンは腰を浮かせて脱がせやすくしてあげた。脱がされたズボンはベッドの隅に置かれた。

「うぅ」

そしてタイプのかさついた手が中央の膨らみに触れると、ターンは低くうめいた。これまでは一度も自分から触ろうとしなかったのに、今はターンの歓心を得ようと自ら手を上下に動かしている。ターンの欲情がゆっくりと昂るにつれ、それを煽ろうとするタイプの顔も驚くほどに興奮がみなぎっていた。ターンはまだほとんど何もしていなかったが、タイプの顔には汗が滴り、その表情や眼差しは欲望で溢れている。

美味しそうだ……。

そう感じてはいたものの、ターンは動きださずにただ横たわって事の成り行きを見守っていた。タイプはベッドの隅に座り、思わず声をかけてしまうほどにターンのモノを凝視している。

「したくなかったら無理にしなくていいんだぞ」

「黙れ、集中してるんだよ」

「ふっ」

ターンは堪えきれずに掠れ声で震えるように笑った。微かな期待に気持ちは昂っているが、まさかタイプが本当にしてくれるとは思えなかったのだ。

しかしタイプは両手でターンのモノをしっかりと握りしめ、上目遣いでこちらを見ながら、手からはみ出した赤い先端を舌先で優しく舐めた。ターンの心臓は危うく止まりそうになる。

その姿はこの世のものとは思えないほど刺激的だった。

ターンの視覚が捉えたのは、プライドを捨て、燃えそうなほど熱いモノを不安そうに、しかも自信なさげに舐めているタイプの姿だった。決して上手くはなかったが……嫌そうな様子ではない。

「うぅ……はぁ……」

アイスクリームを舐めるように、真っ赤な舌がターンのモノの中央部をゆっくりと上下する。彼の熱い吐息がかかり、ターンは思わず奥歯を食いしばった。手の平で弧を描くように先端を優しく撫で、口を大きく開けて舐め回す姿に、なんて挑発的なんだと思わずにはいられない。

タイプは今、自分がどれほど挑発的な姿をしているか分かっていないだろう。ゲイを悩殺するために生まれてきたに違いないと、ターンは確信していた。

「こんな味だったのか……すごく熱いな……」

タイプは、新しいおもちゃを与えられた幼い子供のような言葉を呟いた。それだけではない、思っていたより悪くないと感じたのか本気で愛撫しようとし、前屈みになって大きなモノを咥《くわ》え、徐々に呑み込んでいく。口をゆっくりと上下に動かすと、口内で舌先がモノに触れ、ターンは思わず彼の髪をぎゅっと掴んだ。無理強《むりじ》いはしたくなかったが、同時に、頭を熱いモノの根元まで押し込みたい衝動に駆られてしまう。一週間前、いや昨日までの自分には考えられない姿だった。

「口をもっと窄《すぼ》めて……あぁ……」

教えるように言うと、タイプが文句を言った。

「うるさいな！」

「いぃ……あぁ……うるさいさ……でもお前はこんな俺の……言う通りにしてくれるじゃないか」

口では文句を言っても、やめる気配もなく必死に口を窄めようとするタイプの姿に、ターンは笑いながら頭を優しく撫でた。ターンは彼の頭を根元まで押し込まないように我慢することで精一杯だったが、そんな彼の努力に、タイプは全く協力することはなかった。

ターンのモノとタイプの顎先が唾液まみれになるほど口の動きはますます速くなり、奥まで咥えられるようになった。ターンは深呼吸をすると宙を仰ぎ、そして……。

ドクッ。

「ゴホッゴホッ……この野郎！　なんで出す前に言わないんだよ。生臭いし苦いし最低じゃないか。こんなの飲み込めるかよ、ちくしょう‼」

我慢できなくなったターンは、告げる余裕すらなく思わず彼の口内に出してしまったのだ。口の周りを白濁色の液体でベトベトにしたまま、タイプは大声で文句を言いながら手の甲で拭いた。

「うっ！」

その時、微笑みを浮かべていたターンが彼の首に手を回し、頭を引き寄せて唇を重ねた。舌で自分の体液を舐め取ると、それを飲み込む。熱い舌先が絡み合い、タイプの恨《うら》み言はターンの喉の奥へ吸い込まれていった。

タイプは抵抗することもなく、むしろ身を任せて受け入れている様子だった。両手でジーンズを脱ごうとしてターンがそれを引き下ろす。ジーンズが足首まで下ろされ、タイプがもう一度ターンの上に跨がると、二人のモノが直に触れ合った。

「何度も飲み込めばそのうち慣れるよ」

「絶対やだ！」

タイプはそう言い返し、身体の中央の触れ合っているモノに視線を向けた。

「もう復活してんのか」

「さっきはイったわけじゃないから。お前があんな顔するから思わずイきそうになっただけ」

タイプが不思議に思うのもおかしくない。ターンのモノはまだ燃えるように熱く、膨張しすぎて今にも破裂しそうなほど硬いままだったのだ。お互いのモノは、擦り合わされ湿り気を帯びてきている。

〝美味しそう〟な彼は眉をひそめて聞いた。

「あんな顔ってどんな顔だ？」

ターンはその問いには答えようとしなかった。答えたところで、タイプが熱い二本のモノを握って擦り合うのをやめて殴り出すことが目に見えている。

あまりの熱さにターンは舌舐めずりをした。目の前にいる、火傷しそうなほど身体を火照らせた褐色の男を食べてしまいたい欲求はあったが……その様子からすると、今日はターンに何もさせないと考えているようだ。

そして今、タイプはさっきターンがイキそうになった時と同じ表情をしていた。奥歯を噛み締め、頬を赤く染め、こめかみには汗が滴っている。腰を動かして熱いモノが擦り合わされるたびに目は細められ、口を開けたまま低い声でうめいていた。

ベッドに横たわっているターンは、目を疑うような彼の姿に興奮した。

「あっ……はぁ……はぁ……いぃ……」

一糸まとわぬ姿で息を荒げ、腰が動いてモノが触れ合うたびに気持ちよさそうにしている。触れ合うだけでこんなにも感じているのに……それを挿れたら何倍も気持ちよくなることをターンは知っていた。

ターンがタイプの腰を両手でガシッと掴み、指先を背面の狭い入り口に優しく這わせると、彼は身体を強張らせ息を荒くした。

「ジェル持ってこないと」

「いいよ……なくても大丈夫……このままで充分……」

ターンは心配そうに言ったが、タイプはそれを険しい声で跳ねつける。そして彼は指三本を自分の口の中に入れ、できるだけ深くねじ込み舐め回すと、唾液まみれになった指を抜き出し、自分の背中の方へ手を伸ばした。

「うっ……いっ……まさかこの……人生で……指を自分の……はぁ……尻に挿れるなんて……」

「おい、明日になったら痛むぞ」

タイプの頑固な目を見て、やめろと言っても簡単にはやめないことをターンは悟った。奥歯を食いしばり痛みに耐えながら、狭い入り口を自ら拡張している彼を横になってただ眺めることしかできない。

「自分でシて気持ちいいのか？」

「馬鹿野郎‼」

おかしそうにそう聞くと、奴は睨み返し、ターンは低い声で笑った。

「どこまで痛みに耐えられるか見届けてやるよ」

タイプが自分の狭い入り口から指を抜き、代わりにターンのモノを掴んで押し当てると、ターンは一瞬で笑うのをやめた。熱い狭い入り口にゆっくりと包み込まれていき、ターンは彼の腰を押さえつける。

そしてタイプが痛いんじゃないかと思い、上体を少し起こして彼の肩を抱きしめながら囁いた。

「ゆっくり、タイプ。うぅ……一度に挿れようとするな……」

「んんっ！　分かってる……よ……はぁ……あっ……お前……あぁっ‼!」

口ではそう言ったものの、両手でターンの肩をぎゅっと掴みながら、タイプは狭い入り口の奥へ奥へと熱いモノを呑み込んでいく。根元まで全てを呑み込み終えると、部屋中に荒い息遣いが響き渡った。

二人はもう一度唇を重ね、熱い唾液を交換し合った。下半身は鈍い痛みに襲われたが、ターンがゆっくりと腰を動かしはじめると、その衝撃でターンの舌を噛みそうになってしまう。

「くそっ！　ターン……そこ……気持ちいい……いっ……はぁ……うぅ……」

彼の嬌声を聞いて、ターンは躊躇《ためら》うことなく性感帯を刺激した。執拗な攻めにタイプの低い声が響き、ターンはリズムをつけて腰を動かしはじめる。

そしてその動きがスピードに乗ると、タイプは両脚を大きく広げたままターンの腹筋に手を乗せ、快楽のままに自分の腰を動かした。激しさを増すにつれて息が荒くなっていくターンは顔を上げ、改めて思った……気持ちよすぎて死にそうだ。

「あっ……はぁ……いぃ……ターン……気持ちいい」

自分に跨がるタイプのチョコレート色の肌は汗で

湿って艶《つや》めき、顔を快楽で歪ませ、誰かに聞かれるかもしれないことなど気にする様子もなく息を荒げている。艶《なまめ》かしく動く彼の下半身に、ターンは奥歯を食いしばった。

「これが……お前の……謝罪なのか」

「ああ！　あっ……これが……素直じゃない……俺の……謝り方だ……はぁ、はぁ……でも……イイだろ……？」

ターンは奴の乳首を弄りながら掠れた声で笑った。

「良くないなんて言ってない……」

「いっ……ターン、俺……もう我慢できない」

その時、腰を動かしたままでタイプの上半身が倒れてきそうになった。ターンもそれに応えるように強く腰を打ち付け、汗で濡れた彼の肩を両手で掴む。快楽の大きな波が押し寄せてくると、タイプもターンの頭をぎゅっと掴んできた。

振動するベッドの音に合わせて、肉体がぶつかり合うパンパンという音が部屋中に響いている。二人の最終地点はもうすぐそこまできていた。

「タイプ……俺もう……」

中に出されるのを嫌がると知っているターンがそう告げる。

「や……いいから……中に出して……」

しかしタイプのいじらしい言葉に、ターンは自分の欲望をコントロールすることができなくなった。タイプも自分のモノを握って、手を上下に激しく動かすと、ターンの硬い腹筋を欲望でベトベトに汚した。

狭い部屋の中に二人の荒い息遣いだけが響いていた。

「明日は一日ベッドで寝込むことになるぞ」

「いいよ。明日は休みでどこにも行かないし。お前が食べ物とか飲み物とか買ってきてくれるのをベッドの上で大人しく待ってるから」

呼吸が落ち着きはじめると、あまりの気持ちよさに潤滑ジェルを取りに行く余裕すらなかったターンはタイプの背中を優しく撫でながら心配そうに声をかけた。しかしタイプは、起き上がれなくなるほどの痛みじゃないから大丈夫だと言い張る。

「もう誰かに会いに行かなくていいってことか？」

嫌味を言ったつもりはなく、ただ念を押しただけだったのだが、その問いかけにタイプは顔を上げると目を合わすこともなくゆっくりと首を振った。

「会わない……もう会わないって彼女には言ったから……さっき、部屋に戻る途中、電話番号もメッセージも全部削除した」

そこまでしなくてもいいのに。

そう言おうか一瞬迷ったターンは、彼が女の子と連絡を取り合うのを許せるほど器《うつわ》の大きくない自分に気付き、言葉にはしなかった。タイプは微笑みながら顔を上げたが、その表情は暗い。

「彼女に戻りたくなったとしても、もう戻れないんだ」

「なんでだよ」

ターンの問いかけに、隣で横になっているタイプは大きくため息をついた。

「恋人がいるって言ったんだ」

ターンは身体を強張らせて自分の耳を疑った。

今、なんて言ったんだ……恋人？

「そうだよ、そんな目で見るな。恋人がいるって言ったんだ。しかもベッドの上で。そりゃあ叩かれたよ……今頃俺のこと罵倒《ばとう》してるだろうな」

タイプはそう言いながら頬を軽く撫でて肩を竦める。

「弱々しいパンチでさ。あんなパンチを喰らっても痛くも痒《かゆ》くもない」

「自分がどんな酷いことしたか分かってるか？」

ターンの嫌味にタイプは鋭い目で睨んだが、彼は笑顔を浮かべながら大きな手を伸ばしてその頬にそっと触れてきた。

「そんな酷いお前が好きなんだけどな」

「ふっ！」

鼻で笑うも、タイプはターンに触れられた頬が熱を帯びてきているのを感じていた。ターンが満面の笑みで抱き寄せると、彼は抵抗することなくそれを受け入れる。以前であれば考えられないどころか殴られていただろう。

「本当にいいんだな、ゲイと付き合うことになるんだぞ」

極端な心配性になったわけではないが、ゲイを毛嫌いしているような男と本当に付き合えるんだという確信を持ちたかった。タイプは黙り込むと首を振った。

「正直、まだ自分でも分からないんだ。これまでの人生、ずっとゲイを嫌ってきたのに、かわいい女の子をフってまでお前みたいにごつい男と付き合うなんてな」

タイプは少し苛つきながらそう言うとため息をついた。

「ごめん……俺って本当に口が悪いよな。怒らないでくれよ」

そんな言われ方をするほど自分は何もしていないのにとターンは思っていたが、「怒らないでくれ」と言われると……怒れなくなってしまう。

「最初、お前が帰ってきたら、もう別れようって言おうと思ってたんだ」

タイプは飛び起きて驚いたように顔を見てきた。その様子に、ターンはこれまで以上の笑顔で言葉を続けた。

「でも、今は死んでも別れないって思ってる……驚いてるのか？」

「なんだよ！　驚かないわけないだろ。お前が別れるって……」

「この一週間、もう別れるってお前に言われるんじゃないかって、ずっと怖かった」

ターンの真剣な言葉に、拳を握りしめて怒っていたタイプの顔に反省の色が戻ってきた。そしてタイプは同じ言葉を繰り返した。

「ごめん。もう二度とお前を遊び相手みたいに扱わないから」

「分かってるならいいんだ」

そう言うと、ターンは起き上がったタイプを引き寄せて自分の隣に寝かせる。

「このベッドじゃ狭いな」

「今までは文句言ったことなかったのに」

「今までは終わったら別々のベッドで寝てたから」

タイプはターンを抱きしめて広い背中を撫でながらそう答えた。

「ごつい男が二人も同じベッドの上にいたら窮屈《きゅうくつ》だろ」

文句を言い続けるタイプにターンは笑いながら身体を重ねた。そしてシャープな眼差しでタイプを見つめながら、魅力的な笑顔で聞いた。

「来学期、大学の外のマンションに引っ越すか?」

「親父がダメって言うに決まってる」

タイプが鼻声で答える。

「俺が家賃払うから」

ターンに即答され、タイプは眉をひそめた。自分一人で家賃を負担するなんて言ってきた相手にもう少しで言い返すところだったが、ターンは言葉を続ける。

「お前の声をもっと聞きたいんだ。我慢してるのもセクシーでいいけど……お前の声を聞くと興奮するから」

首筋に顔を埋めながらそう言うターンに対して、手で振り払うことはせずとも、一本に繋がりそうなほど二本の眉を思いっきりひそめた。

「蹴り飛ばすぞ?」

「本当だよ」

ターンは答えながら彼の耳たぶを甘噛みした。

「俺みたいな奴のどこがそんなにセクシーなんだ?」

「お前は知らなくていい。俺一人が知ってるだけで充分だ」

低い声で優しくそう囁かれる。

「ふっ、お前は本当に独占欲が強いな」

タイプの言葉に、ターンはすぐに言い返してきた。

「俺みたいなヤキモチ焼きと付き合えるのか?」

タイプが目を合わせようとターンの顔を引き寄せると、その顔には笑みが広がっていた。

「付き合わないなら、こうして部屋に戻ってきてお前に抱かれないだろ」

「じゃあ、一晩中抱いてやるよ」

ターンはそう囁きながらタイプの脚の付け根へ手を伸ばして両脚を開かせると、彼はその脚をターンの腰に絡ませた。

そしてタイプの口から出てきた言葉にターンは歓喜した。

「好きにしろ」

もちろんターンもそのつもりだった。タイプと付き合えるようになるまで……死ぬほど大変だったのだから。

第二十九章　タイプに彼氏ができた時

　実際、彼氏ができるというのも……思っていたほど悪くない。

　朝、目が覚めた時からタイプはそう思っていた。

身体に全く力が入らないどころか全身筋肉痛だが、起き上がると朝食がテーブルの上に準備されていた。向かいのベッドに視線を向けたら、山積みのレポートと格闘していたターンが顔を上げ、慌てて駆け寄ってくる。

「シャワー行けるか？　身体拭いてあげたんだけど、まだ気持ち悪いとこあるよな？」

　そう言われて自分の姿を見てみると、奴が穿かせてくれたらしいオーバーサイズのハーフパンツを穿いていた。タイプは首を振った。

「顔を洗って歯磨きしたい。え……これ俺の声？」

　何を言っているか聞き取るのも難しいほどタイプの声は低く掠れている。慌てて喉に手を当てて思い出した。

「そうだ、昨晩激しかったんだった」

　一人で呟きながら小さな洗面台があるベランダまで歩いていこうとすると、一歩進むごとに前立腺まで激痛が走った。ターンが身体を支えようとしてくれたが、その善意は断った。

　冷たい水に触れ、起きたばかりのタイプの頭はようやく回転しはじめた。顔を洗い、歯を磨き、朝食をとってからシャワー室へ行こうと考える。タイプは男らしく洗顔後もタオルで拭かず、濡れた顔に付く水滴をパパッと両手で払おうとしたが、その時、サッと小さなタオルが目の前に差し出され、困惑したままそれを受け取った。

「ご飯冷めちゃったな。温めてこようか？」

「いいよ、食べられるから」

　タイプは慌てて首を振った。お腹が鳴るほど空腹で、熱くても冷めていてもなんでもいいから一刻も早く食べたかったのだ。しかし、いつもの席に座ろうとした時だった。

「くそっ！」

タイプが悲鳴にも似た声をあげると、水を注いでいたターンが振り返った。

「どうした？」

ターンをキッと睨みつけながらタイプは言った。

「お前のだ！」

「俺の？」

「だから……」

どうして怒鳴られたのか理解できないという表情のターンに、タイプは説明するのを躊躇した。座ろうとしたら、昨晩から残っていたターンの体液が体内から流れ出し、ズボンを汚したのを感じたのだ。

「もういい。シャワー行ってくる」

愛する恋人に知られるのを恥ずかしがり、険しい声でタイプはそう言うとタオルを掴んでできる限り男らしく部屋から出ていこうとした。その様子に、最初は全く意味が分からなかったターンはようやく何かを理解しはじめた。

「あぁ、俺の……昨晩掻き出そうとしたんだけど、お前が寝ながら無意識に俺の手を振り払うからできなかったんだ……」

タイプともあろう男がそんな恥ずかしい話に耐えられるはずがない。昨晩の光景が頭の中にフラッシュバックすると、今の彼に出せる最高速度で歩いて急いで部屋から出ていこうとする。特に……自分がターンに甘える姿を鮮明に思い出したのだ。

思い出せば思い出すほど恥ずかしい。俺が女の子みたいに許しを乞《こ》うなんて！

シャワーの下に立ち、頭からつま先まで冷たい水を浴びながらタイプはそう思った。しかし、掻き出された体液がシャワーの水と一緒に流れはじめた時だった。

「タイプ、ドア開けて」

「な……なんだよ！」

タイプは身体を強張らせた。愛しの恋人がドアをノックしてきて心臓が飛び出すかと思うほど驚き、昨晩の続きをしようとしているのかと訝《いぶか》しがる。

シャワー室での情事は興奮するが、昨晩の恥ずかしい記憶がまだ生々しく残っている今はしたくない。

タイプは大声で怒鳴り返した。

「開けない！」

ここで昨晩の続きをしようとしてるんだろ？

「え？　シャンプーとボディソープ、いらないのか？」

は？

「ちょっと待て。シャンプーとボディソープを持ってきたのか？」

タイプがうわずった声で叫ぶと、シャワー室の外に立っているターンが答えた。

「ああ、せっかく持ってきたのにドアを開けてくれないと渡せないだろ。どうやって洗うんだよ」

彼の声に、タイプはドアを開けて手を伸ばす。

「もう用事は済んだろ。どっか行けよ」

「なんでだよ。俺が何かすると思って怖がってるのか？」

ターンはそう言いながらも、手を伸ばしてシャンプーとボディソープのボトルを差し出してくる。

ターンの善意を疑ったタイプは合わせる顔もなく、受け取るや否や急いでバタンとドアを閉めた。

「手伝おうか？」

さらにそう聞かれ、シャワー室の中にいる男は歯を食いしばる。

「どっか行け。蹴るぞ‼」

笑い声を響かせてターンが部屋に戻っていくと、シャワー室には恥ずかしさのあまり壁に頭を擦りつけそうになっているタイプだけが残された。昨晩、気持ちを打ち明けたターンと目を合わせる勇気がなかったのだ。

シャワーが終わって同じ服を着ると、タイプは部屋に戻った。温め直して湯気が出ている朝食の香りで満ち溢れ、テーブルの上には水も用意されている。そして、タイプの鼻は何かを感じ取った。

「なんの匂いだ？」

ターンはピンクの花の香りの消臭スプレーの缶を持って見せた。

「終わった後の俺たちの臭《にお》いが嫌だって言うから、

シーツを洗濯して、これを買ってきたんだ。もう臭《にお》わないだろ？」

ターンがそう言うと、タイプは染み一つない新しいシーツに交換されたベッドに視線を向け、部屋中の香りに包まれながら頷く。

「そうだな」

世話を焼いてもらって喜んでいることがバレないように落ち着いた声で言うと、下を向き、同じく床に座ったターンと目を合わせないようにして朝食を貪《むさぼ》りはじめた……頬杖をついている奴の視線を感じながら。

なんでそんなに見つめてくるんだ‼

下を向いて食べていても、ターンが内臓まで見透かすほどの強い眼光で自分を見つめていることにもちろん気が付いていた。しかしいつもであれば顔を上げて怒鳴っているところだったが、今日はできなかった。

「今日はまだ目を合わせてもらえないんだけど……おいっ！　なんで蹴るんだよ」

恥ずかしさを堪えて何事もなかったかのように振る舞っていたのに、苛つきのあまり脚を伸ばして蹴りを入れる。ターンは叫び声をあげたが、蹴った張本人は何も言わずに黙ったまま、もう一度蹴ろうとした。

「放せ！」

しかし脚をガシッと掴まれてしまいタイプが鋭い声で制すると、ターンは黙って彼の顔を見つめながら……微笑んだ。

「俺の顔を見ろよ」

「見てるじゃないか！」

タイプの言う「見る」というのは、一瞬顔を上げ、チラッと見てすぐに視線を逸らすことを意味していた。その様子に、ターンはタイプの脚を向かい側に座る自分の方まで引っ張ると、足の裏をくすぐりはじめる。

「あっ……やめろターン！　ちくしょう。くすぐったい！」

くすぐり続けられ、彼はあまりのこそばゆさに転げ回ったが、ターンは一向にやめる気配がない。

「おっ、目が合ったな」

「はぁ？　そんなに目を合わせたいのか？　分かったよ。ほら、お前のことちゃんと見てるだろ！」

転げ回っていたタイプは大声で叫ぶと、くすぐられて怒っていると言わんばかりに相手を睨んだ。ターンはくすぐるのをやめ、微笑みを浮かべて見つめ返したが、手は足首を掴んで離さないままだ。

そんなに見たいなら見ればいいさ。そのうち頭に噛みついてやる。

タイプはそう心に誓ったが、優しい眼差しや口角を少し上げた微笑み、そして昨晩自分から腰を振って求めた〝万里の長城〟の顔を見ると……片方の腕で顔を隠した。

「俺の負けだ」

できる限り険しい声でそう言ったタイプの顔は自分でも分かるほど熱く火照っていた。

「恥ずかしいんだよ。これで満足か！　もう見るな。昨晩自分が何をしたか分かってるけどさ、そんなに見るなよ」

昨晩の出来事の気恥ずかしさを隠すように大声で言うと、ターンは微笑み、掴んでいた足首から手を離した。自由になった脚を急いで引っ込めたタイプに、ターンが低い声で言った。

「昨晩のこと覚えててくれててよかった」

「覚えてないわけないだろ！」

タイプが不満げにそう答えると、ターンの顔に笑顔が広がった。

「じゃあ、俺らが付き合ってるっていうのも覚えてる？」

「……」

認めたくはなかったが、ターンは期待を込めた目で見つめてくる。しかも、タイプが起きる前からずっとこの質問をしたくて待っていたような様子だった。昨晩プライドを捨てて頭を下げたタイプは、重い口を開いた。

「ああ、覚えてる！　全部」

どうやって奴を抱きしめたか、甘えたか、謝ったか……そして自分の気持ちを打ち明けたか、タイプは全て覚えていた。その言葉を聞いたターンは笑顔で顔をクシャクシャにすると、レポートを作成していたパソコンを手に持ち、タイプの隣に座ってベッドに寄りかかってくる。タイプはそんな様子にチラッと視線を向けた。

「なんでここに座るんだよ。他にもいっぱい座るところあるだろ」

「ここがいい」

ターンにサラッと言われ、タイプはこれ以上理由を聞いても無駄な気がした。これまで以上に、なんというか……近い関係性になったことを態度で示そうとしているのは明らかだったからだ。タイプは下を向いてご飯を食べ続けるしかなかった。

「皿は俺が洗うから」

しかも食べ終わると、ターンはパソコンを置いて立ち上がり、皿とグラスを持ってベランダのシンクまで持っていったのだ。そんな態度にタイプは口を尖らせた。

「俺のこと世話が焼ける女の子みたいに扱うんだな」

しかし口ではそう言っても、タイプは悪い気はしていなかった。

彼氏がいるっていうのも悪くないな。

そう思いながら皿があった場所にパソコンを置き、ベッドに這い上がる。そして力尽きたようにうつぶせになると、今日は絶対に外出しないと心に決めた。

すると皿洗いを終えたターンに声をかけられた。

「何かいるなら買いに行ってくるけど」

「お前、世話を焼きすぎだぞ。ただ一緒に寝ただけじゃないか。足が不自由になったわけでもないのに」

口の悪いタイプはそう言い返したが、そんな態度にはもうすっかり慣れたターンは頭を抱えるだけだ。

「で、何もいらないのか?」

「いらない。ただ眠りたいだけだ。お前はレポートをやれよ」

タイプの答えに、ターンは彼が横になっているベッドにもたれて座り、テーブルを引き寄せ、やりかけのレポートに取り組みはじめた。タイプは顔を傾け、そんな彼を見ながら尋ねた。

「期末のレポートか……締め切りはいつなんだ？」

「来週だよ……お前は？　期末なのにレポートとかないのか？」

聞き返され、タイプはため息をついた。

「あるさ。そのうちするよ。今はまだ気分が乗らないんだ」

素っ気なくそう答えた時、ちょうどタイプの携帯が鳴った。周囲に手を伸ばして携帯を探し、昨晩穿いていたジーンズのポケットに入れっぱなしだったことに気付いてタイプはため息をつく。

「取ってあげるから待ってて」

タイプが身体を動かしたくないことを知っているターンは、笑いながらポケットから携帯を取り出し、タイプに手渡した。タイプはチラッと画面を見ると、着信拒否のボタンを押してそのまま枕の側に投げた。

「出なくていいのか？」

「いいよ。チャンプだから……あいつの友達を弄《もてあそ》んだことに対して文句を言うために電話してきたんだろうな」

タイプは正直に答えた。同じ学部のチャンプはきっと実家に帰っていて今日は寮にいないのだろう。そうでなければ、今頃部屋まで乗り込んできてタイプに罵声《ばせい》を浴びせているに違いない。彼に事情を説明するのも面倒なので、今度会った時に直接きちんと話そうと思っていた。

「ふーん」

タイプは、背中を向けたまま素っ気なく返事をするターンの後頭部を見ていた。

ターンはプイファーイのことを何も聞かない。聞きたくないだけなのかどうかは分からないが、タイプは内心ほっとしていた。彼女のことは……彼女にしてしまった最低なことは、あまり話したくない。ターンに対して付き合っているのかどうか曖昧《あいまい》な態度を取っていたことも、わざわざ蒸し返したくなかった。

レポートを書くターンを横になったまま見ると、彼の髪は自分よりも少し長いことに気付いた。柔らかそうな濃い栗色の髪に触りたい衝動に駆られたタイプは、手を伸ばして首の後ろまで伸びた髪に優しく触れてみた。指先を入れ、何度も髪を掻き上げると、奴の頭はボサボサになる。しかし、そんなタイプを顔を上げてチラッと見ただけで、ターンは何も言わずにレポートを書き続けた。

大人しく寝ている以外にすることがないタイプは、ターンが何も言わないのをいいことに、先ほどよりも手荒に髪を掴んで遊びはじめた。髪を引っ張って上を向かせては元に戻したり、戻してもまだ上を向いている髪を手の平で頭に押し付けたりする。

「楽しいか？」

しばらく遊ばれていたターンに聞かれ、退屈をしているタイプは笑った。

「楽しい」

〝万里の長城〟の髪を弄んでいるタイプの答えに、ターンはまた黙った。

「そっか。楽しいならよかった」

レポートを邪魔されても怒る気配もない相手に、タイプはしばし沈黙し、横向きに寝転がると……ベッドにもたれかかっている彼の顔に両手を持っていき、グイと顎を上げた。ターンは何か言おうとしたが、その前にタイプが……横になったまま身を乗り出してキスをした。

唇を重ねて優しく舌先を絡ませるタイプに、ターンもマットレスの高さまで首を伸ばし、顎を掴んで唇を強く吸う。そして同じく舌を絡ませ、されるがままになっていた。しばらく経って唇がゆっくりと離れると、二人の視線がぶつかった。

「タイプ……」

「レポートやるんだろ。俺は寝るから」

甘い言葉を囁く代わりにタイプは眉を上げてそれだけ言うと、これまで通りうつぶせに寝転がった。突然キスをされたターンは黙って見ていたが、それ以上もう何も言わなかった。

俺みたいな奴はこんなことしかできないから。

普通は、付き合えば何かしら言葉や態度が変わるものだとタイプも分かっていた。しかしこれまでずっと嫌悪感を抱き、高圧的に怒鳴り散らしてきたターンに対して、プイファーイにしたように突然優しくすることはできなかった。奴は男なのだ。奴に対してはこのくらいしかできない。

「おやすみ」

ターンもそれは分かっていたのだろう。それだけ言うと、ゆっくりと微笑んだ。

彼氏がいるっていうのも思っていたより悪くないな。

RRRRRRR！

いつの間にか眠ってしまったタイプは、携帯の鳴り響く音で目が覚めた。眠い目を擦って画面を見ると、発信者の名前が目に入る。拒否ボタンを押してそのまま携帯の電源を切ろうとも思ったが、ため息をついて電話に出た。

「何、父さん」

電話に出ないわけにはいかない。出なかったら来月の銀行口座の残高がゼロになってしまう。

『何じゃないだろ。昨晩はどうだった？　恋人になれたのか？』

タイプは両目を丸くして驚いた。女の子をデートに誘うからと言って小遣いをもらったことをすっかり忘れていたのだ。その結果報告を聞きに父親は電話をしてきたのだろう。息子がかわいい彼女を連れて実家に帰るのを期待して待っているのかもしれない。申し訳ないことに、息子には彼女ではなく彼氏ができてしまった。

そこまで考えると、タイプの気持ちは沈んだ。両親は息子がなぜゲイを毛嫌いしているのか、その理由を知っている。かわいい息子がゲイと付き合っているなんてことが知れたら、両親はどんな顔をするだろうか。

その時、ベッドに寄りかかっているターンにチラッと視線を向けたタイプは、彼が首を曲げてマットレスに頭をもたせかけながら眠っていることに気付いた。長い脚を伸ばし、テーブルは遠くに追いやられている。奴も疲れきっている様子だ。昨晩の情事に、タイプだけではなく……ターンも相当疲れが残っているらしい。

「ダメだったよ、父さん」

恋人がいるって言って叩かれたことは……父さんには言わないでおこう。

『まだまだ全然ダメだな。母さん、俺らの息子はフラれたってさ』

「フラれたんじゃない。彼女にするにはちょっと違った、ってだけで」

ちょっと違ったなんて状況じゃないけど。心臓麻痺を起こしかねないから父さんは知らない方がいい。

『言い訳か?』

電話口で父親がいい気味だとでもいうように大声で笑った。タイプは肩を竦めると、隣で眠っているターンの髪を撫でる。

「父さん、お願いがあるんだ」

『またお願いか? 彼女もできなかったのに何をお願いするっていうんだ。ダメだダメだ!』

ふざけたことばかり言う父親にタイプは目を瞬《しばた》かせた。

「来学期、大学の寮を出てマンションに住みたいんだ」

ターンの言った通り……外のマンションを借りた方がいいとタイプも感じていた。隣の部屋に迷惑をかけずに済むし、ダブルベッドがあれば窮屈なシングルベッドで狭い思いをして寝る必要もなくなる。

しかし、父親からは予想通りの答えが返ってきた。

『おいおい! これしきのこと我慢できないのか? 楽することばっかり考えて。一年は寮にいるって約束じゃないか』

「それは父さんが勝手に言ってたことじゃないか。俺は一年も寮にいたいなんて一言も言ってないのに」

『寮もいいもんだぞ。友達もたくさんできる』

はい。友達もたくさんできました。息子に彼氏ができたのも、寮に住んでたからです。寮に住んでなかったら今頃父さんの期待通りに彼女ができてたかもしれないのに。

　タイプは目を瞬かせてそう思っていた。電話口の父親にどうしても引っ越ししたいと言いながら、手はまだターンの髪で遊び続けている。しかしスポンサーである父親は、どうしても息子に寮で人脈やコネを作ってもらいたい様子だ。

「友達と一緒に寮を出るんだよ、父さん。家賃を折半してさ」

『誰だ？　テクノーか？　高校の時の友達？』

　俺には新しい友達ができないとでも思ってるのか？

「違うよ、大学で新しくできた音楽学部の友達。病気の時に看病してくれた奴だよ、覚えてる？」

　父親は記憶をたどり、玉子の塩漬けを送ったことをすぐに思い出したようで大きな唸《うな》り声をあげた。最初はテクノーが看病してくれたのだと思っていたのだが、紆余曲折《うよきょくせつ》があって結局はルームメイトだったということが分かったあの件だ。

『なんで寮を出てマンションに引っ越そうと思うんだ？』

「その方が色々と便利だから」

　寮にいたら、ターンと寝る時に拳を口に突っ込んで声が漏れないようにしないといけないからさ。

　心の中でそう答えたが、父親はまだしつこく聞いてくる。

『例えば……？』

　答えるのが面倒くさくなってきたタイプは、必殺技を使った。

「いいだろ、父さん。〝タイプくん〟に引っ越しさせてくれよ。〝タイプくん〟ちゃんと約束するから。真面目に勉強するし、門限は十一時でもいいし、クスリにも手を出さないし、女子にもうつつを抜かさないから。しかも成績表にはAばっかり並ぶって約束する。これでどうだ！」

　タイプは、他人がいるところで自分のことをくん付けで呼ばないようにしている。中学生の時、友達にからかわれ、その友達を追いかけ回して蹴りを入れたことがあったからだ。自分をくん付けで呼ぶ男の子はかわいく見られることを分かっていて、何かお願い事がある時は……〝タイプくん〟になるのだ！

『クスリに手を出さないのは当たり前だ。でも、女子にうつつを抜かさないっていうのは、お前EDか何かなのか？「息子になんてこと言うの‼」』

電話の向こう側で母親が大声で叫んでいるのが聞こえ、タイプは爆笑して心の中で「いい気味だ」と毒づいた。

『タイプ、あんまりお父さんの言うこと聞いちゃダメよ。またね、お父さん仕事行くって逃げていったわ』

しかし代わった母親に電話を切られ、タイプは両目を見開いた。必殺技まで使って懇願し、あと少しのところで念願のマンションに引っ越すための資金調達に成功するところだったのに、ラスボスが現れて失敗に終わってしまった。落ち込んだタイプは携帯を元の場所に投げ、苛ついたように口を尖らせる。

すると視線を感じ、目を覚ましてこちらを見ているターンと目が合った。

しまった！　聞かれたか？

「〝タイプくん〟ってかわいいな」

「馬鹿野郎！」

ターンに会話を聞かれていたタイプはもちろん大声で怒鳴り返し、髪を撫でていた手で思いきり頭を突き飛ばした。マットレスから落ちると、奴は小さく声をあげて、寝違えて痛む首の根元をさする。そんな首が痛くなるような姿勢で眠ってたのは誰だっていうんだ。

「実家の両親と話してたのか？」

「そうだよ、悪いか。子供の時、お前だって自分のことくん付けで呼んでただろ？」

「記憶がある限りでは呼んでないな。ターンって呼んでたと思う。自分のことくん付けで呼ぶ奴なんてお前が初めてさ。しかもお前みたいにごつい男が……」

ターンは痛む首をさすりながら振り返った。対してごつい男タイプは怒った顔で険しく言った。

「いいもの聞けてラッキーだったな、神に感謝しろ。でも、もしお前がからかってきたら……」

タイプは言葉の代わりに親指を立てて下に向け、さらにその親指で首を横に切るジェスチャーをして見せた。

「自分のことをくん付けで呼ぶだけじゃなくて、指しゃぶりもするのか？」

「ターン！」

からかわれた瞬間タイプは勢いよく立ち上がろうとしたが、下半身がまだ痛むことを思い出し、恐ろしい顔をするだけにとどまった。飛びかかって今にも首をへし折りそうな勢いの彼にターンは微笑む。

「もうからかわないよ……で、お父さんはなんだって？　寮から出られそうなのか？」

ターンがふざけるのをやめると、話題を変えたかったタイプはそれに飛びついた。

「分かんない。母親が出てきたから。でも、問題ないんじゃないかな。父親は友達をたくさん作ってほしいっていうだけだからさ。友達と寮を出るって言ったから大丈夫だと思う」

「友達？」

ターンの眉がピクッと動くと、奴の目を突いてやりたくなるほどタイプは苛ついた。

「寮を出て恋人と一緒に住むって父親に言えるとでも思ってるのか？　面倒なこと言うなよ、ターン！」

ターンは微笑むと何事もなかったかのように言った。

「冗談だよ。父親には言えないことくらい分かってる。お前が寮を出ていこうとしてくれるだけで俺は嬉しいんだ」

さも物分かりがいいかのように言ったが、実は奴が欲張りであることをタイプは知っている。言葉と行動がいつも裏腹なのだ。

遊び相手だって言ってた時も、まるで恋人のように振る舞ってたしな。友達だって言っても、父さんに対して自分は恋人だなんてカミングアウトする気じゃないだろうな。

「そういえば、マンションを借りて住むくらいの金はあるのに、なんでお前はこんなお化け屋敷みたいな寮に来たんだ？」

「大学に一番近いから、ドラムの練習に一番時間を割けると思って」

ターンが答えるとタイプは眉をひそめた。

「じゃあこれから……」

「でもお前と快適に暮らせるなら、少しくらい練習の時間が減っても全く問題ないさ」

ターンはパソコンを閉じ、しっかりとタイプの目を見ながら続けた。

「隣で横になるから詰めて」

「自分のベッドに行けよ。狭くて暑いだろ」

暑いのは事実だし、わざわざ狭苦しいベッドに来て隣で横になることもないだろうと思ったのだ。しかしターンは立ち上がって自分のベッドの方へ行くと、もう一台の扇風機をつけて風をこちらに向かせて、またタイプのベッドへ戻ってきた。

「これで俺が使う扇風機はなくなった。自分のベッドに戻ったら暑くてしょうがない。隣で横になるから詰めて」

暗記してきた台詞《せりふ》を読み上げるように言われ、タイプは心底面倒くさそうな顔をしたが、身体を壁に寄せて奴が横になるスペースを作ってあげた。そして隣に寝そべったターンの顔を見ると、奴は手を伸ばして腰に回してきた。

「ターン、暑いって！」

「俺は寒いんだよ。扇風機二台分の風が俺の背中に直撃してるから」

「この×××……」

タイプが放送禁止用語でターンを罵倒しても、彼はただ笑うだけで、腕に頭を乗せながら聞いてくる。

「明日、マンション見に行くか？」

「俺に断る権利があると思うか？　断ったとしてもお前は俺を引きずってでも連れていくだろ」

暑いと言ったところで、なんとか言い訳を探してくっついてこようとする奴なのだ。新しいシーツを一緒に買いに行くかどうかで揉めた時もそうだった。マンションを見に行くのも、理由をつけて一緒に行こうとするはずだ。

「俺がお前に無理強いしたことなんてあるか？」

ターンはそう言うとさらに身体を密着させてくる。そんなしおらしいターンの言葉にタイプの心も揺らいだが……。

「お前が断れなくなるような理由を探し出してるだけだろ」

「はぁ⁉」

タイプは相手の頭を小突くことしかできなかった。付き合いはじめてからというもの、ターンは哀れないじめられっ子を演じることが多くなってきている。俺が知らないだけで、こいつ、本当は性格が悪いんじゃないのか？

手がすっかり冷たくなってしまっているターンを抱きしめて寝ながら、タイプは思った。

実はこの時まで、タイプは寮から出ることにそれほど乗り気ではなかった。しかし、ルームメイトから恋人へと昇格したターンと夕飯を食べに行ったその翌日、タイプは寮を出てマンションに引っ越すことを決意した。

「お前ら……その、あまり激しすぎるのも……俺らの部屋まで……その……声が聞こえてるんだ」

隣の部屋のクルイ先輩が、バツが悪そうな顔をしながら言葉を濁して言ってきたのだ。昨晩何をしたか覚えがある二人は、顔を見合わせることしかできなかった。

「本当は前から何回も聞こえてたけど、聞こえてないふりをしてたんだ。でも、昨晩はさすがにうるさすぎだろ……とにかく、もうちょっと静かにしてくれよ。寮の壁は薄いんだから」

クルイ先輩はそれだけ言うと友達のところに歩いていった。昨晩の激しい営みに覚えがある二人は、赤を超えて真っ黒になるほど顔を熱くした。タイプは額先を撫でているターンに視線を向けたが、奴が困っている様子は全くない。

「ターン、お前のせいだからな！」

「なんでだよ。共同作業じゃないか。俺一人のせいにするなよ」

ターンに言い返され、タイプは歯を食いしばり、掠れた声で告げる。

「寮を出る。マンションを見に行くぞ。今晩だ」

来学期も寮にいるという選択肢がなくなったタイプは、どんな手を使っても父親に許しを乞わないといけないと心に誓った。

第三十章　帰省

「タイプ、お前彼女できたのか！」

「は⁉　タイプに彼女⁉」

友人たちはなぜ、わざわざ朝食の時間に他人の噂《うわさ》話《ばなし》に首を突っ込んでくるのだろうか。月曜日の朝になり、今はもう〝ただの〟ルームメイトではなくなったルームメイトと朝食をとりに降りていくと、あんまんを食べながら手を振ってくるテクノーに出くわした。さらにはチャンプまで早足で近づいてきて大声で叫んだのでタイプは顔をしかめた。

親戚の訃報《ふほう》が届いたかのように驚いて声を出したのは……テクノーだ。

「そうなんだ。プイファーイが泣きながら電話してきて、期待させたお前は酷いって言ってたんだよ。プイファーイだけじゃないぞ。なんであんな最低な奴を紹介したんだって、マイまで電話してきて怒られたんだ」

チャンプはタイプの向かい側に座りながら不機嫌そうに言うと、大盛りパスタを食べた後にバターを塗ったパンをかじっている最低な男・タイプを見た。

「悪かったな。ストレートに言いすぎてプイファーイには悪いことしたと俺も思ってるよ」

そう言って大きくため息をついたタイプだったが、本当は反省などせずにこの週末ずっと罪悪感から逃げ回り、月曜の朝にはそんな気持ちもすっかり薄れていた。

隣に座っているターンにチラッと視線を向けると、黙ったまま、まだパスタをすすっている。

はぁ、俺だってなんで結局こいつと付き合うことになったのかよく分かってないのに。

「なんで彼女いるって先に言わないんだよ。あいつ、すごい落ち込んでたぞ。お前が誕生日プレゼントにあげたぬいぐるみはマイが持っていって、お前が骨折するようにってブードゥーの呪いをかけた〈人形に呪いを込めること〉らしい」

チャンプはそう言って大きなため息をついた。友人のことは心配だが、もう一人の友人を責めたくはない様子だ。

「もういいよ。お前を紹介した俺の責任だ。お前、彼女に電話して謝ったりしなくていいからな。そんなことしたら、許してもらえないどころか、逆に罵声を浴びせられるぞ」

その言葉に、タイプは眉をひそめる。

電話なんてできるわけないだろ。あんな酷い別れ方をしておいて、どんな顔して電話するっていうんだ。

友達の言葉を不満そうな顔で聞いていたタイプは頷きながらそう思った。きっと彼女は詳細まではチャンプに話してないだろうと考えていたのだ。

どんな状況で彼女を捨てたのか、もしチャンプが詳細まで知っていたら、きっとこうやって優しく諭《さと》すだけでは済まずにタイプの顔面を殴り飛ばしているに違いない。プイファーイの気持ちを弄んでいることにタイプが罪悪感を覚え、真剣に付き合う前に彼女がいると自白したのだろうと勘違いしているはずだ。しかし、実際は……タイプはそんなに良い奴ではない。

隣に座っている男が好きだという自分の本心に気付き、女が必要なくなったのだ。

「ところで……彼女って誰なんだよ」

鋭い突っ込みにタイプは固まり、チャンプと目が合うと肩を竦めた。

「なんでお前に言わないといけないんだ」

「なんだよ、それ。なんで言えないんだよ。俺の知ってる子か？」

タイプは隣に座っている奴をチラッと見て首を振った。

「お前が知ってるかどうかなんて俺は知らないさ」

「同じ大学の子？」

「うるさいな。これ以上俺の彼女のこと探ってたら、ご飯食べる時間なくなるぞ。それとも今日はサボるのか？」

しつこく聞いてくる友達に授業の話を振ると、タイプの彼女に本気で興味があるわけでもないチャンプは肩を竦め、ケチとブツブツ文句を言いながらご飯を買いに席を立った。

　タイプの事情をそこまで知らない彼が離れると……テクノーだけが残った。

　驚きの目でターンとタイプの二人を見ていたテクノーは、タイプに彼女がいるという言葉を聞いた時からずっと動けずにいた。

「えっと……俺の勘……間違ってないよな……」

「お前の勘……」

　タイプも彼の顔を見ながら同じ言葉を繰り返す。手にしていたあんまんでタイプとターン二人の顔を交互に指す親友に、ターンが僅《わず》かに微笑んだ。

「水でも飲むか？　喉が渇《かわ》いて言葉が出てこないみたいだし」

　ペットボトルを差し出されたテクノーは意味が分からないというように受け取り、一口飲んで、何かを思い出したように言った。

「おい、喉が渇いてるんじゃないよ。お前ら、ひょっとして……」

　何かを考えているように二人を交互に指差すと、タイプがため息をついた。

「水でも飲めって。喉が渇いて言葉が出てきてないじゃん」

　テクノーは二人が何も教えてくれないことが不満だったが「タイプに彼女がいる」と聞いて真っ先に思い浮かべたのは……ターンだった。

　タイプには彼女なんていないし、プイファーイのことをすごく気に入っていたはずだ。それなのに彼女を振ったということは、他に恋人候補が何人いたんだ……いや、一人しかいないじゃないか。

　そしてテクノーは二人には何かあると本能的に感じた時のことを思い出していた。今日、その事実が明らかになったのだ！　間違いない！

「お前ら、隠すなよ！」

「何を隠してるっていうんだよ」

　タイプがそう言うと、ターンが微笑んだ。

　こいつら、嫌い合ってたんじゃないのか？　意気投合しすぎだろ。

「タイプの彼女って……ひょっとして――」

「朝は人が多いよな。みんな学食に何しに来てるんだ？」

ちょうどその時、朝食の皿を持ったチャンプが席に戻ってきたため、テクノーは口から出かけていた言葉を呑み込んだ。学食から一番遠くに教室があるターンが立ち上がり、前回と同じように……タイプの皿とグラスも一緒に片付けようとした。

「忘れるなよ。今日の夕方、マンション見に行くんだからな」

席を離れるターンにタイプが声をかけると、彼は頷いた。

「授業終わったら電話する」

「おう」

その親しげな会話にテクノーの口は大きく開いたままだった。これまで見たことがないほど親しすぎるのだ。しかも、一緒にマンションを見に行くとまで言っている。

「マンション？　なんだよ、それ」

「ん、ターンと一緒に寮を出てマンションを借りようと思ってるんだ」

「はっ⁉」

テクノーはますます理解できないといった表情で、秘密を共有しているような二人を見る。そして皿を片付けに行こうとしたターンは、まるで今思い出したかのようにテクノーの方を振り返って言った。

「そうそう。お前の勘……当たってるよ」

「早く行けよ！」

ターンが言い切ったと同時にタイプが彼の太腿《ふともも》を軽く蹴り、ズボンに靴の跡がついた。しかし身体が吹き飛ばされるような強い蹴りではなく、まるでじゃれ合っているような優しい蹴りで、ターンも笑っている。そして夕方に電話するからと念を押し、全ての食器を運んでいってしまった。

テクノーの頭の中でターンの言葉が駆け巡っていた。

当たっている。俺の勘は当たっている。ということは……。

テクノーは瞳がこぼれるほど目を見開いたが、チャンプが一緒にいることを思い出し、慌てて口をつぐんだ。目を瞬かせて合図を送っているタイプを見て頷く。

そしてテクノーは目を伏せて手にしているあんまんに視線を向けた。

「お前が〝あんまん〟好きだったなんて、俺、知らなかったぞ」

サッカー選手テクノーは混乱しながらため息をつくと、ターンを〝あんまん〟に例えて遠回しにそう言った。

こいつらいつから付き合ってるんだ⁉

「嫌いなものほど避けられない」という先人の教えは本当だったというわけだ。


付き合いたての二人がマンションを探すなんてロマンチックだと考えている人がいれば、それは間違いだ。タイプの譲れない条件は大学に近くて壁が厚いということだけで、ターンは清潔であればどこでもいいと思っていた。よって、二人のマンション探しは呆気ないほど簡単に終わってしまった。

そして、マンションが見つかったら二人だけの甘い時間が過ごせるというのも間違っていた。既に期末テストの時期になっていたからである。しかも期末テストが終われば今度こそ本当に甘い時間が待っている……というのも間違いだった。なぜかというと……。

「タイプが帰ってきたぞー！」

タイプは両手を空高く上げ、まるで四ヶ月ぶりに解放された囚人のように海に向かって大声で叫んだ。陽射しが海面にキラキラと反射し、砂浜に打ち寄せる波の音が鳴り響いている。

そう、タイプは期末テストの後にマンションへの引っ越しを完了させると、試験がまだ終わっていない恋人にしばしの別れを告げて田舎にある実家に帰ってきたのだ。

「せいぜい地獄で頑張るんだな。俺は先に天国へ行くけど」

ターンにはそれだけ残して実家に戻ってきていた。

幾晩か共にするために奴の期末テストが終わるのを待つよりも、一足先に実家に帰る方が断然良いに決まっている。テストが終わったらどうせそれぞれ実家に帰るのだ、来学期に会えなくなるわけでもない。

そして、タイプは自分の決断が本当にこれでよかったのか、実家で一人になってよく考えたかった。男と付き合うという決断をするのは、緑茶にするか烏龍茶《ウーロン》にするかを選ぶような簡単なことではない。

「四ヶ月もターンと一緒にいてもう飽き飽きしてるんだ。一ヶ月会えないくらいの方がいいさ」

自分の決断にまだ自信が持てないタイプは満足げにそう言って〝万里の長城〟から逃げてくると、この長期休暇を「態勢を立て直すための期間」と位置付けることにした。

「お前、勉強しすぎで馬鹿になったんじゃないか？ そこで何をカッコつけてるんだ？」

「ふっ、カッコつくだけマシでしょ、父さん」

「カッコなんてついてないぞ。女の子にフラれたって話はどうなった」

海の匂いを胸いっぱいに吸い込んでいると、背後から声をかけられた。他でもない……父親の声だ。前のことを蒸し返して楽しそうにしている父親にタイプはギクッとして目を瞬かせた。

「もう終わったことだし、忘れてよ」

「おいおい、忘れられるわけがないだろ。二千バーツも送金したのになんの成果もないなんて、父さんとは全然違うな。父さんが若い頃はお金を使わなくたって……モテモテだったんだぞ」

「雌犬にモテてたの？」

ふざけて言い返すと、雷のような大きな声で父親が笑い転げる。その笑い声で、タイプは実家に戻ってきたことを実感していた。

タイプの父親は生粋の南部地方の人間で、顔を見ただけでどこの出身か分かるほどだ。息子よりも浅黒い肌をしていて、彫りの深い顔は眉も目もキリッとしている。さらに標準語を話そうとしても南部のアクセントが抜けないうえに、話すのが速くて聞き取れないこともよくある。顔をくしゃっとさせる笑顔と大きな声が父親のトレードマークだ。

一方、タイプの母親はホアヒン出身で小柄だが気が強く、完全に父親のことを尻に敷いている。

「で、お前はいつバンコクに戻るんだ？」

「なんだよそれ。昨日帰ってきたばっかりの息子をもう追い払うのかよ」

タイプが文句を言うと、父親はもう一度大声で笑った。

「違う、違う。追い払ってなんかないさ。バンコクまで送ろうと思ってるから聞いただけだ……結局寮から出ることになったしな。まったく誰に似たんだか、お前は強情なんだから」

父親は頭が痛いとでもいうかのように頭を振ったが、タイプは理解していた。

「心配なんだろ？」

「お前みたいな馬鹿息子、誰が心配するか！」

頑固な父親が慌てて言い返しても、タイプは笑顔だった。

父親が心配してくれていることはタイプにも分かっている。色々とあった過去のことを思い出させるような環境を断ち切るため、小さい頃からバンコクの学校に通わせてくれていた。しかし、意地っ張りな箱入り息子は、「男だから大丈夫、どうにでもなる」といつも母親に言っていたのだ。

「ところで、お前のルームメイトはどんな奴なんだ？」

父親の突然の質問にタイプは一瞬固まった。今日が試験最終日のクオーターのイケメンを思い浮かべると、口を尖らせる。

「ムカつくほどイケメンで、おせっかいで、うざいほど世話を焼いてくれて、北極の氷みたいに冷静だと思いきや怒るとすごく怖くて、しかも頑固で、するなって言うことをわざわざする奴だよ。例えば、ご飯を買ってこなくていいって言ってるのに買ってくるとか。洗濯物も自分で干すって言うのに干してくれるとか。シーツを変えてくれることだってあるんだ。とにかく面倒くさい奴なんだよ、真面目すぎるっていうかさ。いいのは顔だけだな。父親がアメリカ人とのミックスだからあいつはクオーターなんだけど、鼻が高くて僕の顔にぶつかりそうになったこともあるくらいなんだ。バーでバンドの演奏もしてて、女子にすごく人気で……」

父親の質問に答えようとしただけなのに、語れば語るほど、頑固者のターンの顔が脳裏に浮かんでしまう。タイプのような最低な奴のことが好きな、頑固者の顔だ。

あいつ、今頃何してるんだろう。寮の退去作業は終わったかな。実家にはもう帰っただろうか。

そう考えながらズボンのポケットに入っている鳴らない携帯をポンポンと叩くと、父親が眉をひそめた。

「そんなにルームメイトと親しくなってるなんて知らなかったぞ」

「親しいわけじゃないから！」

父親の言葉に被せるように、焦ったタイプは大声で否定する。自分の言葉や表情から父親に何か勘付かれたのではないかと思うと鳥肌が立った。その否定に、父親が眉をピクッと上げた。

「親しくないのにそんなにお前の面倒を見てくれるのか？　父親がどこの国のルーツを持ってて、なんのバイトをしてるかまで知ってるじゃないか。それにお前、友達の外見をそんなに詳しく説明するような奴だったか？　ティームやオーンがどんな顔をしてるかなんて父さんはいまだに知らないぞ」

確かに。

タイプは心の中で答えた。友達のことを父親に話した経験はあるが、どんな顔をしているのかまで話したことは一度もなかったのだ。しかも……ターンはイケメンだと何回言ってしまっただろう。

「まあ、よかったじゃないか。その友達のことが大好きなんだな。褒め言葉が止まらないみたいだし」

「褒めてない！」

タイプは焦って再び言い返した。

「なんだっていうんだ、まったく。お前の話をまとめるとつまり、褒めてるってことだろ。好きとかって意味じゃないぞ。それとも、そいつのこと嫌いなのか？」

その問いにタイプはまた黙り込み、目を泳がせてなんと答えたらいいか考えあぐねていた。ターンについて話せば話すほど、何か勘付かれるのではないかと思ったからだ。

「父さん、お客さんが何か言いたそうだよ」

振り返ってバンガローの方に視線を送ったタイプはこちらを見ている金髪の欧米人に気付き、肘でついて知らせる。

「まあとにかく、実家にいるからってゴロゴロばっかりしてないで、ちゃんと仕事を手伝うんだぞ。最近はお客さんも多いんだ。それも欧米人ばかりな」

父親はそうぼやくとその客の元へ歩いていった。この調子だと、父親はタイ語と同じくらい英語もペラペラなのだろう。

タイプの実家は裕福というわけではないが、パンガン島で中規模のバンガローを経営している。手軽な価格帯のバンガローは欧米人の間で口コミが広まった。なぜかタイ人にはあまり知られていないのだが欧米人には有名で、常連客も一見《いちげん》の客も、ビーチの美しさに引かれてこの島を訪れた人ばかりだった。

いや、中には……フルムーンパーティー目的の人もいる。

「あの客はパーティー目的だろうな」

肩を竦め、振り返って金髪の客を二度見した。そいつが何度もチラチラとタイプを見てきたからだ。

何見てんだよ？

タイプは眉をひそめ、意味ありげに見てくるその視線を気にしないようにした。彼も一応お客さんだ。そしてバンガローの従業員に何か手伝うことはないか聞いて回ろうと、その男とは逆方向に歩きだした。

仕事を探している途中だが、タイプは携帯を取り出す。

「あいつと話したいわけじゃない。生存確認するだけだからな」

そう自分に言い聞かせながら発信ボタンを押した。

『もう会いたくなった？』

「馬鹿野郎！」

発信ボタンを押してすぐにターンの優しい声が聞こえたが、彼の言葉にタイプは間髪入れずに怒鳴り返した。

「うざいこと言うな」

『俺のどこがうざいんだよ。聞いただけじゃないか』

「じゃあ、答えはＮＯだな。昨日会ったばっかりじゃん。会いたいわけないだろ」

『昨日会ったばかりで、次の日にはもう電話してきてるのに』

この野郎。

タイプは眉をひそめて目を光らせ、相手の首を絞めてやりたい衝動に駆られたが何も言い返せない。

確かに昨日別れたばかりだった。なんで電話しちゃったんだろう。

タイプの沈黙は自分の堪え性の無さを伝えるのに充分なものだった。ターンは話題を変える。

『お前は？　もう実家に着いたんだろ？　どうだ？』

黙り込んでいたタイプはその問いにニヤリと笑うと、からかうように言った。

「俺のことが心配なのか？」

しかし彼のような男はこの手のからかいに全く動じないことをタイプはすっかり忘れていた。ターンは間髪入れずに答えてくる。

『心配だし、ヤキモチも焼くよ』

「……」

タイプはどう答えていいか分からずに黙り込んだ。先月までだったら、ゲイ嫌いのタイプは男からそんなことを言われたら全身の毛が逆立つほどおぞましく感じていただろう。それなのに、今ではくすぐったいような少し鳥肌が立つような、複雑な感情だ。しかし、携帯を投げ捨てて抵抗したくなるような悪い気分はしない。

「女の子じゃないんだから、お前がいくらそんな台詞を口にしたって俺は喜ばないからな」

そう言い返すと、ターンが答えた。

『俺の口には喜んでるけどな』

「台詞のことだよ。馬鹿野郎」

タイプは少し呆れたように言った。先ほど言った通り、男であるタイプはそんな台詞で恥ずかしがったり舞い上がったりはしない。タイプ自身も以前は同じようなことを女の子に言っていたからだ。しかし、ターンは言い返してくる。

『違う、〝台詞〟じゃない。俺の〝口〟で……』

ターンは黙り込み、再び低くて渋みのある声で言った。

『お前のを舐めると……』

タイプは大声で叫んだ。

「死ね、馬鹿野郎！」

口淫を喜んでいるとからかわれ、タイプは怒ったように通話を切った。しかし、ターンの言葉に反論できず、目の前に突きつけられた事実に手が震える。

「何が喜んでるだよ。あいつのことなんて大嫌いだ」

口ではそう言ったが、手を広げると……股間をガシッと覆い隠した。

一方、死ねと言われて通話を切られたターンは、大声で笑いながら携帯の画面を優しい眼差しで見つめていた。

タイプから先に電話をかけてくれたことが嬉しかった。

自分から先に電話をかけずに向こうからかけてくるのを待つ、といった類いの駆け引きが好きなわけではない。寮の退去手続きを済ませ、荷物の一部を実家に持ち帰る手配をし、片付けが一段落したところで電話をしようと思っていた矢先に、ちょうどタイプから電話がかかってきたことが信じられなかったのだ。

正直、ターンは嬉しかった。かなり嬉しかったのだ。


「ターン兄さーーん！」

家に入ると同時に、幼い少女の無邪気な声が聞こえた。タイプに思いを馳せることを一旦やめてターンが振り返ると、そこには……この家のお姫様がいた。

白いワンピースを着て長い栗色の髪を背中まで垂らしている可愛らしい七、八歳の少女は、満面の笑顔で真ん中の兄の帰宅を喜んでいる様子だ。

「ターン兄さん、すごくすごくすごく会いたかった」

「ははは、兄さんもタンヤーに会いたかったよ」

ターンがまだ小さな妹を抱きしめると、彼女は鼻に皺《しわ》を寄せる。

「嘘よ。だって本当に会いたかったなら、なんで一ヶ月も家に帰ってこないのよ」

幼い少女にそう言われ、ターンはポリポリと頭を掻いた。会いたかったのは本当だが、先月は色々あって忙しかったのだ。それにタイプと付き合えるようになってからは、一時《いっとき》も離れたくない気持ちでいっぱいで、家族のことはあまり頭になかったのも事実だった。

「ターン兄さんもタンヤーに会いたかったに決まってるじゃないか。でも、きっと音楽のことで頭がいっぱいだったんだよ」

その時、別方向から笑い声が聞こえ、ターンの顔に笑みが溢れた。

「やあ、トーン兄さん」

ターンは兄に声をかける。

荷物を運ぶのを手伝いに来てくれた二十一歳の長男・トーン兄さんは、弟ターンと同じような背格好だが、感情を面《おもて》に出さない弟と違っていつも上機嫌で笑顔を絶やさない人だ。

「やあ、ってなんだその挨拶《あいさつ》は。一ヶ月も家に帰らないで。大変だったんだぞ。お姫様がターン兄さんはいつ帰ってくるのっていつも聞いてくるから」

歳の離れた末っ子の少女は、家族全員からお姫様と呼ばれている。

「タンヤーが兄さんより俺に懐いているのが悔しいんでしょ？」

ターンはおかしそうに言った。

「違うよ」

長兄は口を尖らしながら、ターンの腕に絡みついている妹に視線を向けて言った。

「ヤキモチ焼いてるんだ。ターン兄さんが帰ってきたらお姫様はトーン兄さんに興味がなくなっちゃうから」

「違うもん。ターン兄さんの方が好きってわけじゃないけど、でも、トーン兄さんには毎日会ってるじゃない」

お姫様がそう言いながら機嫌を取るかのようにトーンの腕に自分の腕を絡ませ、トーンは独り言をブツブツ呟く。

「毎日兄さんの顔は飽きるほど見てるもんな」

「トーン兄さん、そんなにいじけないの」

少女が無邪気に笑いながら抱きつくとトーンはやっと笑顔になり、立ったまま笑っているターンを見て言った。

「本当に音楽のことで頭がいっぱいだったのか?」

ターンはギクッとして黙り込んだ。トーン兄さんはいつも愉快な人だが、長男だけあって弟や妹のことをよく理解している。トーンには隠し事ができないターンはため息をついた。

「まあ、それもある」

「じゃあ、それ以外の理由はなんなんだ? 先月帰ってきた時、誰かにドラムを壊されたみたいな顔してため息ばっかりついてたことと関係あるのか?」

トーンは笑いながらそう言ったが、その眼差しは真剣だった。質問に答えなければいけないことを察し、ターンは再びため息をつく。

「そうなんだ……」

「それで、今は……」

トーンが間髪入れずに聞き返すと、ターンは言葉を続けた。

「付き合ってる」

兄はターンを見つめ、笑顔で言った。

「おめでとう」

「ありがとう。でも大変だったよ」

ターンは正直に言った。家族の中でターンがゲイだと最初に知ったのもトーンだった。最初はトーンも受け入れられない様子だったが、実はターンが自分の性的指向を認識したのはトーンの親友がきっかけだった。

「半年くらいか、お前がフリーだったのは」

トーンは弟がいつ元恋人と破局したかもちろん知っていた。半年も恋人がいないというのは、これまでで最長かもしれない。

「俺のことはいいよ。で、兄さんは？」

「そんな時間どこにあるんだよ。お姫様一人の面倒を見るだけで手いっぱいさ」

そう言いながら溺愛《できあい》する妹を抱きしめると、少女は兄を押し返し、真剣な表情で言い放った。

「早く恋人を作った方がいいわ。だってもう二十一歳なんだもん。妹にばっかり構ってたらよくないわよ」

「えっ！　お姫様、どうしてそんなこと言うの？　とてもじゃないがそれは受け入れられないな」

泣き叫ぶふりをして大声で聞いたトーンに対し、妹はそんなことお構いなしに続ける。

「だって本当のことだもん。トーン兄さんはもうおじさんなんだから」

「ははは」

ターンは妹にフラれてガックリしたふりをしているトーンを見ながら大声で笑っていた。

「タンヤーは意地悪だな……そうだ、ターン。今週、サーンと会う約束をしてたんだ。一緒に行くか？」

ドキッ。

「うわーい、サーンさん、帰ってきたの？」

その名前を聞いてタンヤーが喜んで声をあげ、トーンは頷く。

「そうなんだ。タイに帰ってきてもう一ヶ月くらい経つな。今週ご飯に行く約束をしてて、その時にお土産をくれるらしい。お前にも会いたいから時間があったら是非一緒にって言ってたぞ」

トーンはそれだけ言うと妹を抱えて家に入っていった。ターンは黙って立ち尽くしていたが、次第に笑顔になっていった。

サーンさん……もう一年は会ってないな。元気かな。

ターンは兄の後を追って家に入りながら、ある男性の姿を脳内にはっきりと浮かび上がらせていた。

サーンさん……トーン兄さんの親友。

サーンさん……尊敬する先輩。

サーンさん……男が好きだと気付かせてくれた人……。

第三十一章　心を開かないといけない

「タイプ！　タイプ！　どこにいるの？」

「ここだよ、母さん」

「どこ？」

「上だよ」

午後の遅い時間、タイプが全身汗だくで懸命に働いている最中、バンガローの敷地内に響き渡る母親の大声が聞こえた。身を乗り出して下を見ると、そこには息子がどこに行ったか分からずに困り果てている中年女性——タイプの母親の姿があった。息子は屋根の上にいるので、地上を探しても見つかるわけがない。

「屋根の上で何してるの？」

今、タイプはバンガローの屋根の上で、両手に修理工具を持っていた。

「雨漏りしてるから、屋根に登って板で塞いでおけって父さんに言われたんだ。大工を呼ぶまでの応急処置だって」

「大工が来るまで放っておけばいいのよ。落ちたら怪我するわよ」

母親が心配して大きな声で言うと、タイプは首を振った。

「ダメだよ。今晩もし雨が降ったらクレームになるよ。満室だから他に部屋もないし」

放っておかずに対処しておいた方がいいと思ったタイプに、母親は心配そうにため息をつく。

「で、何か用事？」

屋根の上のタイプはそう大声で聞きながら手の甲で汗を拭った。キリッとした目を下に向けると、毛を短く刈られた灰色のトイプードルが吠《ほ》えながら母親の周りを走っている。

「リンチー、どうしたんだ？　よく吠えるじゃないか」

プイファーイの同情を引くために死んだと嘘をついたのはこの犬のことだ。この帰省中、リンチーには特別に優しくしないといけない。

「あなたに話があったんだったわ。猿みたいに屋根の上に飛び乗ってるのを見てすっかり忘れちゃってた。友達が会いに来てるわよ」

「誰だ？」

タイプはすぐに眉をひそめ、自分がここにいるのをどうやって知られたのだろうかと訝しんだ。実家に帰ってきてからどこにも出かけておらず、自分が帰省していることを知っている人は誰もいないはずだ。

「俺だよ」

誰なんだ？

怒鳴りたい気持ちを抑えながら身を乗り出すと、屋根に隠れて姿は分からず、人影だけが見える。リンチーが彼に向かって吠え続け、奴は姿を現し手を振って挨拶した。

「コムじゃないか！」

「ははは、そうだよ」

顔を見て、幼馴染みだとすぐ気が付く。

小学生の頃からの親友コムは近所に住んでいて、小さい頃からよく一緒に遊んだり勉強をしたりしていた。タイプがバンコクの学校に転校し、コムも同じ時期にスラタニーの学校に転校して離ればなれになったものの、二人とも実家に帰った時にはよく会っていた。しかし……。

「お前、何か変わったか？」

「ますますかっこよくなっただろ？」

彼の言葉に何か言い返したかったが、確かにコムは子供の時と比べるとかっこよくなっていた。昔は真っ黒に陽に焼けていて、夜に笑うと白い歯しか見えなかったのだが、今ではすっかり肌も白くなり、オシャレにも気を使い、小枝のようだった細い腕にも筋肉がついている。

「俺に答えさせるのか。後悔するだけだぞ」

タイプは笑いながら言い返し、反対側にかけてあった梯子《はしご》を使って屋根から下りた。彼の側まで行くと、奴はタイプの頭の先からつま先までじっくりと観察してくる。

「お前すっかりバンコクっ子になったな」

「どこがだよ」

タイプは笑いながら自分を見た。汗でびっしょりになった黒いランニングシャツを着て、膝丈のハーフパンツを穿いている自分はどう見てもただの肉体労働者だ。バンコクっ子の要素が皆無な姿に、コムも笑っている。

「バンコクっ子のオーラが出てるんだよ……ところで、雨漏りか?」

「そうなんだ。でもまだどこから漏れてるのかよく分からなくて」

タイプが屋根を指差すとコムが頷いた。

「昨晩はスコールだったからな……俺が屋根に上がって見てやるよ」

彼の言葉に、タイプは眉をひそめる。

「なんて顔をするんだよ。俺は大工の見習いなんだぞ……さっきお前の父親が俺の父さんに修理してくれって頼みに来たんだよ。それでお前が実家に帰ってきてることを知ったんだ。でも俺の父さんが今日はものすごく忙しいみたいで、どんな状況なのか先に見てくるように言われてさ。応急処置ができそうだったらやってこいって」

コムはそう言うと、慣れた様子で梯子を登っていく。

「それじゃ、二人でおしゃべりしてなさいね。コム、夕飯はうちで食べていくのよ」

タイプの母親はコムにそう言い、砂まみれになった愛犬を抱えた。

「ありがとうございます、おばさん」

母親が家に戻っていくと、タイプも屋根を真剣にチェックしている友達の後を追うように屋根に登った。そこで二人はお互いの近況を話し込み、自然と恋愛の話になっていった。

「恋人がいてさ。昨年出会ったんだ」

コムがそう言うと、彼に修理工具を手渡していたタイプは興味深そうに言った。

「やっぱりな」

「ははは。で、お前はどうなんだよ。きっとモテるんだろうな。昔はちびっ子だったけど、今じゃあ俺

より も背が高くなってさ」

コムは笑いながら聞いた。モテるはずのタイプは一瞬黙り込むと、バンコクにいる奴の顔が脳裏に浮かんでくるのを止められなかった。

女の子にじゃなくてゲイにモテるって言ったらコムはどんな顔するかな。

「いい感じの子はいるけどな」

いい感じどころか付き合っているあいつとは、何度もベッドを共にしているのだが……タイプはそう答えるだけにしておいた。ゲイ嫌いの自分がゲイと付き合っていることは、地元の人間には絶対に話さないと心に決めている。

タイプはきたるべき将来のことを考えて……表情を曇らせた。男と付き合っていることをオープンにする日は絶対にこない。墓場まで持っていく秘密にしようと思っている。その状況を考えると胸が痛むが、タイプにはどうすることもできなかった。

俺、ターンにまた酷いことしてるのかな。

頭の中でそんな考えを巡らせながらコムから目を背けた。タイプに起こった過去の事件のことを、コムはもちろん知っている。そして、タイプがどれくらいゲイを毛嫌いしているかも分かっている。変われといっても、タイプのような人間はそう簡単には変わることができないのだ。

目を背けたその先で、タイプは何かに気付いた。

「おい、何見てるんだよ！」

「誰？」

屋根を修理していたコムがその声に顔を上げると、タイプが一棟のバンガローの方へ顔を向けていた。

「あのふざけた欧米人だよ。一昨日から変な目でチラチラ見てくるんだ」

バンガローの前で風に吹かれて座っている、半裸でズボンを穿いただけの欧米人に対し、長身のタイプは苛ついたように言った。彼の視線の先はビーチではなく……屋根の上の自分だった。

そして目が合うと、その欧米人は軽く手を上げて挨拶をしてきた。

「ふっ」

相手は客であることを思い出し、タイプは仕方なく笑顔を向けた。いつでも上機嫌のコムは彼に手を振り返すと、タイプに笑いかける。

「相変わらず男にモテるな」

「お前、屋根から蹴り落とされたいのか？　気色悪いこと言うな」

タイプがそう言って大笑いしながら友達に蹴りを入れる真似をすると、コムは困った顔をした。

前世でどれだけ悪業を積んできたのか分からないが、タイプはなぜか子供の時からゲイを引き寄せてしまうのだ。地元の友達であるコムもこういう状況に何度も出くわしているし、タイプがそれを嫌がっていることも知っている。

「まあまあ、嫌われるより好かれる方がいいじゃないか……あいつもお客さんだしさ。諦めるんだな。お前は欧米人の男から好かれるみたいだから」

コムはそう言いながらタイプの頭の先からつま先まで何度もジロジロと見てくる。

「ああいう奴らは地球上から滅びればいいんだ！」

タイプは奥歯を噛み締めながらそう言ったが、頭ではクオーターの恋人のことを考えていた。

ああいう奴らから逃れられない運命なのかな。

一方のコムは、苛ついてきたタイプの様子にこれ以上この話はするのはやめようと思い、話題を変えることにした。

「まあまあ。ところで、明後日のパーティーにはお前も行くんだろ？」

「なんのパーティーだよ」

あの客に中指を立ててやりたい衝動を抑えながら苛ついた声で聞くと、信じられないという顔でコムが面白そうに言った。

「おい、お前本当に地元の人間かよ……フルムーンパーティーじゃないか」

「ああ、そんな時期だっけ？」

タイプは黙り込み、満月の明かりの中で開催される、世界的に有名なパーティーを思い出していた。

フルムーンパーティー……誰もが一度は行ってみたいと思う有名な催しだが、子供の頃から経験している者にとってはただため息が出るばかりのものだ。一晩中楽しめることで有名でも、月の光では照らされない闇もある……乱交やドラッグなどの問題だ。少しでも分別がある奴はホテルに女を連れ込むが、酷い連中は……誰もいない椰子《やし》の木の陰などで事に及ぶのだ。それでも子供の頃は興味津々で楽しかった。

「一緒に行くか？」

コムにそう聞かれ、タイプは一瞬考えた。

「そうだな。お前は何時に行くんだ？」

闇もあるが、楽しいこともある。タイプは気晴らしにコムと一緒に行くことにした。家にいてゲイの目の保養になるくらいだったら、目の保養になるようなかわいい女の子がいるパーティーに行った方がいい。

満月の夜八時過ぎ、タイプは父親から借りたバイクに乗って、会場となるリンビーチまで行った。そこは人生で一度は参加すべきお祭り騒ぎに来た、多くの観光客でごった返していた。

「タイプ、ここに停めなよ」

ビーチへの抜け道にバイクで入ったところで、海鮮屋台のオーナーと話していたコムに声をかけられた。

「タイプじゃないか。久しぶりだね」

「おばさん、こんばんは。売れ行きはどう？」

「よくない日でも十二時前にはいつも売り切れだよ」

タイプは振り返り、仕事の手を止めることのない友達の叔母に声をかけた。彼女が忙しくて仕方ないというように答えると、タイプは大声で笑いながら、友達がライトで照らした屋台からそう離れていないところにバイクを停める。

「使うか？」

上機嫌のタイプは蛍光塗料を受け取った。フェイスペイントやボディペイントはあまり好きではなかったが、ビーチの暗闇の中で、ブラックライトに反応して数ヶ所光るくらいだったらいいだろうと思ったのだ。ビキニを着て胸にペイントをしている欧米人の女の子を間近で見て、タイプのテンションもさらに上がった。

「おぉ、いいじゃん」

ペイントし終わったタイプを見てコムは思わず声をあげた。

男性器を意味する、男が罵る時によく使う三文字の言葉を書いたのである。たった一言ではあるが、大胆不敵なタイプらしい太々しさが滲み出ていた。

「叔母さん、バイクよろしく」

「分かった、見ててあげる」

準備が整った二人はコムの叔母にそう声をかけ、パーティーが行われるビーチまで地元民が知る裏道を歩いていった。

ドン！　ドンドンドン！　ドン！

パーティー会場のステージ前にはまだ到着していなかったが、スピーカーから流れる、耳をつんざくような重低音の音楽が辺り一帯に鳴り響き、二人のテンションはさらに上がっていった。タイプは群衆の中に入って、楽しそうに周りの人たちと一緒に飛び跳ねるように踊りはじめる。

「たまに来てみるのもいいもんだな。楽しい！」

タイプが欧米人の輪に入って一緒に踊っているコムに叫ぶと、コムは一緒に踊ろうとしているタイプに大声で笑いながら言った。

「だったらもっと帰ってこいよ。一年に二回くらいしか帰ってないだろ」

その言葉に、タイプは大声で笑った。彼の言う通り、実家にはあまり帰っていなかった。高校時代は受験で忙しかったし、いつでも帰れるようになった大学生になってからはすっかり誰かにハマってしまっていたからだ。

ターンがいたらきっと気に入るだろうな。

タイプは周りを見渡しながら、そう思わずにはいられなかった。驚くことに、この人混みの中でも誰がゲイなのかタイプはすぐに見分けることができるようになっていた。さらに、何人ものゲイから色目を使われているのにも気が付いていたが、以前のようにおぞましいと感じることはなくなっていた。彼らがタイプに関わってこない限り、タイプも干渉すべきではないのだ。

好きな食べ物がたくさんあって、良い感じの音楽がビーチ一帯に鳴り響くこのパーティーのことを、ターンは間違いなく好きになるだろう。

次に帰省する時はターンを誘ってみようかな……いや、ダメだ。

幼馴染みの姿が目に入ると、タイプは首を振った。ターンが一緒に来たら、タイプとの関係を周囲に匂わせようとするはずだ。

バンコクでの俺の秘密を地元でバラされてたまるか。


「コム、ビール買ってくるな！」

踊り疲れると、タイプはテンションをさらに上げるために血液内にアルコールを摂取しようとした。友人は頷くと、ビーチの反対側を指差す。

「買いに行くならあっちまで行った方がいいぞ。この辺りは値段が高すぎて飲みたくなくなるから」

「知ってるよ、俺だって地元民だぞ」

タイプはおかしそうにそう叫びながら歩きだした。確かにステージの近くで売っている飲み物は飲むのを躊躇するほどに高い。

そして全身汗まみれになりながらビーチの端まで行こうとした時だった。

「Hi（やあ）」

ステージからそう遠く離れていないところで突然声をかけられ、振り返って相手が誰か気付いたタイプは危うく顔をしかめるところだった。

あのクソ欧米人だ。

「I'm Alan. I stay at your resort.（僕はアラン。君のバンガローに泊まってるんだ）」

誰がお前の名前なんて知りたいもんか。

タイプは苛ついてそう思いながら、二本の瓶を手にした男を見た。相手の食い入るような視線にタイプは鼻をへし折ってやりたい気持ちを堪える。

「ふーん」

素っ気ない返事で充分だ。英語が分からないと思ってくれればもっといい。

別方向に歩き去っていきたい気もしたが、父親の客でもあると思い出し、タイプは苦笑いして話したくないことをアピールした。しかし相手は簡単には諦めない。

「What's your name?（名前は？）」

「Type.（タイプ）」

幼稚園生でも答えられそうな質問に答えないのはさすがによくないと思ったタイプは、素っ気なく答えた。すると彼は笑顔になって持っていた瓶《びん》ビールを勧めてきた。

「Can I get you a drink?（飲む？）」

ビールを差し出しておいて何を聞いてるんだよ。

「Thanks.（ありがとう）」

胸まで迫り上がってくるおぞましさに吐き気がしたが、父親の顔を頭に浮かべ、気分を落ち着かせようと深呼吸をしてビールを受け取った。彼は意味ありげな笑みを浮かべると、後退《あとずさ》りしているタイプに近づいてこようとする。

落ち着け、タイプ。落ち着くんだ。

ガシッ。

この野郎！

まるで親しい友達のように肩に手を回され、懸命に落ち着こうとしていたタイプの怒りは頂点に達してしまった。両手をぎゅっと握りしめ顔面を殴りたい衝動に耐えていると、奴は前屈みになり、精一杯のセクシーな声でタイプの耳元で囁いてくる。

「I have been looking at you for a few days. I think...you're so hot.（ここ数日、君のことを見てたんだ。本当にセクシーだね）」

相手が言い終わると同時に、タイプの両腕の毛は一斉に逆立ち、より一層強い吐き気に襲われた。彼はそんなタイプの様子に気付くこともなく、あからさまな下心を剥き出しにして褒め言葉を並べてくる。

「You're very hot.（本当にセクシーだね）」

もう我慢できない、この野郎！

「おい、タイプ‼」

甘い言葉を吐く奴の顔面に拳を振りかざそうとしたその瞬間、友達の声でタイプはハッと我に返った。そして殴りかかる代わりに、肩を掴んでいる奴の腕を振り払いながらビール瓶を突き返し、不自然なほどの笑顔を作る。

その笑顔は彼に期待を持たせるようなものであったが、タイプは容赦なく告げた。

「下水管にでも詰められて野垂れ死にしてしまえ、この変態野郎」

もちろん、声を荒げることなくフレンドリーな笑顔を向けながら言ったが、その乱暴な言葉にその場にいたタイ人たちは驚いてタイプを見た。コムはその場の状況をすぐに察知すると、腕を掴んでタイプを引っ張っていこうとした。

「Sorry, my friends are waiting for us.（ごめんよ、友達が待っているので）」

コムは急いでそう言うと、激怒しているタイプを誰もいないビーチの端まで連れていった。誰かに聞かれたらトラブルになるのではないかと思うほど、タイプが一人で怒り狂いながら罵っていたからだ。

「あんな奴ら、この世界から滅亡すればいいんだ。ゲイとか変態とか。ちくしょう！　俺のことなんだと思ってやがる。あいつらの精液を吐き出す便器じゃないんだぞ。親父の顔が頭に浮かばなかったら、アソコを二度と使い物にならないくらい蹴り飛ばしてやったのに。くそ野郎」

誰もいないビーチの端まで来る間もずっと罵倒し続けていたタイプは、黙り込んでしまったコムの異変に気付かなかった。

「気持ち悪い。あいつらに触られるくらいなら、豚小屋で寝た方がまだマシだ。くそが！」

タイプはそう言いながら、何年も前のおぞましい記憶が蘇《よみがえ》ってきたように自分の腕を強く撫でた。やはり前と何も変わっていない。タイプは今、はっきりと実感していた。

俺が大丈夫なのはターン一人だけだ。

そう考えるとタイプの気分は少し落ち着いた。ゲイの奴らを一括《ひとくく》りにして罵倒することには躊躇していたが、それも一瞬で終わった。

ターンを罵倒しているわけじゃない。あいつは他のゲイのように下劣じゃないからだ。俺は恋人を罵ってなんかない！

「タイプ、俺、お前に言わないといけないことがあるんだ」

「なんだよ！」

必死に冷静になろうとしているタイプは険しい声でコムに聞いた。振り返ると、彼の目は……悲しそうだった。

「どうしたんだよ、コム」

苛ついたタイプは尋ねた。

「お前に告白しないといけないことがある」

タイプは身体を近づけてコムの小さな声を聞き取ろうとした。

「なんだよ。差別野郎って怒るんじゃないだろうな。そうさ、俺は差別野郎だよ。でも、お前がゲイじゃない限り、お前のことは罵倒しないから大丈夫」

差別だと怒られることに慣れているタイプは、コムも同性愛者を見下すのは良くないと自分に説教するのだろうと思っていた。しかし、彼の言葉にタイプは言葉を失った。

「俺も、あいつらと同じなんだ」

「なんだって⁉」

タイプが険しい声で聞き返すと、コムは悲しそうな笑顔でもう一度告げた。

「ゲイなんだ」

「‼」

タイプがどれだけショックを受けたか想像もつかないだろう。それぞれ別々の道を歩んではきたが、子犬みたいに小さい頃からじゃれていた幼馴染みが自分はゲイだとカミングアウトしたのだ。

確かにこれまでコムに彼女がいたのを見たことはないが、そんな性的指向であるようなそぶりは一切見せてこなかった。タイプはショックで黙り込み、コムも下を向くだけだった。

「お前を困らせたくなかったから言うつもりはなかったんだ。お前がゲイを嫌ってるのは分かってたから死ぬまで言わないでおこうと思ってた。でも、さっきお前が罵倒するのを聞いてたら我慢できなくなったんだ。いつも誰かがああやってゲイを罵倒するのを、俺は……何回聞かなきゃいけないんだ？　お前がゲイを罵倒するのを何年聞かなきゃいけない？　我慢しすぎて、自分はゲイだって大声で叫びたくなった。でも、俺はお前が思ってるようなゲイじゃない。なんでもっと広い視野で物事を見ようとしないんだよ」

辛い胸の内を訴えかけられ、タイプは自分が口にした言葉を思い返していた。タイプの罵倒は、コムに殴り倒されてもおかしくないような酷いものだった。

「タイプ、お前に理解してもらおうなんて思ってない。縁を切られるかもしれないけど、幼馴染みに本当の俺を受け入れてもらいたかっただけなんだ……」

どんな顔をしたらいいのか分からずにいるタイプに、コムは苦笑する。

「お前に期待しすぎたみたいだな……ごめんな、ゲイで」

「……」

そう言うとコムは観光客の人波に呑まれて姿を消し、タイプは胸の真ん中を撃たれたようにその場に立ち尽くした。

『ごめんな、ゲイで』

その謝罪の言葉はタイプの胸を信じられないほど苦しくさせた。

ゲイになりたくてなったわけじゃないだろ……なんで謝るんだよ。

タイプは自分の頬を撫でた。これまで自分の友達、いや、知り合いにもゲイなんていないと思っていた。初めて知り合いになったゲイがターンで、ゲイとはどういうものか彼から教わったと思っていたのだ。しかし、幼少期のトラウマから植え付けられた偏見はそう簡単に消えるものではない。心の奥底に色濃く残るゲイへの嫌悪感から、「ターン以外の世界中のゲイが大嫌いだ」と自分に言い聞かせていた。幼馴染みが自分の大嫌いなゲイだったという真実を知ってしまった今、それでも世界中のゲイが嫌いだと言えるかどうか、タイプは自問自答した。

コムのことはもちろん嫌っていない。

「謝らなければいけないような悪いことは何もしてないのに」

そのような性的指向をこれまでチラつかせてくることはなかった。タイプを困らせるようなそぶりを見せることもなかった。コムはこれからも年に数回は顔を合わせる幼馴染みだ。そんな良い友人と人生で何人出会えるというのだろうか。

タイプの独りよがりな偏見のために幼馴染みに酷いことをしてしまった。

「ちくしょう！」

タイプはそうぼやき、友人を追わずに一人帰路についた。父親のバイクを停めてあるところまで行くと、彼の叔母にどうして急いで帰るのか聞かれたが、それに答えるような気分でも、パーティーに戻る気分でもなかった。気力は完全に尽きていても、最後の力を振り絞って家に帰ろうとする。静かに一人で考え事がしたかったのだ。

俺、コムに酷いことしちゃったんだよな。

そう思うと信じられないほど最悪な気分になる。


こいつ、本当は第三の目で俺のこと見張ってるんじゃないか？

やっとの思いで帰宅したものの、まだ寝室にも足を踏み入れていないタイミングで、まるでタイプの気分を知っているかのように携帯が鳴った。

「なんだよ？」

どんなに最悪な気分でも威勢よく出るプライドの高いタイプに、電話の向こうで通話相手が笑う。その笑い声を聞くと、信じられないほど胸のつかえが取れていくのを感じた。

『なんでもないよ。どうしてるかなと思って。休みに入ってもう二週間だもんな』

「ぼちぼちだな。父親の手伝いをしたり、ゴロゴロして母親に怒られたり、気が向けば海で泳いだりしてさ」

彼に話すべきかどうか一瞬躊躇ったが、ターンに羨ましい生活だなと言われたのをきっかけに、タイプは話してしまった。

「今日、フルムーンパーティー行ったんだ」

『そっか。お父さんがパンガン島でバンガローやってるって言ってたもんな。楽しかったか？』

ターンは笑うのをやめて真剣に尋ねてきた。タイプはどうして深刻な声で咎めるように聞かれているのか分からず混乱したが、タイプが黙っているとターンは再び口を開いた。

『お前……女の子といちゃついてきたんじゃないだろうな？』

やっぱり。こいつが深刻な声で聞いてきたのは、俺が女の子と浮気をしたと思ってるからだ。

浮気をしてきたと冗談を言って奴にヤキモチを焼かせたい思いもあったが、今はそんな気分ではない。頭を振ると、うんざりした声で答えた。

「してないよ……イカれたゲイにセクシーだって言われたけどな」

いつもならそんなことを言われたら間違いなく激怒するはずのタイプが、今日は落ち着いて話している。なぜなら、声をかけてきたゲイよりも幼馴染みのことで頭がいっぱいだったからだ。だが、通話相手は掘り下げるように聞き返した。

『それでどうしたんだ？』

「馬鹿野郎！　どうしたもこうしたもないだろ。下水管に詰められてしまえって罵ってやったよ。なんでそんなこと聞くんだ。女の子に興味がなくなってゲイに走るとでも思ってるのか？」

相手からの問いかけに、タイプは怒りを堪えきれない様子で間髪入れずに言い返した。ゲイにハマったと侮辱されている気がしたのだ。ターンは冷静になって答えた。

「ごめん。ただ……どれだけセクシーかお前に自覚がないから」

「今度会ったら、会ったと同時に口に蹴りを入れてやるからな」

セクシーと何度も繰り返すターンにタイプは恐ろしい声でそう告げる。女の子に言われるならまだしも、男にそんなことを言われても身の毛がよだつだけだ。

多少気分は害されたが、胸のつかえは完全になくなっていた。ターンとの会話で、なんともいえない心地好《よ》さを感じている。

「やめやめ。あんなイカれた男の話はやめだ。お前はどうなんだよ」

ターンにコムとの話を聞いてほしいという思いも一瞬浮かんだが、何をどう話せばいいのか分からなかった。どう話しても悪いのは自分だからだ。

ゲイを罵倒した自分が……恋人をも侮辱した自分が……幼馴染みを悲しませた自分が悪い。なんて話したらいいのか分からない。

話題を変えようとしたタイプは、これまで自分から話を振ることはなかった「ターンが休みをどう過ごしているのか」を聞いてみた。ターンについてを聞こうとしたことがないのは、心の底から信用しているからだ。彼はタイプが罵声を浴びせるような下劣なゲイではない。タイプが側にいなくても絶対に浮気しないし、誰彼構わず手を出すような奴ではないと分かっている。

タイプは無意識のうちにターンを信用するようになっていた。

『特に何もないよ。大学に練習に行ったり……そう、バンドのメンバーが揃ったから猛練習中なんだ。それから、ジットさんの店に演奏に行ったりしてる。そうそう、先輩に家庭教師のバイトを紹介してもらったけど、上手く教えられる自信がなくて断ったんだ。あとは妹と遊ぶくらいかな』

最後の一言を聞いたタイプは、精悍《せいかん》な顔つきで妹と遊んでいる彼の姿を想像して危うく吹き出すところだった。あのクールなターンが遊んでいるなんて。

『で、お前はいつバンコクに戻るんだ?』

「なんでだよ」

ちょうどタイプもいつバンコクに戻ろうか考えていたところだった。最初は大学が始まるまでずっと実家にいようと思っていたが、一時間ほど前の出来事でなんともいえない居心地の悪さを感じて、心地好いと思える場所に戻りたいと思うようになっていた。

タイプが戻りたいのは……ターンのいる場所だ。

『会いたいから』

タイプのそんな思いはターンのその一言で雲のように消え去っていった。

「馬鹿!!!」

それだけ言うとタイプはすぐに通話終了のボタンを押し、携帯の電源を切ってベッドに投げた。そして、ベッドに身を投げて両手で顔を覆う。

あの野郎、どうしたらあんなキザなこと言えるんだ！

タイプは苛立ちで頭を掻きむしりそうになったが、誰にも聞かれない今、一人呟いた。

「俺もお前に会いたい」

プライドが高いタイプのような人間は、絶対にターンの前ではそんなことは口にしない。しかしたった数分ターンと話したことで、イライラしていた気持ちは落ち着きを取り戻し、タイプはベッドに横になった。そして過去の事件の悪夢にうなされることもなく、会いたいと言うターンの温かい肌に思いを馳せながら眠りについた。

第三十二章　口が悪い男の愛情表現

「はぁ、はぁ、あっ……」

地平線に沈みそうな太陽の光がこの家の一人息子の寝室に差し込み、ベッドの上で目を閉じて横になっている部屋の主の姿を浮かび上がらせている。それはシャツの裾を腹の上までめくってズボンを腰の下まで下ろし、自分の行為に熱い吐息を漏らしている姿だ。

大学が休みになってから三週間が経過しようとしていた。この三週間、最高に楽しくて快適で自由な生活を実家で謳歌するつもりだったのだが、そんな休暇をこの上なく愛していたはずのタイプは……暇を持て余していた。

大好きだった海に飽きたのか、実家の仕事を手伝わされることに嫌気が差したのか、自分の偏見によって友達を傷つけたことに対する後悔からか、それとも……誰かが側にいないからか。理由は分からなかった。

朝目覚めるたびに向かいのベッドの奴と言い合いをすることが日課になっていたのに、今は目覚めても静けさが広がっているだけだ。何時に起きてもいいし、冷淡な眼差しで睨まれることもない。本当なら喜ぶべきなのだろうが、驚くほど退屈だった。さらに、週に何度も繰り返していた夜の営みから遠ざかったことで、欲求不満になっている。

そこでタイプは、自らの手で鬱積《うっせき》した欲望を放出させることにした。しかし日ごとに募っていく欲望に……自らの手では物足りなさを感じるようになっていたのだ。

手じゃ満足できない。

「はぁ……あっ……あっ……」

ベッドの上のタイプは深く息を吸うと、歯を食いしばった。柔肌のかわいい女の子の湿った狭い入り口に自分のモノを挿し入れ、吐息交じりの甘い嬌声が彼女の柔らかい唇から漏れるところを想像しようとする。

そうだ、そういうのだ、いいぞ。

欲望の放出のために懸命に妄想を膨らませようとしたところで……。

『お前、こういうのが好きなんだろ?』

タイプは思わず身体を強張らせて大声を出すところだった。いい感じだった想像の中の女の子は、いつの間にか大きくてガタイのいい男が耳元で囁いてくる姿に入れ替わっていたのだ。しかし、両手の中にある欲望を出さないわけにはいかない。タイプは、妄想の中にまで図々しく姿を現したターンを刺してやりたい気持ちを堪えた。

『俺がしてあげる。これまでお前が経験してきた女の子よりずっと気持ちいいぞ』

荒い息遣いをした、ターンの掠れた囁き声が耳元で響く。タイプは手に力を込め、さらに激しく手を動かした。女の子の手の何倍もゴツゴツした奴の手がタイプのモノを握り、どうすれば気持ちいいか知り尽くしたように動くのを思い出していた。

「はぁ……あっ……」

タイプはさらに息を荒げ、もし今ここに憎たらしいターンがいたら、彼は不敵な笑みを浮かべて引き返せないところまでしてしまうだろうと考える。セクシーな女の子を求めて始めたのに、頭に浮かんできたのは奴がタイプのモノを口に含む姿だ。欲望が放出されるまでもうすぐだと手の動きを速めても……一向に最終地点には到達しなかった。

イけない!

タイプは奥歯を噛み締めた。自分の手でしても気持ちいいのに、達することができそうにない。憎たらしいターンの顔を思い浮かべれば思い浮かべるほど、彼がしてくれたことや耳元で低く喘ぐ声が頭から離れなくなり、タイプは喚き散らしたくなっていった。

なぜなら、彼がしてくれた時は……。

乳首に触るなと怒鳴ったこともあったタイプは、シャツの裾を胸までめくり上げると、唇を噛み締めながら片方の手で胸の茶色い突起に触れた。自分の状況を惨めに思い目を閉じたが、触れば触るほど、摘まめば摘まむほど、めくったシャツの裾を噛んでおかないと声が漏れるほどの快楽が身体中を駆け巡っていく。

『ここが気持ちいいんだろ』

全然気持ちよくない、この野郎。気持ちよくないから！

想像の中のタイプは必死に抵抗した。しかし脳内のターンは暴走しはじめ、タイプの狭い入り口を指でなぞろうとしている。タイプは自らの手が想像と同じように動こうとするのを必死に制止しようとした。

突然バンコクにいるはずの彼が一瞬見えた気がして、タイプは身体をビクッと強張らせた。身体中で最も不浄だとされているところを、そんなことを気にも留めずに舐めようとする奴の姿だ。奴の柔らかくて温かい舌がゆっくりと挿し入れられるのを想像し、タイプは入り口をキュッと締めた。

「はぁ……っ」

タイプは躊躇しながらも自分の指を口内に入れ、唾液でベトベトになるまで舐め回した。そしてプライドをかなぐり捨てて、指の感触を堪能しはじめる。

「はぁ……あぁ……あり得ないだろ、くそっ！」

濡れた指を自分の背面の入り口に押し当てると、身体に衝撃が走った。ターンがどうやって指を動かしていたか懸命に思い出しながら自分でも同じようにしてみたら、シャツの裾を噛み締めることも忘れて喘ぎ声を漏らしてしまう。

「全然違う」

タイプは息を荒げながらそう呟いた。両脚を大きく広げて快楽のままに指を動かすと、何週間も遠ざかっていた鋭い痛みと、性感帯を刺激するたびに生じる目眩《めまい》がするような快感を同時に味わう。そして自分のモノを握って上下に動かす手を速めた。

ターン、もっと……もっと……もっと激しく……。

手の動きを速め、ターンのことを考えながら目を閉じる。すると全身に快楽の波が押し寄せ、放出された体液で手をベトベトにした。

「はぁっはぁっはぁ……」

タイプは荒い息のまま倒れ込むとティッシュの箱に手を伸ばし、べとついた体液を拭き取った。後でゴミ箱に捨てればいいと自分に言い聞かせながら、ティッシュをベッドの下に投げ捨てる。今の彼にゴミ箱まで行く気力は残っていなかった。

そして先ほどの自分の行為が受け入れられない様子で呟いた。

「やってしまった」

この俺が自分の指を挿れて気持ちよくなるなんて……最悪だ！

タイプは先ほどの快楽が残した心のしこりを紛らわせようとベッドを殴った。

もう戻れないところまで来てしまったのではないか。自分が……毛嫌いするゲイになってしまったのではないか。

考えれば考えるほど、彫りの深いタイプの顔はさらに険しくなっていく。そして他でもない彼に全責任を押し付けることにした。

「お前のせいだ。ターンめ。お前のせいだからな！」

どうしても自分の行為を受け入れることができず、うつぶせになって枕に顔を埋める。

「タイプ！　夕飯の時間だぞ！」

「お腹空いてない‼　……食欲がないんだ。食べたくない。くそっ、なんてことをしてしまったんだ！」

欲望を解放させるために自分の部屋に逃げてきたタイプは、父親に呼ばれても、自分の行為を受け入れられずにベッドの上でじっと横になることしかできなかった。

なんてことをしてしまったんだ。タイプ、お前、なんてことをしでかしたんだ！

日曜日の午後、何をするともなく、ターンの家族はいつものようにリビングルームに集まってきていた。父親は四番目の子供のように大切にしているゴルフクラブを磨き、母親はタブレットで料理の動画を観ている。長男トーンと末っ子タンヤーは……ピアノのして、次男ターンと末っ子タンヤーは……ピアノの前に座り、タンヤーが習ったばかりの曲を弾いてターンに聴かせていた。

「ターン兄さん、タンヤーの演奏どう？　よかった？」

妹が真剣な表情でそう聞くと、大学で音楽を専攻しているターンは笑顔を向けた。

「すごく上手くなったね」

まず褒めたターンだったが、それだけでは終わらないことはタンヤーも分かっていた。

「でも、曲の真ん中あたりでリズムがちょっとズレてた気がしたな。急ぎすぎたのかな」

少女は頷き、すぐに曲の中盤あたりをもう一度弾きはじめる。すると、トーンがゲームを中断し、口を挟まずにはいられないというように二人に声をかけた。

「タンヤーはターン兄さんの言うことは本当に素直に聞くんだな。トーン兄さんはさっきのでよかったと思うけど」

「トーン兄さんの言うことなんて信じられないわ。タンヤーがどんなに下手でも上手いって言うんだもん」

少女がピアノを弾く手を止めて鼻に皺を寄せると、両親と兄弟が大声で笑った。

「その通り、お前は妹に甘すぎだ。タンヤーもよく分かってるじゃないか」

「そんな。パパ、僕のどこが甘すぎなんだよ。本当のことを言ってるだけなのに」

トーンが振り向いて言い返すと、父親が頭を振った。

「まあまあ、甘すぎるかどうかは別としても、とにかくお前は妹にベッタリだからな」

アメリカ人とタイ人のルーツを持つ父親がそう言うと、トーンは笑顔になる。

「だって、タンヤーがあまりにもかわいいから。パパも母さんもすごいよ、こんなお人形みたいな子供を産むなんてさ」

「パパを誰だと思ってるんだ？」

父親の冗談に今度は家族全員が笑いだした。

「もう嫌だわ、パパもトーンも。今日はお客さまが来るからキッチンに行って準備するわね。何が食べたい？」

母親がそう言いながら立ち上がってキッチンへ行こうとすると、それぞれ口々に自分の好きなメニューを言いだす。しかし、グリーンカレー素麺を検索しようとしたターンの目が、携帯の画面に何かを捉えた。

「パパ、母さん。やっぱり今日は夕飯はいらないや」

「ターン⁉」

トーンが慌てて振り返ると、ターンは壁に掛けてあった車の鍵を走って取りに行くところだった。

「ターン！　今日はサーンが夕飯を食べに来るんだぞ。会っていかないのか⁉」

トーンは彼の背中に大声で叫んだが、ターンは急いで手を振るだけだ。

「もう行くから、サーンさんにごめんなさいって伝えておいて。今度はいつ戻ってくるか分からないよ」

いつもはドタキャンなど絶対にしないターンはそれだけ告げ、慌てて兄の外車に乗り込んで出ていく。残された全員が不思議そうに顔を見合わせた。

「トーン兄さん、どうしてターン兄さんはあんなに急いで出かけちゃったの？」

妹の質問にトーンが長いため息をつくと、父親も母親も同じようにため息をついた。

「あいつ、あんなに嬉しそうな顔をして。誰に会いに行くか聞かなくても察しがつくな」

トーンの言葉を聞いて、母親が一人で呟いた。

「しょうがないわね。あの子が幸せならそれでいいわ。私たちが口を挟むことじゃないもの」

あれほど目を輝かせて喜んでいるターンを見たら恋人に会いに行ったと思うのは当然だ。しかも、家族全員が……その恋人は男だと分かっていた。

携帯に表示されたメッセージには、『バンコクに戻ったぞ』とだけ書かれていた。

ターンはメッセージを送ってきた相手に何度も電話をしたが、彼は出なかった。何かあったのではないかと焦るも、バンコクのどの辺りにいるのかすら分からない。ターンはアクセルを全開にして彼がいるだろうと思われる場所……二人のマンションに向かった。

大学の裏門に近いところにある新居の高層マンションは、屋上に中庭やプールがあり、ターンの唯一の必須条件だった広い駐車場もあった。家賃はルームメイトと折半することになっていたが、車は寮を出るにあたって実家のものを使わせてもらうことになっている。

ターンは急いで駐車場に車を停めると、部屋へと上がっていった。

学生寮の三、四倍は広い部屋にはダブルベッドが置かれ、その向かい側には大きなソファーとテレビ台も置かれていた。反対側には小さなキッチンがあったが、調理道具はまだ何も揃えられていない。

そして、部屋の一番奥にベランダと浴室があった。

シャー……シャー……シャー……。

浴室の床を打つシャワーの水音が、捜していた人の居場所を教えてくれている。ターンの顔にやっと笑みが漏れた。

どれだけ長い間、あいつと会えなかったんだろう。

そう考えると、自分がどれほど彼に会いたかったか思い返した。タイプは口も性格も良くはない……いや、悪いといっても過言ではない。しかしこんなにも長い間会えなくて、会いたくて会いたくてたまらなかったことに気付いていた。

ちょうどその時シャワーの音がやみ、タオル掛けからタオルを取った音がした。ドアの前に立って彼を驚かそうと、ターンは浴室に向かう。

そして浴室のドアが開き、バスタオルを腰に巻いただけのタイプが現れた。

髪が伸びたな。

もう少しで手を上げて彼の伸びた髪を触るところだった。ターンのシャープな目は水が滴るチョコレート色の肌を捉える。その肌はエアコンからの冷気で鳥肌が立っていて、ターンは生唾を飲み込んだ。

何度見てもフェロモンが溢れ出ているけど、こいつ、自覚ないいんだろうな。

「遅いよ」

「遅い？」

タイプが落ち着いた声で言うと、彼に見惚れていたターンはハッと我に返り、顔を上げた。目が合うと、タイプはニヤリと笑って繰り返した。

「そう、来るのが遅いんだよ。メッセージを送ったらすぐに会いに来てくれると思ったのに」

自信たっぷりのその言葉にターンは眉をひそめる。

「俺は犬じゃないいんだ。匂いでお前がどこにいるのかなんて分かるわけないだろ」

「分からないのか？」

タイプが憎たらしい顔をしてこちらを向くと、ターンは長くため息をついた。

一ヶ月近くも会えなかったからといって、タイプに何かを期待する方が間違っていた……。口が悪いタイプは、甘えて大人しく抱きしめられるはずもなく、ただ悪態をつくだけだ。

「俺は犬じゃない、お前の恋人だ」

「しつこいな」

タイプは恋人という言葉を受け入れたくないのか、掠れた声でそう言うとそのまま歩き去ろうとする。しかしその時、ターンはタイプの肩をガシッと掴んで引き寄せ、彫りの深い大好きな彼の目を覗き込みながら笑顔で聞いた。

「何か忘れてないか？」

「なんだよ」

相変わらず口が減らないタイプは言い返したが、肩を掴んでいるターンの手を振り払うこともなく、近づくターンの顔を黙ったまま見つめている。

「これ」

そして、温かい唇をシャワーを浴びたばかりの冷たい唇に重ねた。ターンは何度も触れたいと思っていた彼の唇の柔らかさを堪能すると、迷うことなくタイプの口内に舌を入れ、舌を絡ませた。突き飛ばされるだろうと思っていたが、タイプの方からも熱く激しく舌を絡ませてくる。

それは、経験が豊富なターンですら身体を焦がすような情熱的なキスだった。

怒鳴られることを覚悟したターンはゆっくり身体を離す。

「俺は忘れてなんかない。お前が遅いんだ」

タイプのその言葉に、最初は意味が分からなかったターンだったが、数秒考えて全てを察した。

「ふっ、遅れてごめん」

そう言うとターンはもう一度唇を重ねた。相手の背中を壁に押し付け、燃えそうなほど熱い唇を激しく押し当てる。すると透明で粘り気のある唾液が驚くほど甘く感じるようになった。片方の手で腰に巻きつけられているタオルを引っ張ると、それは簡単に床に落ちた。

タイプが腹を立てていたのは、ターンがなかなか姿を見せなかったことだけではなく、すぐに手を出してこないことに対してだった。プライドの高いタイプはターンとは違い、シたくなっても自分からは始められないからだ。

自ら仕掛けたことのないタイプが、膝を上げてターンの股間をズボンの上からさすった。身体をビクッとさせたターンが何も言わずにいると、からかうように言ってくる。

「キスしただけでこんなになってるじゃないか」

勝ち誇ったようにそう言う彼を、ターンはなんの迷いもなくベッドに押し倒した。

「そういうお前はどうなんだよ」

ターンは倒れたタイプの上に覆い被さり、彼の股間に視線を向けながら呆れたようにそう言った。

「うるさいな、黙ってろ。コメンテーター気取りかよ？」

自分も反応してきていることを否定できないタイプはくぐもった声で答える。

「俺は黙って静かにできるさ。いつも声がデカくてうるさいのはお前だろ」

「この野郎‼」

タイプはまた大声をあげたが、熱いモノを握られた途端に身体をビクッと震わせた。ターンは迷うことなくすぐに前屈みになり、タイプのモノを舐め回して長い間待ち焦がれていたようにタイプのモノを舐め回して長い間待ち焦がれていた彼の味を堪能しはじめる。

「俺の……アイスクリームじゃ……ないんだぞ。そんなに舐められたら……クラクラする……お前、欲求不満だったのか？」

舌を使われ、タイプは腰を浮かしながらターンの頭をぎゅっと掴んで低い声で喘ぎはじめた。ターンはそんな様子を見ながら「お前も同じだったんだろ」という言葉が喉まで出かかったが、ぐっと呑み込んだ。言い返すのが面倒だったというのもある。

そしてタイプを喜ばせようと、唇を窄めてさらに激しく吸い込み、愛おしい燃えるように熱いそれを口で愛撫し続けた。

こいつが口でしてあげたいと俺に思わせるんだ。

「うっ……はぁ……」

真っ赤な先端に舌先が触れ、タイプはさらに低い声を漏らすようになった。ターンがチラッと上目遣いに見ると、そこには悩殺されそうなほど艶かしい彼の顔があった。

スポーツマンらしい筋肉質な身体をしているタイプが、あまりの気持ちよさに腹筋が割れるほど身体に力を入れている。こめかみは汗で濡れ、どれほどの快楽を得ているのか表情を見ただけで感じ取れた。ターンが先端を重点的に攻めると彼は大声で喘ぎ、腰は完全にベッドから浮かび上がっている。

「あぁっ」

ターンはタイプのモノを愛撫しながら、もっと嬌声をあげさせようと背面の狭い入り口にもう一方の手を伸ばした。しかし……。

「タイプ、一体何したんだ⁉」

ターンが大声で叫びながら慌てて顔を上げた。いつもは入念にほぐして準備をしなければいけない狭い入り口が、指がするっと簡単に入っていくほど既に柔らかく湿っていたのだ。ターンは嫉妬《しっと》からくる怒りで全身が震えていた。

俺が部屋に戻ってくる前に、誰かがタイプに何かしたのか？

そんな疑心がターンの表情に浮かび、タイプはすぐに眉をひそめた。

「ターンお前、何考えてるんだよ？」

「質問に答えろよ、タイプ」

ターンが咄嗟にタイプの足首を掴まなければ胸を蹴られていただろう。浮気を疑われた怒りでタイプは顔を真っ赤にして怒鳴った。

「何したかって？　お前のために準備してやったんだろ！　馬鹿野郎！」

情事の最中であることも忘れて大声で叫ぶと、ターンは理解できないとポカンとするだけだった。

「俺のために……準備した？」

「そうさ！　これでな！」

激怒しているタイプが中指を立てて目の前に出し、やっとターンに笑顔が戻る。

「ごめん。そんなことしてくれるなんて思ってもいなかったから」

ターンは自分の耳が信じられなかった。まさかタイプのような男が、自分を待って先に準備していてくれるなんて。彼にもう一度キスをしようとすると最初は顔を逸らして逃げられたが、彼も欲望には勝てなかったらしい。タイプはターンの頭を強く引き寄せキスに応じた。

そうして熱くて激しいキスをしながら、二人の手は互いの背中を撫でていた。身体を少し離したターンは、Ｔシャツを脱ぎ捨てながら思った。

タイプがそこまでするなんて、よっぽど欲求不満なんだろうな。だったら……。

そして素早く身体を起こし、ジーンズを脱いでベッドの隅に投げ捨てる。

「なんだよ⁉」

タイプが怒ったような大声を出して逃げようとするのも無理はない。全裸のターンが胸の上に跨がり、膨張しているモノをタイプの口に近づけたのだ。

さらにターンは笑顔で言った。

「咥えてよ」

「冗談じゃない！」

「冗談なんかじゃないさ。咥えたくてしょうがないくせに」

「くそっ……！」

ターンがタイプの乳首を優しく摘まむと、彼は身体をビクつかせ、文句を言いながら険しい目でこちらを睨んできた。両手でターンの硬くなった熱いモノを掴み、ずっと気持ち悪いとさえ思っていたモノを舐めるために上半身を起こす。

ちゅっ……ちゅぱっ。

最初は嫌そうにしていたタイプだが、熱い唇で吸い上げて奥まで呑み込むと、これでもかと顔を激しく上下に動かした。ターンは低くうめきながら彼の頭をぐっと掴み、満足げに……口の悪い男が欲望の迸《ほとばし》った表情で自分のモノを頬張っている姿を見下ろす。その光景は気が狂いそうなほどセクシーだった。

「はぁ……いい……いい子だ……そう……」

ターンは喉を鳴らしてそう言いながら、前回よりも上達している口淫がもたらす悦楽に気が遠くなり、腹筋に力を入れた。

「うぅ！」

そしてターンはもう一度タイプの乳首を撫でた。激しく撫でたり揉んだり摘まんだりすると、口を使って愛撫している彼の喉からも声が漏れはじめる。相手の表情はもう我慢できないことを物語っており、それはターンも同じだった。

「お前、本当に最高だな。いろんな意味で」

ターンがそう言いながら自分のモノをタイプの口から抜き出し、彼の足首を掴んで高々と押し上げると、息を荒げたタイプはくぐもった声で言い返した。

「黙って続けろよ、早く！」

「素直に言えよ、早く俺が欲しいって」

ターンは呆れたように言いながら、彼の狭い入り口に舌を這わせる。タイプが低い声で喘ぎながらシーツをぎゅっと掴むのを見て、顔から笑みがこぼれた。

タイプはそこに触れられることにもすっかり慣れ、今ではもう抵抗することもなくなっている。

「お前の舌……はぁ……すごく……いい」

ターンは抵抗されない彼のそこに何度も舌を差し込み、身体を離して自分の唇を舐めた。そして彼の両脚をさらに高々と上げ、舌の代わりに今にも破裂しそうなほど膨張している熱いモノを挿れようとする。

タイプもその行動に気付き、ターンの頭を引き寄せてキスをしたその時だった……。

「くそっ！　ターン……痛い……うぅ……はぁ……」

「締めるな……きつすぎる……あぁ……ずっとしてなかったから……そんな締めるなよ」

ターンはそう言いながらタイプの尻を強く揉みしだき、動かすこともできないほど締め付けている中の筋肉を解そうとした。そして締め付けがゆるんでくると、タイプに負担がかからないようにゆっくりと動かしはじめる。

最初はゆっくりとしたペースだったが、息を荒くしている彼の反応を見ながら次第に激しく動かすと、タイプは口を開けて大声を出した。

「もっと……もっと奥まで……あっ！　……そこ……くそっ……そこだ……」

その声に応えるようにターンが奥深くまで突くと、彼の全身が小刻みに震える。そして最も深いところまで突いた時、性感帯を刺激されたタイプが低くうめき、つま先をシーツに食い込ませながら拳をぎゅっと握りしめた。大きな汗の粒が顔中を流れ、押し寄せる快楽の波に腰が勝手に動いてしまう。

執拗に性感帯を刺激し続けられ、タイプはあまりの悦《よろこ》びにこのまま死んでもいいとさえ思えた。

「ちくしょう……いい……気持ちいい……ターン……すごくいい……」

「はぁ……俺もだ。お前がきつく締めるから……」

そう言いながらターンがリズムに乗って腰を動かすと、タイプもそれに合わせて反応し、二人の唇は何度も重ねられた。そして彼の片方の脚をさらに高く持ち上げ、両脚の間に身体をぐっとねじ込ませる。

「あぁ……あっ……奥まで……ターン……やめて

……はぁ……」

口ではそう言ったものの、ターンの動きに合わせてタイプの腰も動いていた。内部がきつく締まると、ターンは自分の欲望をコントロールできなくなりそうだった。

パンッ！　パンッ！　パンッ！

ギシッ！　ギシッ！　ギシッ！

肉体がぶつかり合う音と二人の動きでマットレスが軋む音がシンクロし、大きく響いている。その音がより一層欲情を煽り、二人の腰の動きは激しさを増していった。ターンの手がタイプの熱いモノを握って上下に動かすと、ほどなくして流れ出した彼の欲望が腹筋をベトベトに汚した。一方のターンも、奥歯を食いしばりながら何度か腰を激しく突き上げ、自分のモノを急いで抜き出し手で擦って同じようにタイプの腹筋を汚した。

欲望を出して力尽きたターンがタイプに覆い被さるように倒れ込んだため、ターンの身体もベトベトになった。だがターンはそんなことを気にする様子もなく、息を荒げたまま囁く。

「会いたかった」

迷うことなく放たれたストレートな言葉に、タイプは短く答えた。

「俺もお前と寝たかった」

ターンが顔を上げて見つめると、彼は顔を逸らして目を閉じる。その様子に、口が悪い彼なりの精一杯の愛情表現だと、ターンは都合よく解釈した。

「俺に会いたかったんだろ？」

「蹴られたいのか？」

そんな脅し文句を言っても、荒い息遣いのまま横になっているだけのタイプは本当に蹴ろうとするそぶりを見せない。息が落ち着いてきたところで、再び二人は唇を重ねた。会いたかった気持ちは行動で示されるのだ。

タイプのような男が甘い言葉を囁くことはないだろう。しかし、こんなふうに態度で愛情を表現するようになったのは大きな進歩だった。

第三十三章　自己中な奴

　二人の男が激しい愛の営みを終えた頃、空はすっかり暗くなっていた。何かを食べに出かけようにも疲れきっていた二人は満足げに……死んだように眠った。

　その翌日、既に太陽が頭上まで昇った遅い朝。ベッドの上で全身筋肉痛のタイプがゴソゴソと動きはじめ、伸びをした。隣で横になっている相手を見ると……寮から持ち出したタオルを腹までかけ、一糸まとわぬ姿で仰向けになって寝ている。

「欧米の血が濃いんだな」

　そう呟くと、タイプは栗色の産毛が生えている胸に視線を向けた。よく見る欧米人のように密集して生えているわけではなかったが、薄く広がるそれは太陽の光に反射してキラキラ輝いている。

　俺って本当に欧米人好みの顔なんだろうな。

　タイプはつい先週、地元で言い寄られたことを思い出した。

「もう忘れよう。そんなことより、身体がベトベトだ」

　全身がべとついていることに気付き、タイプは少し苛ついたように言った。部屋はエアコンでキンキンに冷えていたので、汗で濡れていたわけではない。別の体液――隣で気持ちよさそうに寝息を立てている奴の体液でベトベトなのだ。

　うつぶせで横になっていたタイプはそう思いながら、苛ついたように彼を脚でつついた。

「ターン」

　しかし彼は一向に目覚める気配がなかった。タイプは起き上がってベッドに寄りかかると、先ほどよりも力強く蹴る。

「ターン、起きろよ」

　肩を揺すっても奴は目を覚まさない。下半身の痛みに耐えているタイプは眉をひそめた。

「気持ちよさそうに寝やがって。ふっ、これでどうだ……」

ガシッ。

「おい！」

全力で蹴りを入れようと思った瞬間、足首を強く掴まれ、そのまま引き寄せられてしまった。一瞬何が起こったのか分からなかったが、フラフラとよろけながら寝ているターンに視線を向けると、そこにあったのは……彼の小悪魔的な笑みだった。

それは蹴り飛ばしてやりたくなるような、楽しそうないたずらっ子の笑顔だった。

「いい眺めだ」

「この野郎」

もちろんタイプは〝丁重に〟怒鳴り返しながら、まだ掴まれている脚を引き抜こうとした。ベッドに寄りかかった状態で蹴りを入れようとしたのに、横になっている相手に足首を掴まれてよろめき、両脚を大きく広げた体勢で股間がちょうど彼の目の前に来るように倒れてしまったのだ。

「寝たふりしてたのか？」

「そういうわけじゃないけど。どうやって俺のこと起こすのか見てただけ。かなりハードな起こし方だったけどな」

足首を掴んだまま放そうとしないターンにそう言われ、タイプは目を光らせて苛立ったように力いっぱい足首を引っ張った。

「最初から思いっきり蹴られなかっただけラッキーだったと思えよ」

「いつになったら、おはようのキスで起こされる幸運に巡り会えるのかな」

「朝飯代わりにお前の口に俺の足を突っ込んで黙らせるぞ」

タイプのような男が甘い言葉に照れるなんて思ってはいけない。ターンの言葉に間髪入れずにそう言い返すと、おはようのキスを望んでいるターンは笑いだし、顔を上げて相手を見つめながら腕を引っ張って隣に寝かせられた。

「やめろよ、ターン。腹が減ってるんだ。飯を食いたいんだよ」

タイプは頭を振った。昨日の正午から二十四時間近く何も口にしていない。しかしその言葉を聞いたターンは何か心に引っかかった様子で言った。

「もう一度言ってみて」

「なんだよ。やめろって言ったんだ」

腕を放そうとしないターンにタイプは目を伏せ、首を絞めてやると言わんばかりの表情になったが、ターンは頭を振るばかりだった。

「違う。その後になんて言った？」

なんだこいつ？

タイプは頭を殴ってやりたい衝動に耐えながら、苛ついた声音で言った。

「ご飯が食べたい、って言ったんだ」

「もう一度、ご飯が食べたい、ってきちんと言ってみて」

一向にやめる気配がないターンに、タイプは呆れたように繰り返す。

「ご飯が食べたいんだよ、ターン。腹が減ってるんだ。聞こえたか？　ご飯を食べたいんだよ」

そしてターンが笑いながら放った言葉に、タイプは危うく殺人犯になるところだった。

「俺に甘えてるのか？」

「馬鹿野郎！　どうやったら甘えてるなんて思えるんだよ。気でも狂ったのか⁉」

怖い声でそう告げるとターンは笑いながら上体を起こし、タイプと同じようにベッドに寄りかかって隣に座った。広いベッドなのにどうしてくっついて座らないといけないんだ、とタイプは思わず怒鳴りそうになる。

「お前と知り合って、俺の耳と目は狂っちゃったんだよ。お前が何をしても何を言ってもかわいくてしょうがないんだ」

「今度その〝かわいい〟って言葉を使ったら、向こうの壁まで殴り飛ばすからな」

タイプは即座に反応して率直に告げた。タイプのような男がかわいいなんてあり得ない。普通であれば怖いという人の方が多いのだ。

ターンは部屋中を見渡すと、マットレスに視線を向けて言った。

「マットレス、汚れちゃったな」

タイプもマットレスを見て口を尖らせる。誰も住んだことのない新築のマンションだったため、まだシーツがかかっていない。しかも昨晩の激しすぎる情事のせいで、マットレスのいたるところに体液による染みができ、昨晩どうやってここで寝たのか不思議なほど汚れていた。

「お前のせいだぞ」

間髪入れずに言い返したタイプはベッドから立ち上がり、バスタオルを腰に巻いて浴室へ行こうとする。ターンは彼に声をかけた。

「なんで俺のせいなんだよ。ほとんどはお前のだと思うけど」

「馬鹿野郎」

そう言われるだろうと思ってタイプはシャワーに逃げようとしたのだ。ターンは最近コンドームを使うことが多い。つまり、ターンの体液はコンドームの中で、ベッドに広がっているのは大部分がタイプの体液ということになる。

タイプが振り返ると、ターンのシャープな目は微笑みを浮かべていた。そして大声で馬鹿笑いをしだした。

「冗談だよ。ちゃんときれいにしておくよ、俺の嫁の――」

その言葉を言い終わる前に、タイプは腰に巻いたタオルを取ってターンの顔面に投げつけると、ベッドに倒れ込みかけて怒鳴り声をあげた。

「嫁って呼ぶな！」

嫁と呼ばれるのを受け入れられずに叫んだタイプは浴室へと消えていった。北極の氷のような冷淡さで意地悪なことを言うターンのことを、彼はまだ完全には理解していないのかもしれない。ターンは笑いながらからかうように言い返した。

「分かったよ。もうお前のこと嫁って言わないから……奥様、ブランチは何がよろしいでしょうか？」

ガチャン！

タイプが浴室のドアを大きな音を立てて蹴り、部屋中にターンの笑い声が響いた。

はぁ。大学が休みに入ってだいぶ経つから、すっかり忘れてた。ターンの奴、温和で柔順そうに見えるけど、自分がこうすると決めたら絶対に考えを曲げない頑固な男なんだった……奥様なんて……身の毛がよだつ！


「えっ？　なんで先に言っておかないんだよ、父さん。ご飯食べに出かけちゃったじゃないか。今ボロム通りにいるんだ」

『なんだって⁉　今日田舎に帰るって言ってあったじゃないか。せっかくお前の友達に会っておこうと思ったのに』

「今日帰るとは聞いてたけど、会いに来るなんて言ってなかったから」

『田舎に帰るってことは、その前にお前に会うってことだろ。これからまた何ヶ月も会えなくなるんだぞ。別れの挨拶もなしか⁉』

「仕事休んでバンコクに来ればいいよ」


『そんなことしたらお前の母さんに肉切り包丁でぶった斬られ――「なんてこと言うの、聞こえてるわよ！」』

電話の向こうから母親の声が聞こえ、空腹でイライラしていたタイプはやっと笑顔になり大声で笑った。助手席で通話している父親が、運転席から子虎のような母親に睨まれる姿を想像したのだ。

タイプ一家では普段、母親が運転している。父親の運転は遅すぎて、いつになったら家に着くのか分かったものではないからだ。

「まあまあ、気をつけて運転するように母さんに言っておいて」

タイプはそれだけ言うと急いで通話を切り、自分が乗っている車の運転手を見た。

「ターン、何見てんだよ。お前は道路だけ見てればいいんだ。事故ったらどうするつもりだよ」

タイプを見つめるために横を向いて運転しているターンに思わずそう声をかける。このままだと横を走るトラックにぶつかって高級な外車がぐしゃぐしゃに潰されてもおかしくない。

「今回〝タイプくん〟は出てこないんだな」

「ターン！」

タイプが低い声で唸るように言い、ターンは微笑んだ。

「お父さんが来てるのか？」

「そうなんだ。本当は昨日の夜、両親と一緒に叔母の家に泊まりに行かないといけなかったんだけど、面倒くさくて。高校生の時に暮らしてた家で、もう俺にとって第二の故郷みたいなもんでさ。俺だけマンションで車を降りて、両親は叔母の家に行った。親父は……お前に会いたいらしい」

家族と話す時の自分をからかわれて苛ついたタイプがそう話すと、ターンは眉をひそめた。

「そんな顔するなよ。親父は俺がどんな奴と一緒に住んでるのか知りたいだけ。お前と付き合ってるなんて、俺が言えると思うか？」

ターンはしばらく黙り込み、微かに笑った。

「言ってもらえたら嬉しいけど。そんなこと望んだらいけないってくらい分かってる」

タイプはドキッとして言葉に詰まり、高級車を運転する彼のシャープな顔に視線を向けて長くため息をついた。

「ごめん」

「なんで謝るんだよ」

何故謝ったのか分かっているはずのターンが尋ねる。

「俺らの関係は死ぬまで秘密にしないといけないから」

タイプの正直な答えにターンは黙り込み、湛えていた微笑が次第に消えていった。唇を一文字にきゅっと結び、鋭い眼差しは真っ直ぐに道路に向けられている。タイプは……彼がハンドルをぐっと握りしめるのを目にした。

「お前が誰にも言わないのは分かってるよ」

タイプは言いようもない罪悪感に駆られた。ターンは二人の関係をいつオープンにしてもいいと思っているが、タイプはそうではない。

ゲイ嫌いの俺がゲイと付き合ってるなんて、誰にも言えるわけない。

「でもほら、少なくともテクノーは俺らが付き合ってること知ってるじゃないか」

タイプは自らの罪悪感を軽くしようとそう言った。これまでの二人の関係を最初から全て知っている親友は、絶対に誰にも言わないはずだ。しかしテクノー一人では彼の機嫌を良くすることはできないようで、ターンは繰り返した。

「そうだな。少なくとも、一人だけは知ってる」

「なんだよ……何に怒ってるんだよ！」

露骨に不機嫌そうな顔をしているターンに声を荒げると、彼はゆっくりと頭を振った。

「怒ってない」

「だったらどうしたっていうんだ！」

ターンは運転しながらチラッとタイプに視線を送ると、大きくため息をつく。

「いじけてるだけ……かな」

「ははは、水牛みたいにゴツくて、百八十三センチもあるお前が女々しくいじけてる、だって？」

「……」

ターンは黙り込み、冷たい目でタイプを睨んだ。冗談で空気を変えようとしたタイプも笑えなくなってしまい、さらに険悪になってしまった雰囲気に言いようのない苛立ちが募っていく。

付き合ったと思ったら次は関係をオープンにしたいって、ターンはなんて欲張りなんだ。

「そんなに大切なことか？」

タイプは冷たく尋ねた。

「俺にとってはな……」

ターンに落ち着いた声でそう答えられ、拳を握りしめる。

くだらない。

タイプはそう罵りたかったが、隣にいるターンの真剣な表情を見ると何も言えなくなってしまう。

「お前にとってはくだらないことかもしれない。でもな、お前は俺のもので、俺はお前のものだってみんなに知ってもらいたい……それだけのことだ」

ターンはオープンにしたい理由を分かってもらえるように説明したつもりだったが、実際にタイプが分かったのは、ターンが嫉妬深い男で、これから大変な状況になる……ということだけだった。

「もういいよ。お前がオープンにしたくないなら、誰にも言わないから」

　またか。いつもそうやって俺に罪悪感を抱かせようとする。

　タイプはターンに目を向けようとしたが、車窓を眺めることしかできなかった。だが、窓の外の景色は全く目に入らず、頭の中ではターンの言葉が駆け巡っている。

　二人の意見はまた食い違ってしまったのだ。

　あいつはオープンにしたい。でも、俺は隠したい。俺たち、本当に付き合っていけるのか？

　タイプは大きくため息をついた。いつものようにターンに言い負かされ、意のままに操られることが……心のどこかで怖かった。でも、そうされなければ奴がタイプに愛想を尽かして別れると言いだすかもしれない。いずれにしても彼の思いを無視できないタイプは……心の奥底で悩んでいた。

テクノーを生《い》け贄《にえ》に差し出して神に誓ってもいい。男と付き合っていることは絶対にオープンにしたくないんだ。

　車中の険悪な空気は目的地に到着しても変わらなかった。タイプが行きたいと言っていたレストランに入っても、腕を組んで終始しかめっ面で不機嫌そうに睨んでくる彼の様子に、向かいに座っていたターンはため息をつく。こうなるのが分かっていたのに、二人の関係をオープンにするかどうかの話を始めたことを後悔していた。

　欲張るのはもうやめよう。こうして付き合えるだけでもよかったんだから。

　ターンはそう思いながら笑顔を向ける。

「お前が来たかったレストランだろ。注文しよう」

　そう言いながら、ターンは注文したい品にチェックを入れる小さな紙切れとペンをタイプに差し出した。タイプはチラッと視線を向けてそれらを受け取り、うつむき加減でメニューを読みはじめる。店内を見渡していたターンの視線はガラスのショーケースが置かれたカウンターで止まった。その中には、鮮やかなオレンジ色が白いご飯に映えるサーモンの寿司が並べられ、思わず唾を飲み込んでしまう。

食べたかったのではない。その逆だ。

ターンは刺身が好きではない。食べようと思えば食べられるが、わざわざビュッフェに来てまでたくさん食べたいとは思わない方だ。しかし向かいに座っているタイプに、ピンクラオに新しくできたショッピングモールの中のサーモンビュッフェに行きたいと熱心に誘われ、ターンはその熱意に根負けして、連れていくと約束してしまった。正直に白状すると、嬉しそうなタイプの笑顔とターンを魅了してやまないキラキラと輝く目を見たら断れなかった。

タイプが喜んでくれるなら、刺身の一切れや二切れくらいなんてことないと思ったのだ。

「刺身盛り合わせの大と、軍艦巻きを二貫《かん》ずつ、その他の寿司は一貫ずつでいいや。白飯もいるか？やめといた方がいいな。せっかくのビュッフェなのにご飯でお腹いっぱいになっちゃうからな。汁物にしよう。海苔汁《のりじる》か味噌汁どっちがいい？」

「どっちでもいいよ。でも少しくらい俺にも見せてよ」

ターンはそう言いながら、彼が手にしていたメニューの紙切れを取った。それを見ると、全ての刺身にチェックが入っていて火が通っているものは一つも注文していない。ターンはペンを取り、急いでサーモンの兜煮《かぶとに》にチェックを入れた。

助かった、これで刺身以外のものもある。

二人のことをずっと注視していた店員に、ターンはその紙切れを渡した。

「おい、まだ注文終わってなかったのに」

「全部食べきれないぞ」

タイプが眉を上げてからかうように言った。

「二人とも大食いだろ。どっちがたくさん食べるか賭けるか？」

「馬鹿馬鹿しい」

ターンが賭けに乗るわけがない。刺身で大食いを競い合ったら間違いなく自分が負けることが目に見えているからだ。ターンを臆病者と罵るチャンスが来たとばかりにタイプの機嫌は良くなっていった。

機嫌を直して車の中での会話を忘れてくれるなら、俺は臆病者でいいんだ。

ターンはそう思いながら上機嫌のタイプに微笑むと、彼の変化にふと気が付いた。

「髪伸びたな」

「しかも真っ黒に陽焼けした」

タイプは腕を伸ばしてこちらに見せながら、冷えた緑茶を口にする。ターンはニヤリと笑った。

「知ってる。水着の跡もついてた」

「ゴホッ、ゴホッ、お……お前、なんだって⁉」

驚きで咽せながら顔を赤くして閊《つか》えている彼に、ターンは笑いそうになった。殴られるに違いないのでそれ以上は言わなかったが、脳裏には昨晩の彼の姿が浮かんでいた。

水着の跡の肌色の境界線。

境界線から上は……美味しそうなミルクチョコレート色。

境界線から下は……こちらも甘くて美味しそうなマシュマロを入れたココア色。特に――。

「ターン、お前何考えてんだよ？」

妄想が顔に出てしまったターンに、あり得ないというようにタイプが目を細めて声をかけた。

「べ、別に。なんでもないよ」

思わず否定するも、以前よりもタイプはかっこよくなったと心の中で思っていた。昨日の夕方から夜遅くまでの情事のせいかどうかは分からないが、間違いなくタイプは以前よりも魅力的になっている。

濃いまつ毛に縁取られたキリッとした目、筋の通った綺麗な鼻、悪態ばかりつく唇、薄手のTシャツに大きめのサイズのジーンズをまとった身体。

夢中になりすぎておかしくなったのかな。

ターンはそう思いながら頭をゆっくりと振った。そしてオーダーの一皿目がテーブルに運ばれると、ターンはすかさずタイプの方へ皿を押し出す。

「食べろよ、食べたかったんだろ」

タイプはますます目を細め、何かを疑っているように聞いた。

「謝ってるつもりなのか？」

ターンはその言葉に迷うことなく飛びついた。

「そうさ、もう怒りは治まった？」

少し黙り込んだタイプは、以前と同じようにまた文句を言った。

「俺は女じゃないんだ。女の子の機嫌を取るようなことを俺にするな」

彼が女の子のように扱うなと抗議してくることには、いつも納得がいかなかった。ターンのモノを挿れられるウケの立場であることをまだタイプが受け入れられないのは理解できるが、過度に拒絶しすぎている。機嫌を取ったり世話を焼いたりするのは、男が女に対してだけするとは限らない。一方が思いやりの気持ちでもう一方に接することではないか。タイプに教えないといけないことが山ほどあるとターンは痛感していた。

文句を言っていたタイプは、脂の乗ったサーモンを口に入れるとすぐに機嫌良く笑顔になった。しかも、ターンが緑茶のお代わりを店員に頼んで彼に世話を焼いても、何も文句を言わなくなっていた。

「お前も食べろよ」

しかし、ターンが全く箸をつけていないことに気付いた彼は、こちらへ皿を押し出してきた。

「大丈夫。サーモンの煮付けを待ってるから」

「お腹減って死んじゃうぞ。昨晩から何も食べてないんだから。ほら、食べろって」

山葵《わさび》醤油をたっぷりとつけられた分厚いサーモンの刺身が口元まで差し出されると、ターンは身構えた。最初、タイプは何も考えずに無意識に刺身を差し出しただけだろうと思っていたが、よく見るとその目は……。

ターンは喜んで口を開けて柔らかい刺身を食べたが、濃いまつ毛に縁取られたタイプの目はまだターンの顔を見つめていた。

「俺はお前が謝るのを待ってるだけの女の子じゃな

いんだ……さっきはごめん」

舌触りを好きになれない柔らかい刺身を噛みながらも、ターンは口角が上がって笑みがこぼれるのを我慢できなかった。

気が狂ったかと思った……。

タイプがこんなにかわいく見えるなんて、本当にどうかしたとしか思えない。しかも、嫌いだった刺身が甘くて美味しいと感じるなんて。

しかしタイプから差し出された一口目のサーモンの刺身をどんなに美味しく感じても、やはり脂っこさが好きにはなれない。二人で来たのに十人前は頼んだ恋人のため、ターンは一生懸命食べた。

一方、タイプのお腹はいっぱいになったが、脂っこさに辟易《へきえき》して口数が徐々に少なくなっていく。彼のためにターンがどれほど尽くしたか、タイプは知らないだろう。

「ターン、俺、ここで待ってるからな」

この日の真の目的である売り場に到着すると、タイプは足を止めて素っ気なくそう言った。わざわざ車を運転してサーモンビュッフェに連れていき、一緒に買い物をしようとしていたターンはため息をつく。

「一緒に行くぞ」

「離せ！」

ターンが肩を掴むと、タイプは喉から掠れた声を出して手を振り払おうとしたが、そう簡単にはいかなかった。

「手を離したらお前は逃げるだろ？　俺一人の物を買うんじゃないんだから」

その言葉にタイプは目を瞬かせると、掴まれた肩を振り払って重い口を開いた。

「分かったよ。一緒に行けばいいんだろ？　でも、前回みたいに変なこと言うなよ」

「前回？　俺何か言ったか？　あれは店員が勘違いしただけだろ。しかも、もしまた店員が同じように言ったら、それは勘違いじゃなくて大当たりってことだしな」

「……」

ターンを睨みつけるも空しく、タイプは渋々連れられてシーツ売り場へ歩きだした。

そう、今日二人は新しいマンションの新しいベッドのシングルベッドでも問題が起きていたのに、今回のシーツを買いに来たのだ。考えてみれば、前回は愛する人とのダブルベッドである。誰がベッドを汚したかということを棚に上げ、「自分には関係ない、友達についてきただけだ」というように、タイプは一歩退いてターンと距離をとった。

「お前、どんな柄が好きなんだよ」

ターンはタイプの方を振り返って聞いた。

「どれも同じ。どのシーツも敷いたら寝られるんだから」

タイプが面倒くさそうに答えると、母親と同世代くらいの店員が丁寧に声をかけてきた。

「お客様、同じではないんですよ。どれも同じように見えるかもしれませんが、実は生地によって大きな違いがあるんです。試しに触ってみてください」

その様子に、ターンは必死で笑いを堪えた。必死に逃げようとしていたタイプが店員に捕まり、シーツ選びに引き込まれてしまっている。

「触ってみろよ。お前も一緒に寝るんだから」

「ターン！」

「だって、ルームメイトじゃないか。どこか間違ってるか？」

刺激したつもりはなかったが、タイプはすっかり不貞腐れ、二人の本当の関係にまだ気付いていない店員を睨んでいた。

「あら、ルームメイトなんですか？」

「そうなんです。それで〝部屋の〟シーツを一緒に選びに来ました」

両目をこぼれ落ちそうなほど見開いたタイプの横で、ターンは微笑みながら店員に告げた。すると店員は何種類ものシーツを見せてくれた。

「男性用の柄でしたら、こちらはいかがでしょうか。こちらは〝汚れにくい〟ですから。〝男性〟お二人でしたら、女性同士よりも〝汚す〟ことが多いですもんね。こちらの色味でしたら、あちらの方がいいかと。〝こぼれて汚れても〟目立ちませんよ」

ターンはもう少しで笑いだしてしまいそうだった。〝汚す〟張本人を見ると、恥ずかしいというより怒っているのか顔を赤くしている。

「俺、本屋で待ってる――」

RRRRRRR!

ちょうどその時、携帯が大きな音で鳴り響いた。持ち主のターンは手に取り、画面に表示された発信者の名前を見て笑顔になる。

「シーツ、選んでおいて。俺は電話してくるから」

それだけ言うと彼は背を向けて通話に出てしまった。

「サーンさん」

タイプは彼の様子をチラッと見たが、店員の視線に気付いてシーツを選ぼうとした。しかし、電話の相手が誰なのか気になっていた。

『サーンさん、じゃないよ。昨日ドタキャンしただろ』

「ドタキャンじゃないって。サーンさんが約束してたのはトーン兄さんじゃないか」

『でも、俺がお前に会いたがってることくらいお前だって分かってるだろ』

背の高いターンは少し黙り込み、微笑みを浮かべた。人柄をよく知っているからこそ、サーンさんが冗談を言っているとは思えない。

「で、用件は？」

『そうそう、何か欲しいものあるか？』

ターンはゆっくり頭を振るとはっきりと答えた。

「何もないって。いいよ、悪いから」

サーンがなぜそのような質問をしてきたのか、ターンはすぐに分かっていた。

『それはダメだ、ターン。俺が闇雲に誕生日プレゼントを買うのが好きじゃないってことくらい知ってるだろ？』

ターンは振り返って、苦虫を噛み潰したような表情でシーツを選ぼうとしているタイプを見た。欲しいものならあるが、それはサーンが探してくることができるものではない。

「本当に欲しいものが何もないんだ」

『ふっ。じゃあ、俺が選んだプレゼントが気に入らなくても文句言うなよ』

タイプに視線を向けているターンに、サーンは電話越しにそう言ってくる。

過去の男が誕生日を覚えてくれている。それなのに現在の恋人は……ターンの誕生日なんてきっと知らないだろう。

第三十四章　誕生日と過去の男

今週誕生日の友達が二人います

タイプは頻繁にＳＮＳをチェックする方ではない。ましてや友達の誕生日など全く興味がない。誕生日になれば誰かがおめでとうとコメントをするので、それを目にしてから自分もおめでとうコメントをするだけだ。それに、もしコメントをしなかったとしても……誕生日を忘れられたくらいで怒るような奴はいないだろう。

しかし今回に限って何がそうさせたのかは分からないが、タイプはクリックして先ほど通知のあったメールを開いた。そして、今週誕生日の奴の名前が目に入ると……両目がこぼれそうなほど見開いた。

Thara Kirigun

「え⁉」

タイプの知り合いでターラーという名前の奴は一人だけだ。認めたくはないが、恋人の本名くらい知っている。

ターラー・キリガン。

「どうしたんだよ、突然大声あげて」

ベッドの側のソファーに座ってドラムスティックを磨いていたターンが振り向いた。大声を出した張本人はゆっくりと頭を振り、下を向いてもう一度パソコンを見る。

数日後じゃないか。なんで言わないんだ？

頭を落ち着かせ、ターンの誕生日を知らなかったのは悪いことじゃないと自分を慰めたが、タイプは身体中がカーッと熱くなっていくのを感じた。誕生日を忘れられて拗ねるような女々しいことはさすがにないだろうが、マメではないタイプでも、誕生日が大切な記念日であることくらい分かっている。

プイファーイの時は大金を払ってレストランに連れていってご馳走したんだ。恋人の誕生日に何もしないわけにはいかないだろ。

テレビを見ながら、膝の上に置いた何本ものドラムスティックを磨いているターンを見て、タイプは一ヶ月ちょっと前のことを思い出していた。

最悪なことに、タイプがプイファーイの誕生日のためにどれだけ準備をして楽しみにしていたか、どれだけプレゼント選びに頭を悩ませたか、ターンは全て知っているのだ。もしターンにも同じことをしなかったら……考えただけで恐ろしい。

俺の全てを知っているターンと付き合うマイナス面は、過去の恋人にしてあげたのと同じこと、いや、それ以上のことをしないと絶対にいじけられるというわけだな。

「ターン。大学が始まる前の日、時間あるか？」

四日後は新学期が始まる前日だ。

「うーん」

ターンは愛するスティックから手を離して顔を上げ、タイプの顔をチラッと見た。そして、膝の上のパソコンに視線を戻すと、何かに気付いたように笑顔になった。

「やっと知ったんだな」

「馬鹿野郎！」

誕生日が四日後ってこと、知らなかったふりしたっていいんだぞ！

タイプの罵声にターンは微笑みながら顎先を撫で、首を振った。

「空いてるのは日中だけだな。夕方は実家に帰らないと」

「実家に帰る？」

タイプが不審そうに聞き返すと、彼は何かを考えている表情で笑った。

「誕生日に誰とどこで祝ってもいいけど、夕飯は家族揃って家で祝うべきだって母の考えなんだ」

その説明に、新学期の時期と重なるため誕生日に実家へ帰ったことがないタイプは眉をひそめた。

「じゃあ、恋人がいたらどうするんだよ」

自分が恋人だから聞いたわけではない。ターンは過去に何人も恋人がいたと聞いていたので、これまで誕生日に恋人とどこにも行っていないということなのか、単純に疑問に思っただけだった。

ターンの目が母親の話を思い出してキラキラと光る。

「もし恋人が一緒に祝いたいなら家に来ればいいって母は言ってたな。どうして自分より家族を大事にするのかって恋人から聞かれたら、誕生日は母が人生で一番の痛みを味わって出産した日だから、母の言うことを尊重する、って説明してた。それでも理解できない恋人がいたら、家族も愛せない男が他人を愛せるわけない、って諭していたな」

驚いて言葉が出ないタイプに、ターンは続けた。

「母も自分の両親に同じようにしてきたんだよ。母にとって、誕生日は母の日なんだ。子供や夫より、両親であるおじいちゃんおばあちゃんを一番大切にする日ってこと」

ターンはそう言って立ち上がると、ベッドの上のタイプの隣に座った。ＳＮＳの通知でターンの誕生日を知ったことがバレないよう、タイプは慌ててパソコンを閉じる。

「というわけで……お前も俺の家に来るか？」

「は⁉」

飲みにでも誘うかのように突然家に誘われたタイプは目を見開き、横向きになって寝ようとしているターンを見た。彼は繰り返す。

「俺の誕生日、家に来るか……？」

タイプはお気楽なイケメンの笑顔を見つめることしかできなかった。その笑顔はまるで実家に恋人を誘った表情には見えない。

恋人がいれば家に連れてくればいい……それはお前の母親の言葉かもしれない。でもお前、忘れてないか？　俺は男なんだぞ！

「お前、忘れてるのか……？」

「家族は知ってるから」

「はあ⁉」

タイプは意味が分からないというように再び大声をあげた。あまりの驚きに、笑顔を浮かべながら腰に手を回そうとしているターンから目を離すことができなかった。

「俺がゲイだってことは家族みんな知ってるんだ。高三の時にカミングアウトしたから」

ターンはそう言いながらまだ理解が追いついていないタイプを引き寄せて隣に寝かせ、自身の腰に彼の脚を絡ませた。

「変な気起こすなよ。まだ話の途中だぞ」

「もう話は終わったと思うけどどな。俺の誕生日にお前は誕生日プレゼントとして俺の家に行く。そういうことでいいだろ」

いつの間にか指を絡ませて手を握っていたターンに文句を言って肩を押し返し、タイプはパソコンを片付けた……万が一、事が始まってしまったら蹴り飛ばしてベッドから落としてしまうと思ったからだ。タイプはターンの腹筋の上に座ると、奴の両手をぎゅっと掴んで拘束した。

こいつの手は信用ならない。触られるといつも感じちゃうからな。それじゃあ話にならない。

「話はまだ終わってない、ターン。お前の家には行かないからな」

そしてタイプは相手をどうやって説得しようか懸命に考え、鋭い声で続けた。

「お前がゲイだと家族が知っていようが関係ない。お前の家に行って恋人です、なんて言えるほど俺は図々しくないぞ。お前の両親だって、息子がゲイだってことは認めても、その相手まで認められるわけじゃないだろ」

「相手じゃなくて恋人、な」

ターンが訂正してきたが、タイプにとってはどちらも同じようなものだった。

「欲しい物があったら言えよ。でも、お前の家には絶対に行かないからな！」

険しい声で言うと、どんなに説得されても絶対に行かないという主張を強調するように睨みつけた。腹筋の上にタイプを乗せているターンはため息をつく。

「何が欲しいか言ったじゃないか」

「いつ言ったんだよ。聞いてるからもう一度言ってみろ」

タイプは反論した。この話になってから、誕生日プレゼントに何が欲しいかまだ一言も聞いていないはずだ。その理解していない様子に、ターンは少しうんざりしながら言った。

「言ったよ。お前が分かってないだけで」

「馬鹿！　はっきり言えよ！」

はっきりしないターンの言葉に、タイプは苛立ちを隠せず怒鳴り声をあげる。

ちゅっ。

その瞬間ターンが上体を起こしてキスをし、掴まれていた手を解いてタイプの首に腕を回した。

「痛いじゃないか！」

引き寄せられ、タイプは彼に覆い被さるように倒れ込んで大声で叫んだが、ターンは一向にそんな声を気にするそぶりも見せない。

フライパンの中の魚みたいに俺の身体をクルッとひっくり返すなんて、こいつ、前世では絶対に料理人だったに違いない。

仰向けにひっくり返されたタイプはそう考えながら、身体の上に覆い被さっているイケメンがニヤリと笑うのを見上げていた。

「俺が欲しいのは……お前だよ」

「欲しいから乳首を舐めるって？　あっ！」

ターンがランニングシャツの上から乳首を舐めるとタイプは身体を少しビクつかせた。しかも乳首を強く噛んできたので、タイプはもう少しで彼の頭を叩くところだった。しかし次第に興奮が昂ってきたタイプはため息をつき、奥歯を食いしばりながら彼の首に手を回して欲望に身を任せようとした。間違いなくターンは絶倫だ。

愛の営みがもたらす快楽に夢中になってはいたが、タイプは誕生日プレゼントに何を準備すればいいのか閃いていた。

ターンなら絶対に気に入ってくれるはずだ。ふふっ。

「おい、今日はターンの誕生日だろ⁉　俺たちと一緒にいて大丈夫なのか？」

ターンの誕生日当日……世界で最も素敵な恋人のタイプは、家族と祝うようにと言いターンを部屋から追い出すと、自分は高校時代の友人に電話で呼ばれて出かけた。今日が彼の誕生日だと知ったテクノーは当然訝しがり、馬鹿でなければ大馬鹿だというようにタイプに尋ねた。なぜなら恋人の誕生日なのにタイプが友達とご飯を食べに来ているのだ。

「だって、あいつは実家に帰らないといけないから。俺があいつの実家に一緒に行くとでも？　頭使って考えろよ、テクノー」

タイプは質問に答えるだけでなく、いつも通りテクノーに悪態をつく。テクノーはポリポリと頭を掻くと、一緒に来た他の友達二人に注文させている親友を眺めた。

「けどさ、お前そうはいっても恋人の誕生日なんだぞ」

「は？　なんだって？　お前らなんて言ったんだ？　お前、恋人がいるのか？」

身を乗り出して聞いてきたオームの頭をタイプが小突く。

「耳悪いのか？　誰も恋人なんて言ってないだろ」

「俺もさっきそう聞こえたぞ」

ティームも割って入ってくると、恋人のいるタイプは自分の口を指差して言った。

「俺みたいに口が悪い奴に恋人ができると思うか？」

「確かにそうだな」

テクノーが加勢するように言ってきた。タイプが自分の口を指差した途端、友達二人は納得して頷き、バーベキュー料理の注文に戻った。タイプはテクノーの脚を蹴って恐ろしい目で睨んだ。

「しゃべりすぎだ」

テクノーはなぜタイプが恋人ができたことを秘密にするのか理解できなかった。正直、テクノーもまだゲイ嫌いの親友が男と付き合っていることを不思議に思っている。奴はヤモリよりもゲイが嫌いなのだ。しかし一方で、ターンはとても良い奴だから毎日一緒にいたら好きになってしまうのも理解できる。なぜ恋人ができたというのに親友が以前と同じように意地を張るのかが分からなかった。

　ゲイ嫌いの病気が治ったわけじゃないんだな。

「それで、誕生日プレゼントに何をあげるかもう決めたのか？」

　テクノーは興味津々な様子で囁くように聞いた。

　プイファーイの誕生日の時のことを思い出し、ターンには何をあげるのかふと疑問に思ったのだ。

　ちょっと待てよ。俺はまだどっちがタチでどっちがウケなのか知らないぞ。

　そう考えながら隣に座っているタイプに伏し目がちに視線を向けると、彼は面倒くさそうな目で見てくる。

「しつこいぞ」

「聞きたかっただけじゃないか……もういい、聞かない方がいいな」

　今ここで何かバラしたらお前の頭にバーベキューの鉄板をぶちまけるぞと言わんばかりの表情に、テクノーは慌ててそう言った。彼は疑問を抱えたまま、頭に浮かんだもう一つの質問をしたら間違いなく殺されるだろうなと考えていた。

　タイプはストレートで、ターンはゲイだ。ということは、タイプがタチでターンがウケなのかな。でも、ターンはウケって感じじゃないしな。まったく、男同士っていうのは色々あって頭が痛くなる。どっちがタチなのかって考えるだけで俺まで頭痛がしてきた。

　友達の性生活にまで首を突っ込むのはやめようと、テクノーは頭の中の想像を追い払うことにした。童貞の自分に二人に何かを意見する資格なんてない。

　注文が終わり、テクノーは他の二人に話しかけた。これからまたさらに何人かの友達が来る予定になっていたのだが、タイプは友達よりも……携帯に夢中になっていた。

　十数人の友達と同じ場所にいても、うつむいて携帯に夢中になっている奴らばかりだというのは今では当たり前の光景だ。注文したメニューが運ばれた途端、オームとティームはまるで戦時中に陣地を奪い合う兵隊のように競って食べはじめた。しかしテクノーがタイプにチラッと視線を向けると、奴は箸を手にしたまま、視線は携帯に釘付けになっている。

彼の携帯に表示されているページの枠が、人気SNSの紺色であることに気付いたテクノーは、携帯を取り上げて画面を見た。そんなに夢中になって何をチェックしているのか知りたかったのだ。


弟よ、誕生日おめでとう。

今年のママとパパからの誕生日プレゼントは特別だ。

だから兄は何も準備してないけどな。

健康に気をつけて。

大好きだぞ。


「えっ!!」

テクノーの目に入ってきたのは、誰がアップしたかは分からないがターンがタグ付けされている投稿だった。テクノーは目を大きく開くと、画面にくっつくほど顔を携帯に近づける。その投稿には高級車のマークが入った書類——まさかの売買契約書の写真だったのだ。

「どうしたんだよ、テクノー」

ティームがそう声をかけても彼は返事をすることなく、慌てて隣に座っているタイプを見た。

「タイプ、ターンの実家って金持ちなのか？　こんな車を息子の誕生日プレゼントにあげるなんて。高級車だぞ。日本製の小型車とか軽とかじゃないんだ。何百万バーツもするんだぞ」

タイプもさっぱり分からないというように答えた。

「父親が会社を経営してるって聞いたことあるけど、あいつは小さい会社だって言ってたぞ。ま、金持ちなんだろうな。あいつの兄さんも外車に乗ってたし」

「だったらどうして学生寮なんかに住んでたんだ？」

テクノーは間髪入れずに聞き返す。そんなにお金持ちなら、わざわざ寮に入らなくても大学の外のマンションを借りた方がよほど便利でいいと思ったのだ。しかし、タイプはそんなテクノーの言葉に苛ついたように口を尖らせた。

「ドラムの練習をする時間が欲しいからって言ってた。寮が大学に一番近いから、外のマンションにいるよりもたくさん練習ができるって」

「すごいな、あいつ真面目だな。お前、金持ちだからって偉そうなところもないしさ。自分がラッキーだってちゃんと分かってるのか?」

テクノーは興奮気味に話している。もしターンがストレートだったら、女の子たちは殴ってでも奴を奪い合うだろう。彼がタイプのどこをそんなに気に入っているのかテクノーには全く理解できなかった。

「なんでタイプがラッキーなんだ? ターンってルームメイトだろ? 部屋に飲みに行った時に会った奴」

何も考えずに口にしたテクノーの言葉は、友達二人に疑問を抱かせてしまったようだ。その内の一人がそう聞くと、いつも一言多いテクノーの口にタイプの蹴りが入りそうになった。

「えっと……金持ちの友達がいてラッキーってことさ」

「お前は馬鹿か、テクノー。友達が金持ちだったらなんだっていうんだ。あいつの金はあいつのものだろ。俺らに使うわけでもないのに。俺は金持ちの友達なんて欲しくないけどな。いつも比べられるなんて嫌だし」

ティームはそう言いながら、オームと奪い合っている鉄板の上の肉をサッと口に運んだ。

「おい! ティーム、俺の肉!」

「お前が食べるの遅いからだぞ」

眼鏡姿のティームは眉をピクリと動かしてそう言い放つと、タイプの方を振り返った。

「お前のルームメイトのこと、俺、覚えてるよ。イケメンで性格も良かった。しかも金持ちで音楽学部で車も持ってる。きっと女の子をとっかえひっかえしてチャラいんだろうな。お前、同じ部屋に住んでて息苦しくないのか？」

ティームは話の流れでただそう聞いただけということはテクノーも分かっていた。タイプに視線を向けると、彼は眉をしかめて仏頂面をしている。

誰かがターンの悪口を言ったら、ここぞとばかりにタイプも乗っかるはずだ。御愁傷様だな、ターン。

「全然息苦しくないさ。ルームメイトをそういう先入観で決めつけられるのは面白くないな」

その言葉にテクノーが視線を向けると、タイプの怒りを宿した目の奥は爛々と光っていた。

「お前がターンについてふざけて話すのは気に入らないな。あいつがイケメンで金持ちだったらなんだっていうんだ。それがあいつの短所みたいに言うなよ。親が金持ちで、何学部で、とかそんな理由で俺はあいつと付き合ってるんじゃないからな。言葉に気をつけろよ、ティーム」

え、なんだって⁉

テクノーは瞬きをすると、悪口に乗らずに恋人を庇《かば》ったタイプを見つめる。

嘘じゃないよな、あのタイプがターンを庇うなんて。

「おい、落ち着けって。ちょっと言っただけだろ。別にお前のルームメイトの悪口が言いたかったわけじゃないから。何をそんなに苛ついてるんだよ」

タイプの険しい顔にテーブルの雰囲気が一瞬で気まずくなり、テクノーは慌てて話題を変えようと声をあげた。

「ところで、メンたちはいつ来るんだろうな」

その質問にオームが慌てて答え、ターンの話題から急いで抜け出そうとした。テーブルを囲む友達は、どうしてタイプがこんなに苛ついているのか知るよしもなかった。

「誕生日おめでとう、ターン兄さん！」

「まだ十九歳だっていうのに兄さんより老けてるよな」

「あり得ないわ。トーン兄さんの方がターン兄さんよりずっと老けてるもん」

「お姫様はトーン兄さんになんてこと言うんだい？」

キリガン家のダイニングルームではみんなが集まりターンの誕生日を祝っている。テーブルの上に置かれた大きなケーキを見て、ターンは笑わずにいられなかった。母親が息子の誕生日を口実にして手作りケーキをみんなに食べさせようとしていたからだ。

「だって今日はターン兄さんの日だから」

末っ子のタンヤーがそう言うと、トーンは口を尖らせた。

「兄さんの誕生日だって、お姫様は兄さんの味方してくれないじゃないか」

「トーン兄さんは一番年上なんだから、一番老けてるの」

トーンは笑顔でそう言った妹を走って追いかけて抱き上げ、放り投げる真似をした。部屋にはタンヤーの大きな笑い声が響く。

「母さん、今年も準備が大変だっただろ？」

「全然。ターンが四十歳になるまで毎年ケーキを作るわよ」

「君には定年はないのか？」

父親がからかうと、ケーキを切っていた母親が目配せをした。

「あら、あなた食べたくないの？」

「そういうことじゃないよ。さ、ターンの誕生日だ。最初の一切れ目はターンのものだぞ」

血糖値の高い――なぜなら嫁がお菓子作りにハマっているからだ――父親がそう言うと、振り返ってケーキの皿をターンに渡した。皿を受け取ったターンは中身を見て尋ねる。

「今年はチョコレートケーキ？」

「そう。嫌いだった？　オレンジケーキにするかチョコレートケーキにするか最初迷ったのよ。でも、濃い味が好きなターンにはチョコレートがいいかな、と思って」

母親の言葉に笑顔になると、ターンは堪えきれなくなったかのように笑いだした。

「そう、チョコレートみたいに濃い味が好きなんだ」

ターンはそう言いながら柔らかくて味の濃いスポンジを口に入れ、誕生日会に来なかった男に思いを馳せた。

欲しかった誕生日プレゼント……それはタイプが一緒に家に来てくれることだった。

さすがに高望みしすぎたな。

二口目を口に入れながらそう考えていたターンは、母親を労《ねぎら》うかのようにケーキを褒めたて、さらに振り返って尋ねた。

「一切れ持って帰ってもいい？　ルームメイトに食べさせたいんだ」

母親はその言葉を聞くとすぐ快諾した。

「そういえば、まだルームメイトに会ったことないわね。引っ越しの片付けはもう終わったの？　手伝いに行った方がいいかしら？」

心配そうにそう聞かれたが、他の母親のように息子の新しい部屋を見に来ないのは、ルームメイトに遠慮しているからだということをターンは分かっている。

「大丈夫さ。一昨日もルームメイトと日用品の買い出しに行ったんだ。そこで電子レンジと冷蔵庫も買ったし」

「ルームメイトにも会っておいた方が――」

「みなさん、こんにちは」

「サーンさん‼」

母親の話が終わる前にベランダに面したガラス戸から挨拶が聞こえてきた。全員が一斉に声の主へ視線を向けると、そこには……常連客の姿があった。

玄関からではなく、裏に回ってベランダから入ろうとするほど頻繁に出入りしている彼に、トーンは頭を抱えた。

「サーンお前、普通に玄関から入ってこいよ」

当の本人は大声で笑って両親に手を合わせて挨拶し、両親も我が息子のようにサーンを受け入れる。

「ターン、誕生日おめでとう」

サーンは振り返ってターンを祝った。

サーンさん……トーン兄さんの親友……これまで

ずっと尊敬してきた先輩。高校一年生の頃、音楽の道に進むと決めた時に一緒になって両親を説得してくれた人だ。

「ありがとう」

そう答えて親しげに家族へ声をかけているサーンを見ていると、トーンがからかうように言った。

「お前、毎年来てるよな」

「ちょうど通りかかった時、今日がターンの誕生日だったことを思い出したから寄ったんだよ」

サーンはまるで暗記してきた台詞を読み上げるように答えた。

「四年間毎年同じこと言ってるぞ、馬鹿野郎」

「俺の名前は馬鹿野郎じゃないけどな」

からかわれたサーンはまるで悪いことでもしたかのように頭を下げて冗談を言ったが、これまで四、五年の経緯を知っているトーンは長くため息をつく。

「おいおい、ため息なんてやめてくれよ。俺とターンは兄弟みたいなものだってお前も知ってるじゃないか」

「俺は三人兄妹だ。お前はどこから発生したんだよ。母さんの中指の爪からか?」

トーンがニヤリと笑うと、サーンは母親の元へ駆け寄った。

「母さん、トーンがまた僕を追い出そうとするんだ」

「トーン、なんてこと言うの。せっかくサーンがターンに会いに来てくれたのに……ありがとね。サーンもこの家の息子みたいなものよ。いつ来てもいいからね」

ターンは心の中で笑った。母親の同情を引いて困り顔の兄をからかおうとしている兄の友達のことを、兄以上に知っているからだ。

別の日だったら兄も何も言わないだろうが、今日はターンの誕生日だ。トーンは以前、言っていたことがあった。

『サーンを見てると、まだお前を忘れられないんじゃないかって思うんだ。友達の弟の誕生日に毎年プレゼントをあげる奴がどこにいるっていうんだよ』

　トーンがそうやって心配しているということはターンも分かっていた。数年前の出来事はそれほどショッキングなことだったのだ。しかしサーンとターンの関係はもうだいぶ前に終わったどころか、始まる前に終わったといってもいい。

「これ、誕生日プレゼント」

　トーンは黙り込んでいる。サーンが振り返って音符柄の包装紙に包まれたプレゼントの箱を渡すと、ターンの顔は少し曇った。

「サーンさん、毎年プレゼント持ってこなくていいから……」

「お前、プレゼントを拒否するほど大人になったのか？　十四歳のかわいかったお前が懐かしい――」

「ありがとう、プレゼント」

　サーンが言い終わる前にターンはプレゼントを受け取って言った。自分の希望通りに事を進めるためにはどうしたらいいのか、色々と教えてくれたのは目の前のサーンだ。ターンがタイプを恋人にしようとあれこれと画策した何百倍も多くの方法を彼は知っている。プレゼントの箱をターンに受け取らせることくらい、彼にとっては朝飯前なのだ。

「十四歳の時のことはもう話さないでよ」

「ふっ、なんでだ。お前、まだこれくらいだったよな」

　サーンがそう言いながら自分の肩に手を持っていくと、ターンは頭を振る。

「でも今はサーンさんと同じくらいの身長になっただろ」

　前は背が低かったが、今ではサーンと同じくらいの背丈になったターンは眉をひそめて言った。

　サーンの身長は百九十センチで、ターンは百八十三センチと……大差はない。

「そうだよな。あの頃のかわいいターンはもういなくなっちゃったんだな。俺と同じくらいイケメンになって」

「俺の弟の方がお前よりイケメンだと思うぞ、サーン」

トーンが大声で遮ると、サーンは笑いながら振り返り、真剣な眼差しでターンを見つめた。芯の強そうなシャープな目が、慈愛で一瞬優しく光る。

「ターンくん、誕生日おめでとう」

昔と同じようにサーンがターンをくん付けで呼ぶのは……ターンの誕生日だけだ。くん付けで呼ばれたターンは笑顔を浮かべることしかできなかった。


ちょうどその頃マンションに戻ってきたタイプは、濡れた髪を乾かしながら、恋人のSNSがいつも通りオンラインになっているのではないかと愛用のパソコンを開いたところだった。誕生日会の写真が投稿されているかもしれないと思い、なんの考えもなく恋人のページをクリックする。

テクノーと見たターンの兄の投稿には、写真が一枚追加されていた。

「あいつ、三人兄妹じゃなかったか？　これ誰だ？親戚？」

タイプは黙って写真を見つめた。〝万里の長城〟は相変わらず腹が立つほどイケメンだが、ターンの隣で肩を組んでいる男は知らない人だった。

欧米人には見えないシャープな輪郭で、鋭い目で意志の強そうな顔をしている。身長はターンと同じくらいかそれ以上で、ガタイがいい。目を引く男性ではあるが、タイプの印象には残らなかった。次にアップされていた家族写真に儀礼的に「いいね」を押すと、携帯を取り出してアルファベット三文字だけ送信する。

HBD

それが意地っ張りなタイプにできる精一杯の祝福の言葉だった。

お祝いの言葉はなしか？

まるでメッセージを待っていたかのようにすぐ

ターンから返信され、タイプは口を尖らせた。

誕生日を覚えていただけありがたく思え

そう打ちながら、準備した誕生日プレゼントを入れてある引き出しに視線を向けると、先ほどのモヤモヤが蘇ってきた。

父親からは車をもらったっていうのに、俺はこんなのでよかったのかな……。しょうがない、これしか買えなかったんだ。これを選んでやっただけありがたく思えよ。

お祝いの言葉が欲しいな

「本当に面倒くさい奴だな」

独り呟いたタイプは、お祝いの言葉を欲しいと甘えるターンをかわいいとは思えず、ただ厭《いと》わしく感じていた。

HBD

タイプは先ほどと同じ三文字を送った。既読はついたが、ターンからの返信はない。しかし、しばらくするとアルファベット二文字だけの返信が届いた。

GN

「なんだそれ？　俺と張り合うつもりなのか？」

GNはグッドナイトってことだろ。電話してやるか。

『何？』

ターンが一言だけ口にすると、タイプも短く答えた。

「HBD」

その言葉に対し、彼も答える。

『GN』

お祝いの言葉を言わないならもういいとあしらわれているように感じ、タイプは苛ついてもう一度言い返した。

「ＨＢＤ」

『ＧＮ』

「ＨＢＤ」

『ＧＮ』

「この野郎、なんなんだ！　分かったよ、誕生日おめでとう。これで満足かっ‼」

自分が折れなければ忍耐強いターンとの対決は終わらない。察したタイプがそう怒鳴りつけると、電話の向こうから笑い声が聞こえてきた。

『お前がそう言ってくれるの、ずっと待ってたんだぞ』

タイプは黙り込み、そしてターンの真似をした。

「グッドナイト」

それだけ言ってすぐに電話を切る。胸のドキドキが治まらなかったのだ。

俺のおめでとうって言葉を聞くのに待ってたってだけで、どうしてこんなに幸せを感じるんだ。

「寝よう寝よう。あいつがいないしベッドを独り占めできる！」

口ではそう言ったものの、広すぎるベッドに、タイプはどうしたらいいか分からなかった。

第三十五章　ヤキモチじゃない

「誕生日おめでとう、イケメンくん」

「おい、ロン、痛いじゃないか。それに俺はイケメンじゃないって」

「イケメンじゃなかったら、なんでお前に誕生日プレゼントを渡したい奴の大群ができるんだよ」

「俺は人間だぞ、象みたいに言うな」

新学期初日、教室内にはくだらない会話が飛び交っている。ターンが教室に入って席に着いた途端に親友のロンがどこからか姿を現し、楽しそうに声をかけながらターンの首に飛びついてきた。そしてガムを一枚差し出すと机の上に置いた。

「これが誕生日プレゼント？」

「そう、誕生日を覚えていたことに感謝してくれ」

ロンがおかしそうにそう言い、ターンもつられて静かに笑った。

「毎年覚えててくれてありがとう、っていうことにしよう」

「お前の兄さんがあんな写真をＳＮＳに投稿しといて思い出さないわけないだろ。ところで……あの先輩、昨日の誕生日会に来たのか？」

ロンが座りながら尋ねてきて、ターンはチラッと彼を見た後に黒板に視線を向けた。

ロンがあの写真に気付いたんだ、タイプも見ただろう。けど……気にも留めてないよな。

「そうなんだ。誕生日プレゼントを持ってきてくれてさ」

その言葉を聞いて、ロンは耳がキーンとなるほどの大声で叫び、サーンから何をもらったのか聞いてきたが、ターンは肩を竦めるだけだった。

そう、ロンはサーンが何者なのか知っていた。

ターンはこれまでタイプに自分のことをたくさん語ってきたが、それは真剣に付き合っているという誠意を示したかったからだ。しかし親友のロンは目敏いこともあり、毎年ターンのＳＮＳに投稿される誕生日会の写真に誰が写っているか気付いて聞いてくる。そして彼に尋ねられると、ターンはいつもざっくりと答えていた。

ロンは、サーンがターンの初めての男だということも知っていた。

「初恋は忘れられないっていうもんな」

ターンは頭を抱えながら考え込む。

あれは初恋なのか？　あの時はまだ子供だったし、試してみたいだけで、どんな気持ちだったのかまでは記憶にないけどな。

「ところで、寮を出てマンションに引っ越したって噂で聞いたんだけど。俺、何も聞いてないぞ」

ターンは現在の恋人の拒絶反応を思い出し、黙り込んだ。

タイプが俺らの関係をオープンにしたくないんだ。誰にも言うべきじゃないな。

そう思いながらただ頷くしかなかった。

「マンションに引っ越したら門限がなくなるから」

そう言ってターンは会話を強制的に終わらせ、教室に続々と集まりはじめた他の友達に声をかけた。


休み中にどこに行ったか聞いたものの、頭の中はタイプのことでいっぱいだ。

早くマンションに帰りたい。早く実家から持ってきたケーキをタイプに食べさせたい。そして、あいつがなんて答えてくれるか知りたい。

他の誰からも誕生日プレゼントを欲しいとは思わないけど、タイプからは欲しいんだ。

机の上のガムを手に取って見ながら、ターンは思った。

キャンディー一個でも、あいつの気持ちが込められてるものならなんでも嬉しいのに。

考えれば考えるほど、早く授業を終わらせて部屋に戻りたくてうずうずしていた。


授業が終わった途端、イケメンドラマー・ターンは予定通り急いで部屋に戻った。友達に一日遅れの誕生日会をしようと誘われたが、引っ越したばかりで片付けが終わっていないと嘘をついて、まだ誰もいない空っぽの部屋に帰ってきた。

「授業がまだ終わってないのかな」

そう思おうとしたが、タイプがなんの授業を履修していたか思い出して眉をひそめる。記憶する限りの時間割では、最悪なことに月曜日の午後は授業をとっていないはずだ。

「はぁ、俺はあいつに何を期待してたんだ」

正直に言うと、奴が部屋で待っていてくれるんじゃないかと期待していた。確かに口は悪いし、ムカつくし、面倒なこともするけれど、「誕生日おめでとう」と伝えるために部屋で待っているかもしれないとどこかで期待していたのだ。しかしそれは叶わぬ甘い夢だった。誕生日プレゼントが欲しいと言ったところで蹴りを喰らうのがオチだろう。

そう思いながら、ターンは実家から持って帰ってきた荷物を部屋の隅に投げた。そして、浴室へ向かう途中にある机の前を通り過ぎたところだった。

「ん?」

足を止め、机の上に置かれた赤いものへと真っ直ぐ向かっていく。

「コーラ」

しかしそれは普通のコーラの缶ではなく、ターンを笑顔にする魔法の言葉が書かれていた。缶の一方には通常のものと同じロゴがあるだけだったが、反対側には……『誕生日おめでとう』と書かれていたのだ。

机に貼られていたメモ書き——何ヶ月も前に喧嘩をした時と同じ色のものだ——を剥がすと、そこには殴り書きされた文字が書かれていた。

『サイダーがなかったから、このコーラで我慢しろ。血糖値上がっちまえ』

「ははは」

そんな祝いの言葉に、いつもは冷静沈着なターンも笑いを堪えることができなかった。生涯でこんなお祝いを聞かされることはないだろう。甘い言葉は全くなかったが、このプレゼントで血糖値が上がったのは間違いない。

「キャンディーよりマシだな」

ターンは満足げに笑った。タイプのような男が期待以上のプレゼントをくれたことに、父親が買ってくれた高級車よりも心が満たされていた。しかしその喜びに浸る間もなく、手にしているメモ書きの裏に何かが書かれていることに気付いた。

『ベッドサイドテーブルの引き出し』

読み終わるとすぐ、長身のターンはベッドサイドテーブルへ向かった。そして引き出しを開けてみると、中には大きなプレゼントの箱が入っている。

それは綺麗なリボン付きの箱ではなかったが、明らかにプレゼントの箱だった。ターンは笑顔になり、彼が何を準備してくれたのか楽しみにしながらゆっくりと箱を開けていく。

「ははははは！」

そしてプレゼントを見た途端、大きな笑い声が部屋中に響き渡った。驚きはしなかったが、まるで想定外のものだったのだ。箱を手に取って中を見ると……一年かけても使いきらないほどたくさんのコンドームが入っていた。

どこでこんなに大量に買ってきたんだ？

箱の上にはなんのメッセージもなかったが、ターンはこのサプライズに充分に満ち足りた気持ちで笑った。

「なんのメッセージもないけど、今夜一緒に使おうってことか……何味を使ってみようかな」

そして、なぜ今タイプが部屋にいないのか察した。誕生日プレゼントを見た途端にターンが何を始めるか分かっていたからだ。

「早く帰ってこいよ、タイプ。このプレゼントを早くお前と使ってみたいんだ」

タイプは今どこかで鳥肌を立てているに違いない。それほどまでにターンのシャープな目は爛々と光り輝いていた。


〝万里の長城〟が誕生日プレゼントを発見した途端に何を始めるか、タイプには予想がついていた。ターンと付き合いはじめた時から、そういう行為をすること自体にはなんの問題もなくなっている。タイプも彼との熱く激しい情事は好きだったのだが、逃げるように友達とサッカーをしにサッカー部へ戻ってきてしまったのは……恥ずかしかったからだ。

誕生日プレゼントとして女の子に甘い言葉を囁いたり、食事に連れていったりするのは、ターンにメモ書き一枚を残すのに比べたら照れもせず簡単にできることだと思った。

あいつ、今頃きっとプレゼントを見つけて喜んでるんだろうな。

勝ち気なタイプは、ターンがどんな顔をしているのか何パターンも想像しながら、笑みを浮かべて部屋に戻った。きっと今すぐにでも「シたい」という顔をしているのだろう。ただ……からかわれたとターンが勘違いしているのではないかという不安もあった。

誰が誕生日プレゼントに山盛りのコンドームを欲しがるっていうんだよ。あいつの父親は高級車を買ってあげてたんだぞ。

悩むだけ時間の無駄だと思い鍵を回して部屋に入ると、ターンはテレビの前に座っていた。

「ターン、もう帰ってたのか？」

平静を装ってそう声をかけると、テレビの前に座っていたターンが振り向いて頷く。

「うん、今朝実家から戻ってきたんだ。兄さんの車で」

「え？　父親に車買ってもらったんじゃないの？」

「あの車は納車待ちなんだ。それに買ってもらったというか、経費で落とすために会社名義だけどな。父親の車を借りるって言った方が正しいな」

タイプは口を尖らせたかった。いずれにせよ、名義がターンではないだけで父親がターンに買ってあげたという事実に違いない。そして彼の普段通りの様子に、タイプは机の方をチラッと見た。

もう見つけてるじゃないか。それとも見なかったふりをしてんのか？　まあそれでもいいな。

誕生日プレゼントの話をしてほしくないと思っていたタイプは、頭を振りながら別の話を持ちかける。

「何か食べるもの買ってきた？　俺、まだ何も食べてないんだ」

「たくさんあるぞ。チョコレート、ストロベリー、オレンジ、メロン、ピーチ……」

「草食動物かよ。果物ばっかりじゃん」

タイプは苛ついたようにそう言いながら荷物を投げ置いた。ターンが言ったものはサッカーを終えたばかりで空腹のタイプにはなんの腹の足しにもならない。しかし振り返ったターンの目は……。

鳥肌モノだ。

「どの味から試す？」

タイプは身体を強張らせ、ターンの手からこぼれ落ちるものに視線を向けた。それは……タイプがネットショップで買い揃えてプレゼント用の箱に詰めた何種類ものコンドームだった。

「馬鹿野郎！」

タイプは顔が熱くなっていくのを感じながら罵声をあげた。

俺は何を照れてるんだ？　自分で買ったものなのに。


「何味がいいか選べよ。お腹空いてるんだろ？」

ターンは殴りたくなるような笑みを浮かべて言った。

「ご飯が食べたいって言ったんだよ。馬鹿！」

「そうだ、俺の誕生日だから俺が選ぶ。チョコレート味だな。お前、本当に面白い奴だよな。よくこんなに買い揃えてさ」

ターンはそれだけ言うと、膝の上にあった箱をソファーに置き、タイプの方へジリジリと近づいてくる。タイプは思わず身の危険を感じて後退りするところだったが、プライドをかけてその場に立ちはだかり、からかうような笑顔を向けた。

「俺のこと食べられるとでも思ってるのか？」

タイプの挑発にターンは薄ら笑いを浮かべながら身体を寄せ、そして……コンドームの封を舌で舐める。その姿は驚くほどセクシーだった。

「試してみようじゃないか」

ターンはそう言いながら、さらに身体を寄せてタイプの耳たぶに舌を這わせた。その感触にタイプは……「こいつ、最初から襲うつもりで俺の帰宅を待ってたのか」と悟った。

「誕生日なんだから口でつけてくれよ」

彼の頭を小突いてやろうとすると、何かを手渡される。

「誕生日は昨日だろ」

「お願いだ」

「ずるいな」

コンドームを受け取ってしまったタイプは苛立ちを隠せないようにそう言うと、ターンを押してベッドに座らせ、ベルトを外して跪《ひざまず》いた。

誕生日だから特別だぞ。

「お腹いっぱい食べてくれ」

その言葉に彼のモノをまっぷたつにへし折ってやりたい衝動に駆られたが、本当に折ってしまったら自分が困ると思い直し、タイプは彼の学生服のズボンを引き下ろそうとした。

「これくらいなんてことないさ」

挑発するようにそう言うも、タイプの内心では口で恋人のモノにコンドームを被せることに少し躊躇していた。前回は無我夢中だったが、今は意識がはっきりしている。

ターンはタイプのそんな様子に気が付いているように、急かすことも何か言うこともなく、黙り込んで欲望に満ちた目で見つめてくるだけだった。タイプはチラッと彼の顔を見上げると、膨張して先端が剥き出しになった大きなモノを見る。

よし、やってやる。

タイプは意を決し、ターンの濃紺の下着を脱がして足元に投げ捨てた。そして、身体の中央部にある彼の熱いモノを握ると、喉を唸らせている誕生日の男を見ながら、ゆっくりと上下に手を動かしはじめ、深く考えずに言った。

「そんなにしたかったなら自分ですればよかったのに」

「お前とじゃなかったら意味がないんだ」

もし自分だったら、自らの手で欲求を治めるはずだと思ったのだ。しかしターンに言い返されて、タイプは言葉を失ってしまった。たったその一言ですべての迷いを払拭させたターンはやはり狡賢《ずるがしこ》い。

タイプは前屈みになり、二度と舐めたくないと思ったことすらある熱いモノの筋に舌を這わせた。根元から先端に舐め上げると、イケメンが腹筋に力を入れたのが分かる。しかし頭を掴んで急かすことはなく、深く息を吸い込みながらタイプを見つめてきた。

何をそんなに見つめてんだ！

「あぁっ！」

タイプが先端を舌先で何度も強く刺激しながら手を上下に動かすと、ターンの身体はピクッと反応し、口からは声が漏れた。タイプはニヤリと笑いながら、口で手早くコンドームの封を切る。辺りにチョコレートのいい香りが漂った。

「どうやって被せるんだ？」

そうだ、やり方が分からないんだった。

タイプの問いかけにターンが低い声で笑った。

「ゆっくり口で下ろしていくのさ」

奴がそう言うと、タイプは僅かに苛ついた。

「誰かにしてもらったことがあんのか？」

こいつ！　どれだけ経験豊富なんだ！　俺は口でしてもらったことなんてないぞ。ましてやコンドームを口で被せるなんて。

「ヤキモチ？」

ターンが一言で聞いてくると、タイプは奥歯を噛み締め、大きくなった先端にコンドームを被せながら顔を上げて彼を見た。

「俺がヤキモチなんて焼くわけないだろ！」

そう言いながら、タイプは前屈みになって唇を窄めた。ゴムの嫌な臭《にお》いが鼻をついたが、熱いモノを覆っているコンドームの端を、唇を使ってゆっくりと下ろしていく。その時突然、口や舌や手を使ってターンを征服したい気持ちが生じた。

これまでの誰よりも上手いと言わせたくなるのはなぜなんだ、タイプ……。

自分に問いかけ、口をさらに窄めて激しく吸い込むと、ターンは低い声で喘いだ。タイプの肩と耳をぎゅっと掴んでいる彼の両手に力が入る。大きなモノを根元まで咥えるため、口を限界まで開けなければいけないことにタイプは少しうんざりしていた。

手も少し使ってコンドームを完全に被せると、タイプは熱いモノを何度も激しく口の中に吸い込んでから口を離した。

「できたぞ」

タイプは自慢げにそう言った。舐めることでタイプの欲求も昂ってはいるが、手の甲で口を拭って立ち上がった。

「ゴム臭《くさ》いのが嫌だ」

そして口をゆすごうと浴室へ行こうとする。

「でも俺は好きなんだ」

しかしその前に熱い手で手首をぐっと掴まれ、座っているターンと目が合った。

「この野郎！」

ターンに引っ張られてそのままベッドに倒れ込み、タイプは大声で叫んだ。馬乗りになったターンに両肩を上から押さえつけられたのだ。ターンの目は恐ろしいほど爛々と輝き、顔からは獰猛《どうもう》さが滲み出ていた。しかも、彼の硬い凶器は今にも腹筋にぶつかりそうなほどそそり立っている。

「お前がしてくれるのが好きなんだよ」

ターンが覆い被さりながら低い声で囁くと、タイプのズボンを手早く脱がせた。

「何するつもりだよ。誕生日プレゼントならもうしてあげただろ」

口でコンドームをつけることがお祝いだったといわんばかりにからかっても、ターンはそれだけでは満足していない様子だった。

タイプの言葉にターンが顔を上げてニヤリと笑う……それは悪魔のような微笑みだった。

「俺は欲張りだから、誕生日プレゼントは何個でも欲しいんだ」

「はっ？」

ターンはそう言い、自分の熱いモノを膨張してきているタイプのモノに擦り合わせながら、熱い唇を首元に這わせて淫《みだ》らに舐めはじめた。ターンの荒い息遣いや低い掠れた声が聞こえると、興奮してきたタイプも両脚をターンの身体に絡みつかせる。

こんなに興奮させておいて、途中でやめるとかあり得ないからな。

「腹が減ってるんだ……満足させてくれよな」

タイプは拒絶したくてもできないほど興奮が昂っていた。ターンが懇願してくるまで焦らしていじめたい気持ちもあったが、二人のモノが擦り合わさる熱い感触に、思わず相手の頭を両手で掴んで引き寄せ、口内のゴムの臭《にお》いを出しきるような熱く激しいキスをする。寛大なターンは何も言わず、どちらがどちらを満足させることができるのか予想もつかないな、などと考えていた。


「ターン、腹減った‼」

熱い愛の営みが終わる頃、赤く染まっていた夕方の空は真っ暗になっていた。一糸まとわぬ姿で全身汗まみれのまま、痛む腰を抱えてベッドにもたれかかっていたタイプが、下着を穿こうとしているターンに苛ついたように言い放つ。

チョコレート味だけだったはずなのに……オレンジ味もメロン味も試してしまった。少しの間実家に帰っていただけで、どこからそんな性欲が湧いてくるのかタイプは不思議でならなかった。

「部屋にいたのに何も買っておかなかったのか」

「昨日はテクノーたちとご飯に行ったから何も買ってないいんだ」

タイプが〝万里の長城〟の視線に気付かずに何気なく言うと、彼が冷たい声で尋ねた。

「俺の誕生日に他の男と遊びに行ったのか？」

「おい、気持ち悪いこと言うなよ。友達とご飯に行っただけじゃないか。遊びに行ったんじゃない、食事をしに行ったんだ。言葉は正しく使えよ」

タイプは不機嫌そうに言った。最初は口でコンドームをつけることを拒否していたのに、最終的には三回もしてあげた照れくささからわざときつく返していた。その様子に、ターンは冷蔵庫へ向かう。

「実家から持ってきたケーキがあるぞ。腹に入れておくか？　シャワー浴びたら何か買ってきてやるから」

そう言うと、タイプの返事を待たずにケーキを皿に載せてフォークと一緒に持ってきた。

甘いものが嫌いではないタイプは、ご飯の前に腹に入れるものがあればなんでもいいいと思ったが、一つ心に引っかかることがあった。

「ご飯を買いに行ってくれるのか？」

「そう、何が食べたいんだ？」

バスタオルを取って浴室へ行こうとするターンに、ケーキを口に入れかけたタイプは少し眉をひそめた。まるでウエストが六十センチもないような、華奢《きゃしゃ》でか弱い若い女の子みたいに俺を扱うんだな。

「なんでもいいさ。早くシャワー終わらせろよ。俺もシャワー行くから、その後一緒に食べに出かけよう」

三回したくらいで歩けないほど体力が尽きたわけではないとでも言いたげな、負けず嫌いな言葉を聞いてターンは笑いだした。その笑い声は幸せそうだ。タイプは前屈みになってケーキの皿を見た。

これまでターンがケーキを買ってきたことはない。ということはつまり、これも買ってきたものではないのだろう。

「このケーキ、誕生日の余り物か？」

大声で叫ぶと、浴室にいるターンが答えた。

「余り物じゃないよ。一緒に行かなかったお前のために持って帰ろうとして最初から取っておいたんだ」

その言葉に、チョコレートケーキを食べていたタイプの手が止まった。余り物ではなく最初からケーキを取っておいたということは……それくらい一緒に祝ってほしかったのかと頭を抱える。

来年は一緒にあいつの実家に行くべきなのか？

「いやいや、それは無理だ」

そこまで考えてタイプは頭を振り、美味しいケーキをパクッと一口で飲み込んだ。重い身体を引きずってタオルを取りに行くと、慣れてきたとはいえ、まだ尻に鋭い痛みが走る。タイプは情事の代償を抱えてケーキの皿をシンクに持っていった。

「ターン、お前のハーフパンツ借りるぞ。昨日洗濯に出したばかりで穿くものがないんだ」

裸で歩きながら浴室にいる相手に大声で叫ぶと、彼は即答した。

「いいよ」

タイプは基本的に他人の物を勝手に触る人間ではない……寮の部屋から追い出そうとした時にターンの私物を散らかした時は別だ。彼のハーフパンツを借りようとしたことで、自分がすっかり丸くなったのを痛感した。

クローゼットの中から探すのが面倒くさく、ポケットの中にまだ物が入ったまま脱ぎ捨てられていたハーフパンツを手に取る。エアコンが効きすぎて寒かったため急いで穿き、開けっぱなしだったポケットのチャックを閉めようとした時、何か固い物がタイプの手の甲にぶつかった。

不審に思ってポケットから取り出すと、それは誕生日プレゼントの箱だった。音符柄の包装紙の一部が開包されたその箱は、包装の丁寧さから、別料金を払ってラッピングしてもらったことが一目瞭然《いちもくりょうぜん》だ。箱にカードが付いているのを見つけ、タイプは慌ててそれを手にして開いた。

『誕生日おめでとう。何年経ってもターンは俺の大切な人だ』

カードを読んだタイプは身動きできなくなった。慌てて浴室のドアに視線を向けると、中身を確認するために迷うことなく箱を開け、中身を床にばら撒く。

タイプは床から黒いケースを取り上げて中を開いた。ターンが同じようなものを持っているから見間違えようがない……それはドラムのスティックを入れるケースだった。触っただけで良質で高価な物だと分かる。しかもケースについている紐《ひも》を引っ張ると、そこには刺繍《ししゅう》が施されてあった。

『THARN』

世界中にたった一つしかない、ターンのためだけのケースだ。

それを見ながらタイプはぎゅっと拳を握りしめた。馬鹿ではないタイプはカードが付いていなくても分かった……このプレゼントは友達が友達にあげるものではは絶対にない。どう見ても恋人が恋人にあげるものだ。カードもターンの兄が書いたものではない。

兄弟でこんなカードを贈り合ってたら鳥肌ものだろ。絶対に誰か他の人からのプレゼントだ。

そう考え、タイプの顔はカーッと熱くなった。恥ずかしくなったからでも怒りが湧いたからでもない。カードの送り主をめちゃくちゃにしてやりたいという感情が芽生えたからだ。

必死に落ち着こうとしていると、突然、一人の男性の姿が脳内に浮かんできた。もし昨日もらったものであれば、まさにSNSに投稿されていた見知らぬ男……ターンと肩を組んでいた男からだ。

タイプはそう考えながらケースを折り畳んで箱の中に戻した。どうしたらいいのか分からないままカードを見ていると、シャワーの音がやんだことに気付き、元の場所に戻す。

ガチャッ。

「いいプレゼントもらったんだな」

そしてターンが浴室から出てきた瞬間手にしていたプレゼントの箱を突き出すと、彼の顔は少し引き攣った。

「わざわざ取り出して見たのか」

ターンが落ち着いた態度でそう言い、タイプは余計に苛立ちを募らせる。

「違う。ポケットから落ちたんだ。へー、こんないい物もらったなら、俺のプレゼントなんて捨てたっていいんだぞ」

そうだ、これはヤキモチなんかじゃない。恋人の俺よりもターンにぴったりのプレゼントを選んだ奴がいて悔しいだけだ。

そう思いながら首を振るターンを見つめた。

「お前がくれたプレゼント、俺はすごく嬉しかったけどな」

ターンに言い返され、タイプは怒ったような声で尋ねる。

「じゃあ、これは誰からもらったんだ」

ターンはしばらく黙り込んだ後、ニヤリと笑った。

「ヤキモチか？」

イケメンに満足そうに聞かれて、怒りに火がついたタイプが険しい声で言い返す。

「俺がお前にヤキモチだって？　冗談だろ」

「ヤキモチじゃなかったらなんで誰からのプレゼントか知りたいんだ？」

ターンの言葉に、一歩も譲らない者同士の視線がぶつかり合った。しばらくして……タイプは箱を握り潰してソファーに投げつけると、タオルを取って勢いよく肩にかけ、苛立ったまま浴室に行こうとした。

「分かった。言わなくてもいい。クイッティアオを買ってこい、馬鹿野郎。もう出かける気分じゃない‼」

バタンッ！

タイプは大きな音を出して浴室のドアを閉めながら、ターンなんかと二度と出かけるものかと思った。

奴の首をへし折ってやりたいほどの感情が渦巻いていたが、その正体がなんなのか、タイプ自身も分からない。ただ思っているのは……。

今に見てろよ！　プレゼントのスティックケース、十三階の屋上から投げ捨ててやるからなこの野郎‼

第三十六章　本当の関係

「どうしたんだ？　苛ついてるみたいだけど」

「うるさい！」

「おいおい、いつから友達にそんな口きくようになった？」

灼熱《しゃくねつ》の太陽が照りつける中、まるで誰かを刺すかのように竹串でポークソーセージをガシガシと突き刺しているタイプにテクノーが声をかけた。すると昨日から苛立っているタイプが恐ろしい目で睨みつけ、怖い声で答えてきたので、未来のサッカー部のキャプテンは驚きを隠せない様子だ。

「うるさい！」

タイプは同じ言葉を叫び、再びソーセージの皮に竹串を突き刺しはじめる。突き刺す時のパリパリという音を聞いてストレスを発散していると、四つのソーセージが竹串に連なった。それらを袋から取り出してまとめて口に入れる様子はまるで、人間を食べる巨人のようだ。

「今日のお前、いつもより殺気立ってるぞ」

「どう殺気立ってるって？」

言い返され、テクノーは頭をポリポリ掻きながら隣に腰を下ろした。

「まぁまぁ、もういいや。それより、あの先輩たちに言ってもいいかな？　お前がターンと付き合ってるって――おい！　タイプ、落ち着けって」

竹串で頸動脈を突き刺されそうになり、テクノーは身体を強張らせる。

タイプは殺人鬼のような顔でテクノーを睨みながら低い声で言った。

「なんだって？」

「べ……別に。聞かなかったことにしてくれ。口が滑っただけだ」

「俺の手が滑ってもいいのか？」

タイプが苛立ったように言い返すと、首を竹串から離そうとしてテクノーは後退りをした。彼はまだよく意味が分かっていない様子だ。

「付き合ってるんだろ？　秘密にするつもりなのか？」

「そうだ！」

タイプは簡潔にそう答えた。ただでさえ誕生日プレゼントのことでイライラしていたのに、以前一悶着《ひともんちゃく》のあった先輩にターンとの関係を話していいかとまで尋ねられ、バラされるならこの場で友人を殺した方がいいと思ったのだ。そんな殺伐とした気持ちが表れすぎていたのだろう、テクノーは二度と同じ話をすることはなかった。

「ターンが可哀想だとか思わないのか？」

「どこが可哀想なんだよ。あいつだって誰彼構わず自分はゲイだって言いふらしたいわけじゃないだろ？」

タイプ自身も自分が言っていることが分からなくなっていた。以前ターンと話した時には、二人が恋人同士であることをみんなに知ってもらいたいとハッキリ言っていた。だから少なくとも親しい人たちには話したいのだろうが、タイプは男と付き合っているという目で見られる心の準備ができていない。ターンはそういうことに慣れてるからいいけど、俺はそうじゃない。

「確かにそうだな……ところで、お前は何に苛ついてるんだよ。ラブラブなんじゃないのか？」

テクノーはまだ竹串を手にしているタイプを恐れて、遠慮がちに尋ねてくる。タイプは竹串をソーセージの袋に突っ込むと口を尖らせた。

「何がラブラブだ。ふざけるな。あいつをバラバラ死体にしてトイレに流してやりたいくらいさ」

「えっ？　どうした？」

テクノーが聞き返してくるのも当然だ。ただ、タイプも細かいことは言えないのだ。

あいつを俺よりもよく知っている奴がいることがムカつく。俺よりもいい誕生日プレゼントを渡した奴に腹が立ってるんだ……でもそんなこと、口が裂けても言えない。

「喧嘩でもしたのか？　あっ、ひょっとして誕生日のことで……だから言ったじゃないか。俺らとご飯に行くんじゃなくてあいつと一緒に過ごすべきだって」

「……」

タイプは何も答えないことを選んだ。喧嘩の原因は自分にある事実は伏せたまま、ターンが誕生日を一緒に過ごせなかった件を怒っていると勘違いさせておくことにする。するとテクノーは笑顔で言った。

「じゃあちょうどいい。俺らであいつの誕生日会をしよう」

「どういうことだ？」

タイプが振り向きざまに聞き返すと、テクノーは素早く携帯を手に取りアプリを開き、すごいスピードでメッセージを打ちながら答える。

「まだ誕生日を一緒に祝ってないなら、難しいことは考えずに一緒に祝えばいいんだ……お前の奢りでな、ターン」

最後の一言はタイプへの言葉ではなく、携帯に打ち込んでいたものだろう。隣にいたタイプは眉をひそめる。


「何してるんだよ」

「ん？　授業の後にご飯行こうってターンを誘ってるんだ……あいつの誕生日会だからあいつの奢りでな」

テクノーが上機嫌でそう言った。タダ飯にありつける限り、たとえ自分が邪魔者になってでも喜んで参加するような奴なのだ。タイプは慌てて携帯を奪い取って読んだ。

飯行こうぜ
遅れたけど誕生日会だ。タイプも行くぞ
お前の奢りでな

「無理強いするなよ」

「まさか。少しだけな。あいつにもう一ヶ月も会ってないんだぞ、友達同士で楽しもう。お前もあいつと仲直りできるじゃないか」

疑うことを知らないテクノーのあまりの人の好さに、タイプは奴の頭を小突いてやりたくなる。

いいね。今日は十六時半に授業が終わるから、どこで会う？

まだ授業中だろ！　と怒鳴りたいほど、ターンも即行で返信してきた。

「携帯返せよ。美味しい店、知ってるんだ」

テクノーは携帯を奪い返し、急いでターンに返信した。そして指が携帯にぶつかった時に画面がスクロールされ、テクノーとターンがこれまで何往復も会話をしていることにタイプは驚いた。

ターンとテクノーとの関係を疑った方がいいんじゃないか？　テクノーとのやり取り、恋人の俺とのやり取りよりもたくさんあるんだけど。

「ここで待ってろよ。何か飲むか？　買ってくるぞ」

「ターンが奢ってくれることになったから上機嫌なんだろ」

「ははは。さすが俺のことよく分かってるな」

二人のスポーツ学部の学生は今、インターナショナルコースの校舎よりも豪華絢爛《ごうかけんらん》な音楽学部の校舎の前に来ていた。恋人が学ぶ校舎に来たのが初めてだったタイプは、建物を見上げて心の中で呟いた

……音楽学部ってどれだけ金があるんだ？

校舎の上から音楽が流れてくると、なんの楽器の音かはさっぱり分からなかったが、思いがけずリラックスした気持ちになる。しばらくするとテクノーがコーラの入ったコップ二杯を手に戻ってきた。

「授業終わったかって恋人に電話してみろよ」

二人の授業は早めに終わったので、テクノーがタイプを引っ張ってバスに乗せ、わざわざこの校舎の前で待つことにしたのだ。〝恋人〟という言葉にタイプは眉をひそめた。

「テクノー、お前。言ったよな……」

「そうだった、ごめん。ターンに電話してみろよ」

テクノーは頷くも、なぜタイプが今もターンを

嫌っているような態度を取るのか分からないようだ。

嫌いなわけじゃないけど、まだ恋人だって胸を張って言えないんだ。

「あっ、電話しなくてもいいぞ。噂のイケメンの登場だ」

タイプが携帯を取り出して恋人に電話をかけようとした時、ソファーに座ってコーラを飲んでいたテクノーが顔を上げる。

「音楽学部の学生は、お金を持ってるだけじゃなくて容姿も端麗じゃないといけないんだな。羨ましい」

テクノーはふざけてそう言ったが、振り返ったタイプの反応は違っていた。

あいつ、ここに通ってるのか⁉

タイプは目を細めてターンの横にいる男性を見た……SNSに投稿されていた写真の男だ。

「ん？　先輩か？　制服は着てないけど」

テクノーの言葉に、タイプはさらに目を細めてターンと立ち話をしている男を見た。高身長のその男はターンよりもさらに背が高く、半袖のシャツから出ている二の腕の筋肉を見ただけで、身体を鍛えていることが分かる。絞られた身体に細身のジーンズが似合っていて、彫りの深い顔をしていた。歳はそう変わらないように見えたが、醸《かも》し出す雰囲気が大人だ……大人びているターンの横に立っていても、その男が年上だということは一目瞭然だった。

ターンがあの野郎の横に立ってると、なんで俺の頭の中で背景がピンクのお花畑になるんだ⁉

そしてターンがこちらに視線を向けると、タイプは何かに気付いた。

あの野郎、今、固まったぞ！

ここにいることを伝えようとテクノーが手を振り、それに対して頷いた瞬間ターンが黙り込むのを確かに見た。そしてさらに気分が悪いことに、ターンの隣の男もこちらに向かって一緒に歩いてくる。

「ごめん、待った？」

ターンがそう声をかけると、テクノーはコーラのコップを見せた。

「全然。今飲み終わったばっかりさ。ところで……」

知り合いを多く作りたいテクノーは、タイプからしてみれば〝馬鹿っぽい笑顔を浮かべてターンと一緒にいる男〟に視線を向ける。ターンが身体をずらして一緒に来た男性を紹介しようとしたその時、その男が自分のことをチラッと見たのをタイプは見逃さなかった。

「高校の時の先輩、サーンさん」

「初めまして、先輩。俺、テクノーです。ターンの友達なんです。ノーって呼んでください」

テクノーが両手を合わせて挨拶した横で、タイプは高校の先輩がなんでこんなところまで来ているんだと疑問に思っていた。

「こいつはタイプで、タイプは……」

タイプが自己紹介をしなかったためターンが代わりに言いはじめるも、二人の関係を説明しようとしたところでタイプと目を合わせて黙り込んでしまう。

タイプは今、自分が険しい目でターンを睨んでいることに気付いていた。そして彼は先輩に素っ気なく伝えた。

「俺のルームメイト」

「どうも」

どんなにいけ好かない奴にも、両手を合わせて挨拶くらいしないといけないことはタイプも分かっている。すると、その男が笑顔を向けてきた。

「トーンからお前がルームメイトと一緒に引っ越したって聞いたことあるぞ。ちょうど会えるなんてラッキーだな」

何がラッキーだ！

高校の後輩のルームメイトに会えて何がラッキーなのか理解できず、タイプは心の中でそう毒付く。

「どこかで見かけた気がする」

そしてフレンドリーなテクノーが何かを思い出そうと顎先をポリポリ掻きながらそう言うと、タイプの口が思わず滑ってしまった。

「ターンの誕生日会に来てた人だ」

「ああ、そうそう。どこかで見たことあると思った、

SNSの写真だ。誕生日会に来てたあの先輩か！」

テクノーが思い出したように大きな声で叫ぶと、二人はタイプが覚えていたことに驚いて固まった。サーンは振り返ってじっくりとタイプを眺め、笑顔を向けてくる。その真意は分からなかったが、タイプは余計に苛立ちを募らせた。

「そう、俺はターンの兄さんの親友なんだ」

「ははは、つまりターンは親友の弟であり友達でもあるっていうとこか」

「それ以上の関係でもあるけどね」

タイプは何も言えずに、楽しそうにそう言い放ったガタイのいい男を見た。ターンは面倒くさそうな顔をしながら補足する。

「それ以上の関係っていうのは、尊敬する先輩と後輩、っていう関係のことな」

「はは、そういうことにしておこう。ところで、みんなは何か約束でもしてたのかな？」

身体の大きな先輩が含み笑いをしながら話を変えると、ターンが頷いた。

「さっき言ったじゃないか、友達とご飯に行く約束をしてるって」

「そうなんです。今更だけどターンの誕生日会をしようと思ってるんです。ターンの奢りで」

何も事情を知らないサッカー選手・テクノーがそう言うと、サーンは驚いた顔をして残念そうにため息をついた。

「そうか、それは惜しいことをしたな。近くまで来たから、トーンから預かってきた荷物を届けて、ご飯にでも誘おうとしたのに。来る日を間違えたな。誕生日当日をカウントしなかったら久しぶりに会えたっていうのにさ」

タイプは関節が白くなるほど拳をぎゅっと強く握りしめた。サーンが……俺は久しぶりにターンに会うんだから、お前らの誕生日会は中止しろ、と遠回しに言っているのが馬鹿でも分かったからだ。

どこが尊敬する先輩だよ。最低な奴じゃないか！

「先輩も一緒に行きませんか？」

テクノー、いつか絶対殺してやる！

大学外の人脈が欲しいテクノーが熱心にサーンを誘うと、タイプはテクノーでもターンでも誰でもいいから思いっきり殴ってやりたい衝動に駆られた。テクノーは誰も知り合いがいない集団の中に入っても上手くやっていけるような奴だ。しかも、普通の人だったら遠慮するような誘いだというのに、ターンの先輩は違った。

「いいね。じゃあ俺が奢ろう。この辺に美味しい店はあるかい？」

「あります！　何が食べたいですか？　この辺のレストランのことなら僕に聞いてください！」

いけ好かない先輩と親友が話しはじめると、タイプは心の奥底からマンションに帰りたくて仕方なくなった。しかも、最悪な気分に追い討ちをかけるようにターンが隣に来て囁いてくる。

「どうかしたのか？」

タイプは怒った声で答えた。

「なんでもない！」

タイプはこの苛立ちの原因がターンにあるのか、テクノーにあるのか、サーンにあるのか、自分でも分からなくなっていた。

とはいえタイプはまずテクノーから逆さ吊りにしてやりたかった。

ちくしょう、お前のおすすめの店ってここなのか⁉

「この店、ついこの間オープンしたばかりで、サッカー部の友達ともう何度も来てるんですけどすごく美味しいんですよ」

その一軒家ふうの店は、蒸し物、焼き物、炒め物、揚げ物、煮物、汁物など多種多様なメニューが揃っており、夕方の五時を過ぎ、大学生や家族連れでほぼ満席だ。しかし、タイプは店で演奏しているバンドを見た時からこの店がいわくつきの店であることに気付いていた。

チャンプに連れられてきて、プイファーイと出会った店じゃないか。馬鹿野郎！　サッカー部でも、学部でも、大学の仲間でもなんでもいいけど、ここに最初に誰と来て誰と出会ったか、その足りない頭で覚えておけよ！

タイプは言いようのない居心地の悪さを感じていた。

「おすすめは？」

「エビのナンプラー漬けです。タイプも大好きで……ん？　お前ともこの店来たことあったよな？」

テクノーが振り返ってそう聞き、タイプは渋々頷く。テクノーは食べたことのあるメニューしか頼まない性格なのか、おすすめする料理はプイファーイと出会った時に頼んだ料理ばかりだった。

「お前、エビのナンプラー漬けが好きなのか？」

隣に座っているターンに聞かれ、タイプは頷いた。

「こいつ、本当はシャコの方が好きなんだ。確かシャコを漬けたら母親にかなう人はいないって言ってたもんな。プイファーイも漬け方を……あっ……」

しゃべりすぎたテクノーは口を滑らせてしまったことに気付いたが、既にその名前を口にしてしまっている。ターンもタイプも黙り込んでしまった。

「お前、この店にプイファーイと来たことあるのか？」

テクノーが一生結婚できないようにブードゥーの呪いをかけてやる！

心の中でそう誓いながら再び黙り込んでしまったターンへ視線を向けたが、いつもは意気盛んなタイプもさすがに何も言いだすことができずにいた。冷たいターンの目からはなんの感情も読み取ることはできない。きっと内心では……タイプと同じくらい即行この店から出ていきたいと思っているはずだ。

「プイファーイ？　タイプの彼女？」

責任から逃れるようにテクノーが下を向いてストローで水を吸い、この話は終わったかのように見えたが、何も知らないサーンが笑顔で話を蒸し返してきた。タイプは奥歯を噛み締めながら小さな声で答える。

「いえ、違いますよ」

「そっか……シャコのナンプラー漬けのこと教えてくれよ。食べるのが難しそうだな。味はエビとは違うのかい？」

サーンはフレンドリーな笑顔で聞いてきたが、タイプは信用ならない人の目だと感じて適当に答えた。

「好きな人は好きだけど、嫌いな人は嫌いだし、食べるのも難しいし、エビを食べてた方がいいですよ」

「そうか」

しかしサーンは険悪な雰囲気に臆することなくそう答えると、ターンに声をかけた。

「誕生日プレゼント、もう開けたか？」

ヤキモチなんかじゃないと言い張っていたタイプはグラスを強く握ると、聞きたくもない話に両耳をそばだて、ストローを凝視する。

「開けた。ありがとう。でも、悪いから来年からはもういいよ」

「ははは、遠慮するなって。お前が小さい時からあげてるじゃないか」

「でも昔はお菓子とかだったじゃないか」

「何を言ってるんだ。歳とってプレゼントを買うくらいは稼いでるんだから」

長年に及ぶ二人の親しさを物語るような会話に、タイプはますます不機嫌になった。そんなタイプに代わってテクノーが口を開く。

「先輩とターンは知り合ってもう長いんですか？」

端正な顔立ちのサーンは、テクノーではなくタイプを見ながら笑顔で答えた。

「そうだな、ターンが中学に入った時から知ってる。元々、俺はターンの兄さんのトーンの友達で、トーンが俺に弟を紹介したんだよ。いじめられないようにって」

「ターンがですか？　こんなガタイのいい奴がいじめられることなんてあるんですか？」

テクノーが興味深そうに聞くと、昔のことを蒸し返されているターンはため息をついたが、やめろとは言わなかった。

「ははは、こいつ、昔は小さくてこれくらいしかなかったんだ」

　サーンが自分の肩の辺りを指差した。

「想像してみてほしいんだけど、欧米の血が入ってるから、子供の頃はもっと目の色も薄くて、色白だったんだ。それに身体が小さかったから、弟がいじめられるんじゃないかって心配したトーンが高校一年生だった俺たちに紹介したんだよ。何かあったら弟の力になってくれってね」

「そうなんですね。こんなイケメンのターンにもかわいい少年時代があったんだ」

「ははは、そうだな、昔はすごくかわいかった」

　聞けば聞くほど言葉にならない苛立ちが募っていく。身体が大きくて、パワフルで、絶倫で、時には狡賢くて、凶暴な面もあって、そして大人のように立ち振る舞うことができるターンに視線を向けても、かわいい少年時代を全く想像できない。

　生まれた時から冷静沈着だったとしか思えなかったのだ。

「俺の話はもういいでしょう、サーンさん。昔のことすぎて自分でも全然覚えてないのに」

「おい、俺はまだ聞きたいぞ。写真とかないんですか？」

　場が盛り上がるのが大好きなテクノーが身を乗り出してそう聞いた。親友が黙り込んでしまったことに気付いていないのだろう。その様子にサーンが大声で笑った。

「写真いるか？　後で送ってあげるぞ」

「ギャハハハハ、ターン、先輩がお前の恥ずかしい写真を送ってくれるってさ」

　テクノーは楽しそうに大笑いしたが、何かに気付いたタイプは表情一つ変えなかった。

　ただの後輩の子供の時の写真を持ってる先輩がどこにいるっていうんだ？

　幸運にもちょうどその時、注文した料理が運ばれてきた。話題はテーブルの上の料理へと変わり、タイプも少しは息苦しさから解放される。

「ほら、お前の好物」

　エビのナンプラー漬けが運ばれてくると、好物だと知っているテクノーが皿を寄せてくれた。ご馳走してくれると言ったサーンもエビを口に入れて舌鼓を打つ。

「もったいない、こんなに美味しいのにターンは食べられないんだもんな」

「どういうことだ？」

その言葉にタイプは間髪入れずに聞き返し、エビのナンプラー漬けではないものに手を伸ばすターンの顔を訳が分からないというように見た。

「エビアレルギーなのか？」

そんなわけない。以前、何食わぬ顔でエビのチャーハンを食べてたもんな。

「違うよ」

ターンは首を振って一言しか返さなかったが、サーンが口を挟んでくる。

「ターンはトーンと違って生ものが食べられないんだ。トーンはエビの踊り食いとか好きなんだけどな」

「……」

テーブルを囲む全員が無言な中、タイプが意地悪そうな笑みを浮かべて言った。

「生ものが食べられないって本当なのか？　俺……今知ったぞ」

そしてタイプは、サーモンビュッフェに行ったこともある刺身嫌いなターンの顔を見た。あの日、何事もなさそうな顔で食べていたのに、本当は……嫌いだったということなのか？

ターンは慌てて言った。

「食べられるよ。嫌いじゃない」

「子供の時は吐き出してたじゃないか」

「サーンさん、もうやめてくれ！」

これまでずっと大人しくしていたターンが怖い声で先輩を制止する。シャープな目は怒りで光り、タイプは皿に残ったエビのナンプラー漬けを見つめることしかできなかった。味が分からないどころか、胸がいっぱいで何も食べられそうにない。

ひょっとしたら俺はターンのこと何も知らないんじゃないか。

ターンのせいにしたかったが、これまで相手のことを知りたいと思ったり、聞いたりもしなかったのはタイプ自身だった。しかも、ターンが話してくれたところでタイプは聞こうともしなかった。ターンがタイプのことを知ってくれているのとは正反対だ。サーンの方がターンをよく理解していて、好き嫌いまで知っているという現実を突きつけられ、タイプの心は不満で破裂しそうだった。

「あれ？　何かまずいことでも言った？」

サーンは意味が分からないというふうに両手を肩の高さまで上げたが、口元には笑みを浮かべている。

「サーンさんはもう充分楽しんだと思うけど」

「何もふざけてなんかないぞ」

サーンのその言葉に、タイプはこれ以上ここに座っていたら怒鳴りだしてしまうかもしれないと感じた。

面倒は起こしたくないんだ！

「トイレ行ってくる」

タイプは急いで立ち上がるとテクノーにそう言い残し、ある疑念を抱えたまま席を離れた。

サーンさん、ターンはただの後輩なんかじゃないんだろ⁉

自分の方がターンをよく知っているとマウントを取ってくる先輩の席に戻る前に、イライラした気持ちを抑えるべくタイプは顔にバシャバシャと乱暴に水をかけた。

あの先輩は俺よりもターンをよく知っている。

何か憂さ晴らしになるようなことをしたかったが、ターンは生ものが好きではないと言っただけでサーンに罵声を浴びせるのは、あまりにも子供じみている気がした。

「これからは俺に言えよ！」

タイプは悔しそうに洗面台の縁を叩くと、蛇口の水を止め、深く息を吸い込んだ。

関係ない。あいつが何を言ってきても俺には関係ない。あいつが震えるほどターンを好きでも俺には関係ない。

そう思いながらトイレから出ようとした時、トイレへ向ってくる人影を捉えたタイプの足が止まった。

「随分長かったけど、大丈夫か？」

サーンが親しげな笑顔で尋ね、タイプも作り笑いを返す。

「大丈夫です。お腹が痛かっただけだから」

「ははは、そうか」

そしてサーンは笑いながらトイレに入ってくると、含みを持たせるように聞いた。

「君はターンのなんなのかな？」

「……ルームメイト」

一瞬黙り込んだ後、掠れた声でタイプがそう答えると、サーンはチラッと視線を向けて笑顔になった。

スタイル抜群なイケメンの笑顔は多くの女の子を虜にするだろう。だが、タイプには意地の悪い笑顔にしか見えなかった。ターンよりも意地悪で……怒った時のターンよりも恐ろしい笑顔だった。

「そうか、ただのルームメイトか。だったらいいんだ」

生まれて初めて、よく知らない人間を怒鳴りつけてやりたい衝動に駆られる。

違う！　あいつは俺のものだ！

……しかしそれを言葉にすることはできなかった。

プライドが邪魔をし、黙って立っていることしかできなかったのだ。用を足したサーンがズボンのチャックを閉めて手を洗いに来ると、洗面台の鏡の中のタイプとサーンの視線がぶつかり合う。

「俺がターンの先輩で兄の友達という以外に、どういう関係なのか君は知ってる？」

聞きたくもなかったが足を動かせずにいるタイプに、近づいてきたサーンが前屈みになって耳元で囁いた。

「俺はターンの〝初めての、そして一度だけの男〟なんだ」

その言葉を残し立ち去っていったサーンに、タイプは拳をぎゅっと強く握りしめることしかできなかった。指の関節は白くなり、奥歯を食いしばる音が今にも聞こえてきそうだ。サーンを追いかけてシャツの襟を掴み、顔面に殴りかかるところを想像してみる。
〝初めて〟という言葉でこんなにも激怒できること
を、タイプは今知ったばかりだった。

第三十七章　恋人たちが喧嘩する時

　レストランから二人のマンションへ戻る車の中、タイプは黙り込んで何も話さなかった。

　話しかけても相槌《あいづち》を打つだけで、何か問いかけられても話を終わらせるようにヘッドレストに頭をもたせかけるだけだ。マンションに到着するとタイプは飛び起きるように車から降り、車体が震えるほど思いきりドアを閉めた。

　タイプは怒っている……それも相当に怒っている、ということはターンも分かっていた。

「タイプ、どうしたんだよ」

「……」

　ターンの問いにも答えず、タイプは一人で足早に部屋へ上がっていこうとしている。ターンは後を追うように急ぎ足で歩きながら、今は何も聞かないでおこうと決めた。人目に付く廊下で喧嘩をしたくなかったからだ。タイプも同じことを思っているようで、エレベーターの階数を示す数字をじっと見つめるだけだった。

　そして部屋に入ると……。

「ちゃんと話せよ」

　部屋のドアを閉めた瞬間、ターンはタイプの肩を掴んだ。タイプはその手を振り払って逃げようとしたが、そうはさせまいと手に力を入れる。

「タイプ、ちゃんと話せって！」

「お前と話すことなんて何もない‼」

　怒りに満ちた目で声を震わせるタイプに、自分が何かしてしまったのかとターンは不安になって眉をひそめた。ターン自身は怒らせるようなことは何もしてないと思っていたが、タイプの怒りに火をつけそうな人なら見当がついている。

「刺身が苦手だって話、お前にしてなくて悪かったな」

　振り返ったタイプに正面からキッと睨まれ、ターンは一瞬固まった。濃いまつ毛に縁取られキリッとした目が爛々とし、今にも襲いかかって喰い千切られそうだったからだ。

「なんで言わなかったんだ‼」

ヤキモチを焼いているのかと都合の良いように考えると、激怒しているタイプもかわいく思えた。

サーンがターンの好き嫌いを知っていたことで、タイプは恋人について何も知らないと気付いたのだろう。ただ、タイプの表情や眼差し、そして、今にも飛びかかってきて顔面を殴りそうなほど強く握りしめた拳からは、刺身が好きではないという事実だけで激怒しているとは思えなかった。

ターンはまず彼を落ち着かせようとした。

「嫌いってわけじゃないんだ。食べられるし」

「ターン、嘘つくな。本当は刺身が好きじゃないんだろ？」

タイプの喧嘩腰な声にターンは眉をひそめる。彼の表情から、本当のことを言った方がいいと感じたターンは頷いた。

「そうだな。好きじゃない」

「この野郎、じゃあなんで言わないんだ！　あの日、お前も好きだと思ったから誘ったんだぞ。心の中で馬鹿にしてたんだろ？　刺身が好きなふりをして俺を騙《だま》して楽しんでたんだろ‼」

タイプが襟を掴んで思いきり引っ張ると、ターンは少し顔をしかめて怒りを露わにしはじめた。

「好きなふりなんてしてない。お前が食べたいって言うから、お前の望み通りに一緒に行っただけじゃないか」

「俺はそんなこと望んでるわけじゃないんだ、馬鹿野郎‼」

怒り心頭のタイプは鋭い声でそう言い、両手で襟を掴んだ。その力強さにターンのシャツの上から二番目のボタンが弾き飛んだが、黙って睨み合っている二人はそのことを気にかける様子はない。ターンの眼差しは次第に冷たさを帯びてきた。

「だったらどうすればよかったっていうんだ」

「俺に言えよ！　何が好きで何が嫌いか……」

「言ったら聞いてくれるのかよ」

ターンが冷たい声でそう言い放った途端、タイプは言葉を詰まらせて黙り込む。しかし、襟を掴む両手にさらに力を込めた。

「あの日、俺に言うチャンスなんていくらでもあったじゃないか。なんで言わなかったんだ！」

「どうやって言えばよかったっていうんだ。食べられない、好きじゃない、そんなこと言った途端にお前は機嫌が悪くなるだろ……」

ターンが反論すると、責任を押し付けられたタイプは奥歯を食いしばり、今にも殴りかかりそうになる。殴られると思ったがしかし、タイプは恐ろしい声で聞いた。

「俺が悪いって言うのか？」

「そうじゃない」

喧嘩は避けたいターンはそう答えたが、このままだとターンも怒りを抑えきれなくなりそうだ。

「でも、お前の今の言い方だと、つまり俺が悪いってことじゃないか。そうさ、俺はお前の話なんて聞かないし、食べ物の好き嫌いなんて興味もないし、お前のことなんてどうでもいいんだ」


ターンもそうだろうとは想像していたものの、実際にタイプの口からストレートに言われると傷ついた。まるで大きな鉈《なた》で心臓をグサッと一刺しにされたような気分だ。付き合っているといえども、タイプがターンと同じくらい相手を気にかけることはないと念押しされたように感じていた。

今のターンにとって一番大切なのはタイプだが、タイプはそうではないのだ。

「でも、お前のことをあいつの口から聞くのは嫌なんだ‼」

その言葉を聞いた瞬間、ターンは驚きで心臓が止まりそうになった。自分の都合がいいようにタイプがヤキモチを焼いているとも捉えていたが、実際はヤキモチを焼いていたのではなく……プライドを傷つけられたというだけなのか。

「俺にどうしろっていうんだよ」

再び同じ質問をすると、タイプが鋭い声で言った。

「二度とあいつに会うな」

「なんで会ったらいけないんだ」

ターンが冷たい声でそう尋ねる。

「俺があいつを嫌いだから」

エゴ剥き出しでそう答えたタイプの目を、ターンは黙ったまま見つめて首を振った。

「サーンさんに会ったらいけない理由がない。俺の先輩で、兄さんの友達なんだ。お前が嫌いっていうだけで会わないのはおかしいだろ。サーンさんがお前に何をした？」

一瞬黙り込んだタイプだったが、襟を掴んでいた両手にさらに力を入れ、ターンが呼吸できなくなるほど左右から首を絞め上げる。ターンは大きな手でタイプの手を襟から振り解いた。

「なんで……なんでお前に理由を言わないといけないんだ。お前は俺があいつを大っ嫌いってことだけ知ってればいいんだ！」

「ほら、分かり合おうともしないじゃないか」

ターンはそう言い返した。話は堂々巡りをするだけで一向に発展しようとしない。恥ずかしさではなく、怒りで頭に血が上ったタイプは顔を真っ赤にしている。

「あいつには二度と会うなって俺は言ったからな‼」

タイプがそう怒鳴ると、外れたボタンを拾い上げていたターンが静かに聞いた。

「会ったらどうするんだ？」

尊敬する先輩との縁を切ってまでタイプの言いなりにならないといけない理由などない。ターンがからかうようにニヤリと笑ってそう聞くと、タイプは大声をあげた。

「だったら別れるか⁉」

「……」

ターンは身体を強張らせてその場に立ち竦む。キッチンカウンターに置こうとしたボタンが手から落ちるところだったが、その強張りも一瞬だった。誰にも止められないほどの怒りを覚え、ターンは無表情のまま、別れると言いだした相手に視線を向けることもなかった。

言う通りにしないっていうだけでそんな簡単に別

れるなんて言うのか？　俺のことを知りたいんじゃないのか？

そう思いながらソファーの上に荷物を置き、会話を終わらせようと静かにタオルを取りに行く。しかし浴室へ向かう途中、玄関に立ったままでまだ怒っているタイプを振り返って見つめると、失望したように冷たく言い放った。

「お前は会うなって言うが、俺がどれくらい『別れる』って言葉が嫌いか、サーンさんの方がよく分かってくれてるけどな」

自嘲気味にそう伝え、激怒しているタイプとまた顔を合わせる前に気持ちを落ち着かせようと浴室へ入っていった。

このまま話し合っても別れる方向に話が進むだけで埒《らち》が明《あ》かない。

ターンは目を閉じて胸に手を当てた……自分でも驚くほど傷ついていたのだ。


時計の短針は十一を指したばかりだったが、二人の部屋には静けさと暗闇が広がっていた。普段であればまだ寝る時間ではないのに、タイプはベッドのいつも寝ている側に横になり、電気を消してすでに寝ているターンに背中を向け、眠りにつこうとしていた。

しかし健康優良児でもない、いい歳をした大人が深夜十二時前に眠ることはできない。しかも先ほどの喧嘩を思い出しては腹が立ち、ますます眠れそうになかった。

口が悪いという自覚はあるが、口を滑らせてあんなことまで言うつもりはなかった。

一時間前に感じていた苛立ちやモヤモヤが鮮明に蘇ってくる。ガタイのいいあの先輩の言葉をきっかけに湧いてきた感情なのは確かだが、あの二人がただの先輩後輩ではないと知ってしまったことをなぜターンに言い出さないでいるのか、自分でも分からなかった。

サーンはターンの初めての、一度だけの男だと言っていた。タイプはすぐにその意味を理解した。

初体験についてはある先輩に音楽室に呼ばれた時だったと、以前ターンが言っていたことがある。そのためタイプは今、彼が何者なのか分かっていた。しかしなぜ「知ってるんだぞ」とターンに怒鳴りつけないのか、自分でも不思議だった。

自分勝手な奴だと思われたくなかったのかもしれない。でも、元恋人だからなんだっていうんだ。ターンが復縁を望まない限り、俺には関係ない。うじうじした女の子のように、意味もなくヤキモキしたり誰彼構わずヤキモチを焼いたりするわけがないと、自身にずっと言い聞かせてきた。でもターンがあいつと過去に寝たと考えただけで、怒りが込み上げてくる。

しかし本当の気持ちを彼に打ち明けるのはあり得ない。自分が何を考えているか、どう感じているか、ターンには絶対に知られたくなかった。二人の関係においてタイプはいつも優位にいたから、つい心にもないことを言ってしまったのだ。


『だったら別れるか⁉』

馬鹿野郎！　あんなこと言いたかったわけじゃない。俺だって別れたくないのに。ターンにあんな顔をさせたいわけじゃないのに。

世界で一番頭が悪くても、ターンが今どう感じているか、どれほど傷ついているかくらいは分かる。サーンの方が自分をよく理解してくれているとターンにストレートに言われ、確かに自分も悔しい思いをしたかもしれない。ただ、ターンがそれを口にした時、自嘲気味に笑う口元と失望したように冷たく光る目から視線を逸らすことができなかった。タイプも同じように傷ついて言葉が出てこなかったのだ。奴に言われた瞬間、これまでの怒りはすっと冷め、残ったのは罪悪感だけだった。

それはプイファーイの部屋に行った時の罪悪感と同じ類いのものだった。

考えれば考えるほど、今タイプにできることは寝返りを打って仰向けになることくらいで、眠気は一向に襲ってくる気配もなかった。隣で背を向けて寝ているターンにチラッと視線を送り、これまで幾度となく両手で抱きしめ、何度も爪痕を残した広くて屈強な背中を見つめる。奴の背中が無機質な岩塊にしか見えなくなることはこれまで一度もなかった……いや、プイファーイの時の奴の背中も同じだった。

ターン、俺はこの空気が嫌いなんだ！

過去を振り返り、ターンの北極の氷よりも冷たい一面を思い出したタイプは身震いした。そして大きく息を吸い込むと、重い口を開く。

「ターン、もう寝たか？」

「……」

答えは返ってこなかったが、彼も同じようにまだ起きているはずだと思った。眠っているなら、タイプから一番離れたベッドの端にとどまっているはずがないのだ。

そう考えたタイプは、プライドを捨てターンに身体を寄せ……自分の肩を彼の広い背中に押し当てた。背中を向けて寝ているターンと仰向けになっているタイプの肌が直に触れ合い、相手の体温を感じた瞬間、タイプは奥歯を噛み締めて言った。

「ごめん」

謝るのはこれで何回目だろう。

「……」

ターンは黙り込んだままだ。

「ターン、ごめんな。こっち向いてくれよ」

タイプは懸命にそう声をかけながら、思いきって後ろから抱きしめようかとも考えていた。しかし実際に抱きしめるのは恥ずかしすぎて、肩で優しく彼の背中をツンツンと突くことにした。

「はぁ……」

ターンがため息をつくとタイプはいたたまれない気持ちになった。

「あんなこと本気で思ってるわけじゃないんだ。お前と別れたいなんて思ってない。うっかり口が滑っただけなんだ」

「これからあと何回口を滑らせるつもりなんだよ？　いつか本当にお前に捨てられるなら、俺だって心の準備をしておかないといけないんだ」

そう言い返されたが、いつも通りの落ち着いた声に、タイプは相手の感情を推し量ることができなかった。しかしその言葉の重さに身震いする。

「もう二度と言わないから」

タイプは優しい声で告げた。サーンの件は一旦置いておき、まずはターンに許してもらうことを優先させようとしたのだ。

「信じられると思うか？」

信じられないというように聞かれ、タイプは奥歯を食いしばる。

「もう言わないって言ってるだろ！」

少し声を荒げて言うと、大きなため息が聞こえた。

「もう寝ろよ。明日は朝の授業があるんだ」

会話を終わらせようとするターンに、タイプは燻る気持ちを抱えたままだった。話す時に顔を合わせないということは、まだ怒っているのだろう。自信家のタイプは困り果ててしまった。サーンまで誘って、あのいわくつきレストランに連れていったテクノーの頭を壁に二、三度思いきりぶつけてやりたい気分だ。

しかしターンが強制的に会話を終わらせた今、タイプは広い背中をチラッと見る以外に為《な》す術《すべ》がない。彼を抱きしめようと腕を伸ばしたが……その腕を引っ込め、反省したように伝えた。

「本当にごめん、許してくれ」

そしてベッドの反対側に戻って彼に背を向けて寝ようとしたが、どれだけ目を閉じて眠ろうとしても、サーンが耳元で囁いた言葉が頭から離れない。

ターンはあいつと寝たことがあるのだ。


「そうだな、この曲もいいな。お前はどう思う、ターン？」

「……」

スタジオには、休暇中に新しく組んだバンドメンバーが集まっていた。ところが、演奏曲を話し合っているにも関わらず、イケメンのドラマーは黙り込んだままだ。リードボーカルが、そんなドラマーに話を振りながら眉をひそめた。

「ターン、どうしたんだよ」

ギター担当の一年生で、他とは違い楽器未経験のメンバーであるテーが尋ねる。

「そうですよ。来た時からずっと黙り込んでるじゃないですか」

ベース担当の高校三年生・ソーンも身を乗り出して聞いてきた。

彼らの疑問に、リードボーカルのロンは頭を掻きながら、ターンに何があったのか自分も分からないんだというように頭を振る。しかし次の瞬間、いたずらっ子のような笑顔を見せ、人差し指を口に当てて二人に静かにしているように伝えると、ターンの隣に立った。当の本人はそれに気付きもしない。

ロンはターンの耳元まで屈んで言った。

「ターン先輩っ！」

「この野郎！　ロン、何するんだ!!!」

ターンは驚きで身体を強張らせ、腕の産毛を逆立てながらロンの方を振り返った。彼は大声で笑うと、ターンの肩を思いっきり叩く。

「どうしたんだよ。みんなお前に聞いてるのに、答えもしないでボーッとしてさ」

我に返ったようにターンが周囲を見渡すと、友達や後輩の視線が自分に集中していることに気付いて手を振った。

「ちょっと考え事してただけだよ。じゃあ、練習でも始めるか。一時間しかスタジオを借りられなかったんだ」

周りに心配をかけたくないターンは話題を変えたが、親友ロンの目を欺《あざむ》くことはできなかったようだ。ロンはこちらを黙って見つめると、側に来て小声で尋ねてくる。

「どうしたんだよ……恋愛系の話か？」

ターンは一瞬答えに詰まり、これまでの恋愛遍歴を全て知っている親友をチラッと見たが、首を振って否定することにした。

ごめんな。今回だけはお前にも言えないんだ。

「なんでもないよ」

「何もないならそれでいいけど。何かあったら言ってくれよ。俺はお前の友達だからな」

ロンは深い意味はないというように素っ気なくそう言うと、ターンの肩をポンポンと軽く叩いてボーカルの立ち位置に戻っていった。ターンは再びため息をつく。友達に何も話せないことに後ろめたさを感じたが、昨晩の気持ちに比べたら大したことではなかった。

ターンは今、昨日のタイプの言葉に苛立っていた。「許してくれ」という言葉を聞くと瞬時に許してしまう自分がいるが、ここで許してしまえば、タイプはまた同じようなことを言うのも分かっていた。

今回は反省した。でも、次もまた反省するとは限らない。

何か気に入らないことがあれば、また別れると言うだろう。傷つくのはいつもたった一人……盲目的にタイプを愛するターンだけなのだ。

どうして俺はあんなに性格が悪いタイプのことをこんなに好きなんだろう。はぁ。

ターンはため息をつくことしかできなかった。コンさんからいつ演奏に来るんだと何度も催促されていることを思い出し、バンドの練習に集中しようとする。こちらがどれほど失望したか分かっていないだろう彼について考える時間があれば、もっと他にやることがあるのだ。


ターンが部屋に戻ってきたのは夜九時近くになった頃だった。ルームメイトはだいぶ前に帰ってきていたようで、ハーフパンツとランニングシャツに着替え、ソファーに座って携帯の画面を見ている。ターンは荷物を勉強机の上に置くと、彼を避けるようにそのまま浴室へ行こうとした。

タイプが何か言おうとしたのを目の端で捉えたが、結局何も言わなかった。

そしてシャワーが終わり、パジャマのズボンとタオル一枚だけの姿で浴室から出ると、タイプが声をかけてきた。

「ご飯は食べたのか？」

ターンが振り返ると、聞いてきた本人は下を向いて携帯を弄ったままだ。

「もう食べた。バンドのメンバーと」

そう答えると、彼は間髪入れずに聞き返した。

「バンド？」

以前話したことを覚えていない相手に、ターンは大きなため息をついた。

「休み中にバンドメンバーが集まったってお前に話しただろ。今、練習中なんだ」

それだけ言い、冷蔵庫を開けてグラスに水を注ぐ。グラスを手にした瞬間、ビニール袋がキッチンカウンターに置かれているのが視界に入った。

「これ、なんだよ？」

「俺の朝ご飯！」

タイプに怒鳴って言い返され、奴が他人の分まで買ってくれるはずがないと知っているターンは肩を竦める。しかし何か引っかかるものがあり、ビニール袋の中の箱を開けると、そこにあったのは……パスタだった。ホワイトソースが別の小さな袋に分けられ、クリーム色のパスタが入った箱の隅には美味しそうなドレッシングのかかったサラダもあった。明日の朝まで食べずに置いておけるものではない。サラダも乾いてしまうだろう。ターンは座ったまま黙り込んでいるタイプに聞いた。

「明日の朝には麺が伸びてるぞ……」

「分かってる‼　お前のだよ！　パスタが好きだって言ってただろ」

苛つきながらそう白状したタイプを、ターンは一瞥《いち》《べつ》した。いつもなら喜んですぐにでも食べてみせるところだったが、腹いっぱいに夕飯を食べてきた今、昨日の怒りもあり、ビニール袋をそのまま冷蔵庫に突っ込む。そして、水の入ったグラスを持ってパソコンの電源を入れに行った。

テレビの前にいたタイプは驚いたように黙り込み、居心地悪そうに身体を動かすと、立ち上がってクローゼットへ向かった。腹を立てたタイプが着替えて友達とでも出かけるのだろうとターンは思ったが、実際はそうではなかった。タイプは大学の制服を取り出すと、ターンが座っている勉強机まで来て立ち止まる。

「お前の」

タイプは制服を机の上に置くと、またテレビの前のソファーに戻っていった。ターンは怪訝な顔をして制服を手にする。

昨日着ていた制服に……ボタンが縫い付けられていた。

その様子に、タイプはターンの機嫌を取ろうとしているのだと確信した。しかし恋愛経験豊富なターンの心の中で、もう一人の自分が囁いてくる……タイプみたいな奴が誰かの機嫌を取ろうとするわけがない。さっさと制服を元の場所に片付けて、宿題をして、パソコンの電源を切って、早く寝るんだ、と。しかもそうすることでタイプがどんな反応をするか見てみたい気持ちもあった。

「もう寝るのか？　まだ十時にもなってないのに」

わざと何も言わずに黙って横になったままのターンは、タイプがベッドに入ってきた気配を感じた。

「ターン、そんなに怒るなよ。口が滑っただけだって言ったじゃないか」

険悪な雰囲気にこれ以上耐えられないのか、タイプが話しかけてくる。しかし、傷つけられたことを根に持っているターンは何も答えなかった。タイプを両腕で抱きしめたい気持ちもあったが、もう一人の自分がそんなことをしたらダメだとストップをかけている。

ターンが黙っているとタイプも黙り込んだ。そして彼が立ち上がってどこかに行ってしまうと、ターンは苦笑した。

やっぱりな。

やはり自分だけが一方的にタイプを大事に思っているのだ。目を閉じて眠ろうとしていたターンは不貞腐れながら、そう自分に言い聞かせた。

「ごめんって。そんなに拗ねるなよ」

どこかに行っていたタイプが戻ってきて、両腕でガシッとターンの腰を抱きしめながらベッドに入ってきた。背後からターンの首に顔を埋め、自らを戒《いまし》めるように言ってくる。

「ごめん、もう二度とあんなこと言わないから」

タイプは力尽きたようにそう言うと、腰に回した両腕に力を入れ、頭を首に優しく擦り付けた。

「口が滑ったんだ。この口が悪いんだ。喧嘩を売った俺が悪い。でも、本当に別れたいなんて思ってるわけじゃないんだ。ごめん。こっち向いてくれよ」

タイプはどこまでいっても自分勝手なままだ。ターンは目を開けて壁を見つめ、抱きしめられた腕の温かさを感じながら自分の手を重ねた。

「別れたくないと思ってるならなんであんなこと言うんだ」

「口が滑ったんだって」

口答えするようにそう言われ、ターンは聞き返す。

「じゃあ、もし俺の口が滑ってお前と別れるって言ったら……ふっ、もういい。どうせお前は俺みたいに傷ついたりしないんだろ」

「この野郎、なんでそんなこと言うんだよ‼」

ターンの背中を抱きしめていたタイプが間髪入れずにそう言って上半身を起こした。ターンの身体を引っ張り仰向けにさせると肩をぐっと掴み、彫りの深い目を怒りで爛々と光らせて同じ質問を繰り返す。

「なんで俺がお前のことなんとも思ってないみたいに言うんだ！」

「本当のことじゃないか」

ターンがニヤリと笑うと、肩を掴んでいる手に力が込められた。タイプの怒りが爆発する。

「お前のことなんとも思ってないなら、今ここでこうやって謝ってなんかないだろ、馬鹿野郎。どうして俺がお前の夕飯まで買ってきたと思ってるんだ。どうして急いでクリーニング屋に制服を持っていってボタンを縫い付けてもらったと思ってるんだ。は？　なんのために俺がしたと思うか言ってみろ。お前に許してもらいたかったからじゃないか。それなのに俺が何も感じてないとでも言うのか？　最低だな‼」

タイプは怒鳴り散らして息を荒げ、失望を滲ませた眼差しでターンを見る。そして……ターンの肩に頭を乗せた。

「お前のことなんとも思ってなかったら、あんな奴の言葉をこんなに気にしてない」

ターンは眉をひそめながらも、タイプの頭を撫でて話を聞いていた。

あんな奴の言葉？　なんだそれ？

「俺だってお前と別れたいなんて思ってない。別れたくないからこうやって謝ってるんだろ！」

そう繰り返すタイプは、顔を上げて目を合わせようとしなかった。ターンは頭を肩に優しく擦り付けるだけの彼を自分の身体の上に引っ張り上げる。

「俺が冷たくするのはお前も嫌だろ？」

「うん」

「だったら、今度から俺の気持ちも考えてから発言してくれよ」

タイプのいじらしい姿にターンの怒りはすっかり消えていた。

タイプがこうやって腰に腕を回しているという体勢は、本当に反省しているということだ。奴にもう一度しっかりと相手の気持ちを慮るように言って聞かせないといけない。

「忘れないでくれ。お前の口から別れるなんて言葉はもう二度と聞きたくないから」

タイプは肩に頭をもたせかけたままうんうんと頷き、ターンはため息をついた。

「もう分かったから」

タイプをしっかり教育しようと思っていても、いざその場になると、ターンは彼の全てを受け入れてしまうのだ。ターンはそう言うと彼の背中や頭を優しく撫で、微笑みを浮かべた。

かわいい。

ターンはまたしてもそんなタイプをかわいいと思ってしまった。

「でも、お前だって俺に謝らないといけないことがあるんだぞ」

かわいい恋人にしみじみと浸っていたターンの意表をつくように、タイプは起き上がると険しい目でとげとげしくそう言ってきた。かわいい奴がかわいくなくなる。

「何を謝らないといけないんだ？」

「サーンさんのこと」

「サーンさんは尊敬する先輩だって言ったじゃないか。会うなって言われてもそれは無理だよ」

　そう説明しても、タイプの目は爛々と怒りで光っている。

「そうじゃない！　お前があいつと過去に関係があったってことだ‼」

「は⁉」

　ターンが言葉に詰まることはそうないが、怒りで光るタイプの目を見つめながら思わず口を滑らせてしまった。

「なんで知ってるんだ？」

「本当のことだって認めるんだな！　あいつと寝たのは本当なんだな、この野郎‼」

　仲直りできたのは五分にも満たなかった。タイプにまたしても喧嘩をふっかけられたが、ターンは黙り込むことしかできない。何も言い訳できず、質問に答えるのが精一杯だった。

「そうだ。サーンさんは俺の初体験の相手なんだ」

　まるでターンが重大な罪を犯してきたばかりであるかのように、タイプはターンを睨んだ。

第三十八章　過去の話

「サーンさんは俺の初体験の相手なんだ」

「……」

ターンの隣で膝をついて座っていたタイプは、何食わぬ顔でそう答えた相手を黙って見つめることしかできなかった。兄の友達と寝たことを認めたのだ。

「何するんだ、タイプ！」

言葉に詰まったタイプは枕に手を伸ばすと、ターンの顔面を力いっぱい殴った。ターンは大声を出したが、傷心のタイプはそれでも一向に気が晴れることはなく、何度も何度も繰り返し枕で殴打し続ける。ターンは驚いて枕を振り払うこともままならず、逃げ回ることで精一杯だった。

ターンが大声で叫んでも、タイプの怒りは収まらないどころか、余計に苛立ちを募らせていった。

いけ好かないサーン先輩とターンの言葉を思い出しては、何かに取り憑かれたように怒りで身体を震わせ、どうにかしてターンにも同じ苦しみを味合わせたいと思ってしまう。

「タイプ……息が……できない……」

タイプが両手でターンの顔に枕を押し付けると、彼は息ができなくなり両腕をバタバタさせて抵抗した。それを見て、タイプはようやく枕から手を放す。

「ふんっ」

タイプは不満げに声を漏らし、ベッドの端に両足を投げ出して座った。

「なんてことするんだ、俺を殺す気かっ！」

怒りで大声をあげられても、それ以上に怒っているタイプは自分の顔を枕に埋めるだけだ。

「もし本当に殺すならお前の首を絞めてるよ。枕なんか使わないで」

タイプはくぐもった声でそう言いながら、力尽きてベッドの上にうずくまっているターンにチラッと視線を向けた。タイプも体力を使い果たし、ターンと同じくらい疲れきっている。

どうして顔に枕を押しつけたのかなんて聞くなよ。

俺だって分からないんだ。ぶん殴ってやりたいってことしか頭になかったんだから。

そして褐色のタイプは一言だけ口にした。

「ヤリチンかよ！」

「それは言いすぎだろ」

ターンが顔を上げてそう答えたが、タイプは……怒りをコントロールできなくなっていた。歯止めが効かなくなった感情を抱えたまま尋ねる。

「俺と会うまでに何人と寝たんだ？」

自分では気が付かなかったが、その問いは嫉妬の感情で満ち溢れていた。ターンは眉をひそめ、息ができなかったことでまだ赤らむ顔を撫でた。

「そんなこと聞いてなんになるんだ」

「黙れ！　たくさんいすぎて覚えてないんだろ」

タイプは間髪入れずに、顔や目を掻きむしっているターンを睨みながら喧嘩腰に言った。悪びれる様子は全くなく、むしろ何人か答えられないターンに腹が立って仕方ない。

「そうじゃない……けど、そんなことを知ってなんになる？　なんの意味もないだろ」

ターンは落ち着いた声でそう聞いて、身体を寄せて答えを求めるように目を見つめてくる。だが、タイプもその答えは知らないのだ。

確かに、どうして俺はそんなことを聞いたんだ？

「いいから何人なのか答えてみろよ」

声を荒げて聞いても、ターンはさらに身体を寄せて微笑むだけだ。なぜ微笑んだのか、タイプには理由が分からなかった。

そしてターンが顔を近づけてきた瞬間、タイプは奴が頬ずりをしてきたら絶対に殴ってやろうと思った。頬にキスするだけならまだしも、頬ずりはロマンチックすぎて好きではない。

ガンッ！

しかしターンはタイプの頬に頭突きをし、太腿を枕にして横になった。

「ターン！」

「俺を殺そうとしたことの仕返しさ。経験人数が多いからなんだっていうんだよ。減るものでもない。

騒ぎすぎだろ」

ターンは素っ気なくそう言うと、固い太腿の上でがさごそ身体を動かし、寝心地のいい場所を探そうとした。タイプはその重い頭を払い除けようとも思ったが、その瞬間、両腕を腰に回して抱きしめられ、動きを封じられる。残り僅かな体力を無駄に使いたくなかったタイプはされるがままになっていた。

膝枕で寝ようとするターンに幸せを感じたからかもしれない。

「こんなところで寝たら殺されるかもしれないって怖くないのかよ」

タイプはイライラしたような怖い声音で言った。

「ふふっ」

ターンが鼻で笑って顔を上げ、二人の視線がぶつかった。タイプが自分の恋人の顔をまじまじと見つめると、ムカつくほどのイケメンが笑顔になっている。

「ごめん」

「何がごめんなんだよ」

「俺も言いすぎた」

ターンが反省したようにそう言うと、手を伸ばしてタイプの前髪に触れようとしたが、それは振り払われた。

「前髪くらい触ってもいいだろ」

「俺はお前みたいに簡単には触らせないんだ」

今まで誰も簡単に触らせてくれなかったことは一旦置いておこう。

タイプのこれまでの経験人数は元カノたった一人だけだ。もう一人増えて二人になりそうだったが、迂闊《うかつ》にも今膝枕で寝ている奴を選んでしまったばかりに、せっかくのチャンスを逃してしまった。経験人数一人のタイプにとって、相手の経験が多いというのはそう簡単に割りきれる問題ではないのだ。

「なんで俺の経験人数を知りたがるんだ？」

甘えていたターンが突然真剣に尋ねた。タイプは苦笑して少し考えると、嫌味たらしく言う。

「お前の初体験の相手が喧嘩を売ってきたから」

「サーンさん？」

「馬鹿！　あいつの名前を口にするなよ」

　ターンが思い出したように名前を口にしたので、タイプは苛立って答えた。まるでターンがまだあいつのことを忘れられず未練があるように感じたのだ。悪態をついてもタイプが抱えている苛立ちは消えそうになかったが、いつもはクールな相手が満面の笑みを浮かべて大きな声を出して笑うと、タイプは奴の頭を小突きたくなった。

「ヤキモチだな」

　頭を小突こうとした瞬間、ターンがそう言いながらタイプの手を掴んで引き寄せた。二人の視線が重なるとタイプは眉をひそめる。

「俺が……」

「そう、お前はヤキモチを焼いてるんだ。ここ数日狂犬みたいに怒り狂ってたのも、ヤキモチを焼いていたからだよ」

　タイプは一瞬言葉に詰まったが、からかうように言い返した。

「自意識過剰なんじゃないのか？　俺みたいな奴がお前に……」

「そうだよ。お前みたいな奴が、他人の言うことを鵜呑《うの》みにして俺に喧嘩を売ってたんだ」

　ヤキモチでおかしくなっていたことをターンに言い聞かせられて、タイプは奥歯を噛み締め、枕をもう一度ターンの顔面に押し付けて黙らせたい衝動に駆られる。そんな様子を見たターンはため息をつき、真顔になって尋ねた。

「ヤキモチだって認めるのがそんなに難しいことなのか？」

「……」

「お前の中ではヤキモチがそんなにかっこ悪いことなのか？」

「……」

　プライドを傷つけられたと感じたタイプは何も答えようとしなかった。ヤキモチを焼いて一人で怒り狂うなんて馬鹿げている。しかも相手は男で、男相手にヤキモチを焼くなんて到底受け入れられそうになかった。ターンは続けて言う。

「お前とプイファーイのこと、俺はあの時ちゃんとヤキモチだって認めてたぞ。いや、過去のことじゃない。今だってそうだ。お前の口からあの子の名前が出てくると、俺だってヤキモチを焼くんだ。正直に言って、あの子の誕生日に戻れるなら、お前を彼女に会わせない。彼女の香水の匂いが移るほど身体を密着させるなら絶対に会いに行かせない……ほら、俺はちゃんとヤキモチだって認めたぞ。お前もいい加減男らしく認めろよ」

ターンがヤキモチを焼いていることにこそばゆい思いもあったが、その言葉でタイプの気持ちは少しずつ軽くなっていった。タイプが前屈みになって彼を見ると、ターンは真剣な眼差しで見つめ返してくる。

「ヤキモチだって認めるとでも思うのか？」

「認めても認めなくてもどっちでもいい。お前の本心はお前自身が知っていればそれでいいから」

そう言い返され、タイプは黙り込む。自分の腰に手を回して横になっている彼を見つめることしかできなかったが、ため息をつくと、プライドを捨てて話しはじめた。

「サーンさんはお前とヨリを戻したがってる」

タイプはヤキモチを焼いていると認めるようにそう切りだし、相手の目をしっかり見つめながら険しい声で続けた。

「あいつ、俺にターンの何なのかって聞いてきて、自分はターンの初体験の相手だって言ったんだ。はぁ、思い出しただけで腹が立つ」

サーンが仕掛けたゲームの中で踊らされているタイプは、身体を強張らせて聞き返すターンを見つめた。

「サーンさんがお前にそう言ったのか？」

「そうだよ！」

ターンはため息をつきながら頭をぐしゃぐしゃに掻きむしり、起き上がってタイプの目を見つめ、何かを決心したような表情で聞いた。

「俺とサーンさんの話、聞きたいか？」

タイプは迷うことなく答えた。

「もちろんだ‼」

サーンから聞いて二人の関係にヒビが入るよりも、ターンの口から直接聞く方がまだマシだと思ったのだ。


十四歳の時、ターンはクオーターというには欧米のルーツが濃く見える相貌《そうぼう》だった。身体はまだ小さく、欧米人のような白い肌に真っ赤な唇が映え、周囲の大人から寵愛《ちょうあい》される美少年。外見は他を圧倒するほどの美しさではあったが、普通の少年のように性愛に興味を持ちはじめるようになっていった。そして周りと違っていたのは、その対象が異性ではなく……同性に向かっているということだった。

最初に同性に興味があると気付いたのは、十三歳の体育の授業の着替えの時だった。自分と大差ない友達の裸を見て、生唾を飲み込んだ。懸命に目を逸らそうとしても、友達の胸や腹筋、そして背筋を流れる汗から目を逸らすことができなかった。それは夢の中にまで出てくるほどの強烈な印象を少年ターンに与えた。

そしてその時、女の子に興味がないことに気付いた。

それからというもの、自分を戒め、女の子を好きになろうと懸命に努力はしたが、女の子に欲情することは一度もなかった。友達が最高だったと言うAVを見ても、視線はどうしても女優ではなく男優に向く。次第に自分は友達とは違うんだと理解するようになるも、まだ十四歳の少年だったターンは誰に相談したらいいのかも分からなかった。

ターンの通っていた学校は男子校だったが、女の子のように振る舞う男の子も大勢いた。しかし、ターンは違った。女の子の格好をしたいとか振る舞いたいなどは思ったことすらなかった。むしろその逆で、兄のように男らしくなりたいと思っていたのだ。

「あれ、ターンくんじゃないか」

そんな混沌《こんとん》の時期、ターンはある一人の先輩と仲良くなった。

中学一年生の時からの知り合いだったが、最初はそんなに仲が良いわけではなかった。しかしその先輩はよく家に遊びに来て顔見知りだったこともあり、ターンを見かけるといつも駆け寄ってきた。

「もう授業終わったのか？　いいな、中等部は。高等部はまだあと一限あるんだ」

当時からその先輩・サーンは背が高く、大人顔負けに筋肉隆々で、後輩たちの憧れの的だった。兵役免除になる授業に参加するために軍人のような坊主頭にしても、端正なイケメンであることに変わりはない。彼は他校の女子生徒にも人気があり、塾で何人もの女の子から告白されているという噂が下級生の間でも広がっていた。

あの頃、サーンとトーンは学校で知らない人がいないくらいの有名人だった。しかし、サーンが時々おかしな目で自分を見ていることにターンは気付いていた。どうしてそう思ったのかは分からないが、兄の友人が自分に興味を持っている気がしたのだ。

ターンはそう思うと興奮し、知りたい、試してみたいという強い探究心が生まれた。その頃はもう、食べ物を手土産にサーンが家に来て、ターンの側にいることが自然と多くなっていた。

「先輩はどうして俺のことターンくんって呼ぶの？　ターン、だけでいいのに」

ターンは彼にそう聞いたことがある。サーンは笑いながらターンの頭に手を乗せ、愛情たっぷりに撫でた。

「ターンくんって呼んだ方がかわいいじゃないか。トーンはタンヤーちゃんのことをお姫様って呼んでるだろ？　だから、ターンくんが拗ねないように誰かが愛情たっぷりに呼んであげないと。兄さんが気にかけてくれなくても、兄さんの友達が気にかけてあげるから」

サーンはそう言いながら頭を撫でていた手を肩まで下ろしてターンを抱きしめた。ターンは抵抗するどころか、興奮で全身が震えたのだ。そしてその瞬間、サーンとの関係がただの先輩、後輩以上のものになったことを感じていた。同時に、自分が同性愛者であることを確信した。しかしその時は、まだ自分がサーンにとってなんなのかまでは分からなかった。

自分はサーンに好意があって、サーンも自分に好意があることは感じていた。しかしターンは自分でも信じられないことに、サーン以外にも気になっている人が大勢いたのだ。クラスメイトたちを性的な目で見ては、サーンが自分に触れたように友達に触れてみたらどのような気持ちになるのか想像に耽《ふけ》っていた。

その想像は死ぬほど興奮するものだった。

そして、両親は用事で海外へ行き、タンヤーは病気で入院し、トーンがその付き添いで病院にいたある日のこと。ターンは兄の友達に音楽室へ呼び出された。

橙色《だいだいいろ》を帯びた赤い太陽の眩《まばゆ》い光が音楽室に射し込む中、サーンはターンがいつも演奏しているドラムセットの前に立ちながら振り返った。

「ターンくんがドラムを演奏しているのが好きなんだ」

サーンは手招きをするとスティックを渡してきた。

「音楽室、もう閉めないといけない時間じゃないの?」

「大丈夫だよ、先生に許可は取ったから。それに、ターンくんを家に連れて帰るようにトーンと約束してるんだ」

彼にそう言われたターンはスティックを受け取り、一瞬サーンと目を合わせてドラムの前の定位置に座った。何かの曲を演奏するでもなく、心の赴くままにドラムを打ちはじめたターンが口を開いた。

「サーンさん……俺、大学で音楽を専攻したいんだ。でも、親がダメだって……諦めないといけないんだろうな」

「なんでだよ、こんなに音楽が好きなのに」

「父さんがそんなのただの若気の至りだって言うんだ。就職のためにまず理工学部に入って、本当に音楽が好きなら大学を卒業した後で勉強しろ、って。俺は本当に音楽が、ドラムが好きで、ドラムとずっと一緒にいたいんだ。でも……どうしようもないよね」

　ターンはどうしてそんなことをサーンに話すのか自分でも分からなかった。両親に自分を理解してもらえない鬱屈が溜まっていたからかもしれない。

　どうせ三、四年後に音楽の勉強を始めるなら、できるだけ早くから始めた方がいいのではないか。そう考えると、鬱憤《うっぷん》をぶつけるかのようにドラムを打つ両手に力が込められていく。サーンはそんなターンの両手に自分の手を重ねた。

「簡単に諦めるな」

「でも、どう考えても諦めるしかないんだ」

　サーンはターンを見つめた。ターンは今でもあの日のサーンの眼差しをはっきりと覚えている……それは自分の良き理解者の眼差しだった。

「そんなことはない。大人がそう言うのは俺たちのことをまだ子供だと思ってるからだよ。ターンくんに何か実現したいことがあるなら、自分はもう大人と同じように分別があるということを証明しないといけない。若気の至りだと思われないためにね。急に大人にはなれなくても、責任ある一人の大人のように振る舞って見せることはできるだろ」

　サーンのその言葉は、大人になった今でも鮮明に覚えている。

　ターンの手に重ねられた彼の手に力が入り、二人の視線はぶつかり合った。サーンの笑顔は驚くほど自分の気持ちを軽くさせ、顔を近づけてきたサーンをターンが拒絶することはなかった。

　そしてサーンがキスをした。

「ターンくんがドラムを演奏している姿が好きなんだ」

　彼がそう囁く。

「本当?」

「ドラムを演奏している時だけじゃない。ずっと……好きなんだ」

　そう優しく言われ、ターンは気恥ずかしくなった。

　そして、二人の唇がもう一度重なり合った。

　あの時、ターンにとっては全てが初めての体験だった。緊張と興奮の中、不思議な感覚に戸惑いながらターンは口を開けて先輩の舌を受け入れることしかできなかった。

「ターンくんは俺のものだから」

その後、サーンが何をしたのか、何が起こったのか、自分が何をされたのか、ターンははっきりとは覚えていない。記憶があるのは、あまりの痛みに音楽室で気絶して目を覚ますと、自分の家にいてサーンさんに一晩中見守られていた、ということだけだった。

「朝になって、サーンさんは病院から帰ってきた兄さんに口から血を流すまで殴られたんだ」

「お前の兄さん?」

「そう。サーンさんが俺に何をしたか正直に兄さんに言ったから」

初恋について語るターンの隣で、タイプは仰向けになって聞いていた。正直、気持ちよく聞ける類いの話ではない。思春期の気の迷いとして受け止めるにしても、初体験の相手がなぜあのいけ好かない先輩でないといけなかったのか理解できなかった。しかし、ターンが今でも覚えていると言う彼の言葉自体は素晴らしいもので、とても自分がかなう相手ではないとさえ思えた。

「音楽室で試してみるかって先輩に誘われたのが初体験だったって、以前言ってたじゃないか」

「あの時は、俺がどんなに説明したとしても、お前は聞こうともしなかっただろ」

ターンはそう言い返したが、タイプは険しい声で反論した。

「だったらなんだっていうんだ。そんなに奴を好きだったなら、なんで付き合わなかったんだよ」

「サーンさんを好きだったってお前に一言でも言ったか?」

ターンが言い返すと、横になっているタイプは黙ったまま口を尖らせた。

「好きじゃないならなんで寝たんだ? お前、淫乱なのか?」

やっと口の悪いタイプらしい言葉が出てくると、ターンが頭を振った。

「試してみたかっただけだ。考えてみろよ。十四歳の時、女の子が迫ってきたらお前だって手を出しただろ？」

「それは女の子だからじゃないか。男じゃない！」

タイプが言い返すと、ターンはため息をついた。

「性別を切り離して考えられたら、視野が広がってもっと色々なことが見えてくるのにな」

「嫌味か」

タイプは不機嫌そうにそう言いながら、思わず笑ってしまった彼を見つめた。

「もったいぶらないで話を続けろよ」

ここまで話を聞いたら、どうしてサーンと別れたのかまで聞きたかった。

「それだけさ。他には何もない」

素っ気なくそう言われ、タイプは納得がいかない顔をする。

「そんなあり得ない話を信じたら、俺から馬と鹿の子供が生まれるな」

「そもそもお前に子宮なんてないだろ。どうやって子供を産むんだよ」

その言葉にタイプがターンの固い肩を殴ると、彼は笑って話しはじめた。

「ふっ。その後はさっき言った通り、本当に何もないんだ。何かが違うっていう違和感が残っただけ。死にそうに痛かったからっていうのもあるけど、当時のサーンさんとの関係が受け入れられなかったんだ。自分の兄さんと寝てしまったみたいな後悔とでも言えばいいのかな、それが日増しに大きくなっていったんだ。だから、サーンさんから付き合おうとは言われたけど、断った。先輩としか思えなくて」

「失礼な奴だな。寝た後で、あまりよくなかったから付き合うのはちょっと……とか言ってくる女と一緒じゃないか」

タイプは率直に言った。

「はは。サーンさんのテクニックがよくなかったなんてあり得ないだろ」

「この野郎、俺の前であいつを褒めるな。気持ち悪い！」

ターンがサーンを受け入れたことをタイプは聞きたくもなかった。話を聞いただけで、音楽室の真ん中で愛に溺《おぼ》れているターンの姿を想像してしまう。

ターンにはいつも攻める側でいてほしかった。

「これが事実だよ。サーンさんが俺に色々教えてくれたんだ。男と寝るということだけじゃないぞ」

ターンは続けた。

「付き合うのは断ったけど、それでもサーンさんはいい先輩なんだ。音楽学部に行くために両親をどう説得したらいいのか教えてくれたのもサーンさんだ。一人前の大人のように振る舞うことができれば、それだけ早く両親に自分のことを認めてもらえるって。バンドの演奏でレストランに行くことも、サーンさんは理解して応援してくれたんだ。アルバイトも社会勉強の一種だって。アルバイトしながら大学に通うなんて貧乏人がすることだっていう昔からのタイプの価値観なんかに囚《とら》われるな、って教えてくれた。親のスネをかじって調子に乗ってる他の学生のことなんて気にするな、ってね」

俺のことか？

タイプは固まり、これまで大人のように振る舞ってきた彼を見る。ターンが大人に見える理由を今日初めて知った。家族に一人前だと認められて好きなことを学べるように、自分の人生に責任が持てると証明できるようにターンも一生懸命だったのだ。一方のタイプは、親のお金で自分がしたいことだけしてきた。父親が子供に送金するのは当たり前だと思っていたからだ。ターンのように自分で稼ごうとしたこともない。

ターンの素晴らしい考えは全てサーン……あの男からの教えなのだ。ターンが奴を尊敬していても全く不思議なことではない。

サーンはこんなにターンに良い影響を与えたっていうのに、俺はターンのために何ができるっていうんだ。

そう考えれば考えるほど苛立ちは募っていったが、

タイプは何も言えなかった。

「だから、サーンさんに会いに行くなって言われても、それはできないよ。サーンさんはもう本当に血の繋がった兄弟みたいなものなんだ」

「血の繋がった兄が震えて怯える弟を犯すか？」

タイプの精一杯の嫌味に、ターンは頭を振った。

「お前の言う弟は、兄の身体の上に自ら喜んで跨がれるくらいには大人になったことを忘れるなよ」

「あいつに誘われたらお前は喜んで受け入れるってことか‼」

タイプは起き上がって信じられないというように目を爛々と光らせた。

昔のかわいかったターンくんなんてもういない。今いるのはサーンさんと同じくらい狡賢いターンなんだ。

「ふっ、お前もサーンさんのことを知ればすぐに分かるよ。サーンさんは自分の欲しいものは必ず手に入れる。しかも、俺のことをここまで知ったならお前も分かるだろ、俺も同じように自分の欲しいものは必ず手に入れる」

彼が目を光らせてそう言うと、タイプは少し……本当に少しだが、ほっとした。ターンに引き寄せられ、タイプはまたベッドに横になった。

「だから、ヤキモチ焼くなよ」

ターンはそう言ったが、タイプは妙に落ち着かない気分だった。サーンにはかなわないことを悟っていたからだ。

「でも、お前の先輩のことはまだ大嫌いだからな」

「サーンさんに言えばいいじゃないか、俺が誰のものなのか」

間髪入れずに言い返され、タイプは眉をひそめる。

話せば話すほど、俺ら二人が付き合っていることをカミングアウトする方向に話を持っていかれてるじゃないか！

「あり得ないね‼」

危うくターンの策略にはまるところだったタイプは、背を向けて毛布を頭から被る。

「寝るぞ。眠いんだ！」

口ではそう言っても、ターンの初体験の話が頭の中を駆け巡り、眠れそうになかった。

「この野郎、寝るって言ったろ！」

背後からシャツの中に入れられた両手に腹筋を撫でられ、タイプは怖い声で制した。ターンが後ろからタイプの首元にキスをしてくる。

「俺がお前の身体の中でどこが一番好きか知りたい？」

ターンが低いセクシーな声で囁くと、タイプの全身に鳥肌が立った。欲望を煽るようにターンの大きな手が臍《へそ》の下を優しく撫で、奥歯を噛み締める。タイプは彼の手を掴んでおこうとしたが、それよりも先に手がハーフパンツの中に入ってきた。

「この野郎、お前、ひょっとしたらさっきの話は作り話だったんじゃないだろうな？　生まれた時から狡賢いのか？」

恐ろしい声で言っても、ターンは手を止めようともしない。

「ふふっ、俺はお前のそういうところが好きなんだ」

以前であれば、そんなことを言われたら天井まで蹴り飛ばしていただろうが……今ではすんなり受け入れている。

今のターンがあの時のサーンに会ったとしたら、どっちが誘ってどっちがそれを受け入れることになるのかな……。ターン、お前の狡賢さはサーンから受け継いだものなんだろ⁉

第三十九章　足元にも及ばない

　最後の喧嘩から何日も経ち、タイプは憎きサーンのことをなるべく考えないようにしていた。生涯会うことはないだろうし、たとえ会ったとしても礼儀正しく会話できるとも思えない。その理由は漠然としたものだったが、ヤキモチかと問われれば……自分のものを誰にも渡したくない気持ち、と言った方がぴったりかもしれない。

　そう、ターンは俺のものなんだ。イライラするのもおかしいことじゃない。

　タイプは自分にそう言い訳をしながら、電子レンジにトムヤムクン味のインスタントラーメンを入れようとしている高身長のターンを見ていた。浴室から出てきたタイプに気付いた彼が声をかけてくる。

「一緒に食べるか？」

「うん」

　夕飯はもうとっくに消化されて胃が空になっているタイプは頷いた。大学のサッカー部に戻るため、最近また運動を始めたのだ。というのも、サーンのことで苛立ちを募らせていたタイプは、ストレス発散のためにテクノーとサッカーをすることにした。そしてサッカーに没頭すれば頭も気分もスッキリすると思い、サッカー部に戻ってこないかというテクノーのしつこい誘いに応じたのだ。入部したと思ったらすぐ退部したタイプを快く思っていない先輩たちにテクノーが頭を下げ……前学期のようにすぐ辞めないことを条件に入部が許可された。

　そんなわけで、夕方に食べたチャーハンは、運動後の夜十時のタイプにはなんの意味もなさなかった。タイプはキッチンカウンターへ向かい、ポーク味のインスタントラーメンの袋を取り出した。

「作ってあげる」

　袋を開けてお碗に出そうとすると、世話好きのターンがタイプの手から袋を取り上げる。タイプは振り返って彼の顔を見た。

「自分でできるよ」

「ラーメン茹《ゆ》でるくらいで、世話を焼くなって怒るなよ」

そう言われ、普段から何気なく世話を焼かれているタイプは口を尖らせた。言い返しても仕方ないと諦め、楽できていいいと思うことにする。

ここ最近〝受け入れる〟ことが多くなってきたタイプは心の中でそう言い聞かせ、テレビの前のテーブルへ戻ろうとしたが、低い声に呼び止められた。

「そんな格好をして、俺のこと誘ってるのか？」

「はっ⁉」

タイプは慌てて振り返り、先にシャワーを浴びてもうすでに白いランニングシャツとハーフパンツを着ているターンを見る。そして自分の姿を見て、お前と同じような格好じゃないかこの野郎、と部屋中に響く大声で怒鳴りたくなった。

身体にフィットした黒いタンクトップを着て、千鳥格子柄のボクサーパンツを穿いたタイプは、自分を舐めるように見ているターンに視線を向ける。

「俺を怒らせようとしてるのか。この野郎、俺がいつ誘ったっていうんだよ」

喧嘩腰にそう聞いても……ターンはいつも通り笑顔を浮かべるだけだった。

「これだよ」

ターンの長い指が肩に触れてタンクトップの縁を優しくスーッとなぞると、鳥肌が立つ。

「お前の腕が好きなんだ、綺麗に筋肉がついてて」

ターンはそう言いながらタンクトップのフチを指でなぞり続けた。タイプはそんな様子を見ながら少し苛ついたように手を振り払う。まるで自分がシースルーの下着で夫を誘う嫁にでもなったように感じたからだ。タイプが着ているのはただのタンクトップなのに！

「ラーメンの器に頭を沈めるぞ、この馬鹿。何が誘ってるだよ」

タイプは急いでテーブルに戻ったが、ターンはキッチンカウンターに腰掛けてまだこちらを見つめてくる。それは、背を向けていても感じるほどの強い視線だった。

「セクシーだな」

「お前は絶倫だな」

タイプが言い返すと、ターンも負けじと言い返した。

「お前がセクシーすぎるからだろ」

「馬鹿野郎‼」

タイプは怒鳴りながら中指を立て……ターンのパソコンを開いた。タイプのパソコンはオンラインゲームをするには古すぎたため、ターンのものにゲームをダウンロードする。セクシーだの絶倫だのという邪念を頭から振り払いゲームに集中しようとしたが、茹で上がったラーメンをテーブルに置いたターンはそうではないようだ。自分のカップラーメンを電子レンジに入れると、タイプの方へ向かってきた。

「詰めて」

「こいつ！　他に座るところがないのか？　なんでここに座るんだ！」

タイプは驚いて身体をビクッとさせた。ソファーでもどこでも好きなところに勝手に座ればいいものを、わざわざタイプの背後に回って両脚を広げ、最低最悪なことに、ソファーとタイプの隙間に入り込んでくる。タイプが驚きで身体をソファーの背もたれから離すと、そこにちょうどターンが座ったのだ。つまり、タイプが寄りかかっているものがソファーの背もたれからターンの胸筋に入れ替わってしまった。

ターンは何も言わず、タンクトップから出ているタイプの肩に端正な顔を埋めながら、匂いを嗅いで呟いた。

「いい匂いだな」

「ターン、あっち行けって。行かないとお前の玉を蹴り上げるぞ」

なんと呼んだらいいのかすら分からないこの座り方に悪寒が走り、険しい声で告げる。

ターンの胸筋を背もたれにした座り方で、奴の広げられた両太腿はタイプの尻にぴったりと密着している。しかも彼は両腕を後ろからタイプの腰に回してきた。

タイプは自分がメロドラマのヒロインにでもなったかのように感じていた。いや、メロドラマのヒロインだってこんなに尻を密着させて座ることはないだろう。ぴったりくっつきすぎて窮屈で仕方ない。

「ここに座らせてくれないならパソコン貸さないぞ」

「なんて奴だ!!」

予想外のターンの脅しにタイプが怒鳴り返すと、背後にいる彼は微笑んで首筋に顔を埋めた。タイプは逃げようとしながら言った。

「首はやめろよ」

「サッカー部に戻るのか?」

「ああ!」

「だったら家に帰ってくる時間もバラバラになるな」

ターンが話題を変え、タイプは肩を竦める。

「これまでだってバラバラだったじゃないか。お前はバンドの練習で、俺はサッカーの練習。ちょうどいいだろ。ずっとお前と一緒にいるのも飽き飽きだ」

そう言いながらタイプは、ターンの胸筋を背もたれに座るのも悪くないなと思いはじめてきた。ターンの身体は筋肉質でゴツゴツしていて、思わず触りたくなる女の子のような柔らかさはどこにもない。しかし、エアコンからの冷気がガタイのいい身体から発散される熱で緩和され、思っていたよりも心地好かった。

しょうがないな。ま、部屋の中でどう座ろうが誰かに見られるわけでもないし。

ゲームを立ち上げながらタイプはそう思ったが、首筋に顔を埋めた〝万里の長城〟の高い鼻が前後に揺れてくすぐったい。

「触ったら殺すからな!」

ターンの手がタンクトップの中に入ってくると、タイプは掠れた声で釘を刺した。その脅しにターンは低い声で笑いだし、ようやく手を引っ込める。

「分かったよ、もう触らない」

「ターン！」

　しかし代わりに両手で乳首を摘ままれ、タイプは驚いて怖い声を出した。振り返って睨もうとしたが、肩にかかったターンの栗色の髪の毛しか見えない。

「お前はセクシーじゃないって言うけど、俺はこの身体が大好きなんだよ」

　ターンがそう言いながらタイプの硬い胸筋を撫ではじめ、タイプは眉をひそめる。

「身体目的ってことか、このゲイ」

　強烈な嫌味を言われ、ターンはその喧嘩腰な言葉にうんざりしたようにため息をつき、質問に答えた。

「最初はそうだ。でも今は違う。お前の外見じゃなくて内面が好きなんだ」

「変態だな。怒鳴られるのが好きなのか？」

「ふっ」

　ターンは喉を鳴らして微かに笑うだけで、内面の例えばどういうところが好きなのかまでは言わなかった。タイプもそんな話を聞かされることを望んでいるわけではない。

　女の子が好きなおとぎ話のように、どこが好きなのか説明されることはタイプにとって重要ではないのだ。一緒にいて幸せだったらそれでいい。どうして好きなのか、どこが好きなのか、なんてことは大切ではない。タイプもターン以外の人と寝ようと思わないし、他のゲイに対して抱く嫌悪感をターンには抱いていない……ただそれだけのことだ。

　どうしてターンと付き合っているのか聞かれたらタイプは困ってしまう。言葉で説明できそうにないからだ。

「乳首で遊ぶのをやめてくれたら最高なんだけどな。俺はゲームをするんだ！」

　乳首を摘まみながら撫でられ、あまりの気持ちよさにクラクラと目眩がしたタイプは先ほどよりも怖い声音で宣言したが、ターンが大人しく引き下がるかというと……もちろんそうではない。目的達成のためには人の話など聞かない奴なのだ。

　チン！

「ターン、カップラーメン出来上がったぞ」

電子レンジが鳴っても背後にいるターンは立ち上がろうとしなかった。それどころか、顔を埋めていた首筋を舐めはじめ、タイプは変な気持ちになってしまう。

「お前の大きいモノが俺の尻に刺さってるんだけど」

「お前が誘ったからだろ」

「この野郎……」

誘った、誘っていない、の話を一向にやめようとしないターンにタイプは怒鳴りつけた。しかし聞く耳をもたないターンが唇を耳に這わせると、タイプの身体はカーッと熱くなっていく。

ゲームどころじゃなくなってきたぞ。

タイプはそう思いながら後ろを振り向き、頬まで這い上がってきたターンの唇を受け入れ、唇同士を重ね合わせる。負けず嫌いな二人の熱いキスは徐々に激しさを増し、寸暇を惜しんで舌先を絡めながら攻め合うと、唾液が甘く感じられるようになっていった。同時にターンが手を腋《わき》の下からタンクトップの中に差し入れ、引っ張られたシャツの脇から茶色い乳首が姿を現す。指でその乳首を弄んでいると……。

RRRRRR！

二人の愛の営みが次の段階へ進む前にソファーの上の携帯が大きな音を出して鳴り、タイプは唇を離した。

「お前のだぞ」

「放っておけばいい」

欲望に火がついた時のターンは、他のことは一切何も考えられなくなる。そんな彼にタイプが鋭い声で命令した。

「出ろよ！　俺はラーメン食べてくるから！」

タイプが立ち上がると、ターンは苛ついたようにため息をついて携帯に手を伸ばし、画面をチラッと見ながらソファーに座った。

「もしもし、サーンさん」

その名前を聞き、空腹だったタイプは立ち止まって慌ててターンの方を振り向いた。

またあいつかよ！

その瞬間、タイプは何も考えられなくなった。

「ひっ」

突然戻ってきて元の場所に座ったタイプに、ターンは驚いたように声をあげることしかできなかった。しかも冷笑を浮かべながら、パソコンの方ではなくターンの股間と向き合うように座ったのだ。

「ちょ、な……なんでもない」

ターンは抵抗しようとしたが、からかうような笑みを浮かべているタイプにあっという間に腰までズボンを下ろされた。

「気にせず電話続けろよ。俺は腹が減ってるんだ。お前を食べてやる」

タイプはそう言うと、目の前のターンのモノに集中しようとした。

何を食べるかって？　特大アイスかな。

男のアレを舐める嫌悪感と、自分の男が他の男と話す怒りを比べたら、間違いなく後者が勝つ。両手でターンのモノを掴んで顔に近づけると、先ほどのキスで大きくなったままのモノが手の中でさらに膨らんでいった。

「うっ」

優しく撫でただけで、電話中のターンの喉から低い声が漏れる。

「タイプ」

ターンは制止しようと名前を呼んだが、タイプがやめる様子は一向になく、握ったままの両手をゆっくりと上下に動かした。以前はどう手を動かしたらいいのか分からなかったが、今では……朝飯前だ。

気持ちよさで腰が浮いて電話なんてできなくさせてやる！

ヤキモチを焼いている――本人は認めていないが――タイプは心の中でそう考えると、舌をモノの中央部に触れさせてゆっくりと上下に這わせながら、腹筋が割れるほど身体に力を入れて漏れ出そうになる声や荒い息遣いを我慢しているターンを見た。

ターンの手がタイプの肩に置かれる。

「ふっ」

彼の熱いモノが最大に膨張し、タイプはからかうように少し笑った。ターンは興奮しているに違いない……タイプと同じように。

ターンが誰のものなのか、大嫌いなサーンに分からせてやる！

そう考えるとタイプはいつも以上に興奮した。根元から先端まで執拗に舌先で舐め回しながら、タイプのボルテージはさらに上がっていく。舌先を上下に何度も這わせ、先端を口内に吸い込んだ。そして、できる限り口を窄め、ターンにされたように何度も頭を激しく上下に動かす。

意識が飛びそうなほど気持ちいいんだ。俺だってお前に同じことをしてやるさ。

負けず嫌いなタイプがそうやって頭を激しく動かすと、ターンの熱いモノにタイプの息がかかる。ターンは身体を強張らせ、電話をしている声は次第に掠れるようになった。

「なんでもない……はぁ……」

ターンは気分を変えようと懸命に大きくため息をついたが、タイプの頭を掴みながら腰を突き出し、口の奥までモノを入れようとしてくる。タイプはそんな彼をチラッと見た。

ふっ、奥歯を食いしばってるじゃないか。

ターンはシャープな頬が隆起するほど奥歯を食いしばり、野性味に溢れた目を爛々と光り輝かせてタイプを見下ろしている。肌は赤く染まり、携帯が壊れてしまうのではないかと思うほど強く握りしめていた。

「気持ちいい？」

タイプは身体を少し離して尋ねた。口ではなく手を使って赤い先端を撫で、白いランニングシャツの上から乳首を摘まむと、ターンはさらに大きく息を吸い込む。

「気持ちよくさせられるのはお前だけじゃないぞ」

タイプは素早くターンに跨がり耳元でそう囁いた。ターンは通話相手であるサーンに険しい声でこう告げた。

「また電話する」

それだけ言うと通話終了ボタンを急いで押し、携帯をベッドに投げ捨てた。タイプは言葉では言い表せない満足感にニヤリと笑う。そしてターンに身体をひっくり返される気配を感じ、その前に両手で彼の肩を掴んでソファーに押し倒してズボンを脱がした。

「何をするつもりだ」

ターンがそう聞くとタイプは冷笑を浮かべた。

「先輩との初体験はよくなかったって言ってたよな」

ターンは眉をひそめながら頷く。

「そうだ」

タイプは悪巧みをしているようにニヤリと笑みを浮かべ、前屈みになって囁いた。

「その時、サーンはやり方を知らなかっただけかもしれないぞ……俺と試してみるか？」

以前は自分のモノを男の尻の孔に挿れるなんてあり得ないと思っていたことはさておき、今はそれよりもターンを征服したい気持ちの方が勝っていた。

サーンが挿れたことがあるなら、俺だって挿れてやる。

爆発しそうな嫉妬を抱えた——繰り返すが、本人にその自覚はない——タイプは心の中でそう考えていた。自分はしたことがない行為をサーンはしたことがあるというのは、想像以上にタイプを苛つかせた。今、ターンを押さえ込めば……タイプにもできるのだ。

ターンの服を脱がしていると、脱がしやすいようにターンも体勢を変える。しかし……。

「もしあの時のサーンさんがやり方を知らなかったんだとしたら、お前はさしずめ射精もできない幼稚園児ってところだな」

「この野郎！」

もし漫画だったら、タイプの額《ひたい》には馬鹿にされた怒りで十字路の地図記号が現れただろう。そんなタイプにターンは低い声で笑い、手を伸ばしてタイプの尻を掴んで激しく揉みしだきはじめた。

「俺はタチが気に入ってるんだ」

「試してみなかったら分からないじゃないか」

「試してみたよ、でも、好きじゃなかったんだ……どうしたら俺が死にそうなほど気持ちよくなるか、お前は知ってるだろ？」

挑発するように言われ、お前が欲しいと泣きながら懇願されることを期待していたタイプは静かになり、起き上がって座ろうとしている相手を見つめることしかできなかった。ターンがボクサーパンツの上からタイプの狭い入り口を指で押してくる。

「ここだよ……お前の」

ターンは耳元でそう囁き、タチに挑戦してみようと思っていたタイプの耳に熱い息を吹きかけた。タイプはターンのモノが挿れられた時の感触を思い出し、大きく息を吸い込む。

「お前も自分がどうされるのが好きなのか分かってるよな？」

そしてボクサーパンツの中に手を入れ、親指で優しく入り口を刺激されると、タイプはさらに大きく息を吸い込んだ。

「お前はサーンさんにはかなわないって思ってるかもしれないけど、サーンさんがお前にはかなわないんだからな……俺をここまで夢中にさせるなんて、あの人には到底無理だ」

タイプは言葉を失い、以前のターンの話を思い出していた。サーンと寝たことはあるが、何も感じなかったばかりか一生ウケはしないと心に決めた、という話だ。それにも関わらずタイプとは……ベッドの上で力尽きるまで何度もしている。しかも、情事の後は毎回二人とも死んだように倒れ込んでいる。

ターンはそう言うと、大きな手でタイプのモノを握りながら愛撫し、欲情を煽るようにタイプの真っ赤な唇を舐めた。タイプは彼の後頭部に手を回して引き寄せ、熱く激しいキスに応えようとする。それは燃え盛る火に油を注ぐような熱いキスだった。負けず嫌いの二人が互いを攻め立てると、唾液を交換する音と低いうめき声が重なって部屋中に響く。握られた二人のモノが擦り合わされ、うめき声はさらに大きくなっていった。

熱い彼らのモノはどちらもぬるぬるに濡れている。タイプのボクサーパンツは完全に脱がされ、ソファーと向き合うように後ろ向きに体勢を変えられた。

「ターン……はぁ……」

ターンはタイプの手を掴み、ベトベトに濡れるまで指を舐める。濡れた指と、指を舐める端正な顔に、タイプは興奮で身体が熱くなるのを感じていた。しかしその濡れた指をタイプの狭い入り口に持っていこうとしたのを見て、タイプはもう少しで彼を突き飛ばすところだった。

「俺のために自分でここを広げておいてくれたことあったよな。俺に見せてくれよ」

ターンの言葉にタイプは歯軋りをした。しかし狭い入り口に押しつけられている自分の指と、擦られて生じる快感に欲望を止めることができず、タイプは腰を突き出して片手でターンの肩をぎゅっと掴んだ。

「あっ……はぁ……痛い」

長い指をゆっくり挿れていくと下半身全体に鋭い痛みが走り、タイプは顔を上げて大きく息を吸った。目の前にいるターンが前屈みになって唇を重ねてくる。タイプは口を開き、差し込まれた奴の熱い舌を奥まで受け入れた。

「指を奥まで挿れるんだ。お前が感じるのは……そこだ」

「はっ……ターン……ちくしょう……この野郎！」

タイプは恨み言を口にしたが、奥にある性感帯まで届くように指をぐっと押され、身体をビクつかせてソファーから浮き上がるように腰を突き出してしまう。止めたいと思っても唾液で滑りの良くなった指の動きを止めることはできず、低く響くターンの笑い声を聞くしかできなかった。そして我慢できなくなったターンは、笑いながら急いで立ち上がった。

人にこんな恥ずかしいことをさせておいてどこに行くんだと怒りそうになったが、ターンが引き出しから何かを取り出すのを見てタイプは黙り込む。取り出した物は愛の営みの必需品だ。ターンは戻ってくるとタイプの目の前に立って言い放った。

「誘ってないって言うけど、その目は俺を呑み込んでやろうとしてる奴の目だけどな」

何か言い返したかったのに、タイプはターンから視線を逸らすことができなかった。彼はソファーの前に立ってコンドームをつけようとしながら、両脚を大きく広げて全てをさらけ出し、長い指で自分を刺激し続けているタイプを凝視している。目は爛々と光り輝いていて、相手を呑み込んでやろうという目をしているのはターンの方に思えた。

ターンはやっぱりセクシーだ……。

筋肉や硬くそそり立つモノを見せつけるように仁《に》王《おう》立《だ》ちになり、全身に汗を滴らせ、目を光らせながらコンドームをつけようとしている目の前の男の姿に……タイプは唾を飲み込む。

「指を抜けよ」

ターンが跪いて言うと、タイプに僅かな抵抗心が芽生えた。しかしその抵抗心も虚しく、ターンの舌先が鮮やかな赤色をした入り口の周りを舐めはじめると、タイプは身体をビクッと震わせて前のめりに倒れそうになった。

「ズルいぞ……くそ……」

彼の舌がそこに触れると、タイプはいつも負けを認めて降伏しなければいけなくなる。言われた通りに指を抜くと、指の代わりに彼の湿った舌が挿れられ、幾度か出し入れされた。タイプは彼の肩をぎゅっと掴み、痛いほどに唇を噛み締めながら、今にも達しようとしているのを感じていた。

舌を挿れられただけなのに！

「はぁ……うっ……ターン、もう……いいだろ……気持ちいい……死んじゃう……あぁ……もう我慢できない……」

今すぐにでも欲望をぶちまけてしまいそうだ。舌を巧妙に動かされ、部屋中にタイプの喘ぎ声が響く。ターンは身体を少し離してからかうように笑った。

「あっ……はぁ……ターン……この野郎！　……熱い……ゆっくり……やめ、やめろ……はぁ……」

ターンの大きなモノを一気に奥まで挿れられ、タイプは息ができなくなった。熱く硬い鋼《はがね》のようなモノが天国に導いてくれる気さえしてしまう。

「ふっ、奥が気持ちいいんだろ」

奥まで届くよう根元まで挿れながらターンはそう聞いた。タイプは身悶《みもだ》えしながら両脚を大きく広げて腰を浮かせ、より奥まで届くように彼を引き寄せる。ソファーの背もたれとターンの間で押し潰されたまま、モノが抜き差しされる際の強い衝撃に耐えていたタイプは、ターンの肩を外れそうなほどに強く握った。

「殺して……やる……」

そうは言っても、本当はどちらが先に死にそうか分からなかった。とどまることを知らないターンの腰使いに、あまりの気持ちよさでタイプは失神しかけていたのだ。

「殺してみろよ……俺はこういうのが好きなんだ……あぁ……はぁ……お前は最高だ」

激しい腰の動きに我慢できなくなっているターンが掠れた声で答えた。タイプの熱いモノはターンの腹筋に擦られ、手を使わなくともその摩擦によって達してしまいそうだった。

「はぁ……もっと……ターン……激しく……もっと……あっ……あっ！　……はぁ……」

タイプは手を使うことなく、ターンの熱いモノだけで果てた。ターンはニヤリと笑いながら、タイプの太腿を掴んで両脚をさらに高く持ち上げると、何度も腰を打ちつけてくる。タイプの身体は小刻みに震えはじめ、彼の熱いキスを受け入れることしかできない。そしてターンの身体が大きく痙攣《けいれん》して強張り、コンドームいっぱいに欲望を放出させた。

部屋中に二人の荒い息遣いだけが響いている。

タイプはターンをぎゅっと抱きしめたままでどちらも動こうとはせず、抱き合った格好で素肌を密着させ座っていた。

「ラーメン……伸びちゃったじゃないか……」

怒ったようにタイプが言うと、ターンは低い声で笑った。

「もう一度……茹でれば……いいさ」

タイプは汗で湿った彼の背中を優しく撫で、再び聞いた。

「俺……死ぬほど……よかったか？」

「まだ死んではないけどな……死にそうだけど」

その答えに、タイプは荒い息のまま険しい声で尋ねる。

「俺とあいつ……どっちがよかった？」

ターンが即答した。

「お前」

キスをしながらそう答えられ、負けず嫌いなタイプは勝者の笑みを満面に浮かべた。

タチでもウケでも関係ない。あいつより俺の方がよかったんだ！

ゲイ嫌いのタイプは一歩足を踏み入れたどころか……全身全霊でどっぷりとゲイの世界に浸かって喜んでいた。

「今日のサッカーの練習はなし。よかった、これでやっとゲームができる」

イケメンバンドマンと同棲しているタイプはバイクタクシーから降り、マンションに戻ってくると独り呟いた。ここ最近は毎日十八時過ぎに帰宅していたのだが、今日はまだ十六時だ。サッカー部の先輩に生意気な口を叩いたタイプは、今学期になって入部してきたチャンプにざまあみろという目で見られながら、一人でしごかれていたのだ。サッカーよりもムエタイの方が似合っているチャンプを、テクノーがどんな口説き文句で誘ってきたのかは分からなかった。

「海鮮の和え物でも作って食べよう」

タイプはそう言いながら友達のことを頭から振り払い、冷蔵庫の中の食材を思い出そうとした。ターンと最後に買い出しに行った時、自分たちで剥いて洗うというのが面倒くさかったので、冷凍食材を何パックも買っておいていた。ターンはなんでもこなせる完璧人間だが、料理は卵焼きとインスタントラーメンしか作れない。そこで、すぐにインスタントラーメンに入れられるように冷凍のエビとイカと白身魚をそれぞれ一パックずつ買ってきて冷凍庫にストックしておくことにしたのだった。

海鮮の和え物も簡単なメニューだ。冷凍食材を解凍して茹でて、野菜が何かあれば加え、シーフードソースをかけるだけ……卵焼きよりも簡単だ。

タイプは想像で舌鼓を打ちながら、他にも何かないか考えてみる。

焼豚が食べたいけど、わざわざ市場に買いに行くのは面倒くさいな。豚のオイスターソース炒めでもいいな。それだったら簡単だ。

どれもタイプの大好物ではあるが、好き嫌いはさておき、少なくともターンが食べられるかどうかを考えないといけない。

シーフードソースを自分で作るのは面倒くさい。しかも、辛くて美味しいソースをわざわざ作っても、ターンは食べられないからな。

そうやって色々と考えながら歩いていると、そもそも部屋にシーフードソースがなかったことに気付いた。そのためコンビニエンスストアに入っていったタイプは、一台の高級車がターンの高級輸入車の跡を付けるように駐車場に入っていったことに気が付かなかった。

そしてお目当ての物を買い、ついでに買った炭酸飲料の大きなペットボトル――お察しの通り、今ではタイプもサイダーしか飲まない。〝飼い犬〟がサイダーしか飲まないからだ――とスナック菓子の袋を持ってマンションに入っていった。しかしエレベーターに到着する前にタイプは急に立ち止まり、怒りで険しくなった目を細めた。

「ターンの野郎、くそ！」

掠れた声でそう言うと、コンビニの袋を持った手をぎゅっと握りしめる。部屋に上がるエレベーターを待つ、背の高い見慣れた奴の姿が目に入ったのだが……あの大嫌いな先輩も一緒だった。

ターンとサーン。

「この野郎！」

タイプは思いっきり殴られたように頭がクラクラ

した。ここはタイプとターンの二人のマンションだ。自分の不在時にターンがサーンを連れてきたことに、タイプは頭が真っ白になっていた。

俺がいない時にこっそり浮気してるってことなのか？

頭に血が上ったタイプは二人のところへ真っ直ぐ向かっていった。陰に隠れてメソメソと泣くような男ではない。ターンのモノをまっぷたつにへし折って犬の餌にでもしてやる！

しかし二人のところへたどり着く前に、タイプは恐ろしい光景を目の当たりにした。それは心をズタズタにされるようなおぞましい光景だった。

サーンが身体を傾けてターンの唇にキスをしたのだ。それ以上に最悪だったのは……ターンが顔色一つ変えずにそのキスを受け入れたことだった。

タイプの心臓は胸から飛び出して、立ったまま気を失いそうになった。飛び出して殴りかかることもできず、浮気をされてメソメソと泣く女の子の気持ちを理解できたような気さえしていた。タイプの目からは涙がこぼれ落ちそうになり、身動き一つできない。

ターンは浮気をしてる……のか？

その疑問は信じられないほどタイプの胸を強く締め付けた。

第四十章　俺の男だ！

　タイプは今の気持ちをなんと表現したらいいのか分からなかった。

　駆け寄って二人を引き離したい。どちらか殺したいとも思う。

　いや、どちらも殺してやりたい‼

　どう感じたらいいのか自分でもさっぱり分からなかったが、人生で初めて手に力が入らなくなり、持っていた荷物を床に落としてしまった。力は入らないが、頭で考えるよりも先に足が勝手に動き、二人の元へ駆けだしていた。自分の感じている痛みを二人にも味わわせないといけない……今のタイプに考えられることはそれだけだった。

　ガシッ！　ドン‼

「痛っ‼」

　タイプは背中を向けて立っている彼の肩を思いっきり引っ張り、頬に強烈な一撃を喰らわせた。相手は大声で叫び、自分の目が信じられないというようにこちらを見る。

「タイプ！」

　そう、タイプはターンを殴ったのだ。

　振り返って心配そうにターンに駆け寄ったサーンの顔を見て、タイプの胸はさらに痛んだ。同時に、心配そうなサーンの様子に二人の親密さを見せつけられたような気がして、怒りもヒートアップしていく。

　ただの先輩後輩だって？　これが特別な感情はない者同士なのか？　ターンが言うような、二人の間に何もないとは到底思えない‼　ふざけるな、こいつターンのことまだすごく好きじゃないか。目を見ただけで分かるぞ！

　握りしめた拳を前へ突き出し、自分の男に手を出そうとしているサーンに殴りかかろうとしたが……それは間に合わなかった。

「ターン、放せ‼　放せって言ってるだろ、ぶっ殺してやる‼」

タイプは怒鳴りながら、タイプの肩を掴み、身を挺《てい》してサーンを庇おうとするターンを振り払おうとした。彼がサーンを守ろうとしていると思うと涙が出そうになる。

「おいっ‼」

頭に血が上っているタイプにできる攻撃はパンチだけではない。脚を上げて目の前にいるサーンに蹴りを喰らわせ、サーンは身体ごと吹き飛ばされた。ターンに押さえ込まれたタイプが拘束から逃れようと両腕を激しく動かすと、肘がターンの顔面にヒットする。しかしタイプはそんなことを気にかける様子もなく、神も仏も信じられないといわんばかりに、二人の最低な奴らに自分と同じ痛みを味わわせることしか頭になかった。

浮気するなんていい度胸じゃないか！

「落ち着けって。勘違いしてるぞ……」

「何がどう勘違いなんだよ‼　さっき見たんだ。俺は馬鹿じゃないんだぞ‼」

タイプは大声でそう叫びながらサーンにもう一度蹴りを入れようとしたが、ターンが足を掴んで放さない。そんな彼を見てさらに頭にカーッと血が上ったタイプは、怒りで気が変になりそうだった。朦朧としていく意識とは裏腹に、奴ら二人を攻撃しようとして身体だけが勝手に動いていた。

「君は何を見たって言うんだ？」

羽交い締めをするターンへ肘鉄を喰らわせようとしたタイプに、落ち着きを取り戻したサーンが腕組みをしながら尋ねる。

こいつが犬を飼ってるならその犬が死んでしまえばいいのに！　苛つく笑い方しやがって。

「お前らがキスするところだ！」

悪事がバレて彼らは驚いた顔をするだろうと思ったが、そうはいかなかった。サーンは冷笑を浮かべ、声を出して笑った。

「お前、何笑ってるんだよ！」

タイプの言葉に、馬鹿にして嘲笑うような目でサーンが見つめ返す。その眼差しにタイプは怒りで頭が真っ白になり、人が出入りするマンションのエレベーターの前にいることなど考える余裕はなくなっていた。笑えなくなるほどサーンの顔面を殴りつけてやりたいということしか考えられない。しかし最悪だったのは、ただ激怒しているだけではなく……息苦しくなっていたことだ。タイプを裏切って二人が部屋で何をするのか考えただけで頭がおかしくなりそうだった。

「君のことを笑ってるんだよ……だってただのルームメイトじゃないのか？」

以前サーンから関係について質問された時、タイプがそう答えたことを奴は言っているのだ。攻撃しようと手足をバタつかせていたタイプの動きが止まる。懸命にターンを振り払おうとしていた両手から力が抜け、ただ嘲笑っているサーンを見た。

「ターンと付き合っているわけじゃないって君が言ってたんだぞ」

そうだ、俺がこいつにそう言ったんだ。

タイプは怒りで驚くほど息苦しくなり、奥歯を食いしばった。恐怖のようなものを感じて心臓の鼓動が速まり……過去の自分の行いを思い出していた。

プイファーイとまだ連絡を取り合っていた時、俺たちは付き合っているわけではないのだから口を出すな、とターンに言った時のことだ。その過去が現在のタイプを苦しめていた。

俺がプイファーイに手を出そうとした時、ターンもこんな気持ちだったのか？

これまでの人生で目の奥がカーッと熱くなることはそう何度も経験してこなかったが、タイプはなぜここまで痛みを感じているのか分からなかった。この思いが後悔なのか反省なのか、それすらも分からない。今のタイプがどれほど心を痛めても、過去のターンはその何倍もの痛みを味わったのだ。

タイプはこれまで一度も彼を好きだと認めたことはなかったが、一途に好きだと言ってくるターンは、他の女の子と寝てくると言って出ていったタイプを、どんな気持ちで見ていたのか。

『性別関係なく考えられれば、もっと視野が広がるのに』

ターンが以前言っていた言葉が頭に浮かんだ。サーンの性別がなんであろうと、たとえ奴が女の子であっても、同じように〝俺の男〟に手を出すな、と人生で初めて女の子に殴りかかっていただろう。

「なんで今になって割って入ってくるんだ？」

タイプは騒ぎ立てるのをやめ、今にも飛びかかりそうなギラついた目でサーンを睨むことしかできなかった。何も反論できない。ただのルームメイトだと言ってしまった以上、浮気だと詰め寄る権利はないことに気付かされたのだ。

正論に対しタイプが何も言い返せないでいると、背後にいたターンがサーンに険しい声で言った。

「もういいだろ。充分楽しんだじゃないか！」

タイプは振り返ってターンを見ようとはしなかったが、自分の肩を掴む彼の手にぐっと力が込められたのを感じた。タイプに痛みを与えた張本人であっても、その声を聞いて大分気持ちは落ち着いてきた。

「ふざけるのはもうやめてくれ！」

ターンの怒ったような発言に、サーンはタイプの顔を見ながら笑みを浮かべるだけだ。

「いつ冗談を言ったって？　本当のことだろう」

ターンの顔が怒りで歪んでいく。

「サーンさんは尊敬する先輩だけど、タイプに勘違いさせるようなことをするならもうそうじゃない！」

その声は恐ろしいほどに低くて冷淡なものだと、タイプですら感じた。

「勘違いってなんだよ。ふっ、お前と付き合ってないってこの子が自分で言ったんだぞ。そしたら俺にだってお前を好きになる権利はあるじゃないか」

サーンはまるで笑い話でもしているように笑顔でそう言ったが、嘲《あざけ》りの含まれた笑い声や眼差し、そして、薄気味悪い笑顔はタイプへと向けられたものだった。それらは全て「ターンを奪ってやる」というタイプへの宣戦布告なのだ。

「権利も何もないよ。車を届けてくれたことには感謝してるけど、もう帰って」

またた。ターンが俺を庇ってくれている。

この状況は自分の勘違いで起こっているのか、二人はただふざけていただけなのか、タイプには分からなかった。もはや先ほど見たキスは浮気でもなんでもなかったような気がしている。しかし、今ここで最も大切なのは、目の前の男もターンが好きだということだ。それにタイプは庇われないといけないほど弱々しい奴ではない。

喧嘩するなら、タイマン張るくらいの根性は俺にもあるんだ。俺を庇って助けようとする存在なんて必要じゃない！

タイプは自分を取り押さえている手を振り払おうとした。

「放せ、ターン！」

「お前、勘違いしてるんだよ」

ターンはタイプの身体を自分の方へ向かせて目を合わせようとしたが、それを振り払って逃げようとしながらもう一度言った。

「放せ！」

タイプは低い真剣な声でターンの目をしっかりと見据えながら命令した。そしてターンが迷いながらもタイプから手を離した瞬間だった。

「おいっ！」

タイプは背の高いサーンに飛びかかると、シャツの襟を掴んで乱暴に顔を引き寄せ、目と目を合わせる。そして、誰にも言わないでおこうと思っていたにも関わらず、ハッキリと言いきった。

「こいつは！　俺の！　男だ！」

タイプは自分よりも身長が高くガタイもよくて、何もかも手にしているサーンの目をしっかりと見据えながら、一言一句、強調するように区切って言った。タイプの眼差しは真剣そのもので、自分の男に手を出したらタダじゃおかないぞという凄みもある。そして、背後にいるターンを指さしながらもう一度告げた。

「ターンは俺のだ。誰にも渡さない。しっかり覚えておけ‼」

どちらが年上でどちらが年下なのかということなど気にもしていない。目の前の男に敬意など全く感じなかったからだ。そして最も重要なのは、タイプはもう自分に嘘をつきたくなかったのだ。

「そうだ、ターンはただのルームメイトだってお前に言ったことはある。ただ、ルームメイトはルームメイトでも、身体の関係もあって、俺らは付き合ってるんだ……ターンは俺の恋人だ‼」

タイプは初めて自分の気持ちに嘘偽りのない言葉を口にした。しかも、誰かに言いふらして嫌がらせをするかもしれない奴に言ってしまった。

言い終えると、タイプは驚いて立ち竦んでいるターンを振り返った。

「なんでお前がこいつとキスしてたのかは知らないけど、よく覚えておけよ。お前には恋人がいるんだからな‼」

タイプは恐ろしい声で単刀直入に言いきった。これまで何人と付き合ってきていたとしても、今はタイプ一人のものだということを伝えたかったのだ。

「……」

その場は一瞬静まり返り、ターンとタイプの視線がぶつかった。タイプの眼差しから、彼が本気だということがターンにも伝わる。そして次の瞬間、言葉に詰まっていたターンの顔にゆっくりと笑みが広がっていった。

「そうさ、俺はお前のものだ」

その答えにタイプも満足げな表情になっていた。

「ふふふっ……ふっ……ははは」

しかし、すっかり蚊帳《かや》の外になっていたサーンが背後で大声で笑いはじめ、タイプは振り返って睨みつける。

「お前、何を笑ってるんだ」

「そうだな……場所を変えよう。ターン、部屋に入れてくれないつもりなのか？　わざわざ大学まで車を届けたっていうのに」

サーンはタイプの問いには答えず、笑いながらターンに話しかけた。ターンはすぐに眉をひそめたが、何か言い返す前に彼は言葉を続ける。

「ここで話していてもマンションの住民の噂の的になるだけだぞ。俺は構わないさ、ここに住んでるわけじゃないからな」

ターンが周囲を見渡すと、喧嘩に巻き込まれるのはゴメンだといわんばかりに、何人もの大学生が遠くからこちらの様子を窺っていた。最低な先輩・サーンが勝ち誇った顔で言う。

「ゲイカップルが喧嘩中だってマンションの全員に言ってやろうか？」

「俺は違……」

　自分はゲイではないとタイプは怒鳴り返すところだったが、直前でその言葉を呑み込んだ。言ったところで奴に自分の弱みを握られるだけで、後々何をされるか分かったものではない。タイプは歯軋りしながら言った。

「ターン、俺はお前の先輩が大嫌いだ！」

　それだけ言うとタイプは腕を掴んでターンを連れていくこともなく、一人で先にマンションへ入った。そして大きくため息をつき、頭の痛みにこめかみを撫でる。今日中にこのトラブルをクリアにしないと、今以上に頭が痛くなることが容易に想像できた。

　この先輩を、今後一切俺たちに関わらせるなよ。


　タイプは心の中でそう呟いた。


　一方ターンは、喜ぶべきか困惑すべきか分からないでいた。タイプが本心を打ち明けてくれたことは喜ぶべきだが、事が大きくなってしまったことには困っている。

　喜ぶべきだよな。

　腕組みをして立っているタイプを見ながらターンは思った。彼の剥き出しの激昂はターンを心の奥底から安心させた。

　あいつが自分の本当の気持ちを認めて、それを正直に言葉にしたんだ。

　ターンはもう一度ため息をつき、まだ痛む頬に手を持っていった。タイプの攻撃はパンチもキックも強烈だということは前から分かっている。タイプに対する怒りはなかったが、トラブルを起こしたサーンには怒っていた。

　人の部屋の冷蔵庫を勝手に開け、何食わぬ顔で水を飲んでいるサーンに対してだ。

　しかし浮気をしたというのはタイプの勘違いだ。誕生日プレゼントの車が一昨日納車されたものの、それぞれ用事があって家族が大学まで届けることができず、ターンも実家に取りに行けなかったため、トーンがターンの新車を、ターンがトーンの車を運転しておくことになっていた。しかしサーンがちょうど大学の近くに来ることになり、ターンの新車と、ターンが運転していたトーンの車を交換してこようと申し出たのだ。キスをしたというのも……ただふざけていただけだ。

『車のデリバリー代金な』

　サーンはそう言っていたが、ターンは笑えず目を瞬かせるだけだった。面白いと思えない奴はさらにもう一人……タイミング悪くマンションに戻ってきたタイプもいた。

「車のデリバリー代金としてあいつがキスしてきたって言うのか？」

　明らかに納得していない様子の怒った声でタイプが聞くと、ターンは両手を肩の高さまで上げた。

「そうだ。誓ってもいいが他には何もない。俺にはお前がいるじゃないか。浮気なんてしない」

　ターンは断言した。

　ターンはそういう男だ。恋人がいれば浮気はしないし、誰彼構わず手を出す下劣さもない。恋人がいない時は別だが、恋人としかベッドを共にしない。ワンナイトラブを楽しむことはあっても、それは恋人がいない時だけだ。

　タイプは黙り込み、そして苦笑しながら言った。

「浮気してもせいぜいバレないようにするんだな」

　タイプが信じたかどうかは分からないが、少なくともターンにかかっていた容疑は晴れたその時、もう一人が口を挟んできた。

「ちゃんと言えるじゃないか」

「なんだって？」

　勝手に水を飲んでソファーでくつろごうとしている男が楽しそうに言ってきたのだ。タイプが食ってかかる勢いで振り返り彼を睨むと、二人の間に挟まれたターンは頭を振った。

サーンは本当にふざけていただけだ。自分の楽しみのためなら、いくら喧嘩になって殴られても構わない、自分が楽しければそれでいい人なのだ。しかしタイプは……あのような悪ノリは好きではない。

サーンはタイプの顔を指すようにコップを持ち上げ、ボソッと呟いた。

「恋人だってちゃんと言えたじゃないか。また逃げるかと思ったけどな」

「逃げたことなんてない！」

「じゃあ、自分勝手だったってことだな」

サーンはからかうように言い、タイプに飛びかかられて殴り倒される前に言葉を続けた。

「ターンの気持ちを気にかけないのは自分勝手っていうんだぞ」

身体を固まらせたのはタイプだけではなかった。ターンも身動きができず、意味が分からないというように兄の友達であるサーンを見つめた。サーンは口角を上げてニヤリと笑う。

「これまで大変だったらしいってトーンから聞いたんだ」

「俺が？　大変？」

オウム返《がえ》しに聞いたターンにサーンが笑った。

「そうだよ。何が大変だったのかまでは知らないけど、前に実家へ戻った時はえらく落ち込んでたみたいじゃないか。だから、ターンをそこまで落ち込ませた奴の顔を見てやりたかったんだ。会ったらすぐに分かったよ、問題児だってことがね」

ターンは眉をひそめ、実家に帰った時のことを思い出そうとした。それはちょうどタイプが自分たちは恋人同士じゃないと頑固に言い張っていた頃のことだった。

タイプの気持ちを試すために実家に帰り、彼のような差別主義的な人間とどうやって関係を築いていけばいいのか悩んでいた時期だ。トーンは弟の異変に気付いていたのだろう。

「俺が問題児だって？」

タイプが納得がいかないように聞き返すと、サーンは頷いた。

「自己主張が強くて人の意見になんて耳を貸さない奴なんだろうな、とは一目見た時から思ってた。だから、俺がターンのなんなのか君に伝えて、反応を見てみようと思ったんだ。君がちゃんとターンと付き合っている事実を認めるかどうかってね。実際、君は認めなかったじゃないか。逃げる……じゃなかった、自分勝手にね。今後、もし誰かがターンにアプローチしてきたら、君はまた騒ぎ立ててターンにどうにかしろと叫ぶだけで、自分でなんとかしようとは思わないのか？」

「なんで俺が男と付き合ってるって言いふらさないといけないんだ」

言い返したタイプにサーンは笑うだけだ。

「言いふらせなんて言ってないだろ。ターンの気持ちも酌んで行動するようにお前に教えてるんだ。ターンはそもそも秘密主義じゃない。誰と付き合ってもいつもそれをオープンにしてきたんだ。それなのに、今回は誰と付き合ってるかは言えないって兄さんに言ったんだぞ。相手が関係を秘密にしたがってるからって……君は自分勝手な人間で、ターンに甘えているんだろうな」

「サーンさん、こいつはそんな奴じゃないから」

ターンが必死にタイプを庇うと、サーンは再び笑った。

「ほらな。誰が誰を守ろうとしてるか分かっただろ？　お前が甘やかしすぎるからこいつはダメな奴になってるんじゃないか」

「喧嘩売ってるのか？」

タイプが怒ったような声で聞き、ターンは落ち着いた様子で告げる。

「いい感じで付き合ってるんだよ」

するとサーンは全く同意できないように頭を振った。

「いい感じ？　……付き合ってるのをまだきちんと受け入れられてもないのに。ターンがどういう奴かは俺がよく知ってる。ターン一人がタイプに合わせようとして、タイプはそれに甘えてるだけだろ。でも、そんな関係が上手くいくはずがない。あっという間に別れることになるぞ。どんなカップルでも一方が与えるだけ、もう一方が受け取るだけでお互いに責任を負っていかなかったら、絶対に長くは続かない」

ターンが黙り込んでタイプの方をチラッと見ると、タイプも同じように言葉が出ない様子だった。きっとサーンの言葉の意味を理解しようとしているのだろう。

タイプは決して自己主張が強くて人の意見に耳を貸さないような奴ではないが、タイプ自身を理解しようとしているのはターンだけだ。タイプはゲイが嫌いだ。ターンは懸命にタイプの偏見を無くそうとしたが、タイプ自身が自ら心を開いて中立の立場でゲイを理解しようとはしていない。サーンが言うように、このままではいつかターンが耐えきれなくなる日もくるだろう。

ターンと目が合ったタイプは、顔を逸らした。

タイプもきっと理解できたはずだ。

「俺に説教するために部屋まで来たのかよ」

しかし口の悪いタイプはいつも通り喧嘩腰に答えた。サーンは肩を竦め、ターンの方を振り返る。

「ターンの恋愛に口を出したいわけじゃないけど、今回のターンは真剣だってトーンが言うから。しかも、いつもは二、三ヶ月続けば長い方だったのに、前期の間ずっと付き合ってたみたいじゃないか。だから相手がどんな奴なのか気になったんだ。それで、会ってみたらとんでもない奴で、我慢できなかったってわけさ。ここで注意しなかったらいつかターンだけが傷つくと思ったから――」

「ターンはお前の息子かよ！」

喧嘩腰のタイプにターンは大きくため息をついた。サーンがここまで何も隠さずに本音で話してくれたことで、彼自身が気付かされたことがあった。

「違うよ、初恋の人だ」

「なんだって⁉」

タイプは幽霊でも見たように両目を見開いて振り返り、怒ったようにターンを睨む。

「好きじゃなかったって言ってたじゃないか」

「人の話をちゃんと聞いてたか？」

ターンがうんざりしたようにそう言うと、サーンは笑った。

「そうだな、ターンは俺の初恋の相手だ。でも、ターンの初恋の相手は俺じゃない……俺の片想いだ。そんなに難しい話か？」

「……」

「……」

サーンの話に居心地の悪さを感じ、タイプもターンも言葉が出なかった。

サーンはターンに一年くらい前から好きだったと告白したことがある。ターンが音楽室に呼ばれる前のことで、お互いに好意はあったが、ターンにとってサーンは兄のような存在でしかなかった。ただ、ターンはサーンの想いを口外することはなかった。ターンはこれまで関係があった男のことを周囲に言いふらすような人間ではない。

「初恋だからなのかな。成就はしなかったけど、いつもこいつのことを見守っていたいんだ」

サーンが今ではもう全く気にしていないというように無理をして笑顔を作ったが、ターンは痛いほどに彼の想いを理解していた。

これが誕生日にサーンが実家に来た時、トーンがいい顔をしなかった理由だ。サーンはまだターンを忘れられず、ターンはそれを窮屈に感じているが、トーンはどちらも助けることができないからだ。

「お前の心を射止めたこいつはどうやら問題児のようだな……こいつのどこがいいんだよ」

タイプはターンの肩越しに指を差され、奥歯を噛み締める。

「早く帰れ」

「ふふっ、追い払うな。第三者はここまでだって分かってるさ」

サーンはそう素っ気なく言ってドアまで行き、タイプの目を真剣に見つめながら、大切なことだというように伝えた。

「ターンはこれまで何度も傷ついてきたんだ。お前も同じようにまたターンを傷つけるなよ」

ターンは自分を心配するサーンの気持ちに言葉が出なかった。自分が弟のような存在だからかもしれないし、初恋の相手だからかもしれないし、もしくは自分の性に困惑している十四歳の少年を襲ってしまった後悔からかもしれない。しかしサーンがターンを本気で心配していることは伝わっていた。

サーンをフって傷つけてしまった因果なのか、ターンが誰と付き合っても長く続かず、結局はいつも一人で傷ついていることをサーン本人も知っている。

「本当に心配なんだな」

彼の想いを理解して落ち着きを取り戻したタイプがそう呟くと、サーンが言った。

「それもある。でも、それ以上に……」

サーンは一瞬黙り込み、心からの笑みを満面に浮かべると、とんでもないことを言い放った。

「……ガキをからかうのも楽しいな。火で炙《あぶ》られたムカデみたいにジタバタして……なかなか面白かったぞ」

「この野郎‼」

タイプが怒鳴りながら殴りかかろうとすると、サーンの笑い声が廊下中に響いた。

サーンが去り静寂が広がると、タイプは振り返って苛ついたように歩いてターンの目の前まで来た。

「お前の先輩が大嫌いだ」

「知ってる」

ターンはそう言って、タイプの恐ろしいほどギラギラ光る目を見た。

「あいつがお前に関わるのが気に入らない」

「うん、分かってる」

「あいつがお前と一緒にいるのも気に入らない」

「うん」

「あいつがお前の全てを知ってるように振る舞うのも気に入らない。あいつがお前にキスするのも気に入らない。お前があいつの初恋の相手だっていうのも気に入らない。一番気に入らないのは……俺がヤキモチを焼いてるってことだ」

最後の言葉にターンが言葉を詰まらせると、近づいてきたタイプが肩を抱きながらため息をついて言った。

「もう認めないといけないな。俺はお前にヤキモチを焼いていたんだ」

驚くほど呆気ない自白に、ターンは笑顔でタイプをぎゅっと強く抱き寄せる。すると、いつもは負けを認めない男が呟いた。

「あと、ごめんな」

「なんのことだ？」

いつもは強気なタイプがプライドを捨てて謝るのを、ターンは笑顔のまま聞いた。タイプは大きなため息をつく。

「これまでお前にとっていい恋人じゃなくて悪かった。俺……俺、これからは男と付き合っていることをもっとちゃんと認められるように頑張るから」

「無理しなくていいからな。お前みたいに性被害に遭った奴は、誰もがみんな簡単に価値観は変えられないさ」

強姦されそうになった人間が自己をここまで変えることができたのはすごいとターンは思っていたが、タイプは頭を振る。

「あまり認めたくはないけど、お前の先輩が言うことは正しいよ。俺は自分本位だった……でも、そんな俺でもお前とは別れたくないんだ」

その言葉に、ターンは自分の耳を疑った。別れたくないと認めたタイプに、これまで誰とも長く付き合うことがなかったターンは満面の笑みを浮かべ、言葉にはできない安堵を感じていた。胸の中のつかえが取れたような信じられない気持ちでいっぱいになったのだ。

付き合うことはできたものの、ターンはこれまでと同じようにすぐに終わってしまうのをタイプ以上に恐れている。それゆえに、タイプが別れたくないと認めたことを嬉しく感じていた。

そしてもちろん、ターンの頭にも彼と別れるという考えは微塵《みじん》もなかった。

「サーンさんに感謝しないといけないないな」

ターンはタイプをさらに強く抱きしめた。

「お前最低だな！　あいつと二度と会わなければ最高なんだけど」

タイプはターンの肩を突き飛ばすと鋭い声でそう言って口を尖らせた。

「あいつの名前を口にするな。あいつはお前の尻を狙ってるんだぞ。しっかり覚えておけ……」

タイプはそう言って一瞬黙り込んだが、その顔に揺るぎない自信をみなぎらせて笑顔になった。

「お前は俺のものだ‼」

そう言ってターンの鳩尾《みぞおち》を軽く殴り、タイプは部屋から出ていこうとする。

「どこ行くんだ？」

ターンが大声で尋ねた。

「下に置きっぱなしの荷物を取りに行くんだよ。手に力が入らなくなってラッキーだったたな、シーフードソースの瓶でお前の先輩の頭をかち割るところだったんだぞ。買った物が無くなってたら、戻ってきてお前に代金を請求するからな！」


それだけ言うとタイプはすぐに部屋から出ていったが、ターンは見逃さなかった。タイプがどれほど自分の言葉に照れているのか、赤くなった耳が物語っていた。

ターンは今回のことで……タイプが信じられないほどヤキモチ焼きだということを知った。

しかしそんな彼にヤキモチを焼かれたターンは……満ち足りた気持ちでいた。

第四十一章　意地悪な奴

「なんで俺まで連れてくるんだよ」

「何もすることがなくて暇そうだっただろ」

「うるさいっ！　寝ながらゲームしてたんじゃないか」

「いいだろ、奢るから」

それぞれスタイルの異なる男性二人組が真新しい高級車から降りてきた。駐車場からレストランバーに歩いて向かう途中にも、二人はまだ言い争いをしている。半ば騙されるように連れられて、どこへ来たのかタイプは今知ったばかりだったのだ。

『先輩に会いに行くからお前も一緒に行こう』

『先輩ってどの先輩だ！』

『お前も知ってる先輩だよ』

寝ながらゲームをしていたタイプはそれだけ説明されると、観戦しようと待っていたサッカーの試合が深夜一時に始まることもあり、服を着替えて不満そうにターンを見ながら「行く」とだけ答えた。

ターンの言う先輩が、自分を狂わせたあの大嫌いな先輩のことだと思ったからだ。しかしターンの車は間違いなく見覚えのあるレストランに入っていった。

「ターン、いらっしゃい！　あら……あの子じゃないの！　彫りの深いあのイケメン君じゃない‼」

ほぼ満席の店で忙しそうにしている、タイプもよく知ったオーナー……ではなく、オーナーの嫁に声をかけられた。ターンの言う先輩はサーンではなくジットさんのことだったのだ。

ターンの奴、俺を騙してここに連れてきやがったんだな！

タイプはそう思いながら恋人の顔にチラッと視線を向け、少し苛ついたように膝を蹴ろうとしたが、ターンはその蹴りを避けて満足げに笑った。

「お前がどの先輩か聞かなかったんじゃないか」

「あら、どこに行くのか知らされずにこの店に連れてこられたってこと？」

興味深そうに身を乗り出してジットさんが尋ねて

きた。ヤキモチ焼きのタイプは両手を合わせて彼女に挨拶をし、奥歯を食いしばりながらまんまと自分を騙したターンを睨む。

「そうなんです。ここに来るなんて一言も言わなかったんです」

「あら、寂しいわね。そんなにここに来るのが嫌だったってことなのかしら？」

ジットさんが残念そうな顔をする。客は店の雰囲気や美味しい食事、心地好い音楽だけを求めてここに来ているのではないことをタイプは感じた。オーナーの嫁との会話や駆け引きを楽しみに来ているのだ。くるくると目まぐるしく変化するジットさんの魅力的な表情に、タイプの気持ちは驚くほど晴れていった。

「違いますよ、すごく来たかったんです。こいつと来られました」

タイプが一瞬で営業スマイルを作って言った。その笑顔にジットさんは満面の笑みを浮かべ、大好きなバンドマンであるターンを見る。

「ところで、今日は一緒に来るなんてどういうこと？」

ジットさんはいつもよりも気をつけて言葉を選んでいる様子で、しかも、タイプに目配せをするそぶりも見せた。タイプはそんなジットさんに言いようのない違和感を抱いた。

ジットさん、ターンに遠慮してるのか？　なんでだ？

「一緒に来ることもあります。おかしいことじゃないですよ」

そう言い返すと、タイトなビスチェワンピースを着たスタイルの良い彼女は少し困ったような顔をしてターンの方を見た。

「前にお前にフラれた時、ここで酔っ払ってみんなに慰めてもらったんだ」

「はっ⁉」

タイプは眉をひそめ、〝万里の長城〟の顔を驚いて凝視しながら、いつターンをフったのか思い返そうとした。覚えていなかったわけではない。しかしあまりに頻繁にターンに暴言を吐いていて、奴が言っているのがいつのことか本当に分からなかったのだ。

俺って本当に最悪だな……はぁ。

「今日はいい顔してるじゃない。何かいいニュースでもあるのかしら」

可愛がっている後輩のいいニュースにワクワクしているのか、それともただお節介な人なのかは分からないが、ジットさんが笑顔でそう聞いてきた。タイプは苦笑し、いい顔をしていると言われたターンに視線を向けると、奴を少しいじめてやりたい気持ちになった。

嫉妬に狂ったタイプが殺人鬼になりかけたあの日以来、ターンはずっと機嫌が良く、一日中ニコニコ鼻唄を歌っている。何かあればすぐ例の言葉を持ち出すターンに、タイプは反論もできずにただ中指を立てるしかなかった。

『お前は一体なんなんだよ、ドラムスティックを磨きながらニヤニヤしてさ』

『俺が何かって？〝俺はお前のもの〟さ』

ターンの返事にタイプは過去に遡《さかのぼ》って彼の記憶を消したくてたまらなくなった。「お前は俺のもの」という言葉をターンは心底気に入っていたのだ。一度でも彼のことを夫と呼んだら、きっとターンは天に舞い上がるだろう。そんなことを考えながら口を尖らせると、ターンが微笑みながら言った。

「ただの友達ですよ、ジットさん」

そんなわけないだろ！

ターンの返事を聞いた瞬間、心の中でそう叫んだ。口では友達と言っておきながら、ターンの目は突いて潰したいほどキラキラと輝き、恋が実らなかったというよりはむしろ成就した人の目をしている。しかし同時に、タイプは彼の言葉にハッとした。

友達……ターンがジットさんに友達という言葉を使ったのはこれでもう二回目だ。友達としか言えなかったこの二回はきっとあまり気分がいいものではなかっただろう。

二人の関係をオープンにせず、このまま死ぬまで秘密にしようと思っていたタイプは、イケメンドラマーであるターンの肩をガシッと組んで身体をぴったりと密着させ、何日も前にサーンに言われたことを思い返した。

ターンの気持ちになって考えろ。

ジットさんは俺の両親と親戚でも知り合いでもないんだ。よしっ。

タイプはそう覚悟を決めて笑顔を作ると、目を輝かせながらジットさんに片方の眉を上げて見せた。

その仕草はあまりに魅力的で、彼女は思わず駆け寄って腕を揺すりながら本当のところはどうなのか聞くところだった。タイプは思わせぶりに言った。

「友達……です」

さらにターンを見つめ、彼を呑み込んでしまいたいとでもいうように舌なめずりしながら言葉を続ける。

「……友達以上の友達ですけどね」

「本当に⁉」

ジットさんは興奮気味に大声で叫び、ターンは驚きで固まるばかりだ。タイプがそんなことを言うなんて想像もできなかったのだろう。

「ターンの様子がおかしいわよ」

肩を組まれて前屈みになったまま顔を撫でているターンを、ジットさんが嬉しそうにからかった。気絶しそうな彼の様子に、タイプがニヤリと笑いかける。

「おかしいことじゃないだろ。お前は俺のものだって俺もみんなに言いたいだけさ」

タイプは眉をピクッと上げ、まだ頬を強く撫でているターンに自慢げな顔をして見せて言った。これまで必死に隠そうとしていたことをオープンにしたタイプの心は、言葉にできない安堵感でいっぱいだった。隣にいるターンの顔にゆっくりと笑みが広がるのを見ただけで、心の中でがんじがらめに絡まっていた紐が解けていくような気がしたのだ。

俺にとってターンがどんどん大事な存在になっていっているんだ。

「今ここが店じゃなかったらお前を……」

ターンが囁くと、ジットさんが二人に近づいてきて小声で言った。

「店の裏のトイレなら空いてるわよ」

「冗談がきつすぎますよ！」

タイプは驚いて身体を固くし、組んでいたターンの肩を突き飛ばしながら、嬉しそうにからかうジットさんへ視線を向ける。

「冗談よ。ところでそんなに機嫌がいいというのは、何かバンドのことでいいニュースでもあるのかしら？」

意味が分からないというようにタイプが眉をひそめると、ターンはそう聞かれるのが分かっていたように答えた。

「実は、またこの店で演奏させてもらいたくてお願いに来たんです。それでお前も連れてきたんだ」

「ターンのサポーターってことね」

ジットさんがまたからかってきたが、タイプはそんな彼女を気にすることなく、振り返って両目を大きく見開き、ターンの顔を凝視する。

「新しいバンドの……」

「そう、まずはテストさせてもらわないと。オーナーはいつだったら空いてますか？」

「電話でもよかったのに。まあでも、コンは大事な話は電話でしたがらないことをあなたは知ってるのよね。彼なら裏のオフィスにいるわよ。タイプも連れていく？」

一緒に行ったとしてもなんの話か全く分からないため、タイプはすぐに首を横に振って断った。しかもコンとは全く面識がない。ターンは何も言わなかった。

「だったら先に席に着いてて。すぐに戻るから」

ターンはそう言うと、ジットさんと一緒に店の裏へ向かおうとした。それを見ながらタイプは目を閉じてニヤけた。

自分の恋人はすごい奴なんだと思っただけで誇らしい気分になったのだ。

「あら、その笑顔を見て安心した。前回ターンがここに来た時、恋が実る可能性は全くないなんて言ってたから可哀想でしょうがなかったの。こんなふうになるなんて、本当によかったわ。あっ、でも祝杯は奢らないわよ」

ジットさんがからかうようにそう言うと、タイプが振り向いて聞いた。

「ターンの奴、そんなこと言ってたんですか？」

「そうよ、悲惨だったわ」

その答えに、ターンを傷つけた張本人の胸はチクッと痛んだ。

昔のことだ、気にするな。今はあいつに何も酷いことはしてないんだから。

自分勝手なタイプはそう思いながら急いで話題を変える。

「ところで、テスト演奏ってしないといけないんですか？　普通に戻ってきてそのまま演奏することはできないんですか？」

ターンの演奏は天才的だって言っていたのに。

ジットさんはタイプの疑問を理解したように説明しはじめる。

「本当はテストなしで戻ってきてもいいって言いたいのよ。でも、私たちが知ってるのはターンとリードボーカルのロンくんだけで、新しいバンドの他のメンバーたちを知らないの。天才がバンドにいたとしても、この店の客層と合致する演奏になるかどうかは分からないでしょ。だからテスト演奏が必要なのよ。テストをして、何曜日の何時に演奏するのかも決めるの。コンはきっとターンの新しいバンドもすぐに気に入るわ。ターンはああ見えてバンドのことになると真剣だから。とても一年生とは思えないわよ」

ターンが褒められると俺までニヤニヤが止まらないのはなぜだ？

「ちょっと待って。外席は満席みたいだから、室内の席でもいい？」

ジットさんが店を見渡してタイプにそう聞くと、彼は室内の本格的なバーに視線を向けて頷いた。

「どこでもいいですよ。どこに座っても今日はターンの奢りですから」

タイプがいたずらっ子のような笑みを浮かべて言うと、ジットさんは大声で笑った。

「悪い子ね」

悪い子じゃなかったらターンの気持ちを繋ぎ止めておけないから。

タイプは心の中でそう思ったが、口にはしなかった。

ここまで来たんだ、とことん悪い子になってやろうじゃないか。


かっこよすぎじゃないか?

オーナーとの話し合いを終えてジットさんにタイプがどこにいるのか聞いたターンは、バーに入ってきた瞬間に眉をひそめた。アルコール入りのグラスを傾けるのにちょうどいい雰囲気を醸し出すよう、バーの照明は抑えめにしかつけられていなかったのに、ターンはタイプがどこにいるのか一目で分かった。

ドリンクを片手に背の高いカウンターチェアーに座っていたタイプは……立ったままの二人組の女性と話をしていた。

ターンは不満げにそれを見ていたが、タイプはストレートでまだ女性が好きな事実を思い出し、迷うことなく彼の方へ歩いていく。そんなターンに気付いたタイプが声をかけた。

「話はもう終わったのか?」

音楽が重低音で鳴り響く中そう聞いてくるタイプに頷きながら、ターンは自分に興味があるように視線を送ってくる二人の綺麗な女性を見た。そして挨拶代わりに仕方なく微笑んだが……心中穏やかではない。

自分と来ているにも関わらず、他の人と親しげに話しているタイプに不満だったのだ。

「テンさんとゲーさん」

タイプから紹介され、その感じから先ほど知り合ったばかりだということがすぐに分かった。

「ターンくん、初めまして」

「僕のこと知ってるんですか？」

驚くことに二人組の女性はターンのことを知っていた。タイプが笑いながら身体を乗り出し、ターンの耳元で話してくる。

「お前がこの店で演奏しているのを見たことがあって、ファンなんだって。俺がお前と一緒に来たのが見えたから声をかけてきたってわけ」

それを聞いてターンはほんの少し……本当に少しだけ安心した。しかしタイプが女性二人組に目を輝かせて微笑んだその顔は、ターンも見たことがないような笑顔だった。女性と話しているタイプをこれまで見る機会がなく、見たいと思ったこともなかった。

「初めまして」

ターンは内心不満ではあったが、今後この店で演奏していくプロのバンドマンとして、端正な顔に笑みを浮かべて挨拶をした。自分に固定ファンがつけば、店に戻る話も有利に進められるという思惑があったのだ。

「お姉さんのこと覚えてる？　ステージにグラスを持っていってお酒をご馳走したこともあるのよ」

テンという名前の女性がそう言いながら身体を寄せてきた。もちろんその意味はターンにも分かっている。テンは綺麗な女性だ。もしターンがストレートだったら、二人の間に何か起こってもおかしくない。しかし、そうではないターンは口角を上げ魅力的な笑顔を作って言った。

「覚えていないって言ったら怒りますか？」

ターンは素直に言ったが、それは相手を不快にさせたり怒らせたりするものではなかった。

「次のステージの時にまたお酒を持ってきてくださいよ。こんな綺麗な人、次は絶対に覚えますから」

彼女は上機嫌で笑いながらグラスを顔の高さまで掲げ、いたずらっ子のように本気とも冗談とも取れるように言った。

「バンドマンがチャラいっていうのは本当のことだったのね」

「そんなことないです。僕はいつも真面目ですよ」

テンの好意を弄ぶこともなく、上辺だけの社交辞令を並べて会話をしながら、ターンは笑顔のタイプに視線を向ける。濃いまつ毛に縁取られた愛おしい目を楽しそうにキラキラと輝かせ、カウンターチェアーに座ったまま脚を組んでもう一人の女性と話す奴の姿はとても魅力的だった。

ターンが自分の膝をタイプの膝に優しくぶつけると、それに気付いたタイプはターンの方を向きながら……挑発的な笑みを浮かべる。

「ゲーさんはよくこの店に来るんですか？」

そして、女性との会話を続けた。

「全然。今日はテンに連れられてきたって感じかな。タイプは？」

「僕も全然。部屋で教科書片手に課題ばっかりしてて、出かけるのはあまり好きじゃないんです。いい子ですから」

そんな会話が聞こえてくると、ターンは二本の眉が一本に繋がりそうなほど眉をひそめた。チャンスがあれば女の子にうつつを抜かそうとするタイプのどこがいい子だというのか。むしろ悪い子だ。

連れてこなければよかった！

ターンは心の中で叫んだ。

「あら、信じていいのかしら？」

「もちろん。タイプは真面目なんですよ」

嘘つきっ‼

ターンは心の中で一から十まで数えて落ち着こうとした。両親と話す時以外で、奴があざとく自分のことを名前で呼ぶのを聞いたことがなかったからだ。

ターンが必死で笑顔を作ろうとしていると、テンが話しかけてきた。

「次のステージまで待たなくてもいいわ。今晩はお姉さんに奢らせてくれないかしら。ここ最近全然姿を見せなかったイケメンドラマーに奢らせてよ」

ターンは笑顔で彼女の申し出を丁重に断った。

「次のステージの時にしましょう」

「あら、断られちゃった」

テンがゲーを振り返って口を尖らせ、拗ねるように言った。彼女の機嫌を取りたいわけではなかったが、ターンは笑顔を作って魅力を振りまく。それは以前タイプに指摘されたことのある笑顔だった。

いつもの笑顔とは違う、作り物の笑顔だ。

「断ったんじゃないですよ。また次に会うための口実を作ったんです」

テンが満足げに笑みを浮かべると、話題は他へと移った。

「本当にまだ一年生なの？　三、四年生かと思った」

「そんなに老けて見えます？」

タイプとゲーはまだ親しそうに会話を続けている。

「そういうわけじゃないけど、大人っぽい雰囲気だから……イケメンだしね」

ゲーは最後にそう付け足して、身体を乗り出しながら楽しそうに笑った。タイプはターンに身体を寄せ、奴の肩越しに親指を立てる。

「じゃあ、俺とターン、どっちがイケメン？」

「難しい質問ね。今晩は、タイプってことにしておこうかしら」

「ふっ、俺だってさ、ターン」

タイプは眉をピクッと上げて勝ち誇ったように言ったが、ターンはこの二人組の女性との会話を少しも楽しいと思えなかった。タイプが女性とどう接するのか興味があったことには違いない。しかし同時にターンにとってそれは知りたくもないことだった。

「私はターンに百点をつけるわ」

テンがターンに味方するように口を挟んだが、同点になったところで少しも嬉しくない。ターンは苦笑し、隣に座っているタイプの膝を優しく小突いた。小突かれた彼はもちろんそのことに気付いていたが……振り返って眉を上げ、小悪魔的な笑みを見せてくる。

もう我慢の限界だ！

タイプがゲーの背後に回り、前屈みになって彼女の耳元でターンに聞こえないように何かを囁いた。すると彼女は目を大きくして振り返り、嬉しそうに手を叩いて笑いながら携帯を取り出す。その時、ターンにははっきりと彼女の声が聞こえた。

「そんなに簡単に落とせるわけじゃないけど、難攻不落ってわけでもないから。頑張ってね」

彼女は電話番号をタイプに教えると、充分楽しんだというようにバイバイと手を振り、ターンと話していたテンと一緒に席を離れた。

「またね。次回は奢らせて」

テンもそう告げ、友達と一緒にどこかに行ってしまった。ターンは人混みの中に消えていったこの常連客に笑顔を向け、電話番号を聞き出せて上機嫌になり満面の笑みを浮かべているタイプを見た。

「タイプ！」

ターンが肩を掴んで不機嫌そうに掠れた声を出すと、タイプは眉を上げてわざと変な顔をする。

「なんだよ？」

「怒らせるなよ。さっき、彼女と何を話してたんだ」

ターンが声を荒げ、肩を掴む手に力を入れる。魅力的に輝いていたターンの目が嫉妬でこぼれそうになっているのを見て、タイプは肩を竦めた。

「なんでもないよ」

「タイプ！」

「ふっ」

タイプは鼻で笑い、前屈みになってターンの耳元で囁いた。

「俺の方がイケメンだって即答したのに、今晩はおしゃべりだけで帰るつもりですか？……って言ったんだよ」

この野郎！

ターンが心の中で叫びながら睨みつけると、タイプの顔から次第に笑みが消え、大きなため息が聞こえた。

「うるさいな。冗談に決まってるだろ」

「冗談を言ってるようには見えなかったけどな。彼女の電話番号、出せよ！」

ターンが真剣な声に、タイプは彼女の電話番号を入力した携帯を乱暴に彼の眼前に突き出した。

「どこにも入力してないよ。入力するふりをしただけ……彼女、薄暗い照明だったから綺麗に見えたけど俺にだって選ぶ権利はあるんだぞ！」

ターンが携帯に視線を落とすと、タイプが言うようにそこには何も入力されていない画面があるだけだった。顔を上げ、薄暗い照明の中で二人の視線がぶつかる。

「いいか、よく聞けよ。あの二人組、笑っちゃうほど化粧が濃かっただろ？　薄暗いバーの中では綺麗に見えても、お持ち帰りしたら次の日びっくりして泣きだしたくなるぞ」

タイプがそう悪態をつくとターンは眉をひそめた。そう思っていたなら、なぜターンの目の前でわざわざあの女性に気があるふりをしたのか分からない。その戸惑った様子に、タイプが前屈みになって耳元で囁いた。

「ヤキモチ焼いただろ……これでおあいこだな」

サーンのことでヤキモチを焼いたことを根に持っていたタイプは、その仕返しとしてターンにヤキモチを焼かせたかっただけなのだ。

ターンは歯を食いしばってくだらないことをするタイプを見たが、奴は無邪気に周囲を見渡すと楽しげに言った。

「俺って結構モテるんだな」

モテるにも関わらず、タイプにはその自覚がない。大学に入ってから幸運にも誰からも告白されなかったおかげで、ターンの元にやってきただけなのだ。

「馬鹿なこと考えるなよ」

ターンは二度とタイプを席に一人残すようなことはしないと心に決め、肩を掴んで会計をしようとした。しかし彼はまだ帰りたくない様子で、からかうように笑っている。望み通りにターンがヤキモチを焼いたことが嬉しかったのだろう。

ターンは大きな手でタイプの腕を掴み、駐車場ではなく店の裏のトイレに連れていった。

「ターン、放せよ！」

「なんでだよ。これから楽しくなるんじゃないか」

タイプは苛ついて歯をくいしばりながら伝えたが、ターンはそんなことを気にかける様子もなく、蹴りを入れようと脚を上げた彼をトイレの個室の中に押し込んだ。

「ターンこの野郎、もしここで何かしたら殺すからな！」

「やってみろよ。ちょうど死んでみたいと思ってたんだ、お前に抱かれながらな」

女性に手を出そうとしたタイプに仕返しをしようとターンはニヤリと笑った。

これまで優しくしてばっかりだったから、俺だって意地悪できることをタイプは忘れてるんだろうな。

「ターン」

タイプは目を見開いて呼んだが、ターンは冷笑を浮かべるだけだ。

「誰かにこの状況を見られたいのか？　それとも大人しく言いなりになる？」

誰かに見られてしまっても構わないターンが勝ち誇ったようにそう言うと、誰にも見られたくないタイプは奥歯を噛み締め、諦めたように狭いトイレの個室の中へ入った。


「そんなにモテたいなら、俺が相手してやるよ」

ターンがタイプの首筋に顔を埋めると、彼はターンの頭を小突いて顔をしかめた。

「触るな」

「俺をからかって楽しい？　俺が嫉妬するのを見て楽しいか？　女を引きずり倒したくなる俺を見るのがそんなに楽しいのか⁉」

ターンは自分の頭を激しく掻きむしりながら、顔を上げて鋭い声で聞く。しかし、タイプは怒りを煽るようにニヤリと笑うだけだった。

「楽しい」

その答えに、二人の関係がどれほど上手くいっていてもタイプはタイプのままで、奴をコントロールすることなどできないのだとターンは痛感する。

いつタイプが心変わりしてもおかしくない。

そう考えながらタイプの首に腕を回して抱きしめると、彼は耳元へ口を近付けた。

「嫉妬してるお前を見るのは楽しいさ。今晩……激しくなるな、と思って見てるから」

タイプが耳たぶを甘噛みしながらそう言って、ターンは立ち竦んだ。

こいつ、ベッドで盛り上がるためだけに俺にヤキモチを焼かせた……ってことなのか？

「言っておくぞ。どんなに女の子にキャーキャー言われても……」

タイプが欲情を煽るように耳元で話しながら耳たぶを舐め、ターンの全身に鳥肌が立つ。

「……お前が浮気をしようとしたら……いくらでも浮気し返すからな……俺はまだ女だってイケるんだから」

アルコールのせいではっきりしない意識の中、ターンは必死でタイプに言われたことの真意を考えようとした。何度もターンに抱かれたことのあるタイプが、自分はまだ女に戻ることもできるのだから絶対に浮気をするなと伝えようとしてきている。

つまり、タイプはターンにヤキモチを焼いている……のだ。

「痛っ……タ……タイプ……おいっ！」

喜びに浸る間もなくタイプの強烈な膝蹴りがターンの股間を直撃し、ターンはうずくまってトイレに座り込んだ。あまりの激痛に声を出すこともできず、天井のランプを遮るように前屈みになっている彼の悪魔のような横顔を見上げることしかできない。

「俺は女にだって手を出せるんだ。今、お前が俺に手を出せるかどうかは知らないけどな」

タイプは嘲笑を浮かべながらターンの襟を掴んで立ち上がらせる。

「お前と付き合うことを受け入れてそれをオープンにしたからって、俺がなんでも受け入れると思うな。覚えておけよ……」

タイプは一瞬黙り込み、低い声で続けた。

「俺はお前が思ってるよりずっと、酷いことだってできるんだぞ」

そしてタイプは、僅かに残った良心からドアを閉め、股間の痛みに耐えているターンを残して駐車場で待ってると叫びながらトイレから出ていってしまった。ターンはタイプの言いたいことを理解しはじめていた。

もしターンがタイプにヤキモチを焼かせたら、タイプはその何倍もターンにヤキモチを焼かせる。ターンが浮気をしたら、タイプも仕返しに浮気をしてターンを傷つける。タイプに何か酷いことをしたらそれが何倍にもなってターンに返ってくるということだ。

負けず嫌いで自分勝手なタイプらしい発想だ。

だが、ターンはもう後戻りできないほどタイプの性格の悪さにハマっていた。

どんなに性格が悪くても……どうしても好きなんだ。

今日の帰りは遅くなる

どこ行くんだ？

バンドメンバーとコンさんの店
長いミーティングになるだろうな

了解

先に寝てろよ

帰りは何時？

待っててくれるのか？

馬鹿野郎

まだ分からない

勝手にしろ

ヤキモチか？

死ね

ｗｗｗｗ

強い陽射しが残る夕方、大学サッカー部のメンバーはきついトレーニングをしていた。
前学期の練習に参加したりしなかったりだった一年生は、先輩に渡さなければいけない氷入りのバケツを置きっぱなしにして一人で携帯を弄っていた。
俺が五分サボったくらいで誰かが脱水症になるわけじゃないだろ。
パシリにされたタイプはそう思いながら、帰りが遅くなるとメッセージを送ってきた愛しの――殺したいほど憎たらしい――恋人への返信を打っていた。帰りが遅くなること自体はなんの問題もない。バンドのことでターンが忙しいのはタイプも理解していたからだ。タイプ自身もサッカーのことで頭がいっぱいで、どちらが悪いという問題でもないのは二人とも分かっている。

ただ、ここ最近……ちょっと距離を感じるな。

サーンとのトラブルから一週間が経ち、二人ともバンドやサッカーのことで忙しかったことに加えて、試験期間も近づいている。そのため一緒に暮らしていても、タイプはターンとの距離を感じるようになっていた。しかし、それぞれ自分のことで頭がいっぱいだった二人でも、唯一変わらないものもある。

愛の営みだ。どんなに遅く帰ってきてもターンは必ずタイプを求め、タイプもそれに応じていた。

携帯を見ながら〝万里の長城〟に苛立ちはじめたタイプは、前回ジットさんの店に行った時の彼の態度を思い出してさらに腹が立ち、メッセージを送ることにした。

浮気するなよ

その言葉
そっくりそのままお返しするよ

浮気なんてしない
別にしてもいいけど

ターンのメッセージにタイプはニヤリと笑いながら自信満々に返信した。

俺はいつだって浮気くらいできるんだ。でも、お前が浮気したらタダじゃおかないからな。

「タイプ、何してるんだよ。ここ最近いつも携帯を触ってばかりだな」

ターンにもう一度メッセージを送信しようとした時、（親）友チャンプの大声が聞こえてきた。タイプが振り返ると、サッカーシャツをパタパタ扇いでいる彼の、元ムエタイ選手らしい筋肉質な腹筋が目に入ったが……こいつの筋肉もターンにはかなわないな、としか思えなかった。

ターンの身体は、なんというか、ちょうどいい大きさの筋肉がきれいに付いてるんだ。それに比べてチャンプの腕はまるでカニみたいじゃないか。腕だか脚だか分かったものじゃない……ん？　俺はどうしてまたターンを称賛してるんだ？

「ああ、噂の恋人と話してるのか」

自分で聞いておきながら自分で答えて納得しているチャンプに、タイプは苦笑しながら頷く。

「ところで彼女は美人なのか？　プイファーイよりもかわいい？」

タイプはなんと答えたら良いか分からずに言葉を詰まらせ、目を瞬かせた。

こいつ、俺の恋人は女だと思ってるんだもんな。

「美人、かな」

恋人の顔を思い浮かべながらそう答えたタイプは、危うく吹き出すところだった。奴が女装をしている目も当てられない惨憺《さんたん》たる姿を想像してしまったのだ。

「髪が長かったら美人かな。ははは」

ターンの髪の毛が長いところを想像したタイプがとうとう笑いだすと、チャンプは別の意味に勘違いをしたらしい。

「なんだよ、ショートカットの子が好きなのか。だったら先にそう言っておいてくれよ」

「ははは。ところで、俺に何か用事か？」

チャンプの想像が果てしなく遠くまでいってしまったので、タイプは話題を変えようとした。すると元ムエタイ選手は、可哀想というよりイラっとするような悲しげな表情を作る。

「試験のことなんだけど……俺に勉強を教えてくれない？」

水を飲みに来たわけではなかったチャンプは、タイプに手を合わせながらか細い声でそう言った。

「お願いだよ、タイプ。いつもサボって遅刻ばっかりしてるお前の成績がいいなんて信じられないよ。

助けてくれ、赤点だけは取りたくないんだ」
前学期、授業をサボってばかりだった問題児のタイプの成績表を見て、誰もが驚いて悲鳴をあげた。ターンに出会ってからというもの頭脳よりも腕力を使うことの方が多かったが、タイプはそもそも頭脳派なのだ。
ピロンッ！
チャンプに何か言おうとした瞬間、携帯がまた鳴った。タイプは画面を見ながらロックを解除する。

試験が終わったらデートしような

短いメッセージにタイプは眉をひそめながら返信した。

デートってなんだよ

恋人と出かけること
難しい言葉じゃないだろ

うざっ

俺が？
フツーに誘っただけだろ
絶対に行こうな

なんで行かなきゃいけないんだ

俺に誘われてるから

嫌だ

今晩甘えさせてやるからさ

馬鹿野郎！

頼むよ　一緒に出かけよう
俺ら一週間以上どこにも出かけてないじゃないか

最初からそうお願いすればいいんだ

分かった

今晩は早く帰ってこいよ

甘えるためじゃないからな

あいつのお願いに心が動かされたというより、必死にお願いするところを想像したら笑えてきたのでＯＫしたんだ。

タイプはそう思いながら、携帯をポケットにしまって顔を上げると……。

しまった、チャンプがいたんだった。

「お前のそんな顔、初めて見たぞ……ラブラブだな」

チャンプが笑いを堪え、指でハートマークを作りながら言ってくる。

「何がラブラブだよ。サッカーボールで酔っ払ったか？」

自分がどんな顔をしていたのか思いもよらないタイプはそう返しながら、必死に怖い顔をして険しい声を出そうとした。チャンプは笑って質問を繰り返す。

「勉強、教えてくれるんだろ？　いいことをすれば恋人が惚れ直すかもしれないぞ」

「そんなことってあるか？　お前に勉強を教えたらあいつが俺に惚れ直すなんて。お前は媚薬《びやく》かよ」

タイプがおかしそうに言うと、チャンプは満面の笑みを浮かべた。

「じゃあ、恋人がもっとお前に惚れるように毎晩祈ってやる。だから勉強教えてくれよ」

友達の懇願に上機嫌になったタイプはニヤリと笑って立ち上がり、氷の入ったバケツを持ってグラウンドの隅に向かいながら首を縦に振る。

「分かった、教えるよ。でも時間の無駄だから毎晩お祈りなんてしなくていいからな」

タイプは訳が分からないという顔をした相手の方を振り向き、片方の眉をピクッと上げて自信満々に言い放った。

「恋人はもう充分俺に惚れてるから」

「いつからそんなに自惚《うぬぼ》れ屋《や》になったんだよ、この色男！」

背後から聞こえる友達の叫び声を気にすることもなく、タイプはバケツの氷を先輩に届けた。チャンプが何を騒いでいるのかテクノーに聞かれたが、タイプは何も答えずに狡猾《こうかつ》な笑みを浮かべると、自信満々に高笑いをする。

ターンは何より俺に惚れてるんだ。

以前であれば男に惚れられてもおぞましいと感じるだけだったが……それも思ったほど悪くない。


「一緒に来てくれて嬉しいよ」

「お情けさ。お前があまりにしつこいから、徳を積もうと思って来ただけだ」

「相変わらず口が悪いな」

高級車の中で二人の男性が嬉しそうに話をしていた。その理由は二つある。


一つ目は……昨日の夕方でテスト期間が終わったこと。

二つ目は……約束通りにデートに出かけられたこと。

多忙だったテスト期間が終わって、以前にもタイプに聞いた「デートに行かないか？」という誘いをターンは改めて聞き直した。

最初タイプはデートという言葉にあまり気乗りしなかった。いつも一緒にご飯を食べに出かけているのに、それがデートとどう違うのか分からなかったのだ。ターンはため息をつき、ムードの欠片《かけら》もないタイプを見つめることしかできなかった。しかし粘り強く毎日誘い続けるターンに根負けし、一緒に出かけることにしたというわけだ。

実のところ、タイプは最初にデートを提案された時から行きたくないわけでもなかった。たまには一緒に外へ出かけるのもいい、情事のにおいが漂う部屋にこもってばかりだと息が詰まるとタイプも思っていた。

「お前はこの口の悪さが好きなんだろ?」

タイプがニヤリと笑うと、ターンは大きなため息をつきつつも笑顔で頷いた。

「そうだな、大好きだ」

「ふっ」

あっさりと認められたタイプは面白くなさそうに車窓に視線を移し、見覚えのない景色を眺めながら尋ねた。

「ところで、どこに連れていくつもりなんだ? 何も聞いてないけど」

運転席のターンは笑顔になり、楽しそうに目を輝かせる。

「それを言ったら……サプライズじゃなくなるからな」

他の人であればどこに連れていってくれるのかわくわくするだろうが、タイプは言いようのない苛立ちを感じはじめていた……ターンが過剰に楽しそうにしていることや、一緒に出かけたがっていたことにモヤモヤしていたのだ。何かを企んでいる時のターンは全く信用ができない。

ターンが悪魔じゃなかったら、もっと性格のいい俺は天使だ。

「俺を騙してどこに連れていくつもりなんだよ」

痺れを切らしたタイプはとうとう険しい声で詰め寄ったが、ターンは運転席で肩を竦めながらフロントガラスから道路を見ているだけだ。そんな運転に集中しているふりにも、タイプは違和感を覚えていた。

「ターン、どこに行くつもりだ!」

「着いたら分かるさ」

その回答にタイプはさらに苛立ちを募らせたが、自分の考えすぎだ、ターンはただメロドラマのようなことがしたいだけだと思い込もうとする。タイプにできるのは、身の毛もよだつようなロマンチックなサプライズが待っていても、それに鳥肌を立てないように心の準備をしておくことだけだ。

サプライズがあまりにもキザで気持ち悪かったら怒鳴ってやるからな。

タイプはそう思いながら、一生懸命気持ちを落ち着かせようと車窓からの景色を眺めていた。しかし、嫌な予感というのは当たるものだ。

「ターン、ここ誰の家だ⁉」

今のタイプの気持ちが分からない人がいれば……水牛の四分の一くらいの脳みそしかない頭の弱い奴だろう。真新しい高級車が高級住宅街に入った瞬間、タイプは自分が馬鹿だったと痛感した。クラブハウスのプールで泳いだり、住宅街の中のレストランで食事をしたりするために来たわけじゃない。ターンはきっとどこかの家に入るはずだ。タイプもそこまで鈍感ではなく、それが誰の家なのかは察しがついた。

ターンの家に決まってる。ちくしょう‼ こいつの家だ！

心の中では確信していたが、念を押すためにターンに聞こうとしたその時だった。ターンが車を一軒の家の前に停めてクラクションを二度鳴らすと、閉じられていた自動開閉の門扉が開き、タイプは驚いてターンを睨んだ。

オートゲートが開けられたということは、家の中で誰かが操作しているということだ。そして家に誰かいるということは、ターンが来るのを知っているということだ。

ターンが来るのを知っているなら、誰を連れてくるのかも知っている、ということではないか。

俺を騙して実家に連れてきたんだな。

「ターン、ちゃんと説明しろよ！」

タイプは運転しているターンの肩を掴んで自分の方を向かせようとしたが、彼はニヤリと笑うだけで何も言わなかった。関節が外れそうなほど強く掴まれた肩を気にかけることもなく、片手でハンドルを操作しながらバックで車庫に車を入れる。

「見ての通りさ……デートだよ」

「お前の家じゃないか、この野郎！」

タイプは心臓が熱を帯びてきているのを感じて騒ぎはじめた。不安と緊張が入り混じり、家の中から誰かが出てきてしまうのではないかと気が気ではなく、ターンの腕を掴んでいる両手にさらに力を込める。彼は少し顔をしかめながら言った。

「ここがどこかってよく分かってるじゃないか。だったらなんで聞くんだよ」

「ターン‼」

タイプは怒りで耳から煙が出そうなほど険しい声で怒鳴ったが、ターンは笑みを浮かべるだけだ。そして……。

ちゅっ。

バシッ！

「この野郎‼」

タイプの頬にキスをした瞬間に平手打ちを首に喰らったターンから驚愕の声が漏れるも、それはタイプの罵声にかき消された。家から人が出てこないことを慌てて確認し、怒ってターンを睨みつける。

するとターンがふざけるのをやめて真剣な表情で言った。

「そんなに怒るなよ」

「お前が俺だったら怒るだろ。騙されてここまで連れてこられたんだぞ」

「騙さなかったら一緒に来てくれないだろ」

「当たり前だ！」

恋人の実家へ行くのはそんなに簡単なことではない。しかも、恋人も自分も水牛のようにいかつい体格をした男なのだ。相手は白い水牛で自分は黒い水牛と血統が違うだけで、家族が黙ってこんな恋人を受け入れてくれるはずがないだろう。

考えれば考えるほど、今にもターンの首を絞めそうなばかりにタイプの目は鋭く光っていった。ターンはそんな様子にため息をつく。

「ほら……兄さんに会いに来ただけ。お前に会いたがってるから」

「なんで俺に会いたいんだ！」

「弟が実家に寄り付かなくなるほどハマってる恋人を見てみたいだけだよ……」

ターンの答えにタイプの顔は青ざめた。まるで自分がターンをたぶらかしている悪者のように聞こえる。ターンが肩を叩き、慰めるように言った。

「トーン兄さんは本当にお前に会いたがってるんだ。サーンさんから色々聞いてるみたいだけど、どんな奴なのか自分の目で確かめたいって言うんだよ。両親は出かけてるし、妹はピアノ教室だし、お手伝いさんも水曜日は休みだから心配するな。家にはトーン兄さんしかいないから」

「じゃあどうしてお前の家なんだよ！」

初めからターンの兄さん一人に会いに行くと知っていれば、もう少し平常心を保つことができていただろう。兄さんは最初から全部知っている、と何度か聞かされていたからだ。兄一人であれば、家族全員に会う恐怖に身体を震わせて縮こまらせることもなかった。

「兄さんは出かけるのが好きじゃないんだ。それにお前に実家のことも知っておいてもらいたいって言うし」

そう言われ、そんなの言い訳じゃないかとタイプが反論……否、反撃を仕掛けようと思ったその瞬間……。

コン、コン、コン。

助手席側の窓がノックされ、タイプは振り返った。ちくしょう！

窓をノックした人に怒鳴ったのではない。心臓が飛び出るほどに驚いた自分に対して心の中で叫び声をあげたのだ。

それが誰かなのか言われなくても分かった……ターンの兄さんに違いない。

トーンは弟とは全く似ていなかった。ターンはアメリカ人の祖母の血を濃く受け継いでいて欧米の血が混じっていることは一目瞭然だが、トーンは中華系のシャープなイケメンで、窓越しに見える茶色がかった瞳の色だけが弟と同じだった。しかし身体は弟と同じように鍛えられている。

「よう、トーン兄さん！」

運転席にいたターンが先に車から降りて声をかけ、車の窓に腕をもたせかけていた兄が顔を上げてターンへ視線を移すと、タイプはようやく息ができるようになった。

「全然降りてこないから迎えに来たんだよ。俺の顔、何かおかしいか？」

トーン……本名タラドーンがそう聞くと弟は笑った。

ターンの兄さんの顔がおかしくて見てたんじゃない。びっくりして身動きできなかったんだ！

そう思いながらドアを開けて車から降り、必死に気持ちを落ち着かせようとする。しかしそれは無理な話で、タイプは恋人の実家に行く時の緊張感を嫌というほどに味わっていた。

もしも実家じゃない場所でターンの兄とは知らずに会っていたら、タイプは緊張どころが、喧嘩をふっかけていたかもしれない。しかし恋人の家族となると態度も変わって当然だ。礼儀正しく振る舞って、兄にかわいがられないといけないことはタイプにも分かっていた。

まさに恋人の実家に来た時の気持ちだ。

「お兄さん、初めまして」

丁重に手を合わせて挨拶をしたタイプの笑顔は心なしか引き攣っていた。

「初めまして、ターンの兄のトーンです。タイプくんだよね？　何度も写真で見てるけど、実物の方がかっこいいな」

トーンは笑顔でそう言ったが、頭の先からつま先までしっかりと観察されたタイプは背筋が凍る思いだった。その眼差しはターンのものより遥かに恐ろしい。

「写真？」

「そう、トーン兄さんに聞かれたからお前のＳＮＳを教えたんだ」

ターンが兄の代わりに答え、タイプは奴の顔を引っ掻きたくなった。

どうして俺にそのことを言わなかったんだ！

「ははは、覗き見が好きなんだ。特に弟に関することはね。さっ、家に入ろう。タイプくんは騙されてここに連れられてきたみたいな顔をしてるじゃないか」

フレンドリーな兄の様子に次第に平常心を取り戻

しつつあったタイプは、縮こまりながら兄弟の後についていて豪邸に入ろうとする。

「ふふっ」

ガッ！

「おいっ！」

タイプの隣で楽しそうに笑っていたターンは、彼に膝を蹴られて転びそうになった。

「どうした、ターン？」

振り返ったトーンに聞かれ、ターンは手を振って笑いを堪えながら答える。

「大丈夫、なんでもない」

トーンは頷き、家に入る直前で足を止めると、大きな身体をターンの方へ向けて尋ねた。

「そういえば今日、お姫様が家にいるけど大丈夫だよな？」

その言葉にタイプは眉をひそめ、お姫様とは一体誰だ、とターンを見た。つられてターンも同じように眉をひそめる。

「あれ？　ピアノ教室じゃなかったのか？」

「お前が恋人……あ……友達と一緒に帰ってくるってうっかり口が滑っちゃったんだ。それで今日は家にいるって聞かなくって」

そう言って、トーンは少し困ったような顔をして黙り込んだ。しかし誰よりも困っているのは、お姫様というのは妹のことだと察しはじめたタイプだ。

「ターン兄さん、お帰りなさい」

噂をした途端、妹が家から出てきた。タンヤーはイケメン二人の妹だけあって、とても愛くるしく、まだ幼い美しい顔に甘い微笑を浮かべている。来客に気付いたタンヤーは兄に駆け寄ることなく、まずは玄関のドアのところで手を合わせて客人に挨拶をした。タイプは慌てて挨拶を返したが、勢揃いした恋人の兄妹を前に緊張が最高潮に達していた。

「初めまして」

「は、初めまして」

十歳くらいの子供にもおどおどしている自分に驚きながら、タイプは掠れた声で挨拶した。タンヤーはターンの方を向いて笑顔になる。

「ターン兄さん、帰ってくるなら先に言ってよ。トーン兄さんが教えてくれなかったら会えないところだったんだから」

「ちょっと寄っただけだよ」

まさかタンヤーが家にいるとは思わなかったが、特に大きな問題はないだろうと判断したターンは妹を抱きしめ、自己紹介をするようにタイプに手招きする。そしてタイプがターンの隣に行こうとしたその時、突然オートゲートが開き、トーンもターンも慌てて音がする方を振り返った。

「ヤバい！」

トーンとターンが同時に叫び、タイプも身体を強張らせた。車が入ってきたということは、誰かが帰ってきたということだ。その時、タンヤーが無邪気に言った。

「ターン兄さんが特別な友達を連れてくる、ってトーン兄さん言ってたでしょ？　だから、タンヤーがお母さんとパパに急いで戻ってくるように言ったの」


ヤバい！

タイプもこの言葉以外に何も思いつかなかった。兄妹が勢揃いしただけでも大変なことになったと思っていたのに、両親まで帰ってくるなんて……これは大事になってしまったぞ……。


キリガン家のリビングは霊園のように静まりかえり、お盆の時期以外の墓地のように神妙な雰囲気に包まれている。タイプが一人掛けのソファーに座り、その正面には両親が一緒に、そして、少し離れたところに気まずそうに笑顔を引き攣らせているターンが座った。

ターンも両親が帰ってくることは知らなかっただろうけど、俺なんてお前の実家に連れてこられることすら知らなかったんだぞ！

「タイプくん、だったかしらね」

「は……はい」

タイプは人生で初めて緊張で全身から汗が流れ出すのを感じながら、しどろもどろになって返事をした。両親を直視する勇気はなく、目の前に置かれたグラスを凝視することしかできない。

この状況で……誰が水なんか飲めるっていうんだよ！

そもそも人見知りなタイプだが、相手が目上の人となるとなおさらだ。誰とでもすぐに親しくなれるテクノーとは違う。緊張のあまり、膝の上に置いたままの両手をぎゅっと握りしめる。ドアの方へチラッと視線を向けると、長男と末っ子が好奇心に満ちた目でリビングの様子を窺っていた。

誰に対して怒ればいいのか、タイプには見当もつかない。

何も言わずに実家に連れてきたターン。口を滑らせた兄のトーン。両親に知らせた妹のタンヤー。

三人まとめて怒鳴ってやればいいのか⁉

表向きは平常心を保っているように見えても、実際は息苦しくて狂いそうだ。初めて恋人の実家に来た緊張感を嫌というほど味わっていたのだ。

こんなにも恐ろしいことはないな。もしターンの両親に嫌われたら……いや、好きになってもらえるはずがない。息子の恋人の俺は男なんだ。

タイプは自問自答しながら今にも錯乱しそうだった。

「二人は出会ってもう長いのかしら？」

ターンの母親はとても綺麗な人で、笑顔になると優しそうだったが、視線を向けられたタイプは緊張のあまり身震いした。

「いえ、前学期に知り合ったばかりです」

「学生寮で出会ったのかい？」

体格のいい父親が尋ねる。トーンとターンのガタイがいいのは父親譲りなのだろう。全てを見通しているかのような眼差しに、タイプは固唾《かたず》を呑《の》んだ。

「はい」

「それで、一緒にマンションに引っ越した、というわけか？」

父親が聞くと、タイプは深く息を吸った。

ここまで来たんだ。よし、いつまでも怖がっていてもしょうがない。最悪の場合でもこの家から追い出されるだけだ。

「最初からマンションを借りたかったのですが、学生寮で友達をたくさん作れと常々言っている父の許可が下りなかったんです。でも、ターンが……あっ……ターンくんが一緒にマンションを借りてくれることになって、それでやっと父の許可が出ました」

ターンを呼び捨てにしてしまったタイプは慌ててくんを付けて言い直した。そんなタイプの様子を見てターンは堪えきれずに吹き出した。タイプはターンを睨みつけたが、手も足も出せない。緊張で死にそうなんだぞと目で訴えながら、ここから脱出したら絶対にターンをとっちめてやる、と考えていた。

「学生寮に入ったということは、実家は大学から遠いの?」

母親が聞いてきた。

「実家はスラタニー県です」

「スラタニーのパンガン島だよ、母さん」

ターンが補足すると、母親は頷いて心配そうにタイプに視線を向けた……ような気がした。


「じゃあ、バンコクに親戚はいないの?」

「いえ、叔母がバンコクにいます。中学生の頃からバンコクにいるんですが、ずっと叔母と一緒に住んでいました。大学に進学した時に一人暮らしをしたいと父に言ったんです」

タイプは慌てて首を振って説明しながら、取り調べを受けているような、身辺調査をされているような気分になった。

「そうか。じゃあ、何か困ったことがあったらその親戚の方に相談できるってわけだな」

ターンの父親が言った。

「は、はい」

タイプは緊張で乾いた笑みを浮かべ、心臓をバクバクさせながら、聞かれたら困る質問のことを考えていた。例えば……。

「ターンと一緒に暮らしてみてどうだ?」

その手の質問だ！

タイプは恋人をチラッと見た。奴の父親がどんな答えを求めているのか見当もつかなかったからだ。

はい、週に少なくとも三回はベッドを共にして甘い生活を送らせてもらってますよ。トラブルもなく普通のカップルと同じです……なんて死んでも言えない。

「つまり、ターンが何か困らせるようなことをしてないか、ってことさ」

父親がそう補足したが、タイプはその問いかけの意味するところを理解していた。気をつけの姿勢のまま座っている自分と息子の本当の関係を両親が知っているかどうか、タイプは確信がもてない。しかし、ターンがはっきりと恋人だと紹介しなかったことには安堵していた。

そんな紹介の仕方をされたらターンの命はないだろう。恋人がいると胸を張って言えるようにはなってきているが、恋人の両親に出会った直後から嫌われる心の準備はしていない……正直に言えば、彼の家族には好かれたかった。

この家に嫁ぐわけでもないのに考えすぎだ！

タイプは混乱でしどろもどろになり、なんと答えていいのか見当もつかなかった。リビングはエアコンでキンキンに冷えていたが、汗が背中をツーっと流れたのを感じる。

「いいえ、何も困るようなことはないです」

いつもの勝ち気なタイプはすっかり影を潜め、今にもソファーに吸い込まれそうなほど身体が薄っぺらくなる錯覚に陥っていた。顔を見合わせた両親に、ターンが口を挟む。

「パパ、僕たちは家事を分担してるんだ。僕が掃除担当で、タイプが料理と皿洗いの担当。洗濯はどちらか手が空いてる方がして、僕の服のアイロンは店に出して、タイプは自分でアイロンをかけてるんだよ」

ターンがそう説明すると、母親が興味深そうに尋ねた。

「タイプ君は料理ができるの？」

「は、はい。叔母の家族はみんな働いていたので、ずっと自分で食事を作っていたんです」

「すごいわね。ターンは何もできないのに。毎日コンビニのお弁当を食べてるんじゃないかって心配だったのよ」

彼女が嬉しそうにそう言うと、タイプは小さい頃から料理の手伝いをさせていた自分の母親に感謝し、次第に落ち着きを取り戻してきた。

「いえいえ、簡単なものだけです」

「ターンは心配になるほど何も作れないのよ。卵焼きだって妹のタンヤーの方が上手にできるくらいなんだから」

タイプは母親に心配されるほど全く料理ができないターンに視線を向けて……ニヤリと笑った。

「ターンくんもできますよ、上手くいったり真っ黒に焦げたりですが」

余裕が出てきたタイプのからかいにターンが怖い目で睨んできたが、口元には笑みを浮かべていることに気付き……ドキッとしてしまう。強面《こわもて》のイケメンの笑顔は心なしか引き攣っていたが、ターンについて話すタイプに喜んでいるらしい。

「焦げたのは自分で食べて、綺麗に焼けたのをお前にあげてるじゃないか」

馬鹿野郎、両親の前でなんてことをバラすんだ！

心底嬉しそうな顔をしているターンの眼差しは、タイプがただの友達ではないことを物語っていた。

タイプの顔から少しずつ笑みが消えていき、何かに気付いたであろう両親をチラッと見る。すると、母親が突然立ち上がり、タイプの心臓の鼓動が早まっていく。

「それはつまり……」

俺はなんて言い訳すればいいんだ！

タイプは何かを言おうと口を開けたが、結局何も言えずに閉じた。両親が先ほどの会話を快く思っていないのではないかと自分が焦っていることだけはよく分かっていた。

「じゃあキッチンに行くわね。あまりに料理ができない息子で悲しくなっちゃう……おばさんの料理の腕前を見せてあげるわ。息子は料理ができなくても、おばさんはシェフ級の腕前なのよ」

不満げにというよりは楽しそうに言いながら母親

がそそくさとその場を離れると、タイプは何も言えなくなってしまった。

「その……」

「昼食は食べていきなさい。なんなら夕食も食べていってくれ。食べる人が多いほど母さんは喜ぶから」

父親が愉快そうに言うと、今すぐにでもマンションに帰りたいタイプも従うしかなかった。

「はい」

「そんなに緊張しなくてもいいぞ。ただ話がしたかっただけだ。何も怒ろうとしているわけじゃない」

その言葉に、タイプはさらに身体を強張らせる。

ということはつまり、俺が息子の恋人だって最初から知っていたってことなのか?

タイプはうつむくことしかできず、恋人の父親との会話をおそるおそる続けた。そんな彼の様子を……なんてかわいい奴なんだと思いながら、脚を組んでいるターンが見つめていた。

第四十三章　嫌われてもいい、俺は好きだから

「家族みんなでパンガン島に遊びに行くのはどうだ？」

「はいっ⁉」

ダイニングテーブルの上座に座っているキリガン家のリーダーが突然そう言った時の、タイプの気持ちを想像してみてほしい。タイプは身体を固くさせて恐れ慄《おのの》き、あまりの恐怖に握っていたスプーンを落としそうになった。そして楽しそうに笑っているターンに視線を向ける。

それはダメだ。頼む。

タイプはもちろんその言葉を口に出すことはできなかったが、ターンの父親と自分の父親が対面した時について考えると手が震えてきた。

大変なことになってきたぞ。

「タイプ君のお父さんのホテルに泊まるのはどうだ？　ご家族に挨拶もしないといけないしな」

それはダメです。最低最悪です。俺の両親に会うとかあり得ない。それでなくても頭が痛いのに。

心の中でそう答えながらターンを見ると、奴は目を輝かせて乗り気な様子だった。

ガシッ！

「ひっ！」

叫び声があがってもおかしくない。タイプが脛《すね》を思いっきり蹴り飛ばしたのだ。しかしおかしなことに、それはターンの声ではなく……トーンの声だった。

しまった、間違えた。

タイプは言葉を失った。ターンの両親に二人の関係をまだはっきりと説明していないため、どう断ったら良いのかも分からない。タイプの両親は何も知らないのだ。タイプは乾いた笑みを浮かべながら、トーンの顔を申し訳なさそうに見ることしかできなかったが……そんな様子をターンが笑っていた。

ちくしょう、今晩絶対に殺してやる！

「パパは気が早いな。今年は休みが全然ないって

言ってたじゃないか」

ターンが助け舟を出してくれたことが不幸中の幸いだ。

「国内のビーチリゾートなんてもう何年も行ってないわね。時間を作って行きましょうよ」

しかし三人兄妹の母親が家族旅行のプランに嬉々として口を挟んでしまった。もちろん、タイプと関係のないところで勝手にビーチへ家族旅行に出かけるのは大歓迎だ。問題なのは……タイプの実家に行こうと言っているところにある。

「しばらくしたら行こう。パパも母さんも友達と旅行してきたばかりだろ。しかも、パパ、全然休めないって言ってたよね。ターン一人で先に下調べに行ってもらうっていうのはどう？　それから家族みんなで行っても遅くはないよ」

トーンが助けてくれたことにタイプは驚いたが、それも一瞬のことだった。恋人の兄、トーンがタイプの方を振り返り、ニヤリと悪魔のような笑みを浮かべてくる。

「もう痛いのは嫌だし」

「痛いってどういうこと？」

ターンと間違えてトーンを蹴飛ばしたタイプは身体を固くしたが、母親は意味が分からないという表情だ。トーンがみんなに見えないように満面の笑顔を浮かべる。

「母さん、前回みんなで海に行って僕がウニを踏んだ時のこと覚えてる？　死にそうに痛くて、しばらくの間、海が大嫌いになったんだ」

トーンの口からスラスラと出てくるよくできた言い訳を聞きながら、タイプはもう一度脛を蹴飛ばしてやりたい衝動に駆られたが、自分の味方になってくれていることを思い返してそれはやめた。

家族全員でもターン一人でも、誰も来ないでくれ。

「そうだな。まずは僕が下調べに行くよ。家族旅行の話はそれからだ」

ターンは楽しそうに言いながら滞在先のホストとなるタイプを見てきたので、彼は牙《きば》を剥いて睨んだ。

来るな、絶対に来させないぞ！

「そうね、トーンの言う通りだわ」

「はぁ」

家族のみんなが納得し、タイプは安堵のため息をついたが、さらなるトラブルが起こった。

「今晩、ターン兄さんは泊まっていくんでしょ？」

今度は座って静かにご飯を食べていた妹のタンヤーが口を開くと、母親が時計をチラッと見た。

「そうね。今晩は泊まっていきなさい。わざわざ運転してマンションに帰ることないわ」

ターンは少し困ったような顔をした。タイプを兄に会わせようと思っていただけで、両親と鉢合わせするとは考えてもいなかったのだ。自分だけ実家に泊まって、タイプを一人マンションに帰すわけにはいかない。しかし実家に泊まらずにマンションに帰るのも、母親に悪いような気がしていた。

「大丈夫。俺は一人で帰れるから……」

気持ちを落ち着かせるために早く帰りたいタイプにとって、バスに乗って帰ることとくらい朝飯前だ。

「あら、そんな必要ないわ。タイプくんも泊まっていきなさいよ。明日二人で一緒に帰ればいいじゃない」

「はい⁉」

タイプは振り返って大声で返事をし、有無を言わせない様子で笑みを浮かべている母親を見た。初めて恋人の実家に来て自己紹介したばかりだというのに、その日のうちにお泊まりできる勇気がある人なんているのだろうか。

「いえいえ、今日は遠慮します。悪いですから」

タイプは困ったように笑顔を引き攣らせ、ターンを殺してやりたいと思いながら小声で言った。

お前のせいでこんなことになってるんだぞ！

「遠慮しなくていいのよ。トーンの友達もよくここに泊まって一晩中ゲームをしてるの。昔はサーンも毎週来て泊まっていたし――」

「え？　サーンが⁉」

耳障りな名前が聞こえ、タイプは両目を大きく開いて鋭い声で詰め寄る。彼女は頷いた。

「そうよ。知り合い？　トーンの友達で、ターンとも仲がいいの」

「知り合いです」

　タイプは奥歯を食いしばって答えながら、あいつはこの家にどこまで入り込んでいるんだとターンを睨む。彼は何も言い返せない状況に降伏するように手を肩の高さまで上げた。するとその時、タンヤーが声を上げた。

「ターン兄さん、泊まっていってよ……タイプさんは泊まれないの？　タンヤーはターン兄さんにピアノを弾いてほしいのに」

　末っ子の彼女が甘えるような顔でねだる。彼女は自分が甘えれば家族のみんながどのような反応をするか分かっているようで、タイプも少女のお願いを断りきれなくなっていた。

「ね、ね、お願い」

　そうしてタイプは……。

「お邪魔します」

　と、歯を食いしばるしかなかった。

　誓ってもいいが、甘えてくるタンヤーにNOと言えなかっただけで、「自分はターンの実家に泊まったことがないのにサーンは泊まったことがある」という事実に嫉妬したわけではない。あいつに嫉妬しているのでは絶対に……ない！


「俺に怒るなよ」

「俺がいつ怒ってるって言ったんだ」

　泊まっていきなさいという家族の強引な勧めに、タイプは二階のターンの寝室へ渋々上がってきた。その顔は夫の寝室を初めて訪れたという嬉々としたものではない。髪を乾かしながら部屋に入ってきて優しく声をかけたターンを、恐ろしい顔で睨む。

　何かやましいことがあるんじゃないか？

　ベッドの上で枕を抱きしめながらあぐらをかいて座っているタイプは、彼に違和感を覚えていた。恨みのこもったキリッとした目が恐ろしいほどに爛々と光り輝き、ターンが苦笑する。

「じゃあ、その顔はなんなんだよ」

「俺の口を見ろ」

タイプは自分の口を指差しながら言った。

「怒ってるよ！　ちくしょう！　ちくしょう……分かったか、ちくしょう！」

〝ちくしょう〟を三度連呼されたターンはバスタオルを洗濯カゴに投げ入れた。そしてベッドに腰を下ろしてタイプに近寄ろうとしたが、タイプは慌てて自分の足を指差す。

「機嫌が悪いんだ。お前の首に今すぐこの足で蹴りを入れてやってもいいんだぞ……分かったか！」

仲良く冗談を言い合う気分ではないから俺に触るなというタイプの剣幕に、機嫌を取るために優しく抱きしめようとしていたターンは諦めてあぐらをかいた。ターンは彼と顔を合わせて座り、微笑む。

「ごめん」

「許さない」

タイプは言い返した。

「ごめんって。本当にごめん」

「だから許さないって言ってるだろ！」

タイプはもう一度言い返し、枕をぎゅっと抱きしめながら舌打ちをしてそっぽを向いた。

「ムカつくな。なんでごめんって謝りながら、顔がニヤけてるんだ！」

タイプが真剣に怒っていることが伝わったのだろう、ターンも真剣な声で言った。

「本当にごめん。両親が俺たちのこと知ってるとは思わなかったんだ……でも、二人とも怒ってなかっただろ？」

その謝罪にタイプは不機嫌なままだった。心の奥底で……とても不安だったのだ。ターンの父親も母親もタイプの前では良くしてくれたが、タイプのいないところではなんと言っているか心配だった。ゲイの息子が男の恋人を実家に連れてきたことについて、いくらカミングアウトして一年以上が経つとはいっても、息子の恋人を百パーセント受け入れられるものだろうか。

そう考え、タイプは怖くなっていた。両親から別れるように言われたらどうすればいいのだろうと。

絶対に別れないぞ！

ゲイを毛嫌いしていたタイプは心の中で叫んだ。タイプをゲイにした〝最低な〟ゲイのターンとは死んでも別れたくない。〝最低な〟ゲイであるターンが、ゲイだからといってみんなが酷い人間ではないと教えてくれた。少なくともターンは良い奴で、タイプは彼を失いたくないと思っている。

タイプのような性格の悪い奴を、ターン以外に誰が受け入れてくれるというのか。

「ターン！」

タイプが考えを巡らせていると、ターンが膝の上に重い頭を乗せてきた。タイプは鋭い声を出して下を向いて睨んだが……彼は満面の笑みを浮かべていた。

「そんなに悩むな」

ターンの頭を押し退けたい思いもあったが、手を上げてタイプの頬に触れながら放ったその短い言葉で、タイプは信じられないほど心が落ち着いていくのを感じた。

「心配するな」

ターンは温かみのある声音でそう言った。それはいつもの意地悪なイケメンとは別人のようだった。

「考えすぎるなって」

なぜ彼に頬を触らせ、撫でられるままになっているのかタイプは自分でも分からない。

「考えてもしょうがないことは考えるなよ」

そう言いながらターンはゆっくりとタイプの頬を撫でた。彼の体温を感じて、焦っていたタイプは大人しくなり……膝枕のまま笑顔で自分を見上げる相手を見た。その笑顔はまるで自分たちの関係は何も悪くないと言いたげだった。

「どうして考えすぎちゃダメなんだ」

そう言い返したタイプも、ターンの言葉にそれ以上何も言えなくなっていた。

「お前が悩んだら、俺はもっと悩む。お前が不安に思っていたら、俺はもっと不安になる。お前が考えすぎたら、俺はもっと考えすぎる。お前が嫌な気分だったら、俺はもっと嫌な気分になる……お前が一人で悩んだり考えすぎたりしてるのを放っておけないよ……俺はお前の恋人なんだぞ」

何をペラペラ語っているんだと怒鳴りつけたい気持ちもあったが、タイプは言葉に詰まって何も言えず、黙って座ったまま顔を逸らすことしかできない。

「そんな言葉で俺がお前を許すとでも思ってるのか？」

「許してくれた？」

「そんなわけないだろ」

しかし言葉とは裏腹に、タイプはターンの頭を優しく撫でた。そして同時に、自分の頬を引っ叩きたくなった。頭を撫でられて上機嫌になったターンが満面の笑みを浮かべたので、タイプは彼の髪をクシャクシャにする。

「言っただろ。蹴りの準備はいつでもできてるんだぞ」

突然腰に腕を回してきたターンに、タイプは頭を撫でるのをやめて奴の額を突き飛ばそうとしたが……百戦錬磨のターンがそんな攻撃を喰らうはずもない。

「ちくしょう！」

突然ターンが首筋に顔を押し付け、タイプはバランスを崩してそのままベッドに押し倒された。今日四度目となる「ちくしょう」を言った瞬間、タイプの怒鳴り声は……笑い声に変わった。

「ターン、この野郎！　やめろ、脇腹に触るな。ちくしょう！　舐めるな、くすぐったいじゃないか。くすぐったい……やっ……やめろっ……ははは！」

ターンに借りたパジャマ用のTシャツの中に両手を入れられ、執拗に脇腹をくすぐられたのだ。首筋を舐められながらのくすぐりに、タイプは笑いすぎで過呼吸になりそうだった。首筋へのキスは、いつものようにこれから情事を始めようとするものではない。ふざけて甘噛みをしながらキスをするターンはまるで猫のようだった。

「いいじゃないか、少しだけ」

「この野郎……ああぁっ、脇腹をくすぐるな。ははは、ターン、この、やめろ！　やめろって‼」

洋服の中に入れられた両手に脇腹をくすぐられて

タイプは転げ回り、両手両脚をバタつかせてターンから逃れようと横向きになる。そして懸命にベッドから立ち上がろうとした瞬間、くすぐっていた彼に片手で背後から抱きしめられた。奴のもう一方の手はまだ脇腹をくすぐったままだ。

「ターン……殺すぞ……ははは、お前！　この野郎！」

脅しの言葉に笑い声が交じっていなければターンもくすぐるのをやめたかもしれない。しかし、笑いながら脅されても全く怖くなく、ターンはくすぐるのをやめなかった。しかも、逃げられないように引っ張られたTシャツは半分脱げ、ミルクチョコレート色の肌と美味しそうな乳首が姿を現している。

「やめなかったら……ああっ……一週間……俺に触らせないからな！」

その言葉を聞いた瞬間、ターンの手がピタッと止まった。大声を出して体力を消耗したタイプが荒い息のまま力尽きたようにベッドに倒れ込むと、ターンが身を乗り出して聞いてくる。

「もうやめた。これでお前に触ってもいいよな？」

「馬鹿！」

タイプはもっと言い返したかったのだが、そう怒鳴ることしかできない。ダメだと言ってしまうと自分が欲求不満になってしまうため、その後は息を荒げて何も言わなかった。

「俺の頬に触るな！」

前屈みになって頬ずりをしてきたターンに、ロマンチックなことをされるのが好きではないタイプは慌てて顔を逸らして枕に埋める。ターンは笑いながらタイプを抱きしめると、何事もなかったように言った。

「お前が実家に泊まってくれて本当に嬉しいんだ」

「お前の両親が怖かったからだぞ」

タイプは鋭い声で答えた。

「きっとお前のことが気に入ったんだな。そうじゃなかったら家に泊まっていけなんて言わないさ」

「ということは、サーンもお前の両親に気に入られたってことか？　毎週泊まりに来てたんだろ？」

「サーンさんは自分で勝手に泊まってただけだよ」

頭の上でそう言われ、タイプは口を尖らせる。自分で勝手に泊まったとしてもそうでなくても、自分より何年も前に奴はここに来たことがあるのだ。ターンがあいつに寝込みを襲われなかったのは不幸中の幸いだとすら思えた。

「本当にパパも母さんもお前のことが気に入ったみたいだから、あまり考えすぎるな」

タイプは隣で腕を枕にして横になっている彼の顔を見た。イケメンクオーターが手を伸ばしてタイプの髪で遊ぼうとしてきたが、イライラを発散させるように怒鳴りつける。

「お前の家族なんて大っ嫌いだ」

ターンが間髪入れずに言い返した。

「それでも、俺はお前のことが好きだけどな」

「‼」

いつもはすぐに言い返せるのにタイプは身体を固くし、満面の笑みを浮かべているターンを見た。ムカつくほどのイケメンがいつもよりかっこよく見えてしまう。時に狡賢い悪人のような彼の目は優しさに満ち溢れ、タイプは全身に鳥肌を立てた。くすぐられていないにも関わらずこそばゆく感じていると、ターンがもう一度口を開いた。

「お前のことが好きだ。大好きなんだ」

「この……」

タイプは言葉に詰まって何も言えなくなり、口を真一文字に結んでそっぽを向く。

こいつは何を言ってるんだ。しかもなんで俺はこんなにドキドキしてるんだ⁉

タイプは黙り込んだまま、仰向けになって備え付けのクローゼットに視線を送ることしかできなかった。まるで中に金塊でもあるかのようにクローゼットを凝視していたが……顔は熱を帯び、頭はクラクラしてくる。

クスッ。

隣でターンが笑ったのが聞こえてタイプは奥歯を噛み締めるも、言葉は何も出てこない。

なんて答えたらいいんだ……。俺も大好きだ、か？　それは無理だ、そんなに図太い神経してない。

「何も答えないつもり？」

　ターンの悲しそうな顔に、タイプは何も言わないわけにはいかなかった。そして寝返りを打って彼に背を向けると、面倒くさそうに聞く。

「だったら何。俺のどこが好きなんだよ。俺なんて最低な奴じゃないか」

　口ではそんなことを言っても、ターンが自分を好きなことに疑いを挟む余地はなかった。ターンは口数が少ない大人しい奴だが、何事に対しても真面目で真剣だ。タイプは彼が自分のどこが好きなのか本当に聞きたかったわけではなく、彼が好きだと言ったらそれは本当に好きなんだと……百パーセント信じることができた。

「うーーーーん、お前のどこが好きかって？」

　ターンはわざとらしく声を伸ばして考えるふりをしながら、身体を寄せて胸筋とタイプの背筋をぴったりと密着させる。タイプは背中に彼の体温を感じたが、逃げるそぶりも見せずに大人しく横になったまま、彼が頭を首筋に埋めようとしているのを感じていた。

「どこが好きかって聞かれると答えるのは難しいな……性格が悪くて、怒りっぽくて、自分勝手で、頑固で、口が悪くて、しかも差別主義で——」

「死にたいのか？」

　どこが好きかなんて本当に知りたいわけじゃないんだ。でも、もう少し何かいいところがあるだろ。

　ターンは笑いながら言い続けた。

「やだ、まだ死にたくない。これからもずっと性格の悪いお前のことを好きでいたいんだ。どこが好きか聞かれても、俺だってお前のどこが好きなのか分からない。分かるのは、大好きだってことだけだよ。子供だったお前にトラウマを植えつけた奴のことは殺したいほど憎んでる。だから、お前と付き合えることになった時、どれだけ嬉しかったか今でもよく覚えてるんだ。俺がお前と付き合うために手段を選ばずにあらゆる手を尽くした自分勝手な男だってことも自覚してる」

ターンがそう語ると、タイプは一瞬黙り込んでニヤリと笑った。

「クサいな」

「俺の口が？　それとも言ったことがクサいのか？」

「お前の口から吐き出す言葉だろ？」

タイプはからかうようにそう言いながら、堪えきれなくなって吹き出した。

「お前が誰とも長く付き合えないのは言ってることがクサすぎるからだよ」

そして振り返り、彼の悪態にうんざりして目を瞬かせているターンを見る。

「はいはい、どうせ俺はクサいよ」

ターンが面倒くさそうに相槌を打つと、タイプは勝ち誇って片方の眉をピクッと上げた。そのいつも通りの様子から、タイプがもう何も悩んでいないことを確信したターンは安心したように微笑んだ。そしてクサいと言われたのに言い返すこともなくタイプの褐色の身体に覆い被さると、つい先ほどまで優しそうだったターンのシャープな目は別人のように変化した。

その欲望に満ち溢れた爛々と光り輝く鋭い目を見て、タイプは目を細める。

「やめろよ、ここはお前の実家だぞ」

「俺がクサいだけだったらお前に嫌われるだろ。何かお前に気に入られることしないと」

「馬鹿野郎、やめろ、マンションに戻ってからにしろ！」

タイプも負けじと言い返したが……。

「興奮するだろ……隣は兄さんの部屋で、向かいは妹の部屋なんだぞ」

熱い舌で耳たぶを舐められたタイプは身体をビクッと震わせた。ターンは悪魔のような笑みを浮かべて目を輝かせ、タイプの股間に手を伸ばす。気持ちよさでボーッとしそうになったタイプは奥歯を噛み締めて堪えた。

「最後まではするなよ！」

タイプの口から発せられたのは拒絶ではなかった。ターンは満足げに急いでタイプのズボンを下ろし、ベッドの端に投げる。少しずつ膨張しているタイプの下半身が露わになった。

「セクシーだな」

ターンはそう囁きながらタイプを食べてしまいたいというように舌舐めずりをした。そしてタイプがベッドの上で中腰になったまま両脚を大きく開くと、次第に大きくなってきているモノが部屋の照明によって丸見えになる。

「もっと脚を広げろよ」

「この野郎！」

そう怒鳴りつつも、タイプは言われるままに両脚を大きく開いた。大きな手で熱いモノと睾丸《こうがん》を優しく触れられ、指で撫でられたタイプは思わず仰《の》け反《ぞ》り、大きく息を吸い込む。ターンに触られただけですぐに興奮してしまったのだ。

「いい眺めだ」

明るい部屋でタイプが両脚を大きく開いているのだ、いい眺めに違いないだろう。直立している硬くなったモノと、ターンの手の感触に反応してキュッと締め付けられた狭い入り口がよく見える。

ターンがタイプのモノを握っている手を上下に動かすと、あまりの快楽に気が遠くなりそうだったタイプは、肺に空気を送り込もうと大きく息を吸い込んだ。

本当に上手いな。焦ることも急かすこともなく、どうしたら俺が気持ちいいか知り尽くしてる。

「はぁ」

そして熱い舌先がタイプのモノの先端に触れると、タイプは腰を突き出してターンの栗色の髪を掴んだ。熱い舌先で先端を舐め回され、タイプは鬱積した欲望を解放するようにターンの髪を撫ではじめる。濡れた硬いモノがゆっくりと口内に吸い込まれて、このまま死んでもいいとさえ思えた。

「あぁ……お前が……上手すぎるんだ……」

「ふっ」

ターンは余裕の表情で笑みを浮かべて顔を上げ、意地悪な眼差しでタイプを見た。再びタイプのモノを口に含み、まるでチョコレートアイスであるかのように頬張る。口の動きが激しさを増すと、タイプは全身を貫くような快楽に幾度となく意識を失いかけ、優しくターンの髪を引っ張った。

「ターン、すごい……気持ちいい……そんなに吸い込まないでくれよ……取れそうだ」

片肘で体重を支えていたタイプは掠れた声でそう言いながら、自分のモノがターンの口の中に吸い込まれて取れてしまいそうな感覚に陥っていた。ターンは身体を離し、唾液で濡れそぼったタイプのモノを握って手を上下に動かす。その動きに合わせてぬちゅぬちゅと音が鳴った。

「取れたらそれは困るな。お前のを食べるのが好きなのに」

「このっ、俺の身体だぞ！　アイスキャンディーじゃないんだ」

ターンの頭を優しく小突くと、彼は低い声で笑いながら舌先で先端を舐め続けた。タイプの全身は小刻みに震え、腰を高く上げて彼の首を太腿でぎゅっと挟む。タイプは、ターンがどうして口を使って愛撫するのがここまで好きなのか理解できなかった。タイプも試してみたが、そこまで好きにはなれなかったのだ。

そしてターンがズボンを脱ぐと、今にもマグマが噴火しそうなほど燃え盛っている彼のモノが露わになった。

「最後までするなよ……俺の声が大きいの、お前も知ってるだろ？」

熱いモノ同士が擦り合うほどに身体を寄せてきたターンにタイプは言った。すると彼は低い声で笑いながら手を伸ばし、力強くぎゅっとタイプの腰を掴んでお互いの下半身をぴったりと密着させる。それは……タイプに強烈な快楽を与えた。

「サーンさんもこの部屋に来たことはあるけど、ここでマーキングしたのはお前一人だけだから」

「はっ⁉　俺は電柱におしっこをかける犬じゃないんだぞ――あっ……あぁ！」

タイプは険しい声で言い返したが、それは自分の嬌声で上書きされてしまった。ターンが湿ってぬるぬるになった二本の先端をグチュグチュと音が出るほどに擦り合わせてきたのだ。ターンが低い声で笑いながら手の動きを速めると、タイプは彼の顔を引き寄せ、唇を重ね合わせる。舌先を激しく絡ませ合い、二本のモノをピタッと密着させて激しく擦り合わせると、タイプは我慢できなくなったように自分の手を相手に重ねてさらに激しく動かそうとした。

ターンは俺を焦らすのが好きなんだ。

身体を小刻みに震わせるタイプはそう考えながら、胸筋が盛り上がるほどに息を荒げ、ターンの唇にもう一度キスをした。ターンもそんなタイプに激しく応えた。

手の動きが速まるにつれ、手とモノが触れ合う音がさらに大きく響き、二人は腰を擦り付け合う。そして……ほどなくして濁色のどろりとしたタイプの体液が放出され、お互いの手をべとべとに汚した。

「ティッシュ……」

「俺、まだなんだけど」

「なんだよ、早くしろよ！」

タイプはブツブツ独り言を言いながらティッシュを探した。しかし、まだ終着点に到達していなかったターンはタイプをベッドに押し倒し、まだ熱い自分のモノをタイプの口に押し込む。大きすぎると嫌味を言われるほどのモノを口の奥までねじ込まれ、タイプは強く吸い込みながら激しく頭を振った。ターンが大きく呻いてタイプの頭をぎゅっと掴み……。

「ゴホッゴホッ」

生臭い体液が口内に流れ込んできて、タイプは危うく咽せるところだった。だが、慣れてきていることもありすぐに飲み込むと、顔を上げてまだ息を荒げているターンを見て、もう一度彼に告げる。

「ティッシュ。はぁ……」

その言葉にターンは満面の笑みを浮かべた。

「はい、ティッシュ」

ティッシュを差し出しながら笑顔になっている彼に、タイプは慌てて顔を逸らした。ターンにつられてタイプも微笑んでしまいそうだったのだ。

俺のことを大好きだって言ってくれたお礼、ということにしよう。

タイプはそう思いながら……こいつの実家に来たのも悪いことじゃなかったな、と感じていた。


夜が明けて朝陽がカーテン越しに部屋に入り込む頃、彫りが深い顔の客人はもう既に目を覚ましていた。あまりよく寝付けなかったのは、慣れない場所だったせいもあるかもしれないし、緊張していたからかもしれない。タイプはシャワーを浴びて戻ってきたが、ターンはまだ死んだように眠っていた。

口の中に出しただけで、こいつは何時間気持ちよさそうに寝るんだ？

タイプはゆっくり頭を振り、彼を起こそうとする。

「おいっ！」

柔らかい枕で顔面を殴られたターンは身体をビクつかせながら目を開け、驚いたように声を出した。

その姿にタイプは大声を出して笑った。

「起きろ、寝坊助《ねぼすけ》」

「起こされたのか……ふぁーあ……お前、普通に起こせないのか⁉」

ターンは大きく口を開けてあくびをし、まだ眠そうに両手で顔を覆った。タイプはいたずらっ子のようにニヤリと笑い、いつものように声をかける。

「あり得ないね。早くシャワー行けよ。俺は早くマンションに帰りたいんだ！」

ターンは眠気を振り払うように自分の頬をペシペシと叩くも、ベッドから立ち上がる気配は全くない。そして彼が必死に目を覚まそうとしているその時……。

ちゅっ。

「‼」

タイプがさっと前屈みになってターンの唇にキスをして、身体を離してからかうように笑った。

「お前の望み通りだ……下で待ってるからな」

それだけ言うと、恥ずかしがっていることがバレないように、タイプは急いで部屋から出ていく。以前ターンがお願いしたのを覚えていたのだ。

『いつになったらおはようのキスで起こされるのかな』

お前の言った通りキスで起こしたぞ。もう二度とお願いしてくるなよ。

プライドを捨ててまで願いを叶えてやったタイプが、ターンの反応を確認することはなかった。

第四十四章　ステージの上で

「お、おいっ、ターンが演奏するっていうのはこの店か？　すごいじゃん！」

「何をそんなに興奮してんだよ、テクノー！」

　雨でサッカーの練習が中止になったある日、タイプは親友から、ターンが演奏する店に連れていってほしいと頼み込まれた。これまで練習室で一度だけターンの演奏を聴いたことがあったテクノーは、本番の演奏を自分の目で観て肌で感じてみたいと思っていたのだ。二人はテクノーのバイクに乗り、後ろに座ったタイプが道順を説明しながら店へ向かった。バイクがお洒落《しゃれ》なレストランバーに到着すると、テクノーは驚きで目を見開いた。

「もっと小さい店だと思ってたよ。こんなに大きい場所だったんだな」

　そして興奮したように続ける。

「お前知ってるか？　ターンがドラムを叩くのを観た時から俺はあいつのこと尊敬してるんだ。どんな曲をリクエストしても全部演奏できるんだぞ。こうやって手を動かしてやってたんだ。ドンドンズンズン、ってな。すごくかっこよかった……なんであいつがこの店で演奏してるってもっと早く教えてくれなかったんだよ」

　その興奮ぶりに、〝万里の長城〟をどこまで褒めるんだといわんばかりにタイプは口を尖らせたが、心の奥底ではそんな彼のことを……誇りに思っていた。

　あいつは俺の恋人なんだ。

　この店でターンが演奏していることをなぜテクノーが知ったかというと、今朝学食で会った際に「今晩は帰るのが遅くなるから夕飯は先に食べて」とタイプに伝えたターンの言葉を聞いていたからだ。テクノーはしつこいほど詳細を聞き出そうとし、ターンがこの高収入のアルバイトをしていることを知った。そこまできたら、演奏を観たいと言いださないはずがない。

「あいつ、この店で演奏してもう長いのか？」

「言ってなかったっけ？」

「お前は何も教えてくれないじゃん。いつもあいつの悪口を言ってるだけ。お前らが付き合ってることも、俺が自分で嗅ぎ回って掴んだ情報だったんだぞ」

テクノーにうんざりしたように言われ、それはもっともだと感じたタイプは肩を竦めた。以前は奴の悪口しか言っていなかったが、彼と付き合うようになってからはテクノーのことなど頭になかったのだ。

「高校生の時かららしいぞ。だけどメンバーと揉めてその時のバンドは解散して、今のバンドはついこの前の休みに新しく結成されたばかりなんだ。店のオーナーに試しに演奏に来いって言われて、もし問題なかったら正式に店で演奏できるようになるんだって。でもお前も聞いた通り、演奏できるのはピーク時じゃなくて夕方だけらしい。あいつはそれでもこの店で演奏できるだけでラッキーだって言ってたけどな」

タイプは自分の知っていることを全てテクノーに話した。真剣な表情で話を聞いていた彼は、自分の耳が信じられないというように言った。

「お前、恋人のことよく知ってるな」

「テクノー！」

からかわれ、タイプは気恥ずかしさを隠すように険しい声を出した。自分が恋人の一挙一動を気にかけていると言われた気がしたのだ。

「だって、本当のことじゃないか。昔はターンのこと何も知らなかったのにさ。一緒の部屋で暮らしてるっていうのに、お前が高熱を出した時、看病してくれたのはターンなのかって俺に聞くほどだっただろ」

テクノーに事実を突きつけられたタイプは口を尖らせることしかできない。

「あいつが話してたから頭の片隅にとどめておいただけ。別にあいつのことなんて知りたくもない」

その酷い言い草にテクノーは一瞬言葉を失った。

「それで、ターンの新しいバンドメンバーは何人いるんだ?」

「四」

「誰?」

「ロン、テー、あとはまだ高校三年生のソーン」

「誰がボーカル?」

「あいつの友達のロン」

「会ったことある?」

「ない……まだ聞くつもりか、この野郎!」

クイズに全て回答することができたタイプにテクノーは満面の笑みを浮かべ、何も言い返さずにタイプの肩をバシバシと強く叩いた。そして、脛に蹴りを一発お見舞いしたくなるような誇らしい声で言った。

「お前があいつの良い恋人になれる日がくるなんてな」

「なんだよ、それ。ターンが俺に話したことをただ答えただけだろ」

しかしテクノーは笑顔でタイプの肩を再びポンポンと叩いてくる。

「まあまあ、いいことじゃないか。これで俺もターンを可哀想だと思わなくて済むし。ところでお前、自分が変わったって自覚ある?」

テクノーにさらに質問を重ねられ、タイプは肩を振り払いながら、俺のどこが変わったんだと言わんばかりに苦々しい表情になった。そのまま何も答えずに店内に入っていくと、未来のサッカー部のキャプテンは後を追いながら上機嫌で言ってくる。

「最近怒りっぽくなくなったし、人を気にかけるようになったってこと。今までだったら、もし俺がこんなこと言ったら先祖の代まで遡って怒鳴り散らされて、バラバラに切り刻んで喰ってやるって感じで睨まれていたのに」

テクノーは楽しそうにそう言ったが、タイプはちっとも楽しくなかった。今の言葉が頭を駆け巡る。自分が気付いていないだけで、本当に変わったのだろうか。自分は自分のままで何も変わっていないとしか思えなかった。

「あら、ターンの友達じゃない！　……ちょっと待っててね。今ジットさんを呼んでくるから」

　タイプのことを覚えていたウエイトレスに大声でそう呼び止められ、タイプは考えるのを一旦中断させて微笑んだ。

「大丈夫です。今日は友達と食事に来ただけですから」

　タイプは丁重に断ったが、彼女はタイトスカートを窺いたスタイルの良い綺麗な女性を足早に呼びに行く。その女性が振り返り、誰が店に来たのか気付いた途端、満面の笑みを浮かべて慌てて向かってきた。

「あら、イケメンくんは恋人の応援に来たのかしら」

　ジットさんがそうからかうと、タイプは両手を合わせて挨拶し、丁寧に答えた。

「違いますよ、友達と食事に来ただけなんです。雰囲気のいい店で食事がしたいって言われて、この店のことが真っ先に頭に浮かんだので」

　タイプが少しかっこつけて笑顔で言うと、彼女は嬉しそうに笑った。

「お世辞が上手いのね。そんなこと言っても何も出ないわよ」

「何も出なくていいので、ステージに近い席に座らせてもらえますか？」

「お安い御用よ。ターンの顔がよく見える席を選んでいいわ」

「ははは、あいつを見に来たわけじゃないですから。この店はご飯もお酒も美味しいから来たっていうだけです」

　タイプは軽口を叩く。ターンの恋人だと言われても苛つかないくらいにはジットさんと親しくなっていた。彼女にはバレているのだ、今更隠しても仕方がない。

「それじゃあ、ごゆっくりね。タイプの友達も。またおしゃべりしに来るわね。今バックヤードでスタッフたちがバタバタしてるのよ」

「分かりました」

ジットさんがその場を離れると、タイプは呆気にとられているテクノーを連れ、店の隅の方にあるステージの前の席に座ってくつろぎはじめた。

「何見てるんだよ」

親友の視線にカッとなったタイプがつっかかる。テクノーが何かに気付いたようにタイプのことを見ていたのだ。

「おいおい、いつから年上好きになったんだよ。いつもババアは嫌いだって言ってただろ。さっきの女の人、綺麗だけど全然若くないぞ」

ジットさんがいなくなった途端にそう悪態をついたテクノーの頭をタイプは思いっきり叩いた。

「馬鹿か。年上好きとか嫌いとか関係ないだろ。ただ話をしただけだ」

「仲良さそうだったじゃん」

テクノーはこの目で見たんだと言わんばかりにしつこく聞いてくる。

「これまでなら興味がない女とは少し言葉を交わしたら逃げてたのに、あれはどういうことだ？　俺がからかったみたいにターンと付き合ってるって言われても全然怒らないし、冗談を言いながら楽しそうにしゃべってただろ。しかもすごい丁寧に会話してたぞ」

タイプはため息をつきながら言い返した。

「年上だから丁寧に話しただけ」

しかしテクノーは納得がいかないようにタイプをじっと見つめてくる。しつこく見られたタイプはため息をつき、テーブルの下で彼の脚を蹴って口を尖らせた。

「ターンがここで演奏するから」

「どういう関係があるんだよ」

「は？　頭使って考えろよ。もし俺がここでジットさんの機嫌を損ねるようなことがあれば、ターンが困るだろ。あいつを困らせたくないから、言葉を選んで話しただけだよ」

それくらい自分で考えろといわんばかりに面倒くさそうに説明すると、テクノーは驚いたようにタイプを再び見つめた。

「やっぱり言った通りだ。お前は変わったよ‼」

「なんだよ、殴るぞ」

少し苛ついたように目を細められ、テクノーは慌てて付け加える。

「お前は本当に変わったんだって。前はあいつのことなんてお構いなしだったのに。今は何をするにしても真っ先にあいつのこと考えてる」

「……」

「以前のお前だったら男と付き合ってるなんて言われて、ただ突っ立ってるだけなんてあり得なかったぞ。強制的に話を終わらせてその場からいなくなるだけならまだしも、間違いなく相手を殴ってただろ。それがさっきはなんだよ。何事もなかったみたいな顔して恋人の話をし続けてたじゃないか」

「馬鹿馬鹿しい……メニューください」

タイプはしばらく黙り込んだ後、ぶっきらぼうにそう言った。テクノーの言うことなんて気にもしないそぶりで話題を変えようとメニューを頼んだが、本当のところは今の言葉に気を取られていた。


タイプはテクノーに言われるまで自分が変わったことに全く気付いていなかったのだ。

ターン、お前を困らせるようなことはしないからな……俺は自分で思っている以上にお前を気にかけてるんだぞ。


「来るんだったらどうして先に言ってくれないんだよ」

「俺は関係ないよ。こいつが来たいって言ったんだ」

「ははは、よう、テクノー」

タイプとテクノーがスピーカーから流れる音楽を聴きながら運ばれてきた食事を楽しんでいると、一組目のバンドメンバーが低いステージの上で準備を始めた。すると、大学の制服からダメージジーンズと濃色のTシャツに着替えたイケメンドラマーが二人に気付き、足早に向かってきた。

満面の笑みを浮かべたイケメン顔を見ただけで

……彼が喜んでいるのが手に取るように分かる。

「よく分かんないけど、すごいじゃないか。お前の代わりに俺が緊張してるぞ」

テクノーはそう言いながら、ドキドキしていることを主張するように自分の左胸に手を置いた。自分の代わりに緊張しているテクノーに笑いかけると……多くの女の子がその視線を独り占めしたいと願うイケメンドラマーは、タイプの椅子の肘掛けに腰を掛けた。あまりの自然な動作にテクノーは何も言わなかったが、タイプは眉をひそめて顔を上げ、ターンを睨む。するとそこには……タイプは俺のものだと主張する彼のシャープな目があった。

「なんでここに座るんだよ。他にも座るところはたくさんあるだろ」

「すぐ行くから。少しだけ休憩させてくれよ」

浅く腰を掛けて片足を木材の床に伸ばしながらターンは楽しそうに言った。両脚の間で手を軽く組み、タイプの腕に身体を密着させると、タイプはそれを避けるように身体を捻る。

いつでも俺を抱きしめられる体勢じゃないか。

「酒飲むか？」

テクノーの質問にターンは首を振った。

「まだいいや。演奏が終わったらな」

「お前が気を使わなくても大丈夫。ステージに上がったらファンの子がこいつに酒を持ってきてくれるんだから」

タイプの嫌味に、椅子の肘掛けに座っているターンが首を傾げて見つめてきた。いつもはシャープなのに、突きたくなるほど目尻が下がっている。

「ヤキモチ？」

「あり得ないね、クソッタレ！」

満面の笑みを浮かべて最上級の〝丁寧語〟で言い返すタイプに、ターンは大声で笑った。

「思った通りだ。お前は言葉の使い方も知らないのか？」

「どうせ口が悪いって言うんだろ」

「俺はそんなこと言ってないよ。お前が俺の気持ちを代弁しただけだ」

「この野郎、蹴り殺すぞ」

「ははは」

同じ椅子の上に座っている友達二人が言い争うのを見て、テクノーの顔には笑顔が広がっていった。

他の恋人たちのような甘い言葉ではなくても、テクノーには二人が〝いちゃついている〟ように見えたのだ。これまでタイプが誰かとこんなふうにふざけ合うのを見たことがなかったが、今はターンにうんざりした顔をしながらも楽しそうにしている。

「ラブラブだな」

「なんだと？」

タイプが慌てて振り向くと、テクノーは手を振り、くんくんと匂いを嗅いでみせた。

「クサい、クサい。この世界にはお前ら二人しかいないとでも思ってるのか？　俺もいるんだぞ。はいはい、どうせ俺は邪魔者ですよ。せっかく俺だってターンの応援に来たっていうのにさ」

チャンス到来とばかりにそうからかうテクノーにタイプが噛み付くそぶりを見せたが、それ以上何もすることはない。ターンは愉快そうに言った。

「俺の世界に二人しかいないわけじゃないけど、俺の一番大切な人はこいつなんだ……」

「この野郎！」

いちゃつくように甘い言葉を言ったターンに、タイプは間髪入れずに怒鳴り返す。おぞましい言葉に腕の産毛が一斉に逆立った。そしてテクノーは、いつもは寡黙な男の口から発せられた耳を疑うようなクサい台詞に爆笑している。タイプは酒の入ったグラスを彼の大きく開けられた口に突っ込みたい衝動に駆られた。

「お前がそんなクサいこと言える奴だったなんて信じられないよ」

「言えるか言えないかは、ここにいる男に聞いてくれ」

ターンは親指で側にいるタイプを指すと、テクノーがまた大笑いした。

「お前ら二人がここまで仲良くなれるなんて驚きだな。前だったら、お前らの親戚同士が仲良くしてても信じられないくらい険悪だったのに」

テクノーの言葉にターンは笑いながらタイプに視線を向け、真剣に言った。

「俺だってこんな日がくるなんて信じられないよ」

「ドラムの世界大会で優勝して賞品を勝ち取ったみたいなこと言うな」

タイプが堪えきれずにそう嫌味を吐くと、ターンがもう一度笑った。

「おい、友達を紹介してくれよ」

三人で話をしていると、突然ターンが頭を小突かれた。一人の男が背後からターンの肩に抱きつき、身を乗り出しながらテーブルにいた三人の輪の中に入ってきたのだ。

色白で、その外見からすぐに中華系のルーツがあることが見てとれた。イケメンの部類には入るがターンほどではなく、スラっとした身体にターンと同じような服を着ている。その光り輝く目は特徴的で、彼が積極的で誰とでも上手くやっていけるフレンドリーな人間だということを物語っていた。つまり、テクノーのような目をしていたのだ。

「おいっ痛いじゃないか、ロン」

タイプは初めて恋人の親友に会った。

正直、これまでターンの友達に会うのは嫌で極力避けてきた。彼から恋人だと紹介されるなら自殺した方がまだマシだと思っていたからだ。しかしここ最近は狡賢いターンに歩み寄るためにタイプ自身が変わってきている状況もあり、彼の友達と対面してもそれほど焦ることはなかった。

「おいおい、ちょっと肩を組んだくらいで痛いだなんて大袈裟だな……俺はボーカルのロン。このイケメンの友達で音楽学部」

「俺はスポーツ学部のテクノー」

〝必要以上に〟フレンドリーなテクノーはすぐに自己紹介を返し、ついでにタイプの紹介も始めた。

「こいつもスポーツ学部のタイプ。ターンのルームメイトだ」

テクノーが他には何も言わなかったことにタイプはほっとしていた。するとロンはチラッとこちらに視線を向け、何かを思い出したかのように大声で叫んだ。

「名前は聞いたことがあったけど、やっと本人に会えたぞ！　有名人だもんな」

「有名人？」

有名人と言われる心当たりなどなく、タイプがオウム返しに聞くと、ロンは笑った。

「お前がゲイ嫌いだって大学中が知ってるよ。俺も不思議に思ってたんだ……おっと、おしゃべりがすぎたかな」

一人でしゃべっていたロンはターンの顔を見て慌てて口をつぐんだ。ロンはターンがゲイだということを知っていて、ゲイ嫌いのタイプがどうやって一緒に生活しているのか不思議に思っているようだった。

タイプは冷笑を浮かべると、強調するように断言した。

「そうだ、俺はゲイが大っ嫌いだ！」

ターンはそんなタイプに頭を振ったが、怒る様子はなかった。負けず嫌いのタイプが心の中でこう付け足して言っていることを知っているからだろう。

ゲイが大っ嫌いだ。ターン以外のな。

タイプは、本当はそう言いたいのだ。

「先輩、ステージに上がってください。チューニング終わりました」

ちょうどその時、バンドメンバーの一人が足早に近づいてきてそう声をかけた。タイプは声の主の方を振り返る。

「ターンさんとロンさんの友達ですか？　初めまして、僕ソーンです」

礼儀正しそうな男の子がそう言って両手を合わせて挨拶をし、ターンとロンに視線を向けた。

「ステージ上がれますか？　テーさんも準備完了です」

その言葉にターンとロンが頷き、その場から離れようとした時だった。

「ターン、あそこ！」

ロンがターンの肩をぎゅっと掴み、目配せをしながら店の反対側の席に顔を向けた。タイプも気になって視線を送ると、数人の男性がテーブルに着こうとしているところで、その中の一人は明らかにこちらを睨んでいる。

「タムじゃないか。ここで何してるんだ？」

誰だ？

タイプはそう思いながら、その男を見た途端に険しい顔になった恋人を見つめた。

「先輩たち、タムさんと何かトラブルでもあったんですか？　昔は仲良さそうだったのに」

後輩のソーンですらタムが誰なのか知っているというのに、タイプは自分一人が何も知らないような気がして苛つきはじめた。ロンがチラッとターンを見て、素っ気なく答える。

「ターンとタムの弟がちょっとね」

「ああ、先輩たちが話してた元彼の——」

「しゃべりすぎだ、早く行くぞ。遅刻したら給料から罰金を引かれるんだからな」

話が終わる前にロンがソーンの首根っこを掴んで引っ張っていく。タイプは……顔を上げて椅子の肘掛けに座っているターンを睨んだ。

「なんでもないよ」

ターンは険しい声で言いながらタイプの肩を二度叩いた。そして振り返ってタムを見つめ、ステージに戻っていった。いつものタイプならターンの顔面にパンチを喰らわせるところだが、今日は黙って座っていることしかできない。頭の中で、必死に先ほどの話を整理しようとしていたからだ。

タムという名前の男とターンは、タムの弟が原因でトラブルになっている。そして、遥か昔にターンから聞いた話だと……あいつがターンの元彼の兄なのだろうか。バンドが解散した理由は、その元彼と別れたからだという話を思い出していた。

関係ない。ただの元彼の兄っていうだけじゃないか。

タイプはそう思おうとしたが、心臓が爪楊枝《つまようじ》でチクチク刺されるような感覚になっていた。

「あいつの顔、どこかで見たことある気がするんだよな。まっ、いいか。それより演奏だ……いいかタイプ、よく観ておけよ。お前の恋人は本当にすごいんだぞ。ターンの腕は俺が保証する」

テクノーの言葉でタイプは先ほどの話を頭から振り払い、ステージ上のバンドに目を向けた。

ほどなくして演奏が始まり、リラックスした雰囲気のレストランが驚くほど賑やかになった。先ほどスピーカーから流れていた曲と同じ曲だったが、センターに立つロンの奏でる歌声と楽器が共鳴して店中に響き渡ると、大勢のお客さんが足でリズムを取ったり、口ずさんだりしている。曲名をリクエストする紙をスタッフからもらうお客さんもチラホラと出はじめたほどだ。

「どう、どう？　あの子たち、本当にすごいでしょ？」

ステージに釘付けになっていると、オーナーの嫁が背後から姿を現して興奮気味にそう聞いてきて、タイプは振り向いた。

「特にターン、あの子はすごいわ」

ジットさんが親指を立てて見せると、タイプは心の奥でターンに少しイラッとした。

「あいつ一人を褒めるんですか？　ロンの歌も上手じゃないですか」

我慢できずに聞いたタイプに、ジットさんが笑いだす。

「あらあら、一緒にターンのこと褒めましょうよ。ドラムを叩いている時の彼、男らしい魅力を振りまいてると思うわ。いつか私も抱きしめられたいって思っちゃう……」

「ジットさん、既婚だって聞いてますよ」

「あら、既婚者だって妄想くらいいいじゃない」

彼女はおかしそうにそう言い、ターンをベタ褒めしはじめた。タイプは再び彼を見て、思わず顔を逸らした。

すごい彼氏がいて気恥ずかしかったからではない。ターンのかっこいいところを見て照れたからでもない。

ターンのオーラに圧倒されたわけでもない。

タイプは……ターンがドラムを演奏している時になぜかっこよく見えるのか分かったのだ。

ちくしょう、ステージから引きずり下ろしてやりたい！

なぜかっこよく見えるのか……生々しい欲情が溢れ出しそうなシャープな目はセクシーに細められ、口角を片方だけ上げてニヤリと笑うその唇は、自分たちから発せられる重低音に酔っているようにも見えた。さらに、獰猛な雰囲気をもたたえる端正な顔は激情に満ち溢れ、リズムに乗って腕を動かすたびにこめかみを大きな汗の粒が流れていく。それら全て、タイプは数えきれないほど見たことがあるのだ。

欲情に満ちた表情、野生動物のような眼差し、悪魔のようにニヤリと笑う唇、全て……ベッドの上で見たターンだ。

ドラムを叩く時の顔、ベッドで見せる顔と同じじゃないか！

ステージ上に撒き散らされるセクシーさとフェロモンは、他のバンドメンバーが霞《かす》んで見えるほどに強烈だ。ターンは今、自分の中のダークな部分を音楽に合わせて解放させているのだと思うと、タイプは彼を直視できなかった。

ターンの表情、眼差し、動き、全てがタイプの身体を……火照らせた。

観ている人が彼に抱きしめられたいと思うのも不思議ではない。〝オス〟が〝メス〟を誘う香りを全身から放っているのだ。

ちくしょう！　たかが音楽に、ここまで内面をさらけ出すなんてどういうことだ⁉

タイプは湧き上がってきた感情に奥歯を噛み締める。

その顔は俺一人にだけ見せればいいんだよ、くそっ！

「今晩はお前らの部屋に泊まらせてくれよ」
「実家に帰れ」
「ムリムリ、こんな時間に帰ったら母親に頭蓋骨かち割られる……ウイッ」

　ターンのバンドの演奏時間はとっくに終わり、メンバーたちはもう既に帰宅していたが、イケメンドラマーだけは店に残ってタイプたちの席で飲み続けていた。二十二時近くまで飲み続けると、さすがに誰かがベロベロに酔い潰れていてもおかしくない……そう、テクノーだ。

　バイクを運転できそうにないテクノーに代わってタイプが仕方なく運転することになったのだが、彼は部屋に上げてくれとターンに頼みはじめた。そして今、酔っ払いはターンとタイプのマンションの前で立ったまま駄々をこねている。タイプはテクノーを追い払おうとして家に帰れと言ったが……彼は帰ろうとしなかった。

「泊まりゃせてよ……もう眠くて倒りぇりゅ」

　奴が何を言っているのかもう誰も分からない。

「惨めなほど酒に弱いな。他の奴らと飲みに行ってもこんなに潰れるまで飲んでるのか？」

　タイプは前屈みになってソファーに倒れ込んだテクノーに声をかけ、彼の頭を叩いて酔いを覚まそうとする。しかしテクノーは余計に酔いが回ったように脚を伸ばしてソファーに横になると、そのまま眠ってしまった。

「うーん」

　声を漏らすだけの友人にタイプは眉をひそめる。

「寝るなら先にシャワー行け」

「シャワーは無理だよ。部屋に上がってこられただけでもすごいのに」

　足で突いて友達を起こそうとしているタイプにターンがそう声をかけ、タイプは振り向いた。

「部屋に連れて帰れたお前がすごいって言いたいのかよ？」

「連れて帰れたことのご褒美でもくれる？」

「褒美は蹴りだ」

「ふっ、それは嫌だな。もう一発蹴られたら今晩二発目になるぞ」

　ターンは笑いながら断り、制服のシャツのボタンを外して洗濯カゴに投げ入れようとしているタイプを一瞥した。タイプはソファーで熟睡しているテクノーを見ながら聞く。

「テクノーの母親に電話した方がいいんじゃないか?」

「車の中で電話してたから大丈夫さ。母親が理解したかどうかは分からないけどな。呂律《ろれつ》が回ってなかったし」

ターンがおかしそうに言うと、タイプはやれやれというように頭を振った。そして、少しふらつきつつクローゼットまで行ってタオルを取り、ゴニョゴニョと唾を飲み込みながら寝ているテクノーの上に投げた。

「こいつにタオルかけてやれよ。もし風邪でも引いて死んだらサッカー部の連中に殺されるからな」

友達が心配なんだろうな。

タイプの言葉にターンはそう思い、笑いだした。

「了解です、奥様」

「ちょっと待て。次に殺されるのはお前になるぞ」

タイプはそう脅しつつも、それ以上は何も言い返さず、上半身裸のままシャワーを浴びに行こうとする。その様子にターンは薄々と感じはじめていた……タイプが目を合わせようとしない。

ステージから降りた後も、彼が目を合わせようとしてこないことには気付いていた。何か怒らせるようなことをしてしまったのではないかと思ったが、どう考えても何もしていない。

テクノーにタオルをかけながらターンは考えていた。タイプがシャワーに行っても、シャワーから戻ってきても、ずっと考えていた。そしてタイプが電気を消し、先に寝るといわんばかりにベッドに倒れ込むと、ため息をつく。

バンド活動をしてほしくないのだろうか。それとも、ロンが元彼の兄のことをうっかり口にしてしまったからだろうか。

そんなことを考えながら毛布にくるまって隣で寝ているタイプに視線を向けたが、彼は目を閉じて寝入ってるようだ。金曜日の夜だというのに、テクノーが同じ部屋で寝ているせいで、ターンは寝返りを打ってタイプに背を向けることしかできなかった。金曜日の夜……いつもだったらタイプと愛を育んでいる。土曜日の朝は寝坊しても構わないからだ。

お酒を何杯も飲んだせいか、ターンは横になるとすぐに意識が朦朧とし、睡魔に襲われた。しかし眠りに入ろうとしたその時……。

「んっ?」

背後からぎゅっと強く抱きしめられ、ターンは目を覚ました。不思議そうに後ろを振り向くと、タイプの声が聞こえてくる。

「なんかモヤモヤする」

そしてタイプが身体を密着させて顔を近づけてくると、二人の視線がぶつかった。

愛おしい彼の目は激しい欲情で満ち溢れていた。

「どうしたんだよ」

ターンが聞く。

「お前が欲しい」

はっ⁉

ターンは心の中で叫びながら目を見開き、下半身に手を伸ばしてきたタイプを見た。彼がもう一度小声で言ってくる。

「お前とシないと、今夜は絶対に眠れない」

思いもよらなかったタイプの〝ハードコアな〟誘い方に、ターンは驚いた。

第四十五章　夜の愛のメロディー

　夜が更けて空は漆黒に染まっていた。月明かりもなく、部屋に差し込む外灯の光だけが、ベッドの上で視線を絡ませている二人のシルエットを浮かび上がらせている。それはマットレスに仰向けになっている男の身体にもう一方が覆い被さるところだった。

「シよう」

　覆い被さろうとしている男がもう一度小声で囁いた。

「テクノーがいるんだぞ」

　タイプに誘われた時にターンがまず考えたのは、ベッドのすぐ側のソファーで寝ているテクノーのことだ。確かに酔い潰れてはいるが、深夜に目を覚まさないという保証はない。ターンはそれでも構わないがタイプは顔を合わせづらくなるのではないだろうか。

　しかしそんな心配をよそに、誘いをかけたタイプはもう一度言った。

「いいよ……シよう。お前が欲しいんだ」

　そしてタイプがターンの股間に手を伸ばして弄ると、ターンは込み上げてくる快感に奥歯を食いしばった。誘われただけで既に反応していた下半身を撫で回され、ターンはますます我慢できなくなり、真っ直ぐな目で見つめる彼の首に手を伸ばす。

「さっきのモヤモヤするって……どういうことだ？」

　ターンは掠れる声で聞きながらタイプの頭を引き寄せ、首元の窪みに高い鼻を埋めた。すると小さな声で答えられる。

「まずはシよう……説明はそれから」

　たとえ酔っていなかったとしても、ターンはこの一緒に地獄に落ちようという悪魔の誘いを断らなかっただろう。ターンが彼の首筋にキスをし、舌先を上下に動かしはじめると、ターンのモノから一時も手を離そうとしない相手が長い吐息を漏らした。

「声を出さないようにできるのか？」

　小声でそう聞くと、タイプも同じように小声で答えた。

「ゆっくりすればいいだろ」

「ふふっ」

「ターン、この野郎！」

「シーッ」

タイプが小声で答えた瞬間に、低い声で笑ったターンは二人の身体に毛布を被せて彼をマットレスに押し倒す。声を出さないようにしなくてはと思っていたタイプは驚いて叫び声をあげてしまった。ターンは自分の下半身を弄っているタイプの手を掴んでズボンの中に入れたが、タイプは何も言わなかった。

「俺は口でするのが好きだけど、お前は触るのが好きだよな」

「うるさいっ」

タイプは手に余るほど膨張して大きくなっているターンのモノを握った。ターンにからかわれた通り、ゲイ嫌いのタイプは口でするのはあまり好きではないが、夜に目が覚めてターンのモノを握ることもあるほど、触るのは好きだった。それは甘美な夢を見るよりも心地好かったのだ。

「早く硬くしろよ」

挑発するような目でそう言われ、覆い被さっているターンが再び低い声で笑った。

そしてターンが黙ったままタイプのシャツの裾を掴んでめくり上げると、彼も両腕を上げて脱がせやすくし、そのシャツを毛布の外に投げ捨てた。タイプが相手のパジャマのズボンを足先まで下ろすと、ターンがそのまま急いで脱ぎ捨てる。

唇を重ね合わせる二人の呼吸はぴったりと合っていた。

燃えるような熱いキスは柔らかい舌を触れ合わせることから始まった。舌を絡み合わせることもなく、音も出さず、ただ舌と舌を擦っていると、次第に互いの唾液が甘く感じるようになってくる。唇と唇、舌と舌をそれぞれぴったりと密着させながら、タイプは硬くなっていくターンの熱いモノから手を離すことはなかった。

「舌を擦り合わせると気持ちいいな」

タイプが満足げにそう囁きながら舌をペロッと出すと、ターンはそれを口内に含んで優しく吸い込んだ。

「気持ちいい」

もう一度タイプがそう言い、熱いモノを握っている手を上下に動かしはじめた。そして、もう一方の手でターンの睾丸を包み、どうしたら欲情を煽ることができるか知っているように指で優しく転がす。ターンは奥歯を少し噛み締めたが、タイプの舌を吸うのを止めることはなかった。ターンが舌を吸い込むたびに、ちゅぱ、という音が響いた。

ターンが次は自分の番だといわんばかりに指でタイプの柔らかい乳首を摘まむと、タイプの喉から艶かしい声が漏れた。乳首を撫でると、それは硬さを帯びて指を押し返すようになり、ターンは思わず舌舐めずりをする。そして舌先を這わせようとするターンにタイプが抵抗することはなく、舌は彼の柔らかい舌から胸筋の小さな突起まで辿っていった。

我慢できずに舌で濃色の乳首をつつくと、タイプは大きく息を吸い込む。ターンのモノを掴んでいた手が小さく痙攣し、ターンは口に乳首全体を含ませた。

「うんっ……はぁ」

髪を掴まれ、頭を優しく撫でられたタイプの息はさらに荒くなる。

「俺のも触って」

タイプがそう囁き、ターンはその言葉を待っていたように静かに笑った。そしてもう一方の手を伸ばして相手のズボンを下ろそうとすると、タイプは脱がせやすいように腰を浮かし、もどかしそうにズボンをベッドの端に蹴り飛ばした。硬く直立しているタイプのモノがターンの腹筋に触れる。

「あぁっ……」

舌先が乳首に優しく触れ、ターンに握られたタイプの熱く硬いモノはピクピクと小さく痙攣した。ターンは舌舐めずりをし、彼が拒絶できないくらいの享楽を与えようと、手をゆっくりと上下に動かして弄びはじめる。それはタイプがターンのモノを握った時と同じ動きだった。

「脚を開けよ」

ターンの命令口調に不満げな顔をしながらも両脚を大きく広げると、ターンが手を伸ばしてきた。

「お前はここが好きなんだよな」

ターンは今、自分が悪魔のような笑みを浮かべていることに気付いていた。背面にある狭い入り口に触れられたタイプは身体を震わせ、ターンのモノをさらに強くぎゅっと掴みながら、声が漏れないように唇を噛み締める。暗闇の中で目を凝らすと、タイプの快楽に溺れた表情が目に入った。

タイプはもう自分のモノへの刺激だけでは物足りなさを感じるようになっていた。ターンによって調教された身体は……ターンなしでは快楽を感じられなくなってしまったのかもしれない。

「お前……あっ……先に言え……よ」

ターンが指を狭い入り口にゆっくり差し挿れると、タイプは上体を起こして相手の髪を掻きむしりながら荒い息でそう言った。息をするのも苦しそうだったが、さらに両脚を大きく広げ、長い指が奥まで届くように腰を突き出す。

「最後までするのか?」

「当たり前だ!」

そんなことも分からないのかというようにタイプが怒鳴り、ターンが唇を彼の耳元に近づける。

「テクノーが」

「関係ない……あぁ……うっ……お前……そこ……はぁ……もっと」

また怒鳴られないよう、ターンは指をさらに奥に差し込んで性感帯を探し出そうとする。タイプは身悶えしながら息を荒げ、より強烈な刺激を求めた。

タイプの身体は……ターンの方がよく知っている。

「指を挿れられただけなのにもうぬるぬるじゃないか」

指をきつく締め付ける熱い狭い入り口の湿り気にターンがそう囁くと、タイプは彼の頭を引き寄せた。

「馬鹿……そんなこと……言うな……気持ちいい……」

「そんなに中が好きなのかよ」

「この……はぁ……」

タイプは怒鳴ろうとしたが、指を奥まで捻り込まれて性感帯を執拗に攻められ身悶える。腰を浮かせたら、ターンの腹筋とタイプの熱いモノがさらに擦り合わされた。タイプは彼の髪の毛を掴んでいた手を首まで這わせ、顔を引き寄せて唇を強く噛んだ。

「お前のが……お前が欲しい」

一瞬のことだったがターンは身動きできなくなった。そして目をさらに光らせて性感帯を攻めると、タイプは気が狂いそうになり、髪を掴んでいた手でターンの肩に爪を立て、息を荒げた。

「お前の……指じゃなくて……くそっ……もういいだろ」

「そんなに欲しいか？」

「くそっ！　早くしろ！」

タイプは自分の欲望に満ちた懇願の声がターンを破滅的に興奮させることを知らないのだろう。ターンの熱いモノも痛いほどに硬く膨張していたが、ターンを欲しがって低く喘ぐタイプの声に耐えながら、彼の耳を噛み、首筋に舌を這わせて焦らしていた。そんな彼にタイプは腹筋を突き出し、今すぐにでも狭い入り口に入りたがっているターンのモノを擦る。

「ターン……あぁ――んんっ！」

機が熟するのを待っていたかのようにターンが急に指を抜き、最初タイプは怒ったような声を出した。しかし燃えそうに熱いモノを狭い入り口にねじ込むと今度は大きな声で喘いだため、慌てて彼の口を自分の口で塞いで声が漏れないようにする。ターンが腰を少しずつ押し付け、タイプはさらにぐっと肩に爪を立てた。

「はぁ……はぁ……あぁ……」

唇を離すとタイプの荒い息遣いが聞こえてきた。背中を汗でびっしょり濡らしたターンがからかうように囁く。

「ほら……入ったぞ……全部……」

「うぅ……息が……できない……毛布……」

タイプが突然二人の身体を覆っている毛布を払い除けようとした。二人の顔が外に出るようにターンが毛布を下ろすと、タイプは深呼吸しながら、汗で湿ったターンの背中をきつく抱きしめてきた。

「大丈夫か……はぁ……動いていいか？」

そう囁きながら湿り気を帯びたタイプの頬にキスをすると、彼は両脚を上げてターンの腰に絡みつく。

「あぁ……ゆっくり……ゆっくりだぞ……じゃないと声が我慢できない」

荒い息のままタイプがそう言い、ターンはゆっくりと腰を前後に動かしはじめた。しかしそれだけでもタイプは身体をビクっと震わせ唇を強く噛み締める。

「あぁ……はぁ……」

湧き上がる快楽に耐えて声を我慢しながらターンの腰の動きに反応しているタイプの表情は、いつにも増してセクシーだった。タイプの中はぎゅっと締まり、ターンのモノを欲しがるようにビクビクと痙攣している。ターンは落ち着いて根元まで挿れると、ゆっくりと腰をグラインドさせた。

「うっ……ちくしょう、そこは……」

「ここだろ」

「そう……そこ……」

緩慢な動きにタイプは目を固く閉じながらターンを抱きしめ、恍惚《こうこつ》とした表情を浮かべた。ターンの燃えるように熱いモノがタイプの内側の柔らかい肉壁にすっぽりと包み込まれる。スローな動きだったが、いつもの激しい営みに劣らないほど強烈な快楽をもたらした。

二人の呼吸が重なり、全身が多幸感に包まれていく。毛布が背中まではだけたセクシーな二人の影が部屋の壁に朧《おぼろ》げに映し出された。覆い被さっているターンのゆっくりとした腰使いに、タイプが我慢できなくなったように自ら腰を動かしているのが影からはっきりと分かる。

二人はお互いを貪ることに夢中で、誰からも気付かれていない〝はず〟の妖艶な影を気にする余裕はなかった。

「いい？」

「いい！　これ……気持ちいい……はぁ……」

タイプは唇が白くなるまで噛み締めた。ゆっくりとモノが抜かれ、その後一気に奥まで挿れられる衝撃を受けるたび、タイプは横になったまま顔を背ける。身体を震わせながら手で顔を隠していたタイプがゆっくりと目を開けると、激しく腰を打ちつけてタイプに思いっきり声を出させたいターンのもどかしそうな表情が見えた。

その一方で、スローセックスはターンがずっと試したいと思っていたものだった。お互いを求め合って与え合い、肉体の快楽だけに囚われずに、一つになることで得られる精神的な深い快楽を求めてゆっくりと動く愛の営みだ。しかし……。

「これじゃ……見えない」

「ん？」

愛の営みについて色々と思いを巡らせていたターンは、突然タイプが身体を離して毛布を足元まで蹴飛ばしたことに驚いた。ターンが一瞬のことに面食らっていると……力尽きた様子だった彼が身体を翻《ひるがえ》して突然跨がってきた。

その瞬間、ターンの爛々と輝く目は、両脚を大きく開きながら片手を背後に回して自分の体重を支えようとしているタイプの姿を捉えた。もう一方の手でターンの熱いモノを掴み、背後の狭い入り口に押し当てると、唇をぐっと噛み締めながら……熱いモノを根元まで呑み込むように少しずつ腰を下ろしていく。熱いモノを身体に呑み込みながら声を我慢しているタイプの表情に、ターンの我慢の限界も近づいていた。

なんて美味しそうなんだ。タイプの全身が美味しそうだ。

ターンの目に映っているのは、両脚を広げ、上体を仰け反らせてベッドに体重をかけ、欲望に満ちた彫りの深い顔で口を真一文字に結び、歯を食いしばるセクシーな男の姿だった。荒い息遣いのたびに左右両方の胸筋が盛り上がり……燃えるように熱く硬くなったタイプのモノは天を向いてそそり立ち、タイプが腰を下ろすごとにビクビクと痙攣している。

セクシーで、最高に魅力的だ。

ゆっくりと上下に動くタイプの腰を両手でぎゅっと掴みながら、ターンはそう思った。そしてさらけ出された結合部分を凝視し、両手を這わせてタイプの乳首を摘まむ。タイプが身体を震わせると、彼の中がさらに締め付けられた。

「あっ……ふぅ……そう……その顔……お前のその顔だ」

タイプの言葉に、快楽に耽っていたターンは顔を上げて彼を見た。タイプは声が漏れるのを我慢しながら、懸命に笑おうとして掠れた声で言う。

「お前の顔……ドラムを叩く時……今と同じ顔……なんだ……セックスしてる時と……」

「それに……モヤモヤしてたのか……」

タイプは笑い、震えながら答えた。

「そうさ……くそっ……そんな顔……他の奴に見せる……な！」

怒ったようなその声に、ターンは自分がどんな顔でステージに立っているのか見当もつかずに彼の腰をぐっと引き寄せた。

「はぁ……お前……あっあっ……」

ターンが腰を力強く打ちつけると、タイプの口から低いうめき声が漏れはじめ、タイプのモノは空中で上下に跳ねた。ターンが彼の首に腕を回しながら低く掠れた声で呟く。

「だって……ステージで……お前のこと……こうしてる時のお前のこと……考えてたから」

「うっ……ちくしょう……ターン……気持ちいい……すごく……はぁっ……」

腰を激しく打ちつける動きに、タイプは我慢できずに再び喘ぎ声を漏らしはじめた。その嬌声に、ゆっくり少しずつ動いていたターンは考えを変えた。

ターンは両手でタイプの尻を強く揉みしだき、自分の腰を激しく打ちつけると、腰と太腿とがぶつかり合う音が部屋中に響く。全てを忘れて唇を重ね合っている二人はそんな激しい音を気にするそぶりもなかったが……。

「うぅ、タイプ……？」

ベッドの側から聞こえてきた声に二人は慌てて動きを止め、声のした方を振り返った。暗闇に目を凝らすと、長い影が起きているように蠢《うごめ》いているのが見える。

「もっと……ウィッ……まだ飲めるぞ……」

寝言を言いながら寝返りを打ち、そのまま眠ってしまったテクノーに、興奮状態だったベッドの上の二人は身体を固くした。

「タイプ……そんなに締め付けるな……」

ターンを天国へと導くはずのタイプの中は興奮できゅっと狭められ、ターンは顔をしかめながら言った。タイプは興奮のあまりに顔を真っ赤にし、顔中を汗まみれにして囁く。

「あいつ、起きてないんだろ？」

「分からない」

テクノーが目を覚ましたかどうか二人とも分からなかったが、タイプがターンの肩をぎゅっと掴む。

「うっ……タイプ……そんなに……あっ……はぁ……」

ターンに跨がっているタイプが何も言わずに突然腰を激しく動かすと、全身を貫く強烈な快楽にターンは気が遠くなりそうだった。肉体と肉体がぶつかる音がまた部屋中に響きはじめ、タイプが囁いた。

「ターン……もっと……速く……」

目を覚ました友達に二人がしていることを見られたら、恥ずかしいどころでは済まないだろう。ターンの腰の動きは激しいながらタイプの性感帯を外すことなく正確に突き、タイプの喘ぎ声は次第に大きく響くようになっていった。

「いつもより激しいじゃないか」

「早くしないとあいつが起きる」

自ら誘ったタイプも、テクノーにバレたら恥ずかしいという思いが湧き上がってきたのだろう。

「おいっ！　ターン……はぁ……ターン……ダメだ……この体勢は……やめろ」

ターンがタイプを押し倒して横向きに寝かせ、彼の片脚を持ち上げて自分の肩に乗せると、自分のモノを荒々しくタイプの中にねじ込んだのだ。タイプはベッドに顔を埋めて毛布を噛み締め、声が漏れないようにしながら、ターンの荒々しさに反応するかのように自らも腰を動かした。

長い時間ではなかったが、二人の興奮のボルテージは一気にヒートアップし、ターンは欲望の放出が近づいてきていることを感じていた。毛布に埋まっているタイプの顔は見えないながらも、中の締め付け具合から、彼もすぐに果てそうだということが伝わってくる。ターンはベッドサイドテーブルからさっとティッシュを取り、タイプのモノの先端にそれをあてがった。

そしてティッシュいっぱいにタイプの欲望が出された。

達したことで、タイプの中はさらにきつく締め付けられてビクビクと痙攣している。ターンは歯を食いしばりながら目を閉じ、オーガズムのような強烈な快楽を味わっていた。ほどなくしてターンもタイプの中から自分のモノを抜き出し、手のひらに欲望を放出させた。

「はぁ、はぁ、はぁ」

二人の荒い息遣いが響く中、ターンもタイプの隣に倒れ込んだ。しかしすぐに立ち上がりシャツとズボンを取って、ベッドの上で死んだように横になっているタイプに投げつける。

「大丈夫か？」

「うん」

タイプがそれだけ答えると、ターンは手を洗ってシャワーを浴びるために浴室へ向かった。そして部屋に戻ると、タイプは元通りに洋服を着て、毛布を顔までかけて横になっている。彼に手招きされ、ターンは素直に彼の隣に行って横になった。

「満足した？」

ターンがおかしそうにそう聞くと、先に誘ったタイプが牙を剥いた。

「興奮したな……けど、テクノーの目が覚めたら死ぬほど恥ずかしい思いをするとこだった」

「これから誘う時は状況を考えてからにしろよ」

再びおかしそうに言うと、タイプはため息をつき寝返りを打って言い返す。

「お前のせいだからな」

タイプは責任をターンに押し付けた。

「俺？」

相手の腰に腕を回しながら、意味が分からないとターンが聞き返すと、タイプはくぐもった声で言った。

「お前のせいだ。お前がステージの上で気持ちよさそうな顔をするから」

「お前のことを考えてたからだよ」

「ドラムを演奏しながらか？」

半信半疑で聞き返したタイプに、ドラマーは低い声で笑った。

「音楽もセックスみたいなものだ。俺にとってはどっちも幸せの絶頂を感じる。俺が一番好きな楽器が何か分かるか？」

「ドラムだろ」

ターンは頭を振るとタイプの耳元で囁いた。

「いや……お前だよ。俺が一番好きな楽器は」

「……」

黙り込んだタイプに、ターンは迷うことなく言葉を続ける。

「俺が幸せの絶頂に達することができるのはお前のおかげだ……ドラムじゃない」

「はあ⁉　もう寝るぞ。何馬鹿なこと言ってるんだ！」

頑固なタイプは怒ったようにそう言い、腰を抱きしめているターンの腕を叩いた。しかしターンはその腕を離そうとはせず、喉の奥で笑いながら彼の首筋に顔を埋め、独り言のように呟いた。

「さっき……お前、すごくよかったぞ」

「殺すぞ」

「ふふっ。また会おうな」

タイプは意味が分からず聞き返す。

「また会おうってどういう意味だ？　どっか行くのか？」

ターンはニヤリと笑って、言い足した。

「また会おうな……夢の中で」

「……」

タイプは言い返すことも怒鳴ることも、振り返ってターンの顔面を殴ることもなかった。その沈黙の様子から彼が照れていることが伝わってきたターンは、笑顔で抱きしめながらまた呟く。

「おやすみ」

「うん……おやすみ」

頑固なタイプが小声で答えると、ターンはこれ以上ないほど嬉しそうに満面の笑みを浮かべ、今晩は気持ちよく寝られそうにないなと思っていた。なぜなら、先ほどタイプから与えられた以上の気持ちよさなんて存在しないからだ。


「ターンがお粥《かゆ》を買ってきてくれたぞ。お粥を食べてこれでも飲め。少しは気分が良くなるから」

翌日の遅い朝、タイプは親友テクノーの目も当てられない姿に大笑いした。髪はボサボサで、藁人《わらにん》形《ぎょう》の呪いをかけられたように顔は黒ずみ、正午近くまで寝ていたというのに徹夜をしたかのように目は落ち窪《くぼ》んでいる。ターンはそんな友人のために、彼が起き出す二時間も前にお粥を買いに行ってくれたのだ。

自分がどこにいるのかも分からない様子で起き出してきたテクノーを、タイプはダイニングテーブルまで引っ張り、お粥と、ライムを丸ごと絞って入れた熱いお茶を差し出した。敬愛する父直伝の二日酔いに効くお茶だ。

「ははは、大丈夫かテクノー」

もう一人の部屋の主であるターンもそう声をかけたが、寝起きのテクノーは頭を抱えて座りながら首を激しく振った。

「ダメだ……最悪だ……頭が爆発しそう」

シャワーへ行くのに立ち上がることもできなそうなテクノーの様子を見にターンが近づいてくる。

「何か食べないと。二日酔いの時は胃の中を空っぽにしてたらダメなんだぞ。ご飯を食べて水をたくさん飲め」

仕事でウイスキーやビールを飲むため、二日酔いには慣れているターンがアドバイスをする。テクノーは顔を上げてターンを見たがすぐに顔を逸らすと、頷きながら素っ気なく言った。

「そうだな」

彼の様子がいつもとは違うことに気付いたターンがどうしたのか聞こうとした時、着信音が鳴り響き、振り返って携帯を取った。

「何だよ、ロン」

通話ボタンを押して話しはじめたターンは、チラッとテクノーに視線を向けてベランダを指差すと、ドアを開けてそのまま出ていった。二日酔いの状態で大声を聞かされるのを嫌がると思ったのだろう。

その瞬間、テクノーは顔を上げて親友タイプを見た。

「タイプ！」

「なんだよ」

突然名前を呼ばれ驚くタイプに、テクノーは何かを言いたげな表情のまま苦笑して顔を伏せた。

「昨晩」

「昨晩？」

意味を汲み取れず聞き返すと、テクノーはいつもとは違って恥ずかしそうに両手を上げ、指で空を突くジェスチャーをする。その様子に、タイプには思い当たる節があった。

まさか……。

「トイレに行きたくなったんだ……」

「それで？」

もったいぶるな、早く言え！

タイプは少し苛つき、身体が僅かに熱くなったのを感じた。親友テクノーが顔を上げて呟く。

「声が聞こえて……」

そして一瞬言葉に詰まり……。

「あっ、あぁ」

喘ぎ声をテクノーに真似されたその瞬間、タイプは頭を抱え込んだ。それ以上言われなくても、昨晩目を覚ました彼に女々しい醜態を見られてしまったことを悟ったのだ。お粥とお茶をテクノーの頭にぶっかけるか、それとも奴をこの部屋から蹴り出すかタイプが迷っていると、童貞の彼は恥ずかしそうに言った。

「クルイ先輩がどうしてお前らに静かにしろって言ったか、俺もやっと分かったよ……お前の声が――」

「それ以上言ったら殺すぞ！」

テクノーの口からこれ以上恥ずかしい言葉を聞かされる前に、タイプは鋭い声で相手を一喝した。彼は慌てて口をつぐみ、目で脅しながら怒り狂っているタイプの顔を見上げて黙り込んでしまった。

「もしお前がこのことを誰かに話したら……」

タイプがそう言葉を止めて笑みを浮かべたので、テクノーは背筋に悪寒が走った。

「その……昨晩熟睡しながら、馬が虹の上を走っている夢を見たんだった」

「それでよし！」

テクノーが突然証言を翻すと、優しく微笑んで彼に近寄ったタイプは肩をポンポンと叩きながら明らかに脅すように言った。

「もう一度聞くぞ。昨晩お前はどんな夢を見たんだ？」

「ユニコーンが虹の上を走っていて、口に咥えていた花を女の子に渡した夢……です」

テクノーは言い返すこともできず、丁寧語でそう答えた。タイプは満足そうに頷き、お粥のお碗をテクノーに差し出す。

「食べろ」

「へへっ、はい」

テクノーはゆっくり頷き、身体を硬直させたままお粥をスプーンで掬《すく》って食べはじめた。もし誰かにこの話をしたらタイプに何をされるか分からないと思い、テクノーは何も言い返せなかった。

タイプが怖い顔をしているのは、ただ照れていたからだけではなく、強烈に恥ずかしがっていたからだ。しかもテクノーがいつ目覚めて、何を聞かれたのか全く想像もつかなかった。

テクノーが誰かにこのことを話したら、奴を殺して、俺も自殺してやる！

「お前ら何してるんだ？」

電話が終わってベランダから戻ってきたターンが不思議そうに声をかけると、タイプが笑顔で答えた。

「別に、テクノーが二日酔いだって」

昨晩のことをテクノーに見られたっていうのはターンには言わないでおこう。もしそんなことがバレたら、俺が誘ったからだってからかうに決まってる。猫が砂をかけてフンを隠すみたいに、俺もこの話には砂をかけておくんだ。

「大丈夫？　二日酔いに効きそうなものでも何か買ってこようか？」

「いやいや、大丈夫。これを食べ終わったら帰るから。あんまり長居しても悪いしな」

本当に怖がってるみたいだな。

タイプは人知れずため息をつき、もう一度テクノーを睨んでおく。その時ちょうどターンが声を上げた。

「そうだ、タイプ。これからロンがここに来るって。いいだろ？」

タイプがターンの方を振り返ると、彼は許可を得るように優しい声で続けた。

「俺らが付き合ってること、ロンには言ってもいいかな？」

その言葉にタイプは身動きできなくなった。

ターンの気持ちに寄り添わないといけない時がとうとうきたってことだな⁉

——To be continued

Daria Series uni

TharnType Story 2

2024年 2月10日 第一刷発行

著 者 — MAME

翻 訳 — エヌ・エイ・アイ株式会社

発行者 — 辻 政英

発行所 — 株式会社フロンティアワークス
〒170-0013 東京都豊島区東池袋3-22-17
東池袋セントラルプレイス5F
[営業] TEL 03-5957-1030
https://www.fwinc.jp/daria/

印刷所 — 中央精版印刷株式会社

装 丁 — yuka.N